NOTE DE L'AUTRICE

Chers lecteurs,

Si vous avez lu *Troublemaker*, alors sachez que cette histoire, tirée du même univers, est un spin-off qui se déroule en parallèle.

Cette histoire est violente mais si vous aimez les histoires d'amour qui naissent dans le chaos, alors celle-ci est faite pour vous. Les héros de ce spin-off ne sont pas des saints, ils tentent simplement de survivre dans le monde violent qui les entoure.

Avant votre lecture, veuillez prendre connaissance des *trigger warnings* concernant *Soulbreaker* : scènes de torture physique et morale, violences verbales, scènes de sexe explicites, langage grossier et blasphèmes.

Soulbreaker oscille entre le drame psychologique et la dark romance, il s'agit donc d'une lecture destinée à un public averti. Si vous ne vous sentez pas capable de le lire, préservez-vous et si vous avez besoin de parler après votre lecture, n'hésitez pas.

Et bien sûr, qui dit spin-off, signifie que Hazel et Jun ne seront pas les personnages principaux de cette histoire, mais ne vous en faites pas, tout est lié…

Belle lecture,

Alfreda.

PLAYLIST

Night of Passion, The Poodles
Master of Puppets, Metallica
Till I Collapse, Eminem
Running up that Hill, Kate Bush
Sweet but Psycho, Ava Max
... Ready For It?, Taylor Swift
Toxic, Jeff Russo (*feat.* Lisa Hannigan)
Turning up the Flowers, Rosa Walton
Get up Kid, Thirty Seconds to Mars
Lose It, SWMRS
The Night We Met, Lord Huron
Wicked Game, Daisy Gray

« Même une âme brisée
peut être sauvée…
Aussi long, sinueux,
éreintant soit le chemin
Tant qu'il reste de l'espoir,
rien ne sera jamais perdu. »

PARTIE 1
La princesse et le déchet

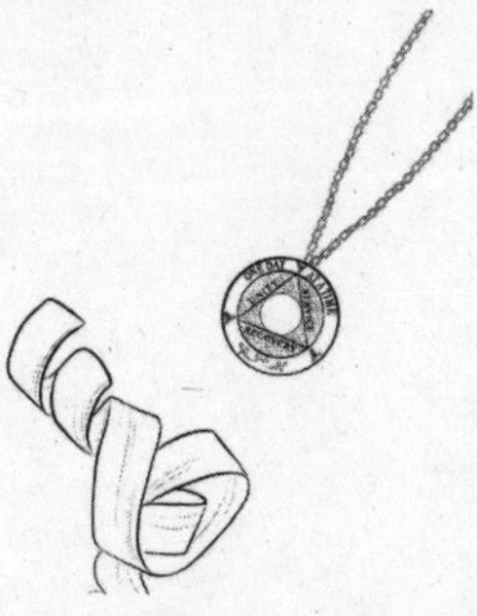

Demons, Imagine Dragons

CHAPITRE 1

MAXINE

Dix-sept.

C'est la dix-septième goutte de sueur qui perle du front de la femme en face de moi et qui s'écrase sur son sweat gris.

Dix-huit.

Il fait quarante degrés dehors et la salle est dépourvue de clim. Les ventilateurs stratégiquement positionnés aux quatre coins de la pièce ne procurent qu'une légère brise. Je me tortille sur ma chaise, pour décoller mes cuisses du plastique, tout en guettant la dix-neuvième.

Ploc. Elle tombe.

J'ignore comment elle fait pour supporter un jogging par ce temps. La vague de chaleur qui s'abat sur Phoenix est étouffante.

– Excuse-moi ! lance un mec que je n'avais encore jamais vu ici. C'est un jeton, à ton cou ?

Tandis qu'il me désigne du doigt, je baisse instinctivement les yeux vers l'objet éternellement accroché à mon cou. Il est à la fois comme une malédiction et comme une bénédiction. Je le connais par cœur. Ses inscriptions, ses formes, ses défauts. On pourrait en aligner cent devant moi, tel un aimant, je serais attirée par lui. Je le dissimule souvent sous mes tee-shirts, car j'aime le sentir contre ma peau. Mais à cause des températures élevées, je porte un crop top qui le rend visible.

– Oui, je réponds.

– Tu peux… expliquer ? C'est lequel ?

Je n'avais pas spécialement envie de parler aujourd'hui. Prendre la parole lors des réunions des Alcooliques Anonymes n'est pas une obligation. Je voulais simplement être là pour me rassurer et pour maintenir mon assiduité. Cependant, je me dis que lui répondre lui fera peut-être du bien. Je fixe le jeton de bronze que j'ai transformé en pendentif. Dessus, on peut voir le chiffre I et une inscription :

To thine one self be true[1]**.**

J'essaie. Toujours.

– C'est celui des « un an », j'avoue en espérant que ma voix porte assez pour que l'assemblée m'entende.

– Bravo, me dit-il.

– J'en ai fait un collier pour me rappeler constamment qu'il est comme une corde autour du cou, prête

1. « Sois fidèle à toi-même. »

à m'asphyxier au moindre faux pas. Quand je vis des situations particulièrement difficiles, je le serre entre mes doigts. Je le serre jusqu'à m'en faire mal, jusqu'à saigner parfois, et ça m'aide à tenir.

Je lève la main et montre ma paume. Il y a deux cicatrices qui forment une croix. Quelle ironie… Elles représentent les fois où résister à l'attrait de l'alcool et ses déboires étaient douloureux.

– Ça fait combien de temps que tu es sobre ? demande la nana en jogging.

– Trois ans.

Soit environ quatre-vingt-quinze millions de secondes. Effrayant quand on y pense. Si on ressentait le poids de chacune d'elles, alors le temps serait parfois bien long. Honnêtement, il l'a été de nombreuses fois. Ce n'était pas gagné, mais j'ai tenu bon. Et j'aime croire que plus les années passent et plus ce sera facile.

– Comment tu as commencé ? Tu as l'air si jeune.

– Pour faire chier ma mère, je réponds.

Les gens me regardent, dubitatifs. Ils ne savent pas quoi penser de mes mots ou de moi, d'ailleurs. Pourtant, ici on ne juge pas, on ne se critique pas, car d'une certaine façon on est tous un peu pareils. On a tous sombré à cause de la même merde.

– Disons qu'elle était autoritaire, dominatrice, et que l'alcool est devenu un moyen de la supporter.

On pourrait croire que je plaisante, mais il n'en est rien. J'ai vraiment commencé à boire pour défier ma mère et la faire enrager. Elle m'a gâché la vie, alors j'ai voulu lui rendre la pareille. Je voulais m'échapper de la prison dans laquelle elle m'enfermait, je désirais échapper à sa tyrannie. Mais ce n'est pas quelque chose que j'ai envie de détailler aujourd'hui.

L'alcool, mes excès et mon besoin de la rendre complètement hystérique sont devenus une délicieuse addiction, jusqu'à ressentir un profond dégoût de moi-même. Je n'ai jamais retrouvé l'estime de moi que j'avais auparavant, mais j'essaie. *Si j'avais un souhait à prononcer, ce serait celui-là.*

– Cette histoire sera pour une autre fois… je conclus.

Matt, qui anime la séance des AA[2], hoche la tête avec un sourire.

– Quelqu'un d'autre a-t-il envie de parler ?

Une nouvelle lève timidement la main. Avec ses cernes, ses traits tirés, elle a l'air au plus mal. Je ne suis certainement pas experte, mais à vue d'œil, je dirais qu'elle a arrêté il n'y a pas longtemps.

– Je suis venue ici sur ordre des services sociaux. Je me suis rendu compte que j'étais alcoolique quand mon fils a bu les fonds de bouteille que je laissais traîner chez nous et qu'il a fait un coma… Je ne savais pas qu'il savait marcher… et j'étais trop bourrée pour m'occuper de lui ce jour-là.

---

2. Abréviation pour Alcooliques anonymes.

Elle sanglote. À voir la détresse dans son regard, on sent qu'elle est perdue et qu'elle serait prête à faire une connerie si personne ne l'aide.

Chacun ici subit les conséquences de l'alcool à sa façon. Il n'impacte pas tout le monde de la même manière, selon l'âge, la vie personnelle… mais il nous rend tous minables, c'est certain.

– Il va mieux, reprend-elle, mais moi…

Elle sanglote encore. Ça fait de la peine.

– Les services sociaux l'ont confié à ma mère. J'ai le droit de le voir une fois par semaine pour l'instant. Venir ici était leur idée. Et si je tiens trois mois, je pourrai le voir plus souvent et récupérer sa garde. Je veux tout faire pour y arriver, il me manque.

Je reste jusqu'à la fin de la première réunion, mais m'éclipse rapidement. Il y a des jours comme ça, où je n'ai pas envie d'être sociable ni de m'attarder sur les problèmes des gens alors que j'ai les miens à régler.

Dehors, je souffle en fixant le ciel bleu. Il n'y a pas l'ombre d'un nuage. La chaleur est étouffante. Le soleil cogne fort en Arizona. Je m'arrête dans un Starbucks pour prendre une boisson fraîche avant de me diriger vers l'un de mes endroits préférés.

« The Machinery ».

Je me suis prise de passion pour la mécanique quand j'ai fracassé ma bécane dans un mur. Ce jour-là, j'étais beaucoup trop ivre pour conduire.

Je me suis fêlé une côte et j'ai hérité de nombreux bleus. Heureusement j'étais couverte, mais la moto a pris cher. *Je crois qu'il valait mieux elle que moi*... C'est là que j'ai rencontré Eddie. Il avait une tignasse rousse, une clope au bec et un vieux tee-shirt de The Clash taché de graisse. Je me souviens lui avoir bêtement demandé si c'était son groupe. Il me dévisageait déjà à cause de l'état de ma moto, mais mon manque de connaissance sur les vieux groupes de rock l'a mis K.-O.

Je crois qu'il a vu que ça n'allait pas. Je ne le savais pas à l'époque, mais il avait expérimenté les effets de l'alcool, du moins les conséquences dramatiques qu'il peut avoir. Il a lu en moi comme dans un livre ouvert. Il a refusé de réparer mon véhicule en me proposant à la place de le faire moi-même avec lui. Il m'a dit qu'il m'apprendrait tout. Je ne sais pas pourquoi, mais j'ai accepté. Il y avait dans son regard, dans sa voix, quelque chose de rassurant. Comme s'il me disait : tout ira bien maintenant.

J'arrive à l'atelier, couverte de sueur, mais la clim me rafraîchit aussitôt.

– Bonjour ! je m'exclame pour que tout le monde m'entende.

Cliff me répond d'un signe de la main alors qu'il s'occupe d'un client. Josie semble être dans l'arrière-boutique ou en pause.

– Salut Cookie, lance Eddie.

Il me sourit avant de tirer sur sa cigarette.

Ils m'ont surnommée comme ça le jour où j'ai apporté un saladier rempli de cookies que j'avais faits pour pallier mon manque d'alcool. C'était il y a plus de deux ans. Et même si ma moto est réparée depuis longtemps, je ne suis jamais partie.

– On est mieux ici ! J'ai l'impression qu'il fait dix degrés de moins que dehors.

– Estime-toi chanceuse qu'on l'ait supplié l'été avant que tu arrives d'installer ce rafraîchisseur, balance Josie. C'était une fournaise, à tel point que certains jours, j'avais envie de me mettre à poil.

– Personne ne t'en a empêché, s'esclaffe Cliff qui vient vers moi pour me prendre dans ses bras.

Josie lui répond par un doigt d'honneur.

– Je ne l'ai pas fait pour le bien de la boutique, tu aurais été incapable de travailler.

Cliff rigole, car il sait que c'est vrai. En même temps, Josie est canon. Elle a des origines vietnamiennes. Elle se fait généralement des couettes quand elle bosse et colore ses cheveux en bleu. Ses bras sont couverts de tatouages noirs et de couleur. Je ne connais pas son âge, mais je dirais entre vingt-cinq et trente-cinq ans. Je ne le lui ai jamais demandé, mais elle est magnifique. Je vois souvent les mecs qui défilent ici pour déposer leurs bécanes la regarder, fascinés.

– Je prends ma pause, annonce Cliff.

J'aime l'ambiance qui règne ici et les gens qui y sont. Ce n'est pas ma vraie famille, mais la vie et les choix que j'ai pu faire m'ont menée à eux. Je suis heureuse de les connaître et qu'ils fassent partie de mon quotidien. Très honnêtement, s'ils n'étaient pas là, j'aurais sombré depuis longtemps.

J'aime tout de ce lieu : le bruit des outils qui réparent, qui tombent parfois, le ronronnement des moteurs et la vieille radio d'Eddie qui diffuse en boucle des chansons de rock. Des établis, en passant par les étagères remplies d'outils en tout genre, je crois que c'est mon endroit préféré. Celui dans lequel je me sens bien. Si je pouvais venir plus souvent, je le ferais, mais j'ai aussi les cours à l'université.

– Comment tu vas ? me demande Eddie.

Il est comme un père pour moi. Rien à voir avec celui qui m'a abandonnée.

– Bien, je réponds en m'approchant de lui.

Il s'occupe de réparer une Kawasaki de 2019. Plus exactement le modèle Ninja H2 Carbon. Elle est imposante et possède une belle allure sportive. Mais je sais déjà qu'Eddie n'est pas un grand fan.

– Elle est magnifique, je dis en caressant la carrosserie.

– Elle a du cachet, mais elle est trop rutilante, commente Eddie.

– Toi et ton obsession du vintage, je me moque.

Josie ricane et ajoute :

– Je suis certaine qu'il se fait violence quand il accepte les clients avec ce genre de bolide.

– Rien ne vaut la beauté d'une Yamaha 350 ou d'une Harley-Davidson Softail de 1986 qui…

– Qui peut être considérée comme la première néorétro de l'histoire, je le coupe.

Josie s'esclaffe depuis l'accueil alors qu'Eddie me couvre d'un regard bienveillant. Personne ne s'y connaît mieux que lui en termes de motos. Qu'elles soient anciennes ou de la nouvelle génération, il est passionné.

– Interro surprise, lance Eddie.

Je souris.

Il fait ça à chaque fois que je viens. Il était tellement perturbé par mon manque d'éducation en matière de vieux tubes de rock qu'il m'a transmis son savoir et m'interroge parfois. Je fais la même chose avec des sujets d'actualité comme les séries en vogue ou la téléréalité.

– De quel groupe Jimmy Page était-il le guitariste ? demande Eddie.

– Led Zeppelin.

– Bien.

Il se penche sur la moto pour inspecter.

– Quel est le groupe considéré comme le pionnier du *heavy metal* ?

– Black Sabbath.

– Et enfin, cite-moi une chanson des Ramones.

– *Blitzkrieg Bop.*

– T'es content d'avoir endoctriné une gamine ? ricane Josie. Tu devrais avoir honte de toi.

– J'ai perfectionné sa culture, nuance, répond Eddie. Tu devrais en prendre de la graine, car elle est plus assidue que toi.

– Rien ne vaut le rap. Écoute le *flow* d'Eminem et son instru, ça, c'est de la bombe.

L'ambiance est toujours bonne école au garage. On se charrie, mais tout le monde s'entend bien. Même si parfois il y en a un de mauvais poil et que le ton monte, ça ne dure jamais longtemps.

– Tu veux changer la chaîne de distribution ? me demande Eddie.

– Oui.

Il me laisse la place.

Il m'a tout appris. De l'anatomie des motos à comment les réparer. Je m'en suis acheté une à la mort de ma mère. Je m'étais toujours sentie attirée par ce genre de véhicule, mais je n'avais pas le droit de m'en approcher. Alors naturellement, dès que j'ai pu, je m'en suis offert une. Une forme de rébellion. Une façon pour moi de lui dire : « Va te faire foutre, t'es morte, je fais ce que je veux. » J'aurais pu être différente si elle n'avait pas été aussi cruelle. J'aurais voulu qu'elle change…

Je viens ici plusieurs fois par semaine après la fac. Réparer, remonter, désosser, manipuler les outils, c'est une thérapie, c'est mon petit moment de calme. Si ma mère voyait ce que je fais, ce que j'écoute, ce que mange, elle m'étranglerait sans doute dans mon sommeil. Elle viendrait hanter mes rêves comme Freddy Krueger[3].

– Je te laisse t'en charger, je vais chercher à boire.

– Tu peux me rapporter un soda ?

Il hoche la tête. Je me penche vers la moto. Tout ce que je me répétais dans ma tête au début de mon apprentissage est devenu un automatisme aujourd'hui.

Je positionne des repères de calage de la distribution, puis je décrante le tendeur au maximum tout en fredonnant la chanson *Don't Stop Believin'* de Journey qui passe à la radio.

– Attention, balance Josie, tu ressembles de plus en plus au grand manitou. Bientôt, tu vas porter des tee-shirts démodés et chiquer du tabac. Le pire, c'est que t'as la même tignasse rousse que lui.

Je ris.

– Chante avec moi, Josie.

– Si je fais ça, ça ne s'arrêtera jamais. On chantera ensemble tous les jours comme dans *High School Musical*. Ne l'encourage pas, je ne veux pas faire les chœurs…

– « *Don't stop believin'*
Hold on to that feelin'
Streetlights, people
Don't stop believin' »

3. Freddy Krueger est un personnage de fiction dans la saga de films d'horreur *Freddy* de Wes Craven. Il apparaît la première fois dans le film *Les Griffes de la nuit*.

Elle me dévisage en se retenant de rire. Je me sens tellement plus heureuse quand je suis là. Comme si, en poussant la porte de ce garage, j'avais enfin trouvé ma place dans ce monde.

– Je sais que tu meurs d'envie de chanter. Laisse-toi aller !

Doucement, je dévisse l'arbre à cames de façon que les cames ne touchent plus les ressorts des soupapes puis je fais bifurquer la chaîne en place avec le dérive-chaîne.

– Tu t'en sors ? demande Eddie.

Il se penche vers moi et observe mon travail d'un air sérieux. Ce que je comprends après tout, il vit de ce métier, c'est sa passion. Si je venais à abîmer les motos de ses clients, je m'en voudrais à mort. Méticuleusement, j'accroche la nouvelle chaîne au bout de l'ancienne à l'aide d'un fil de fer et la fais glisser dent après dent de sorte qu'elle la remplace petit à petit. Tout est si minutieux, complexe, en mécanique, mais aussi logique quand on aime ça. Ce que j'adore, c'est qu'un rien peut tout dérégler. Je trouve ça fascinant.

– C'est bien, lance Eddie.

– Merci.

– Comment ça va en cours ?

Il me demande toujours de mes nouvelles et s'intéresse vraiment à moi. Il ne me donne jamais la sensation d'être décevante ou inutile comme j'ai pu le ressentir tant de fois avec ma mère. Il me rend humaine. Et je sais qu'il s'inquiète réellement pour moi quand je ne vais pas bien. Il n'y a pas si longtemps, j'ai fait une crise de panique. J'étais en soirée avec une amie de fac, je pensais que ça se passerait bien, mais il y avait beaucoup d'alcool et beaucoup de monde. Tout ça m'a rappelé de mauvais souvenirs et je me suis sentie mal. J'ai contacté Eddie alors qu'il était quasiment 1 heure du matin et il est venu me chercher.

– Ça va, le programme à l'air prometteur.

J'étudie la médecine. Les cours sont vraiment géniaux, j'adore tout ce que j'apprends. J'espère réussir mes études et entamer une carrière de médecin légiste. Je trouve ce métier réellement passionnant et intéressant.

– Il faut que tu remettes le rivet, me conseille Eddie.

Je hoche la tête puis m'exécute en m'appliquant pour terminer le travail correctement.

– C'est parfait.

Je souris à Eddie.

– Je n'ai pas autant de compliments quand je bosse bien, se lamente Cliff.

– Parce que tu n'es pas aussi jolie que moi, je raille.

– Je ne rentre peut-être pas dans ton mini-short, mais mon cul fait quand même des ravages. N'est-ce pas, Jo ?

L'intéressée relève la tête de son ordinateur.

– Si on doit élire le plus beau cul de ce garage, je gagne. Je le sculpte à la salle de sport.

J'éclate de rire.

– Eddie ? appelle Cliff. Qui a le plus beau cul ? Josie ou moi ?

Son air exaspéré est merveilleux.

J'adore vraiment cet endroit !

CHAPITRE 2

MAXINE

Les jours défilent mais certains sont plus compliqués que d'autres. Comme hier. Je ne suis pas allée en cours, j'ai passé la journée au garage. Hier, c'était l'anniversaire de l'abandon de mon père. Curieux anniversaire, mais je n'ai jamais oublié le jour où il n'est pas rentré à la maison, me laissant seule avec ma mère. Quelque part, je comprends qu'il se soit enfui, elle était folle. Pourquoi, dans sa fuite, il ne m'a pas prise avec lui ? J'avais neuf ans à l'époque… Il m'a appelée une fois après son départ, pour mon anniversaire. Je me souviens l'avoir supplié de venir me chercher, mais il ne l'a jamais fait et je n'ai plus eu de nouvelles. Je crois que c'est pour ça que lorsqu'Eddie m'a prise sous son aile, je me suis sentie bien. Car pour une fois, j'avais la sensation qu'on tenait à moi.

Je me gifle mentalement pour sortir de mes pensées, puis scrute mon reflet dans le miroir des toilettes de l'université. Il y a trois choses qu'on remarque chez moi et qui ne me font pas passer inaperçue ; les taches de rousseur sur mes joues et mon nez, mes cheveux roux et mes dents du bonheur. J'aurais adoré les faire redresser, mais ma mère était convaincue que si Dieu m'avait voulue ainsi, ça resterait tel quel. J'ai fini par m'y habituer et aimer cette différence, car ça dénote des sourires parfaits.

Je m'asperge le visage d'eau alors qu'un groupe de filles entre dans les toilettes en discutant de fringues. Je leur laisse la place et sors.

Il fait déjà chaud ce matin et les températures vont probablement encore avoisiner les trente-cinq degrés aujourd'hui. Je slalome entre les étudiants, regrettant d'avoir oublié mes écouteurs avant de partir. Le campus n'est pas très grand, mais ça me convient. Je me sens tellement chanceuse d'être ici. Il y a trois ans, je n'aurais jamais cru y parvenir. J'avais toujours la tête dans un seau pour vomir mes tripes, un verre à la main et une quantité déraisonnable d'alcool dans le sang. Je sortais constamment, j'allais n'importe où, en faisant n'importe quoi avec n'importe qui. Le but était de trouver un truc sale ou scandaleux qui rendrait ma mère complètement dingue.

– Salut, Scully.

Je retrouve Fiona, une de mes amies. Elle me surnomme ainsi à cause de mes cheveux et parce qu'elle adore la série *X-Files*.

– Ne sois pas jalouse, car je suis magnifique, je dis en glissant mon bras sous le sien. Je suis un être rare, une combinaison d'exception ; rousse aux yeux bleus.

Elle éclate de rire alors que nous avançons vers le bâtiment principal pour notre prochain cours. Nous empruntons un chemin pavé jonché de rosiers. Si je trouve ça plutôt beau, Fiona sursaute toutes les dix secondes dès qu'une guêpe l'approche de trop près.

– Si on était au Moyen Âge, tu ne rigolerais pas autant. Tu serais considérée comme une alliée du Malin[4] et tes taches de rousseur seraient la preuve que tu couches avec lui, vilaine fille.

Fiona rigole, mais je me souviens de ma mère me disant que les roux étaient les complices du Diable à cause de la couleur des flammes de l'enfer, identique à leur chevelure. Pour elle qui aimait son Dieu plus que tout, c'était impensable que sa fille soit ainsi. Elle répétait sans cesse qu'il lui avait envoyé une épreuve pour tester sa foi et sa résilience. Parfois je me demande pourquoi elle ne m'a pas abandonnée comme Moïse. J'aurais préféré, car j'aurais difficilement pu être plus malheureuse.

– Heureusement pour moi, on n'est pas au Moyen Âge.

– Tu m'étonnes.

Je ris à mon tour.

---

4. « Le Malin » est l'un des nombreux surnoms du Diable.

Fiona et moi nous sommes rencontrées lors d'un de nos premiers cours. On devait inciser des cadavres en binôme.

Si ma mère avait connu ou vu Fiona avec moi, elle aurait prié son Seigneur de sauver mon âme. Elle m'aurait fouettée pour faire partir le Malin de mon esprit et m'obliger à ne plus la fréquenter. Mon dos me picote, comme un rappel de vieux souvenirs que je préférerais oublier.

Ma mère était très conservatrice et détestait la moindre fantaisie. Elle ne l'aurait pas aimée, car Fiona s'habille dans un style grunge, parfois même gothique. Elle est souvent vêtue de noir avec des collants en résille, des chaînes et des colliers ou des bracelets cloutés. Elle est adorable et magnifique, surtout comme aujourd'hui quand elle coiffe ses cheveux blonds en deux macarons.

– Au fait, j'ai regardé l'un des films que tu m'as recommandés.

– Lequel ?

– *The Thing*.

Je jubile. J'adore quand elle suit mes conseils cinématographiques. Je suis passionnée par les vieux films d'horreur et par les films de John Carpenter en général. Je trouve qu'il a l'art et la manière de laisser planer le doute à la fin de ses œuvres.

– Tu as aimé ? je demande.

– Oui, mais… MacReady ou Childs ? C'est qui à la fin, *La Chose*, bon sang ?

Je ricane.

– On ne sait pas, mais c'est là tout le génie. Tu te demandes sans vraiment savoir.

– Je hais les fins ouvertes ! Je hais les putains de fins ouvertes qui ne t'expliquent rien, soupire Fiona. J'ai envie de secouer le gars qui a réalisé le film en lui disant : « J'ai besoin de réponses. »

– Ça fait quarante ans que les gens se posent la question, je crois qu'on ne pourra jamais y répondre.

– C'est honteux.

– Je suis contente que tu aies aimé.

Fiona hoche la tête.

– Tu avais raison, *Stranger Things* s'est clairement inspiré de ce film pour la troisième saison.

Nous approchons de notre salle de cours. Fiona étudie avec moi pour devenir pédiatre ou gynécologue, elle n'a pas encore décidé. De ce qu'elle m'a expliqué, la discipline est plutôt une vocation familiale. Son père est médecin, sa mère aussi et son frère aîné est interne dans un hôpital.

– Tu es venue à moto ?

Fiona désigne mon blouson d'un signe de tête.

– Oui.

Je ne me déplace pratiquement que comme ça sauf pour faire des courses. Conduire ma moto, c'est embrasser la liberté. J'ai conscience que ça peut paraître cliché, mais c'est aussi vrai. Parfois quand je vais vraiment mal, je roule et roule encore… Je trouve toujours un endroit à découvrir et ça me ressource. Dès que je me sens trop oppressée par mes démons, je me nourris de liberté. C'est mon remède.

– T'as conscience que tous les mecs te reluquent en rêvant de te chevaucher comme tu le fais avec ton engin ?

– Quelle charmante image.

– Quelle charmante réalité, tu veux dire.

Je soupire.

Je ne suis pas bête, je le sais. Comme n'importe quelle femme de mon âge, j'attire les hommes, mais je ne suis pas vraiment intéressée. Quand je buvais encore, j'ai pas mal abusé du sexe. Les deux allaient souvent de pair, et si je me souviens de certaines choses, je redoute celles que j'ai oubliées. Alors, depuis que j'ai arrêté la boisson, j'ai aussi arrêté le sexe. Enfin, en partie…

– Il paraît que les rousses ont une vie sexuelle hyperactive et épanouie.

– Si c'est vrai, je suis l'exception qui confirme la règle. Mais dis-moi, c'est quoi cette obsession pour les roux ?

– J'ai lu un truc débile à ce sujet. Tu vois quand tu vas sur Internet pour tes cours et que tu tombes sur autre chose, dont tu devrais te foutre, et comme tu es faible, tu cliques dessus ?

– Je vois.

***

Il est presque 19 heures quand mon dernier cours se termine et bon nombre d'étudiants sont encore sur le campus. Et après, on nous fait croire qu'on ne fout rien… Je suis complètement crevée. Je n'ai qu'une hâte ; manger, me laver et me coucher. Je me languis déjà du week-end, même si je n'ai aucune idée de ce que je vais faire. Je vais probablement traîner au garage.

Je glisse mon téléphone dans mon sac et mets mon casque avant de monter sur ma moto. C'est une Ducati Panigale V4. Elle m'a coûté un bras, mais à la mort de ma mère j'ai hérité d'une belle somme en plus de notre ancienne maison et des biens. Elle travaillait comme tout le monde, mais son patrimoine s'était constitué suite à la disparition de ses parents. Étant du genre minimaliste, elle ne dépensait quasiment rien. La succession m'a laissée sans voix, j'étais persuadée qu'elle léguerait tout à l'église du quartier.

Je fais marche arrière quand j'aperçois trop tard une nana, les mains pleines de livres. Je crains de lui avoir écrasé le pied ou de l'avoir percutée avec la moto, car elle atterrit sur les fesses.

Merde.

Je descends, horrifiée, alors qu'elle est à terre en train de ramasser ses bouquins. Je me précipite à ses côtés.

– Je suis désolée, je ne t'avais pas vue et…

Elle relève la tête et me sourit gentiment. Elle ne semble pas m'en vouloir ni être fâchée, ce qui m'étonne et me perturbe. Ses cheveux noirs font ressortir ses yeux verts. Bien que ses joues soient un peu creusées, elle reste jolie.

– Tout va bien, me rassure-t-elle. Tu m'as juste un peu bousculée.

– Mais tu es tombée… Tu es certaine que tu n'as rien ?

– Disons que j'ai juste eu peur et comme je suis maladroite, j'ai perdu l'équilibre en voulant reculer, répond-elle. Mais ça va, ne t'inquiète pas.

– Bon sang, je suis tellement désolée !

– J'ai juste un peu mal aux fesses, rien de grave.

Elle dit ça si naturellement que je glousse. Je l'aide à ramasser ses livres : psychologie, études sur les tueurs en série et mangas. Elle semble avoir dévalisé la bibliothèque, je valide néanmoins ses choix de lecture.

– En plus, je débarque avec ma pile plus haute que moi et ne regarde pas où je vais.

– C'est vrai qu'il y en a beaucoup.

Elle hoche la tête en souriant. Je lui donne un coup de main pour se redresser, mais elle grimace. Si le choc n'a pas été brutal, ma moto pèse quand même son poids. J'espère qu'elle n'a rien de cassé. S'il le faut, je suis prête à payer les frais médicaux, je ne veux pas de problèmes.

– Tu as mal ?

Trois mecs qui passent devant nous sur le parking nous toisent avant de tracer leur route.

– Ça me lance un peu, avoue-t-elle. Je vais probablement avoir un bleu.

– Tu veux que je t'emmène à l'hôpital ?

– Non, non, répond vivement l'inconnue. Au pire, j'aurai un hématome, rien de bien grave.

– Je peux au moins te payer un verre, histoire d'oublier un peu la douleur ?

Elle semble réfléchir à mes mots.

– Faisons ça, par contre…

Elle désigne ses livres du regard. J'ouvre le sac qui sert à transporter mon casque quand je suis en cours.

– Mets-les dedans, j'ai de la place.

– Merci, mais…

– J'y tiens, je la coupe. Je m'en veux un peu et ça soulagerait ma conscience si tu me laissais t'aider.

– Et si je ne veux pas soulager ta conscience ?

– Ça serait vraiment cruel de ta part.

Elle éclate de rire. Un rire sincère et contagieux. C'est la première fois que je la vois, mais elle a quelque chose de très solaire. Je range ses affaires et la conduis, jusqu'au Starbucks où j'ai l'habitude d'aller. Elle s'installe à une table tandis que je commande pour nous deux. La serveuse me donne même quelques glaçons dans un verre avec une serviette, je la remercie avec un généreux pourboire.

– Voilà un smoothie, je dis en revenant.

– Merci, mais tu n'étais pas obligée de payer ma boisson.

Elle accepte néanmoins le verre que je lui tends.

– Au fait, je m'appelle Bonnie, dit-elle en souriant.

– Et moi, Maxine, mais les gens m'appellent Max.

Je m'installe à mon tour en face d'elle, curieuse d'en savoir plus à son sujet.

– Qu'est-ce que tu étudies ?

– La psychologie, et toi ?

– C'est un domaine proche du tien, je suis en médecine générale.

– Super ! Tu sais déjà dans quelle branche tu souhaites te spécialiser ? me questionne-t-elle.

– J'aimerais beaucoup devenir médecin légiste. Je trouve absolument fascinant le fait d'analyser les corps pour déterminer les circonstances d'une mort. Surtout quand on étudie les scènes de crime.

Elle écarquille les yeux.

– Tu rigoles ?

– Non, pourquoi ?

– Je veux être psychologue en criminologie.

Nos regards se croisent et j'y vois comme une étincelle.

– Vraiment ?

– Absolument, acquiesce Bonnie. Je suis fascinée par les documentaires sur les tueurs. Je peux en regarder pendant des heures, car je décortique et essaie de comprendre leur esprit torturé. On a visiblement été inspirées par la même passion.

J'acquiesce.

– J'avoue que je me sens moins seule. Toutes les personnes que je rencontre souhaitent devenir chirurgien, sage-femme… je soupire en levant les yeux au ciel.

Bonnie éclate de rire.

– Tu aimes les films d'horreur ? je reprends.

– J'en regarde en mangeant le soir.

Je ris à mon tour. On a vraiment l'air de deux folles.

– J'ai une préférence pour les *old school*, en revanche. *Les Freddy*, *Massacre à la tronçonneuse*, *Ça*…

– Je te comprends, je suis pareille. Et les films d'épouvante asiatiques aussi.

– Je n'ai vu que *The Ring*, je crois.

– La série de films *Ju-on* est incroyable.

– Je la regarderai à l'occasion, m'assure Bonnie.

– Franchement, tu ne le regretteras pas.

Nous continuons à parler de films d'horreur jusqu'à ce qu'elle me demande l'heure.

– Il est presque 21 heures, je réponds.

– Bon sang, il faut que je trouve un bus pour rentrer !

– Ton cul va mieux ?

Bonnie se redresse et acquiesce en palpant ses fesses.

– Tout va bien.

– Je n'ai pas de deuxième casque, mais je te ramène chez toi.

Elle secoue vivement la tête, les joues rouges.

– Non, ce n'est pas la peine.

– Bon, j'admets que la moto n'est pas vraiment l'idéal si tu as mal au cul, mais c'est toujours mieux que les transports en commun.

Elle réfléchit quelques secondes.

– Bon d'accord.

Nous sortons pour rejoindre le parking, tout en continuant de discuter.

– Sacrée bécane n'empêche, commente-t-elle avec un regard appuyé.

Je souris en hochant la tête, fière de sa remarque.

– En effet !

– Du coup, c'est toi, « la rousse à la moto ».

– Comment ça ? je dis en fronçant les sourcils.

– Rien, j'ai entendu deux gars de mon cours de psycho parler de toi. En bien… Ils avaient l'air de vouloir que vous soyez proches, si tu vois ce que je veux dire.

J'éclate de rire et balaye de la main son allusion. Je lui fais essayer mon casque, préférant qu'elle en porte un plutôt que moi, mais il est trop grand pour elle. *Fait chier, elle risque de le perdre en route.*

– Tu habites où ?

Soudain, Bonnie semble mal à l'aise.

– À Forest Hills Trailer Park.

J'acquiesce sans rien dire et monte sur ma moto. Elle s'installe derrière moi, silencieuse, comme si elle avait honte de vivre là-bas.

– Comme tu n'as pas de casque, je vais rouler doucement, je la préviens.

Je démarre tandis qu'elle enroule ses bras autour de ma taille.

CHAPITRE 3

KANE

Mais qu'est-ce qu'elle fout, putain ?

Je balance rageusement mon téléphone sur la banquette usée du sofa. Je dois partir au boulot dans moins de vingt minutes et ma sœur n'est toujours pas rentrée.

Elle n'est jamais en retard et répond toujours au téléphone.

Je dois aller au travail, mais je n'aime pas l'idée de m'y rendre sans avoir de ses nouvelles. Qu'elle ne m'en donne pas me rend particulièrement irritable. Rien à foutre de passer pour un paranoïaque ultra-protecteur. Elle est ce que j'ai de plus cher au monde, elle est la seule chose que j'aime et que je veux protéger. *Et elle le sait, bon sang !*

Je sors du mobile home. Il fait encore plus chaud à l'extérieur et l'odeur des poubelles qui s'entassent à l'entrée du parc se sent d'ici. Je grimace en scrutant ce qui s'offre à moi ; des rangées d'habitations ternes et vieillottes séparées par des grillages, des déchets en tout genre qui traînent dans les jardins. Et plus loin dans notre allée, on trouve même des voitures désossées, des barils en métal, des matelas abandonnés, et j'en passe. Je déteste cet endroit. Il est lugubre, triste et moche. Tout à fait à mon image, mais pas à la sienne… Je voudrais offrir autre chose à ma petite sœur, mais avec le salaire d'un ouvrier à la chaîne dans une usine de métallurgie, c'est la seule chose que je peux payer. Le coin regorge d'alcooliques, de SDF, de drogués et de tarés. Depuis qu'un mec a fait irruption dans notre mobile home en pleine nuit, je dors avec une batte de base-ball à côté de moi. Le gars s'était trompé, mais en entendant Bonnie hurler cette nuit-là, j'ai cru que j'allais le tuer. Je ne compte plus les fois où l'on entend nos voisins se disputer ou baiser, ni les bagarres et les coups de fusil, sans parler des sirènes des voitures de police. Néanmoins, on a un toit sur la tête, c'est quand même mieux que rien.

– T'es prêt à décoller ? lance Peter en me rejoignant sur notre semblant de terrasse.

– Non, je bougonne.

Il se contente de me dévisager sans rien dire, avant de souffler et d'allumer une clope. Il m'en propose une que j'accepte. Ce type est mon meilleur ami. Le seul qui me supporte et inversement. La deuxième personne qui compte le plus au monde et pour qui je pourrais me battre s'il le fallait. On s'est rencontrés au boulot. Il y bossait déjà depuis un an, il m'a donc formé à mon arrivée. Comme on s'arrange pour faire les mêmes horaires et travailler en équipe, la plupart du temps on part ensemble pour économiser l'essence.

– On va être en retard.

– Bonnie n'est pas encore rentrée.

– OK, lance-t-il simplement.

Il sait que je protège ma sœur plus que ma propre vie et que je me jetterais d'un pont sans hésiter si ça lui permettait de survivre. Il me connaît suffisamment pour savoir que ça m'angoisse qu'elle ne soit pas encore rentrée. Cette nécessité de prendre soin d'elle remonte à si longtemps que ça me semble logique, instinctif. On a vécu tellement de merdes que j'ai besoin de savoir qu'elle va bien.

– Pas de nouvelles ?

– Non.

J'aboie presque ce mot.

– Je décolle sans toi dans dix minutes et je te couvre au boulot.

Je m'apprête à répondre quand le ronronnement d'une moto brise le silence ambiant. Certains voisins trop cons et trop curieux sortent pour regarder le spectacle. Faut dire qu'ici on entend plus souvent des cris, des coups de feu et des mobylettes débridées que le moteur puissant d'un tel engin.

– C'est Bonnie, non ? m'interroge Peter.

– Quoi ? je m'exclame.

Il désigne la moto. Je plisse les yeux. Effectivement, elle est assise à l'arrière sans casque, les bras enroulés autour d'un inconnu et… Elle était avec un mec ? Ils s'arrêtent devant chez nous. Tout le voisinage semble s'être rassemblé dehors pour assister à la scène comme si c'était le point culminant de leur soirée. Je tire sur ma clope avant de l'écraser dans le cendrier posé sur le rebord de la fenêtre.

– C'est qui ce connard ? je siffle, énervé.

Bonnie descend en même temps que l'autre.

– On dirait plutôt « elle », rectifie mon pote.

En effet, les courbes de l'inconnu sont plutôt féminines. Je m'avance tandis que l'étranger enlève son casque. Une crinière rousse tombe en cascade sur ses épaules.

– Tu foutais quoi ?

– Désolée, je n'avais plus de batterie, s'excuse ma sœur. Et je n'ai pas vu l'heure passer.

– J'ai malencontreusement renversé Bonnie et…

Je dévisage la nana qui semble surprise par le regard noir que je lui adresse. Elle laisse sa phrase en suspens alors que ses yeux bleus se rivent aux miens. Je me sens troublé pendant quelques secondes, pas parce qu'elle est canon, mais plutôt parce que j'ai l'impression de l'avoir déjà vue quelque part. Ses cheveux et son visage me semblent familiers. Peut-être que je l'ai sautée… ? *Peu importe.*

– Je vais bien, et elle ne m'a pas renversée, s'empresse de rajouter ma sœur. J'ai juste mal aux fesses. Merci encore de m'avoir ramenée ici.

La rousse lui sourit en secouant la tête.

– Non seulement tu la renverses, mais en plus tu la fais monter sur ta moto de merde sans casque, je grogne.

– Kane ! gronde Bonnie. Ne commence pas.

Cette dernière est énervée, ça se voit. Elle me fera sans doute payer pour ça. Je l'ignore pour reporter mon attention sur l'ovni roux en face de moi. Elle est visiblement pleine aux as, si je considère sa moto et son sac Prada ainsi que sa façon de plisser le nez comme si l'odeur des quartiers pauvres la rendait nauséeuse. À ses yeux, on doit tous passer pour des pouilleux.

– Tu aurais peut-être préféré que je la laisse rentrer en bus ? raille-t-elle. Où que je m'enfuie en la laissant toute seule ?

Elle me rend mon regard, empli cette fois de défi et d'un dédain similaire au mien. Elle ne me craint pas et le montre. Elle dégage quelque chose de fougueux, d'irrévérencieux. J'ai vraiment l'impression de la connaître.

– J'aurais préféré que tu ne lui roules pas dessus, *principessa*. C'est un bien joli joujou que tu as là, mais encore faut-il savoir t'en servir et éviter d'écraser les gens.

– Pardon ?

Elle fait un pas vers moi. On dirait qu'elle n'a pas peur du corps-à-corps et qu'elle est prête à me cogner. Elle me toise sans ciller. Cette fille dégage une aura, comme celle des gens qui ne manquent de rien. On ne vit clairement pas dans le même univers. Mais ce qui me perturbe le plus, c'est cette impression de déjà-vu qui me colle à la peau. Je suis certain de la connaître, mais d'où ? On n'a pas couché ensemble, je m'en souviendrais… Et surtout, pour qui elle se prend, alors qu'elle débarque chez moi après avoir blessé Bonnie ?

– Kane, on y va ? intervient Peter en descendant de la terrasse. Bonnie est rentrée, on peut partir.

Il doit sentir l'animosité grandissante et essaie de désamorcer intelligemment la bombe qui menace d'exploser. Il s'éloigne pour rejoindre sa voiture et me bouscule au passage. Il salue rapidement ma sœur en passant devant elle.

Il a raison, on doit y aller.

– Retourne chez toi, si tu ne veux pas te faire voler ta bécane, *principessa*. On se voit demain matin, je dis à Bonnie en la serrant contre moi.

Elle me fait la gueule, mais se laisse quand même faire. Je m'en veux d'être comme je suis, j'aurais aimé qu'on grandisse autrement, j'aurais voulu ne pas avoir à me comporter ainsi. Mais je ne peux pas changer ce que je suis devenu.

– Fais attention à toi.

Mais alors que je m'apprête à retrouver Peter, je sens qu'on me retient. Je me tourne légèrement et baisse les yeux vers la rousse qui agrippe mon pull.

– Tu fais quoi là ?

Elle me lâche avec une mine de dégoût.

– Ne m'appelle pas « princesse » alors qu'on ne se connaît pas et je ne t'appellerai pas « tocard », siffle-t-elle. Pour qui tu te prends, au juste ?

Je ricane. Elle fulmine.

– Fais attention à ne pas trop respirer l'air nauséabond des quartiers malfamés, *principessa*. Je ne voudrais surtout pas que ton teint de rose se fane.

– Ce n'est pas l'air qui est nauséabond, c'est toi, *tocard*.

– Méfie-toi, je ne suis pas comme les petits toutous que tu fréquentes d'habitude.

– C'est sûr qu'ils sont moins désagréables. Bonnie, on se verra peut-être à l'université, dit-elle en s'éloignant.

Elle me devance, remet son casque et m'adresse un superbe doigt d'honneur avant de filer. Alors que je la regarde partir, Bonnie me pousse violemment. Elle est furieuse.

– Mais qu'est-ce qui ne va pas chez toi ? s'insurge-t-elle.

– Je ne suis pas d'humeur pour une scène, je réponds. Je dois aller bosser.

– Faire ton gros connard en insultant une inconnue ça ne te dérange pas, mais là, tu te dégonfles, car tu ne veux pas de scène ?

Peter klaxonne. On va sérieusement être à la bourre.

– Faut que j'y aille. Tu sais, pour avoir un salaire de merde, pour payer le loyer et la bouffe, pendant que tu profites, tu vois ?

– Je vois.

Sur ces mots, elle tourne les talons et rentre à la maison. La porte claque alors que je rejoins Peter. *Eh merde. Pourquoi faut-il que je sois si con parfois ?*

– J'en connais un qui va encore ramper pour s'excuser auprès de sa sœur adorée.

– Ta gueule.

Il rit et démarre en trombe.

Le pire, c'est qu'il a raison. Je n'aime pas m'engueuler avec Bonnie, je n'aime pas lui faire mal au cœur ni partir au boulot alors qu'on est fâchés. Quand je rentrerai, je m'arrangerai pour qu'elle me pardonne. J'ai tendance à être obsessionnel. J'agis souvent – bien trop souvent même – par instinct, mais quand il s'agit d'elle, je bondis tel un putain de fauve.

– Il s'est passé quoi avec la rousse à l'instant ? demande Peter en conduisant. J'ai cru que vous alliez vous sauter dessus.

– Elle l'a renversée et me répond comme si elle n'avait rien fait, je dis en haussant les épaules. Bonnie sait très bien que je n'aime pas me rendre au boulot sans m'assurer qu'elle va bien.

– Elle s'est excusée et l'a ramenée à la maison. Il y a pire.

– Alors je déteste les riches. La réponse te convient mieux ?

– Ça, c'est un scoop…

Je me frotte le visage pour chasser les émotions qui tourbillonnent dans ma tête. Mes pensées alternent entre la déception de Bonnie et la sensation de connaître cette fille.

– Par contre, t'as pas l'impression de l'avoir déjà vue, la rousse ? lance mon meilleur ami.

Je me tourne vers lui, étonné par sa question.

– Putain, c'est ce que je me disais tout à l'heure.

Peter étant mon binôme dans nos nombreux délires, le fait qu'il ait pensé comme moi ne me plaît pas vraiment. Ça signifie qu'on l'a sans doute aperçue dans un lieu peu fréquentable dans lequel on a déjà traîné ensemble.

– Tu l'as baisée ?

Je secoue la tête en regardant les éclairages de nuit animer la ville.

– Non, c'est autre chose.

Je ne vois qu'un seul endroit possible qui expliquerait qu'elle me perturbe autant.

– À La Tanière, dit Peter, en écho à mes pensées.

– Ouais.

Là-bas, on croise des tordus, des gens en manque de sensations fortes, d'adrénaline, et j'en passe… Je ferme les yeux pour tenter de me souvenir d'elle. *Bingo !* Je la vois. C'est comme une illumination et je comprends pourquoi je souhaitais l'oublier, sans y parvenir. Habillée d'une foutue robe en dentelle rouge, ses cheveux aussi flamboyants qu'une flamme, recouvrant ses épaules nues, elle attirait tous les regards. Le mien aussi, mais pas pour les mêmes raisons que ceux des mecs qui rêvaient de la sauter et qui l'ont probablement fait. Je me rappelle qu'elle était dans *cet endroit*, et qu'elle n'avait rien à y foutre. Elle paraissait trop belle, trop jeune, trop innocente… Elle m'a semblé en total décalage avec le décor. Comme un bug dans la matrice. Elle n'aurait jamais dû être là, se laisser tripoter par cette ordure.

– Elle était avec lui.

– Shelby ?

– Ouais.

– T'as raison, il l'exhibait comme un trophée. Il… sa robe était longue, mais je crois qu'il la touchait par-derrière durant les combats.

Une belle nana, bien trop jeune pour lui et habillée comme une princesse, c'est tout ce qu'il adore pour se pavaner devant ses potes et ses clients. Pourquoi je n'y ai pas pensé tout de suite en la voyant ?

– Tout va bien, mec ?

– Qu'est-ce que cette meuf fout avec ma sœur ?

– J'en sais rien. Coïncidence ? La ville est petite et elles vont dans la même fac, ça n'a rien d'étonnant.

– Coïncidence ou pas, il est hors de question qu'elle s'approche encore de Bonnie. Une personne qui fréquente cet endroit et ce fils de pute n'a rien à faire dans nos vies.

Je fulmine presque.

– On ne l'a pas beaucoup vue là-bas, tu crois qu'elle y va encore ?

– J'en sais rien. En revanche, ce que je sais, c'est que tous ceux qui côtoient ce connard sont toxiques.

Je ferai tout pour que Bonnie en soit préservée. On n'a rien connu de bon durant notre enfance, notre adolescence n'était pas glorieuse, alors j'essaie de faire en sorte que ça change. J'essaie de lui offrir une vie meilleure ou du moins qu'elle puisse avoir un avenir.

***

Je suis complètement rincé en rentrant à la maison. Travailler à l'usine dans la métallurgie n'a rien d'une partie de plaisir, ça façonne le corps et les muscles. C'est mon sport quotidien. Entre la découpe, le pliage et le martelage, on a de quoi s'occuper. N'ayant pas fait d'études après une scolarité compliquée, j'ai pris le premier boulot où l'on a bien voulu de moi.

Je me débarrasse de mes chaussures à l'entrée. Bonnie n'est pas encore réveillée. Ses baskets sur le paillasson m'indiquent qu'elle dort probablement encore. Quand nous nous sommes installés ici, j'ai donné la grande chambre à Bonnie. Elle avait plus d'affaires et l'endroit était déjà assez glauque comme ça, je préférais qu'elle puisse avoir un semblant d'intimité. À seize ans, c'est important.

Ma chambre ressemble davantage au placard sous l'escalier d'Harry Potter plutôt qu'à une chambre. Il y a un lit une personne, une table de chevet et un chargeur de téléphone. Je n'ai besoin de rien de plus.

J'ouvre la télé sur la chaîne des infos puis je me mets aux fourneaux pour préparer le petit-déjeuner.

Quand finalement Bonnie apparaît, je m'aperçois qu'elle fait toujours la gueule.

– Je n'ai pas faim, je prends juste un café.

– Mange, tu en as besoin.

M'ignorant complètement, elle se sert une tasse et part s'asseoir sur le canapé. Je coupe le feu de la gazinière et la rejoins.

– Bonnie…

– Va te faire voir ! Je n'ai pas envie de te parler ce matin, je veux juste boire mon café avant d'aller me laver.

– Je suis désolé pour hier soir, je n'aurais pas dû te dire ça. Tu sais que je ne le pense pas et que je suis un connard parfois.

– Parfois ? raille-t-elle.

Tu parles d'un caractère de chien.

– D'accord, je suis un connard tout le temps avec tout le monde et de temps en temps avec toi. Je suis désolé pour ça, tu sais que je suis un crétin, non ? Je devais partir et tu étais injoignable.

Elle hausse les épaules. J'ai conscience que des fois, elle se sent étouffée, oppressée par mon comportement. Je ne peux pas l'en blâmer.

– Elle t'a blessée, car elle ne sait pas conduire et toi, t'as été inconsciente de monter sur sa bécane de merde. Je n'ai pas envie qu'il t'arrive quoi que ce soit. Vous auriez pu avoir un accident.

Elle me fusille du regard. Mais elle sait que je tiens à elle plus qu'à ma vie, à son grand désarroi.

– Elle était super gentille et adorable, sauf qu'il a fallu que tu me foutes la honte. Je déteste quand tu te comportes comme ça.

– Désolé…

J'y peux rien, c'est quelque chose de viscéral. Protéger Bonnie est inscrit dans mon ADN. C'est aussi instinctif que respirer, j'en ai besoin. Cette nana a fréquenté Shelby, par conséquent, elle ne peut pas faire partie de nos vies, encore moins celle de Bonnie. Mais je ne peux pas le lui dire. Pas comme ça.

– En plus, elle était en train de s'excuser auprès de toi alors qu'elle n'était pas obligée et tu…

– Elle n'a pas sa place ici. Tu l'as vue ? Notre vie n'a rien à voir avec la sienne.

– Ne t'en fais pas, après ton petit numéro, ça m'étonnerait qu'elle me parle encore. J'ai conscience de tout ce que tu fais pour nous, pour moi. Je sais d'où on vient, Kane. Mais le monde entier n'est pas pourri jusqu'à la moelle.

– On vit dans une ruine, au milieu des déchets. On fait quasiment partie des meubles. Elle, elle est d'un autre monde.

– Je ne suis pas un déchet, proteste ma sœur. Tu te considères peut-être ainsi, mais pas moi.

Sur ce, elle se lève et s'enferme dans la salle de bains.

J'observe le tatouage sur mon bras. Bien que la réalité que je connais soit pourrie, je peux faire en sorte que la sienne ne le soit pas.

CHAPITRE 4

MAXINE

Je scrolle sur TikTok, en attendant mon smoothie dans la file du Starbucks. Plus que quelques heures avant le week-end. Je me languis déjà d'aller au garage et de me poser devant la télé, même si j'appréhende un peu ce soir. Je ne sais pas s'il est possible d'être phobique d'un jour de semaine, mais je n'aime pas le vendredi.

– Max ?

– Oui.

Le serveur me donne enfin ma boisson. Je le remercie et sors en réajustant la lanière de mon sac sur mon épaule.

Mon reflet dans la devanture du magasin me fait penser à ce type l'autre jour. « *Principessa.* » Je suis certaine qu'il l'a dit en italien à cause de la marque de ma moto.

Stronzo[5] *! Coglione*[6] *!*

D'accord, je ressemble peut-être aujourd'hui à une princesse avec ma robe blanche et jaune qui appartenait à ma grand-mère dans les années 1970, mais j'adore ce style, il me va bien. J'ai passé ma scolarité à m'habiller selon le bon vouloir de ma mère. Avec des jupes plissées jusqu'aux genoux et des tuniques à col claudine boutonnées jusqu'en haut. Désormais, c'est moi qui choisis les vêtements dont j'ai envie. Donc, si j'aime parfois ressembler à une princesse des temps modernes, je fais ce que je veux, peu importe. Après tout, je l'emmerde, ce type, il ne sait rien de moi. D'autant que lorsqu'il m'a vue j'étais en jean sur une moto.

Je n'ai pas bien compris si c'était le mec ou le frère de Bonnie, mais il avait un problème, ça, je l'ai remarqué. C'était troublant, cette façon de me regarder et de me juger sans me connaître… Comme si je le dégoûtais. Dès qu'il a supposé que j'avais de l'argent, il s'est mis sur la défensive. Pourtant, je n'ai pas eu la sensation d'avoir été prétentieuse ou dédaigneuse. C'est vraiment incompréhensible.

Je bois une gorgée de mon smoothie en secouant la tête. Autant éviter de ressasser cet épisode, c'est stupide. Je traverse le campus alors que mon téléphone vibre dans mon sac.

C'est un message d'Eddie :

---

5. « Connard » en italien.
6. « Couillon » en italien.

« Si tu as besoin ce soir, tu n'hésites pas.
Bonne journée, Cookie. »

Je ne remercierai jamais assez le ciel de m'avoir mise sur la route de cet homme et de son garage. Je n'ose imaginer ce que je ferais si je ne l'avais pas rencontré. Je lui envoie un simple smiley avec un cœur quand je remarque Bonnie, assise sur la fontaine du campus. Elle est seule, absorbée par son téléphone. Elle ne remarque même pas que je m'approche. Je regarde discrètement son écran, elle est en train de faire un test sur Internet. Le genre à vous dire, grâce à votre mois de naissance, votre avenir dans une série.

– Je l'ai fait aussi, ce quiz. Apparemment, je ne survis pas trois jours à l'apocalypse et je meurs, mordue par un zombie. Avec tous les films de revenants et de morts-vivants que j'ai vus, je pensais au moins tenir un mois…

Bonnie relève la tête brusquement puis sourit en me reconnaissant. Elle est vraiment mignonne avec son visage rond et ses grands yeux verts.

– Je peux m'asseoir ? je demande.

– Bien sûr.

Elle enlève son sac et je dépose mon gilet sur le bord de la fontaine avant de m'installer. Je préfère éviter de salir ma robe.

– T'arrête pas pour moi, termine le test. Je suis curieuse de voir le résultat.

Elle rougit et déverrouille son téléphone. Je me penche vers elle, afin d'observer son écran.

– Tu résistes à l'invasion de zombies et tu fais partie des derniers survivants, je lis. C'est injuste !

– Je suis hyper-futée, c'est pour ça. Puis je cours vite et mets des directs dans l'estomac comme personne.

J'éclate de rire quand elle s'exécute en balançant de faux coups de poing dans les airs. Les gens nous regardent, mais elle ne semble pas y prêter attention.

– Sans vouloir te vexer, tu es toujours plus adorable que féroce. Vas-y, clique sur celui-là, je dis en lui montrant un nouveau test.

Bonnie s'exécute.

– Donne ton signe astrologique et ça te dit dans quel film d'horreur tu joues. Ton mois de naissance ? demande-t-elle

– Février.

Bonnie clique dessus.

– *La colline a des yeux*, lit-elle.

– Oh ! un classique. J'adore. Et toi ?

– *Insidious*, répond-elle après avoir actualisé la page. Je ne l'ai jamais vu.

– Je crois que moi non plus…

– J'adore ces petits tests.

J'acquiesce avant de boire une gorgée de mon smoothie.

– Est-ce que tu as encore mal ? Rien de cassé ?

– Comme je le pensais, ce ne sont que des bleus, me rassure-t-elle.

– Tant mieux ! Et ton mec, il est allé aux toilettes depuis la dernière fois ? Parce qu'il avait l'air assez tendu.

Elle rit aux éclats.

– C'est mon frère, pas mon mec.

Qu'est-ce que ça serait autrement...

Je me souviens alors de ses yeux, aussi verts que ceux de Bonnie. Elle est tellement solaire par rapport à lui.

– Il est souvent constipé si tu veux mon avis... À propos, je suis désolée pour son comportement. Il est très protecteur. Parfois trop.

J'entends dans sa voix un soupçon de regret, mais aussi d'affection. Difficile de cerner ce qu'elle ressent à ce sujet. C'est comme si ça l'oppressait, mais qu'en même temps, ça la rassurait. Je suis bien placée pour savoir que les familles sont bizarres et qu'on ne sait absolument rien de ce qui se passe chez les gens une fois la porte fermée. Mais je ne m'explique toujours pas la réaction de son frère à mon égard. Surtout si c'était une question d'argent. Je n'ai jamais fait de différence avec personne.

– Je suis fille unique, donc je ne sais pas vraiment ce que ça fait, mais ne t'excuse pas, ce n'est pas ta faute. Par contre, s'il me parle encore mal, peut-être que je lui roulerai dessus.

Bonnie rougit, on dirait même qu'elle est mal à l'aise.

– Tu as bien fait de ne pas te laisser faire. Il se comporte parfois comme un crétin.

– Je t'ai quand même renversée…

– Bousculée, me coupe-t-elle. J'étais également en tort. Mais Kane est monté sur ses grands chevaux et il n'aurait pas dû te parler ainsi. J'ai cru que tu allais m'en vouloir.

– Par principe, je suis du genre rentre-dedans, je lui explique en souriant. Je ne me laisse pas impressionner par quiconque.

J'ai tellement subi avec ma mère que je refuse de me faire marcher sur les pieds. Encore moins par un inconnu.

– Merci de ne pas m'en tenir rigueur.

Je lui lance un regard en biais, surprise qu'elle puisse penser une telle chose.

– Bien sûr que non.

– J'adore ta robe au fait, elle est magnifique.

Sa remarque me fait d'autant plus plaisir que son frère m'aurait encore appelée *principessa.*

– C'est une vieille fripe que ma grand-mère portait, plus jeune.

– Vraiment ? Elle est si vieille que ça ? On ne dirait pas.

– Quand elle est morte, ma mère a voulu se débarrasser de ses vêtements. Elle les détestait. Mais il y avait de vrais trésors. J'ai finalement réussi à en récupérer quelques-uns en cachette ; des robes, des corsets, des jupes…

Je les ai cachés sous le plancher de mon lit jusqu'à sa disparition. Puis j'ai enfin pu les mettre et retirer ces tenues de fille modèle dans lesquelles j'étouffais, pour trouver la vraie moi et j'ai réussi. C'était étrange comme sensation, car quand elle est partie, je suis devenue libre.

– Tout ce que ma grand-mère m'a laissé, c'est un tas de vieux journaux et des cendriers remplis de mégots, dit Bonnie en souriant. Et des chats. Il y en avait partout dans la maison, une bonne quinzaine. Ça puait le mort, c'était une infection.

Je ricane nerveusement.

– Ce n'est pas drôle, mais…

– Si, c'est drôle.

Elle consulte son téléphone et se redresse subitement.

– J'ai cours dans dix minutes.

– Moi aussi, je constate en l'imitant. On pourrait garder contact *via* nos comptes Instagram ou Snapchat ?

Bonnie acquiesce puis me donne son pseudo Instagram. Je m'abonne à son profil. Nous nous séparons, certaines de nous revoir prochainement.

***

Je n'arrête pas de me tourner dans mon lit, incapable de trouver le sommeil. On dirait que c'est fait exprès, quand on a besoin et envie de dormir, les bras de Morphée semblent inaccessibles. Les draps me collent à la peau à cause de la chaleur ambiante. À quoi bon mettre un ventilateur qui brasse juste de l'air chaud ?

Je presse mon pendentif dans ma main.

Le week-end est parfois un peu long. Les vendredis soir, surtout… Parce que c'est un vendredi que tout a dérapé et que c'est arrivé.

Ma descente aux Enfers.

S'il y a bien une vie après la mort, comme le disait ma mère, j'irai probablement au purgatoire.

Je n'aime pas les vendredis soir, car ils me rendent nerveuse et triste. Si je pouvais les supprimer, je le ferais. Si je pouvais les passer avec quelqu'un, je le ferais aussi. Fiona n'était pas disponible et je ne voulais pas embêter Eddie une nouvelle fois… Résultat, je suis seule chez moi. J'ai conscience que je dois vaincre mes névroses, mais c'est plus facile à dire qu'à faire. Je ne sais pas comment garder ce secret en moi.

Je m'accroche davantage à mon collier.

Je me recroqueville sur moi-même et entends cette voix sournoise me chuchoter toujours les mêmes mots blessants : « *Tu n'es qu'une mauvaise fille.* »

« *Fille de Satan.* »

« *Si un jour je meurs, ce sera ta faute, fille ingrate.* »

Je serre mon jeton si fort qu'il m'érafle la peau.

Mon cœur bat à tout rompre, chaque vendredi j'ai l'impression de sentir sa présence. Chaque vendredi j'ai l'impression qu'elle revient me hanter et qu'elle tente de m'étrangler afin de m'achever. Je me redresse soudain puis sors de la chambre.

Une boule d'angoisse m'obstrue la gorge tandis que les larmes me piquent les yeux. Il faut vraiment que je me calme. J'allume la lumière du salon, l'appartement est d'un calme olympien. Pour me sentir moins seule et me rassurer, je regarde la télévision. J'évite l'émission des *Preachers of L.A.* qui me rappelle ma mère. J'opte finalement pour une rediffusion de l'émission de Jimmy Fallon que je n'ai pas encore vue.

À la cuisine, je me sers un verre d'eau et un bol de céréales puis je m'assieds en tailleur sur le fauteuil. Je baisse légèrement le son et déverrouille l'écran de mon téléphone. J'ai quelques notifications Instagram.

Bonnie : Salut, c'est Bonnie.
Ton compte Instagram est trop beau.
J'espère que tu vas bien ?

Max : Salut ! Ça été,
tes cours de la journée ?

Bonnie : Oui, j'ai fini à 14 heures
aujourd'hui.

Je suis étonnée qu'elle me réponde vu l'heure… Elle a peut-être aussi une insomnie.

Max : Tssss ! je ne sais même pas
pourquoi je te parle…

Je clique sur son profil, curieuse de voir le genre de photos qu'elle poste. Des selfies, des clichés de la plage, de coucher de soleil, de nourriture et de livres, essentiellement des thrillers ou d'horreur. Il y en a aussi un où elle pose avec son frère. Je zoome dessus. Ils ont les mêmes yeux et le même épi dans les cheveux. Il ne sourit pas, mais il a l'air plus cool en image que lors de notre première rencontre.

Bonnie : Je suis en train de lire
Ghost Story, je te le conseille,
ce roman est fantastique.
C'est de l'horreur.
Il fait froid dans le dos.

Max : Je ne connais pas,
mais tu m'intrigues.
Je vais le commander sur Internet
pour le lire demain soir.

Bonnie : Tu lis uniquement des thrillers
ou parfois des romans d'horreur ?

Max : J'ai toute la collection
des Stephen King. Quand j'étais petite,
j'allais à la bibliothèque municipale
pour lire les livres de R. L. Stine
et de Christopher Pike.

Bonnie : J'aimerais bien
t'en emprunter un ou deux.
J'ai lu *Misery*, *Cujo* et *Pet Semetary*.
Je suis assez curieuse d'en découvrir
d'autres.

Bonnie : Je peux très bien aussi
les trouver à la bibliothèque.

Max : Je vais te prêter *It*, *Running Man* et *The Long Walk*, ils sont tous incroyables. Je suis une fan inconditionnelle de cet auteur. Il a des romans moins bons que d'autres, mais il a quand même le chic pour me happer dans son univers à chaque fois. Que ce soit gore ou plus psychologique et satirique.

Bonnie : C'est gentil.

Max : Si tu veux, je peux passer demain. Je suis occupée dans la journée, mais je peux apporter une pizza et les livres le soir.

Bonnie : Ça serait cool.

Max : Ton frère ne va pas me sauter à la gorge ?

Bonnie : Il ne sera pas là et il n'a rien à dire. J'ai tellement honte de son comportement.

Max : Et on affirme que c'est nous, les filles, qui sommes compliquées ?

Bonnie : Tu m'étonnes…

Mes yeux commencent enfin à se fermer alors que je réponds à Bonnie. Je m'allonge avec le plaid malgré la chaleur et continue à scruter l'écran de mon portable tandis que les points de suspension indiquent qu'elle m'écrit. Je ne découvrirai sa réponse que demain matin.

CHAPITRE 5

MAXINE

Les samedis au garage sont mes jours préférés. J'ai l'impression de vraiment vivre, mais surtout d'être à ma place. L'odeur de l'huile, le bruit des outils, le cambouis sur mes mains, je suis presque sereine. Si seulement je pouvais me sentir comme ça tous les jours…

– Tu as l'air crevée aujourd'hui, me fait remarquer Eddie en tirant sur sa cigarette.

– J'ai mal dormi cette nuit, j'avoue. Comme tous les vendredis.

Je m'étends sur la chaise longue, à l'ombre du parasol. Il y a un mini-jardin derrière le garage, c'est là qu'on prend l'essentiel de nos pauses, sauf quand il pleut ou qu'il fait trop chaud. Il est midi et comme d'habitude on mange tous ensemble. Cliff et Josie sont partis chercher des sandwichs aux boulettes de viande. Mon ventre gargouille à la simple pensée que ces délices sont en route. Eddie me regarde avec bienveillance sans avoir réellement conscience que sa présence dans ma vie est une aide précieuse.

– Si je pouvais entrer dans ta petite tête et décortiquer tous tes souvenirs pour supprimer les plus noirs, je le ferais.

– C'est à la fois glauque et adorable. Je vais bien, on est samedi aujourd'hui.

Et je préfère qu'il ne soit pas au courant de tout, j'aurais beaucoup trop peur qu'il me rejette ou qu'il ne veuille plus me voir.

– Tu veux venir à la maison ce soir ? On pourrait se voir un film.

Je secoue la tête, regrettant presque d'avoir déjà des projets.

– Ce soir, je suis prise.

Eddie arque un sourcil.

– Comment ça ? C'est bien si tu as un rencard.

– Ce n'est pas ce que tu crois, j'ai rencontré une fille sur le campus, elle est sympa. Je vais lui déposer des livres et on va probablement discuter un peu.

– Super, ça te changera de ton quotidien. C'est bien mieux que de passer la soirée avec un vieux croûton comme moi.

– Ce n'est pas vrai, tu n'es pas vieux. D'ailleurs, quand est-ce que tu vas daigner répondre aux femmes qui te parlent sur ton application de rencontres ? Ça ne sert à rien d'avoir un profil si c'est pour ignorer leurs messages.

Il lève les yeux au ciel.

– C’est exactement ce que j’ai dit à Josie. C’est elle qui m’a créé ce profil.

– Elle n’a pas spécialement tort, ça pourrait être sympa de sortir. Je peux voir celles qui t’ont répondu ?

Il me donne son téléphone sans chercher à discuter.

– Ne fais pas de bêtises, m’avertit-il.

Allongée sur le transat, j’ouvre l’application. Bien que je ne connaisse pas, c’est assez intuitif.

Le premier profil est une certaine Aby qui ne veut visiblement que du cul, on le devine à ses photos assez osées. La deuxième semble plus lui correspondre.

– Elle a l’air sympa celle-ci, écoute : « Je m’appelle Margaret, je suis professeure en école maternelle. J’adore la peinture et faire des virées à moto. J’ai une vieille Harley-Davidson avec laquelle je pars souvent en road trip à la recherche de beaux coins à peindre. » Elle est jolie en plus, je rajoute en montrant la photo à Eddie.

Il se penche pour regarder.

– Tu as raison, elle a quelque chose.

– Tente ta chance, elle a mis un « like » sur ton profil. C’est bien, Josie a déposé de belles photos de toi et ta description est sympa.

On l’y voit retaper une bécane, et sourire, quant à la bio, elle parle de ses passions.

– Je ne sais pas. Je suis bien tout seul, je n’ai pas envie de perdre ma tranquillité.

– Je comprends, mais tu sais, prendre contact, ça n’engage à rien, encore moins dans une relation.

Ce sont juste des discussions comme ça. Si ça ne colle pas, tant pis. Et si ça se trouve, tu gagneras une amie avec qui faire des virées à moto.

J'aime trop Eddie pour le voir rester seul, même si je respecterai son choix si c'est vraiment ce qu'il veut. Parfois, j'ai l'impression qu'il ne se voit pas à sa juste valeur, pensant ne pas être assez bien. C'est l'homme le plus gentil et le plus incroyable que je connaisse. En tout cas, moi, je l'aime.

– Tu veux liker son profil, pour montrer que tu es intéressé ?

Eddie rougit avant de reprendre son téléphone et de le fourrer dans la poche de son pantalon.

– Peut-être ce soir, on verra…

Je ris quand Cliff et Josie arrivent enfin avec le repas. Je me jette littéralement sur le sac posé sur la table en grognant :

– C'est pas trop tôt !

***

– Oh merde, c'est bon ! soupire Bonnie.

Elle dévore son sandwich devant le premier film de la saga Freddy. J'adore les *slasher*[7], c'est toujours efficace. Les codes sont les mêmes quelle que soit l'histoire, mais ça continue de me fasciner.

---

7. Le *slasher* est un sous-genre du film d'horreur. Il met en scène un psychopathe qui tue ses victimes une par une à l'aide d'une arme blanche (et principalement la nuit).

– Je le savais ! J'en ai goûté ce midi, mais quand je suis passée devant en sortant du garage, je me suis dit que ça valait le coup de t'envoyer un message pour te demander si tu mangeais de la viande. Ils ont même des spécialités véganes à tomber par terre.

Je m'essuie la bouche avec une serviette.

– Tu as eu un souci avec ta moto ? demande Bonnie.

– Non, pourquoi ? Oh, parce que j'ai parlé du garage ?

Elle acquiesce, ne pouvant pas parler à cause du sandwich. Je pose le mien sur la table basse et bois une gorgée de soda.

– En fait, je passe tous mes samedis dans un garage de motos, je lui explique en reposant la canette.

– Tu y travailles ?

– Oui, chaque week-end. Et plus souvent pendant les vacances. Je fais les vidanges, je les retape. C'est l'un de mes endroits préférés. La mécanique me fascine.

– Tu sembles passionnée.

– Un peu, oui. J'ai découvert cet univers par hasard, mais j'adore ça. S'il n'y avait pas les cours, j'y serais fourrée plus souvent.

Bonnie hoche la tête avant d'être happée par la télévision lorsque Freddy surgit.

– Vous habitez seuls ici, ton frère et toi ? je demande en observant la pièce.

Le canapé est vétuste, ainsi que la table basse qui a probablement déjà connu des jours meilleurs, cependant tout est bien rangé. Vu comme il m'a sauté dessus l'autre jour pour me faire comprendre que nous n'étions pas du même monde, je n'aurais peut-être pas dû poser cette question.

– Oui, il n'y a que nous deux, Kane et moi, répond-elle, avec un petit sourire gêné.

J'aimerais en savoir plus, mais je n'ajoute rien. Je ne veux pas l'embêter alors qu'on se connaît à peine. Après tout, je sais ce que c'est que d'avoir une famille bancale et de ne pas vouloir en parler. Il n'empêche que pour vivre ici, ça doit être difficile pour eux financièrement. Le camp de mobile home est assez *cringe* vu de dehors. Peut-être que le frère de Bonnie s'est senti mal à l'aise en me voyant débarquer sur ma moto… Peut-être qu'il a honte de vivre ici. Pourtant, je ne me permettrais jamais de les juger, lui et Bonnie. Mes propres démons m'accaparent assez pour que j'aille emmerder les autres. D'autant que je n'associe pas la valeur des gens à leur porte-monnaie.

– Ce n'est pas le grand luxe, mais on se débrouille comme on peut. C'est mieux que vivre sous un pont.

Ses mots me font penser au comportement de son frère. Si ça se trouve, il a mal interprété la situation. Mais ça n'explique pas pour autant pourquoi il a été désagréable.

– Absolument ! Il n'y a aucune honte à vivre ici, tu sais.

Bonnie hausse les épaules, puis plante ses yeux verts dans les miens.

– Je n'ai pas honte, mais parfois j'aimerais qu'on puisse habiter ailleurs. Dans un endroit plus sécurisant. Malheureusement, avec le seul salaire de Kane pour nous deux et mes études, c'est compliqué. Mais un jour, ça sera différent.

Rien qu'à cette idée, elle rayonne. Je comprends parfaitement ce qu'elle ressent…

– Un jour, je me barrerai d'ici.

– Tu sais déjà dans quel coin ?

– Los Angeles, et je bosserais à la crim' comme dans les séries policières.

***

Il est tard quand je quitte Bonnie. Je suis crevée, mais avec un peu de chance, je n'aurai pas d'insomnie ce soir. Je m'apprête à sortir du parc de mobile homes quand une voiture se gare brusquement en travers de ma route. Les pneus crissent.

Putain, c'est quoi ce bordel ?

La portière s'ouvre tandis que je remonte la visière de mon casque pour gueuler. Le frère de Bonnie apparaît alors. Avec un air aussi aimable qu'une porte de prison, il se plante devant moi. *Il est sérieux, lui ?*

– Qu'est-ce que tu viens foutre ici ? grogne-t-il. T'as pas compris la dernière fois que je ne voulais pas que tu reviennes ?

– C’est pas l’avis de ta sœur.

– T’es pas la bienvenue.

Quel homme charmant. Peut-être qu’il devient particulièrement désagréable une fois le soleil couché. Dommage, il est plutôt sexy pour un gremlin[8].

– T’es toujours aussi tendu, visiblement, je soupire en éteignant le moteur de ma moto.

– Je t’emmerde.

– Et c’est avec cette bouche-là que tu emballes les filles ? Très intéressant…

– Non, c’est avec celle-là que je parle aux meufs dans ton genre !

– Mon genre ? je siffle, agacée. Et c’est quoi, *mon genre* ?

– Le genre que je ne peux pas encadrer, répond-il, le regard toujours aussi noir.

Je ne sais même pas pourquoi on se parle. Ce mec est plus toxique qu’un baril d’arsenic. Rien ne justifie une telle agressivité de sa part.

– Ça te dérangerait de bouger ta caisse, que je puisse rentrer ? Tu ne veux pas de moi, mais tu m’empêches de partir… T’es légèrement paradoxal, ma parole.

Il s’approche encore. Étonnant vu le dégoût que je perçois dans son regard. Je remarque aussi que son jean est troué aux genoux et que son tee-shirt est plus qu’usé. Ça lui donne un look un peu grunge

8. Référence au film *Gremlins* sorti en 1984.

avec ses cheveux noirs en bataille. S'il ne faisait pas la gueule constamment, il pourrait être plus attirant… dans son style.

– Ne t'approche pas de Bonnie, beugle-t-il. C'est un conseil que je te donne.

Il croit sans doute que s'il hausse le ton, ses mots vont s'imprégner dans mon esprit. Quelle erreur ! S'il savait combien je peux avoir l'esprit contradictoire quand on me force à faire quelque chose… Je descends de ma moto, mets la cale pour qu'elle tienne en équilibre et lui fais face. Il ne m'intimide pas le moins du monde.

– Je fais ce que je veux et tu n'as rien à me dire. Je vois ta sœur si j'en ai envie et si ça te pose un problème va donc péter dans les fleurs pour voir.

Je repère un rictus de colère. Visiblement, il ne supporte pas quand on lui répond. Le pire, c'est qu'il s'énerve tout seul, car moi je n'ai aucun problème. Qu'est-ce que ça peut lui foutre, que je voie sa sœur ? Et pourquoi est-ce qu'il est aussi détestable avec moi ? J'ai vraiment du mal à le comprendre…

– C'est lui qui t'envoie ? C'est cette sombre merde, c'est ça ? lâche-t-il, crispé.

Il me chope le bras et le serre. Mon sang pulse dans mes veines et mon cœur s'affole, mais s'il pense me faire peur, il s'est trompé de nana. Je ne suis pas une princesse immaculée et innocente. Je suis déchue depuis longtemps.

– Lâche-moi ! Ne me touche pas, connard.

Je refuse de me laisser intimider par qui que ce soit.

– Si tu crois que ça me plaît de te toucher en sachant où tu traînes… rétorque-t-il avec une mine de dégoût. Mais t'as pas l'air de saisir le message, alors j'essaie d'autres méthodes.

Je lui donne un coup de pied dans le tibia. Il grogne de colère et de douleur, mais me maintient encore contre lui.

– Lâche-moi ! je répète en tentant de me libérer.

Alors qu'il rit, je lui crache au visage. Son regard déjà noir se durcit davantage.

– Tu ferais mieux de garder ta salive pour ton mec, siffle-t-il en s'essuyant avec la manche de son tee-shirt.

Il approche son visage du mien.

– Dis-lui bien d'aller se faire foutre et que s'il t'envoie encore, je serai beaucoup moins tendre avec toi. Peu importe que tu sois une fille.

Tandis qu'il me lâche brusquement, manquant de me faire tomber, ses mots me perturbent, bien que je ne les comprenne pas.

– Je ne sais pas de quoi ni de qui tu parles, mais tu te trompes. Maintenant, si tu as fini de baragouiner comme un débile, j'aimerais bien partir.

La haine manifeste qu'il éprouve à mon égard me déconcerte. Je sens que je suffoque à cause de la chaleur et des regards indiscrets des voisins qui assistent à la scène.

– Je n'oublie jamais le visage de ceux qui vont à La Tanière. Et le tien ne fait pas exception, *principessa*.

Deux mots.

Un lieu.

Mon sang se glace. Je n'avais plus entendu ce nom depuis longtemps. Je crois même que j'avais effacé cet endroit de ma mémoire.

– Ne m'appelle pas comme ça, je souffle, et ne me parle plus jamais de…

– Ne t'approche plus de Bonnie et ça règle tout problème. Retourne auprès de ce fils de pute maintenant et passe-lui le message.

– T'as vraiment un souci. C'est à se demander si tu sais faire des phrases sans aboyer. Je t'ai dit que…

– Ne nous approche plus.

Il me coupe encore, comme si mes mots ne valaient rien, et je n'arrive pas à poursuivre. La mention de ce lieu sordide où les déviances règnent en maître me perturbe. Cet homme est tellement désagréable que je n'arrive même pas à le comprendre. La façon qu'il a de me regarder est troublante, je me sens sale, presque inhumaine. Il me déteste, mais ça va bien au-delà d'une question d'argent ou de classe sociale comme je le croyais. C'est parce qu'il m'a vue là-bas.

– Ta sœur est…

– Ne parle pas d'elle ! Et retourne voir Joey Shelby.

Joey…

Je blêmis.

L'évocation de La Tanière était déjà pénible, mais celle de cet homme me glace le sang. C'est le nom qu'il donne à sa propriété. Pourquoi faut-il qu'il connaisse cet endroit alors que j'essaie de me repentir depuis toutes ces années ? J'ai envie, voire besoin, de toucher mon collier, mais je ne veux pas lui montrer la moindre faiblesse. Je n'étais qu'une gosse de dix-sept ans qui faisait des conneries d'adulte. Je voyais Joey quand je buvais encore. Il avait de l'alcool, il me trimballait comme son jouet et organisait des soirées atypiques. C'était tout ce dont j'avais besoin. Quand j'étais là-bas, j'oubliais ma vie, ma mère, et j'oubliais ce que signifiait l'estime de soi. J'étais aussi là-bas le vendredi où tout a basculé…

– Je n'ai rien à voir avec ce mec, je crache, le sang en ébullition.

– Pourtant t'es bien son trophée, sa régulière…

Je secoue la tête. J'ai envie de disparaître six pieds sous terre. Ses accusations ont un goût amer que je n'arrive pas à digérer.

– T'es silencieuse, *principessa*. Tu n'assumes pas le fait de te taper la plus grosse merde de la ville ?

– Qu'est-ce que ça peut te foutre, qui je baise ? Et pourquoi tu parles de ce type ?

– Ça me concerne, car s'il t'envoie pour se rapprocher de Bonnie, je lui broierai les couilles et je ferai de ta vie un enfer. Bonnie est intouchable !

– Je ne l'ai pas vu depuis des années… alors maintenant, si tu as fini ta parano, laisse-moi partir. Ta sœur est sympa, mais le seul truc qui cloche, c'est toi.

– Va te faire foutre, *principessa*.

– Toi aussi, tocard.

– Ne joue pas les petites princesses bien sous tous rapports, alors que t'as fréquenté ce mec et son repaire. Il n'y a que les tordus qui vont là-bas.

– Tu t'inclus dans le lot, alors ?

Je remets la visière de mon casque. J'ai besoin de fuir ce type et de rouler. J'ai besoin de prendre de la vitesse pour oublier les souvenirs dans lesquels il me replonge. Le moteur rugit de nouveau tandis qu'il me dévisage, toujours avec ce drôle d'air.

– Reste loin de ma sœur, je n'ai pas confiance en toi.

Il remonte dans sa voiture, mais entend parfaitement l'insulte que je lui balance. Quand il recule pour s'avancer vers chez lui, je lui coupe la route et disparais.

CHAPITRE 6

KANE

Tandis que je bois mon café, Bonnie chantonne en préparant le petit-déjeuner. Ses cheveux noirs attachés en une queue haute se balancent au rythme de la musique. J'observe du coin de l'œil, son tee-shirt court qui dévoile son nombril. Je ne suis pas spécialement fan de savoir que des types reluquent son ventre, mais vu mon style de vie, je n'ai pas vraiment de leçons à lui donner. De plus, elle n'a pas l'air en colère contre moi. J'en déduis que sa nouvelle amie ne lui a pas parlé de notre petite altercation de l'autre soir.

Bonnie est mon opposé. J'aime qu'on me foute la paix. Quitte à me comporter comme un vrai connard avec les gens pour les dissuader de me parler ou de m'approcher. Alors que Bonnie, elle, est joyeuse, tel un rayon de soleil. Pourtant, elle n'a pas beaucoup d'amis. Parfois, je me dis que c'est à cause de moi. Pas parce que j'ai envoyé chier la princesse rousse, mais parce que je lui répète depuis toujours qu'elle ne doit faire confiance à personne. C'est une question de survie. Elle ne doit jamais dépendre de quelqu'un d'autre.

– Il faudra racheter du pain de mie et de la confiture, dit ma sœur. Je le note sur la liste.

– OK.

Elle me lance un regard en biais. Je n'ai pas vraiment envie de parler ce matin. Trop de choses qui me trottent dans la tête.

– Ça va les cours en ce moment ?

– Oui, répond-elle en souriant. Certains sont un peu chiants, mais les cours de criminologie sont si passionnants.

D'aussi loin que je me souvienne, elle a toujours voulu devenir médecin. Venir en aide aux autres, c'est sa vocation. J'ignore comment elle a pu développer un tel caractère dans le bordel où on a grandi. C'était chacun pour sa gueule, il y avait autant de haine que d'oxygène dans l'air. J'aime croire que j'ai réussi à la protéger de cette ambiance merdique, mais je pense plutôt qu'elle a toujours eu une sorte d'immunité, de bouclier.

Dès qu'elle voyait un chien galeux, un chat qui boite ou un oiseau malade, elle mettait tout son cœur à l'ouvrage pour les soigner. En grandissant, elle a trouvé sa passion : la médecine.

Si quelqu'un avait une chance de s'en sortir, c'était bien Bonnie. Même mon père le savait à l'époque, sauf que cette sombre merde avait d'autres projets pour elle.

– Elle a cours avec toi, la rousse ?

– Non, et elle s'appelle Maxine. Pourquoi tu ne l'aimes pas, au juste ?

– Je n'aime personne, je ne vois pas pourquoi ça changerait, car c'est une fille.

– Jolie preuve de parité homme-femme, soupire Bonnie.

– Merci.

Elle ricane.

– Ne fais pas de scène la prochaine fois que tu la vois. Elle m'a prêté des livres et a même apporté les sandwichs aux boulettes que tu as dévorés.

– Ah, c'était ça, l'arrière-goût de bourgeoisie.

– Kane… râle-t-elle en levant les yeux au ciel.

J'en veux à la vie que Bonnie n'ait que moi dans la sienne, j'en veux au monde entier d'être né du mauvais côté et j'en veux à tous ces connards qui parlent de karma et de pseudo-roue qui tourne. Putain de conneries qu'on sort juste pour soulager la conscience des gens. Je sais que si je veux quitter ce coin moisi, je ne peux compter que sur moi-même.

Bonnie pose devant moi une assiette remplie d'œufs et de bacon.

– Mange, t'arrêteras de dire n'importe quoi.

Je m'exécute alors qu'elle s'installe en face de moi avec la même assiette.

– Tu sais, tu pourrais te trouver une meuf. Peut-être que tu serais moins sur les dents.

Elle a balancé ça, l'air de rien, alors qu'on n'évoque pratiquement jamais ma vie amoureuse. Enfin, sexuelle, plutôt. Je ne vois pas pourquoi je lui parlerais des nanas que je baise alors qu'elles n'ont aucune importance.

– J'ai autre chose à foutre que de trouver une copine et de l'emmener dans ce charmant trou paumé. Bonnie, t'as conscience que ce n'est pas parce que j'en aurais une que je te lâcherais la grappe pour autant. Même quand tu seras une criminologue reconnue et réputée, je serai derrière tes fesses.

– Moi aussi, je t'aime.

Mes derniers mots la rendent heureuse. Elle irradie sans s'en rendre compte. C'est pour cet air effronté et cette joie qui émane d'elle que je continuerai de me démener pour nous sortir de là. Elle mord dans une tranche de bacon sans connaître toutes les choses que je fais pour nous, pour elle. Mais c'est mieux ainsi, je ne veux pas qu'elle se brise, je ne veux pas qu'elle s'inquiète, je ne veux pas qu'elle soit au courant de ce que je trafique. Tant qu'on ne sera pas sortis de cette merde, je serai toujours à cran. J'aurai le temps de me détendre plus tard, quand j'aurai épongé ma dette.

***

Je repense à la nouvelle copine de Bonnie tandis que je soude machinalement les pièces entre elles.

Princesse rousse.

Maxine.

J'ai du mal à croire que ce soit une coïncidence. Une nana qui a côtoyé ce connard de Joey et qui fait soudainement irruption dans la vie de ma sœur… Ça ne peut pas être un hasard, si ? Je passe sans doute pour un parano, mais je m'en branle. J'ai connu assez de merdes pour ne pas être vigilant aujourd'hui.

Néanmoins, depuis deux jours, je réfléchis à son sujet. Je me souviens l'avoir vue blêmir quand j'ai mentionné Joey. Pas parce que je l'ai grillée, non, c'était autre chose. Comme si j'avais ravivé des choses honteuses et inavouables qu'elle s'efforçait d'oublier. Je crois que mes mots ont fait ressurgir certaines craintes…

Principessa n'est pas aussi sage qu'il y paraît.

Je pense qu'elle a juste fréquenté Joey un moment, mais plus maintenant. Il ne l'a pas envoyée pour me faire chier. Cependant, je ne peux pas faire comme si de rien n'était. Elle connaît La Tanière et je sais qu'elle y a passé du temps avec lui. Rien que pour ça, je ne lui fais pas confiance. Les gens qui vont là-bas sont tous tordus ou barjots, j'en sais quelque chose. Bonnie ne doit jamais être au courant pour ce lieu. Mais si la rousse l'y emmenait ? Si elle lui en parlait ?

– C'est l'heure de la pause, les mecs, balance Harry, notre contremaître.

Je rejoins Peter après avoir sécurisé mon poste de travail. Dans les vestiaires, j'attrape le repas que j'ai préparé à l'arrache avant de partir. Le réfectoire n'est guère plus accueillant que l'entrepôt où l'on bosse. Les murs sont gris et certains coins moisissent. Il n'y a même pas de télé pour se changer les idées. Il y en avait une avant, mais elle a été volée. La suivante, bien que cadenassée au meuble, a subi le même sort. Maintenant, il ne reste qu'un frigo que je n'utilise jamais, un micro-ondes, des tables et des chaises.

– Il y a une petite nouvelle dans l'équipe, je lui croquerais bien les fesses à défaut de mon sandwich, déclare Anton, d'une voix rauque.

– T'as raison, elle est bonne, enchérit Jim, son acolyte.

Je l'entends de l'autre bout de la table, assis avec ses trois potes. Il me donne envie de lui en coller une. Je ne peux pas le voir en peinture. Ce mec m'insupporte. Autant je suis loin d'être un mec irréprochable avec les femmes, autant je connais les limites. Quand je baise, la nana est consentante. Pour ce dégénéré, c'est autre histoire. Il a déjà eu une plainte pour harcèlement sexuel, mais il est toujours là, à bosser tranquillement.

Les meufs qui débarquent ici ne restent jamais bien longtemps. Quand elles sont jeunes et jolies, elles se font emmerder. Par Anton principalement, mais par d'autres parfois. Faut vraiment être un chien pour ne pas être capable de retenir ses pulsions. Cependant, les vieilles de soixante balais qui viennent ici car elles ont besoin d'argent, personne ne les emmerde jamais.

– Ça vole haut, commente Peter qui me devance en lançant les hostilités.

– Rends-toi service et ne l'approche pas, je rajoute. Ça t'évitera de perdre ton job et à elle, de penser que tous les mecs sont des porcs dans ton genre.

Anton relève la tête de son assiette, le regard noir.

– On ne vous a pas demandé de participer à la conversation, les connards.

– Ce n'est pas notre faute si tu brailles au lieu de parler normalement, s'esclaffe mon meilleur pote.

Peter est calme contrairement à moi, mais lorsque sa jauge est pleine, il cogne comme un bœuf. En général, les gens préfèrent l'éviter et s'abstiennent de le faire chier.

– Nous, on dit ça pour toi, ça t'évitera une énième plainte pour viol ou je ne sais quoi de tordu.

Je lui ai déjà pété le nez. Bonnie était venue me chercher, car elle avait besoin de la voiture. Ce mec était en train de la draguer comme un lourdaud, sur le coup je lui ai gentiment demandé d'arrêter, mais lorsqu'il en a parlé le lendemain, en des termes fleuris, il s'est pris une poignée de phalanges en pleine gueule. Cette fois, Anton n'ajoute rien, ne répond même pas. Sans doute se souvient-il de notre dernier face-à-face.

On termine de manger avant de sortir du bâtiment pour fumer.

– C’est ce connard qui te préoccupe ou autre chose ? demande Peter en tirant sur sa clope.

– J’ai revu la rousse, je réponds cash.

– À la moto ?

– Ouais.

Je m’adosse au mur derrière moi. Peter n’est pas du genre à me cuisiner si je n’en ai pas envie. Mais puisqu’il sait que je l’ai revue, à quoi bon garder ça pour moi ?

– Et ?

– Rien, je lui ai dit de foutre le camp et de laisser Bonnie en paix. J’étais persuadé que Joey était derrière tout ça, comme on l’a déjà vue dans ses bras.

– Et ce n’est pas le cas ?

– Visiblement, non…

J’omets volontairement de lui parler du fait qu’elle semblait tourmentée.

– Alors il n’y a pas de problème. Mec, laisse ta sœur respirer avant qu’elle ne te déteste pour de bon.

– Je préfère qu’elle me déteste plutôt qu’il lui arrive quoi que ce soit, je rétorque.

Peter ne répond pas, il sait que rien ne me fera jamais changer d’avis.

– Il faut quand même que je la revoie, je grogne en écrasant ma clope dans le cendrier.

– Pourquoi ?

– Elle n’a pas eu l’air de se souvenir de moi, mais elle sait que j’y étais puisqu’elle a compris que je l'ai vue là-bas avec Joey. Je dois faire en sorte qu'elle ne parle pas de cet endroit à Bonnie. Elle ne doit jamais connaître son existence. Imagine qu'elle la traîne là-bas ?

– Si tu veux qu'elle t'écoute, va falloir que tu fasses un effort pour communiquer sans crier.

Il m'envoie un baiser alors que je lui fais un doigt d'honneur.

– Je ne veux pas qu'elle tombe sur Joey. J'irai donc voir la princesse rousse et serai aussi doux qu'un agneau.

– Non, ça, ce n'est pas possible. Ça relève du miracle, essaie juste de ne pas l'insulter, propose Peter en riant.

– Je ferai de mon mieux.

***

Deux heures que je poireaute sur le parking de la fac. Comme je ne connais pas les horaires de la rousse et que je ne peux pas les demander à Bonnie, j'attends comme un con près de sa moto que j'ai repérée en arrivant.

J'ignore encore ce que je vais dire et comment je vais m'y prendre. Je n'ai vraiment pas envie de lui parler… Si seulement elle n'avait jamais rencontré Bonnie, je ne serais pas ici, à me prendre la tête avec des conneries pareilles. Mais je n'ai pas le choix, je ne peux pas prendre de risques.

Le temps me semble interminable quand je la vois enfin. Ma sœur n'est pas avec elle. Tant mieux, même si je vais encore avoir l'air d'un psychopathe, à lui sauter dessus.

En fait, rien à foutre.

– Oh, ce n'est pas vrai, siffle-t-elle quand elle m'aperçoit. Si t'es venu me harceler ou me fliquer pour vérifier si je traîne avec ta sœur, c'est que t'as vraiment un problème.

Elle commence à peine à me parler qu'elle me casse déjà les couilles. La vulnérabilité dont elle a fait preuve l'autre soir a disparu. Elle a été remplacée par une armure de glace. Tout comme moi, elle sait dissimuler ses petits secrets. Lentement, elle coiffe ses cheveux en une queue basse. Elle pourrait être jolie – voire sexy –, si je ne voyais pas la tronche de Joey à ses côtés, à chaque fois que je la regarde.

– Je t'emmerde.

Bien qu'il ne soit pas là, j'entends très clairement Peter ricaner, se foutre de ma gueule et me rappeler d'être plus « agréable ».

Elle secoue la tête avant d'enfiler son casque. Je la retiens au moment où elle va enfourcher sa moto. Elle m'insulte en me lançant un regard noir. Sous ses airs de princesse, elle a du répondant.

– Lâche-moi !

– Attends, j'ai deux mots à te dire, je lance.

– Je n'ai pas envie de les écouter.

Elle se débat vigoureusement pour se libérer. Je m'exécute, car je ne souhaite pas attirer les regards sur moi ici. Peut-être que la méthode de Peter est la meilleure option, même si je n'ai pas le moins du monde envie d'être agréable avec elle. Le simple fait de savoir avec qui elle baisait me suffit pour me faire une opinion.

– J'en ai pour deux minutes, je persiste d'une voix plus douce.

J'essaie de ne pas montrer mon agacement, mais c'est compliqué. Je déteste perdre mon temps, et encore plus avec des gens que je n'aime pas.

– C'est deux de trop, raille-t-elle.

– Ça ne va pas te tuer.

– À voir, parce que je meurs d'ennui. Alors si tu pouvais exister ailleurs, j'apprécierais beaucoup.

Putain, elle me brise les noix. D'autant qu'elle fait la maligne aujourd'hui, mais l'autre soir, elle la ramenait moins.

– La princesse a pris des cours de sarcasme ?

– Pas besoin, t'es une source d'inspiration inépuisable.

Je lui offre mon plus beau sourire.

– J'ai besoin que tu…

Sans crier gare, elle plaque sa main sur ma bouche et secoue la tête. Je reste interdit quelques secondes devant son audace et la flamme ardente qui danse dans ses yeux.

– Tu vas d'abord t'excuser pour ton comportement de merde, ensuite, j'écouterai peut-être ce dont tu as besoin.

Sa main étant toujours sur mes lèvres, je la lèche pour la provoquer. Elle la retire aussitôt, avec une moue de dégoût.

– Beurk, tu es un porc.

– Dit la charmante créature qui m'a craché au visage.

– Je ne t'écouterai pas tant que tu ne te seras pas excusé.

– Plutôt crever.

Pas envie de la supplier alors qu'elle a traîné dans cet endroit de merde, avec Joey. Aucune personne saine d'esprit ne pousse la porte de La Tanière.

– Alors, on n'a rien à se dire.

– Kane ?

La princesse rousse et moi nous retournons, en donnant l'impression d'être surpris en pleine partie de baise. Bonnie nous regarde à tour de rôle comme si elle hallucinait. Putain, il ne manquait plus que ça ! Je ne peux plus lui parler en tête à tête. Va falloir que je trouve un autre créneau.

– Qu'est-ce que tu fais ici ? demande ma sœur en réajustant la bretelle de son sac sur son épaule. Qu'est-ce que vous faites tous les deux ?

– Je suis tombé par hasard sur Pr… Maxine alors que je t'attendais pour rentrer.

Celle-ci grogne dans sa barbe. Il arrive que je vienne chercher Bonnie de temps en temps, ça devrait donc passer sans qu'elle se pose trop de questions.

– Et je crois surtout qu'il voulait s'excuser pour s'être comporté comme un gros connard, balance cette peste, fière d'elle.

Je retiens le « va te faire foutre » qui me brûle la langue tandis que mon poing se crispe derrière mon dos. *La putain de garce.*

Bonnie me regarde curieusement.

– Disons que j'ai peut-être réagi comme un gros con.

Ma réponse me fait l'effet d'un coup de batte enroulée de barbelés dans la tronche, tellement ça fait mal.

– Le mot est faible, je dirais même que c'est une insulte à tous les gros cons qui existent…

Elle m'offre son plus beau sourire d'emmerdeuse qui lui sied à merveille. Si elle me cherche, elle va finir par me trouver. Rien à foutre qu'elle soit une nana.

– Je dois y aller, ajoute la rousse. Bonnie, on s'appelle ?

Ma sœur acquiesce avec un sourire.

Tandis qu'on se dirige vers notre voiture, le moteur du joujou de *principessa* résonne et ne fait qu'ajouter du feu sur ma frustration.

CHAPITRE 7

MAXINE

Je me réveille en sursaut dans la nuit.

Les insultes de ma mère se bousculent dans mon esprit. Toujours les mêmes avec ce ton hargneux, empli de dégoût : « Fille de Satan », « Mon plus grand échec, ma déception. » Mon dos me démange quand je repense à elle. Je glisse une main dessus et sens la rugosité des cicatrices. Je hais chacune d'entre elles, je les maudis, même. Pourtant, je continue de les toucher, comme si j'espérais qu'elles disparaissent. Parfois, je voudrais effacer les souvenirs les plus douloureux, les plus honteux. Parfois, je voudrais ne jamais être née, tout court.

Je m'assieds en tailleur et observe le ciel à travers la fenêtre de ma chambre. Je laisse toujours le rideau ouvert, car je n'aime pas être dans le noir. J'ai l'impression de suffoquer. J'ai ce besoin vital de voir un filet de lumière pour me rassurer. Je me suis même acheté un de ces projecteurs qui diffusent le ciel étoilé et les constellations pour les nuits où je n'arrive pas à m'endormir.

J'attrape mon téléphone, il affiche 4 heures du matin. La nuit a été courte. J'ai eu du mal à trouver le sommeil à cause du frère de Bonnie. Il a fallu que je fasse un cauchemar. Si ça continue comme ça, je vais finir la semaine épuisée. Le fait que ce Kane connaisse un de mes secrets a fait remonter beaucoup trop de souvenirs. Le dédain dont il a fait preuve n'a fait que me rappeler le peu d'estime de moi qu'il me reste. J'ignore ce qu'il attendait de moi tout à l'heure, mais je m'en fiche, je ne veux pas le savoir. Ce mec est un vrai connard et quoi qu'il veuille, il peut aller se faire voir.

Je n'aime pas me sentir aussi vulnérable, aussi faible, alors que je fais tout pour devenir quelqu'un de bien, pour que la vie reprenne son cours. Mais il suffit d'un rien pour que je me noie dans mon passé.

Impossible de me rendormir. Je décide donc de bouger paresseusement ma carcasse jusqu'au salon où je mange des céréales à même le paquet devant une des émissions de nuits sur le relooking. Cette fois, Nadia veut changer après que son mari l'a trompée deux fois, car il ne la désirait plus. Si j'étais elle, je larguerais ce gros connard. Finalement, Nadia revient avec trente kilos de moins, des pare-chocs tout neufs, la tronche liftée à l'extrême. Bien sûr, son mari s'excuse et lui dit qu'elle est magnifique. *Pathétique.*

Il est plus de 5 heures, j'envoie un message à Eddie.

Max : Tu dors ?

Eddie : Non. Insomnie ?

Max : Oui. Et toi ?

Eddie : Déjà debout.
Tu veux que je vienne ?

Max : Non, le jour va bientôt se lever,
tout va bien. Si tu étais un aliment,
qu'est-ce que tu serais ?

Il y a les gens et puis il y a moi, qui pose ce genre de questions dès le matin.

Eddie : Un chou de Bruxelles,
comme ça, personne ne me mangerait,
car je serais dégueulasse.

Je souris devant mon écran.

Eddie : Hier soir, j'ai envoyé
un message à la nana
sur l'application de rencontres.
J'attends qu'elle me réponde.

Je ne sais pas si c'est possible d'avoir le cœur qui palpite pour le bonheur d'une autre personne, mais le fait qu'Eddie se lance et m'en parle me touche.

Max : Je suis fière de toi. J'espère que
tu auras une réponse rapidement.

Eddie : On verra bien.

Max : Tu me raconteras ?

Eddie : Bien sûr,
mais pas un mot aux autres.

J'aimerais vraiment qu'il trouve quelqu'un avec qui partager sa vie. En tout cas, je suis contente qu'il se soit lancé.

***

Il fait encore chaud aujourd'hui, bien qu'on soit le matin, je transpire déjà dans mes fringues. Jetant un coup d'œil autour de moi, je constate qu'il y a plus de monde que d'habitude à la réunion des AA. Je me suis assise dans le fond, non loin de la porte de derrière qui mène à une petite cour, car il y a un léger courant d'air.

– Merci d'avoir pris la parole, Franck.

Je me concentre sur l'homme installé à trois chaises de moi. Il semble à la fois soulagé et perturbé de nous avoir partagé ses problèmes les plus intimes avec l'alcool. Je comprends ce qu'il ressent, les sentiments sont comme des grenades, on ne sait jamais comment ils vont exploser. Parfois, quand je m'exprime, ça me fait du bien et parfois, ça me rend minable et honteuse. C'est tellement difficile à gérer, le flot d'émotions qui nous rend humains.

– Quelqu'un d'autre souhaite se confier ?

Personne n'ose se lancer, il y a un blanc. Tout le monde semble soudain fasciné par ses chaussures. Étant restée silencieuse pendant les dernières séances, je dois faire un effort, il est temps. Avec mes récents cauchemars et le frère de Bonnie, j'ai besoin d'évacuer.

– Moi, je dis en levant la main.

Tous les regards se braquent sur moi. J'inspire profondément pour me donner du courage. Je ne sais pas encore ce que je veux dire, car souvent ça sort comme ça, un peu à l'instinct. Tels des bouts de vie et de sentiments qui veulent s'échapper de mon esprit.

– Je suis sobre depuis trois ans et ça ne me manque pas. Même quand des amis boivent à côté de moi, je ne ressens pas le besoin vital de boire. Mon collier m'aide à tenir et les souvenirs de moi alcoolisée suffisent à m'empêcher de retoucher à la boisson.

Je souffle sans regarder l'assemblée. J'ai les yeux rivés sur mes baskets, mais j'attrape mon pendentif pour me donner la force de poursuivre.

– C'est bien, m'encourage Marc qui supervise cette réunion.

– Ces derniers jours, j'ai pas mal ressassé tout ça, je reprends. J'ai fait la connaissance d'une personne qui m'a apparemment vue dans un endroit de mon passé et je me suis sentie mal. Parce que je m'étais efforcée d'oublier cette période de ma vie. Je n'ai pas bu pour autant. Je reste forte, car je ne veux surtout pas replonger. J'ai fait trop d'efforts pour m'en sortir, je ne veux pas tout gâcher. Je n'ai pas beaucoup d'estime de moi, alors je n'imagine même pas ce que ça serait si je cédais.

Marc et les autres me félicitent pour ma ténacité et ma résistance. Leurs acclamations me font du bien, malgré tout, je me sens encore fragile.

– Quand j'y repense, je n'aurais jamais cru possible d'être accro à l'alcool. Un peu comme si mon cerveau refusait l'existence du mot « addiction ». Quand je regardais des séries avec des ados alcooliques, je me disais que c'était impossible, voire débile, d'être si faible… Peut-être que finalement le karma s'est vengé ?

Ou ma mère.

– Ça a commencé parce que je voulais juste m'éclater, car chez moi, toute notion d'amusement était bannie. Je me souviens que mon premier whisky Coca, ce soir-là, était infect, mais que les autres m'ont rendue joyeuse, libre. Pour la première fois, je lâchais prise. Et tout ce à quoi j'ai pensé, les jours qui ont suivi, c'était à boire jusqu'à retrouver cette sensation de plénitude. Au début, je crois que je n'ai jamais été aussi heureuse de ma vie. J'oubliais la maison, repoussais mes limites, me rebellais, expérimentais les plaisirs charnels…

Parfois, je buvais dans l'espoir de perdre connaissance, d'en mourir… À l'époque, j'étais tellement plus heureuse quand je me foutais la tête en l'air en picolant. Plus ça rendait ma mère folle de rage, plus elle me punissait et plus je me noyais. Je la détestais vraiment et je la déteste encore aujourd'hui. Tout comme je ne peux plus me supporter.

J'inspire calmement en relevant la tête vers les gens qui m'observent.

– Désormais, j'aime ma vie, j'aime les gens que j'ai rencontrés après avoir remonté la pente. Je bosse dans un garage et ça me passionne, ainsi que mes études, ça m'aide à me canaliser. Donc, tout va bien.

Je termine ma longue tirade en soufflant. C'est assez libérateur, parfois, de parler. On ne se rend pas toujours compte qu'on a quelquefois besoin d'extérioriser ce qui nous ravage. Je ne sais pas s'il existe quelque chose de plus difficile qu'être humain. Car c'est dur de vivre quand on est abîmé, quand on est une âme brisée.

CHAPITRE 8

MAXINE

Je m'étire en jetant un coup d'œil à Bonnie qui s'est endormie depuis presque une heure sur le fauteuil. J'attrape un plaid que je dépose sur elle. Il est plus de 3 heures du matin, nous avons regardé plusieurs épisodes de la série *American Horror Story*, car on a décidé qu'on visionnerait toutes les saisons ensemble. Il ne lui reste plus que le dernier de la première saison.

J'aime bien passer du temps avec elle, on a pas mal de points communs et puis elle est vraiment sympa. Le coin est plutôt calme, elle m'a dit de ne pas avoir peur si jamais on entend ses voisins s'engueuler ou d'autres bruits un peu bizarres. Pour l'instant, rien à signaler. J'éteins la télé avant d'attraper mon sac et mon casque puis me dirige silencieusement vers la porte. Je ne veux pas la réveiller alors qu'elle dort profondément.

Je m'apprête à sortir, mais heurte violemment un torse.

– Putain, râle Kane.

Il baisse la tête vers moi et me foudroie du regard. Je dois avouer qu'ainsi, dans la pénombre et le calme de la nuit, il est inquiétant. Néanmoins, il remue quelque chose en moi.

– Boucle-la, ta sœur dort, je le préviens.

Mon ton est aussi venimeux que le sien. J'espérais ne pas tomber sur lui. Bonnie m'avait dit qu'il serait absent toute la nuit, même si, en venant ici, je prenais un risque. Ni une ni deux, il enroule sa main autour de mon poignet et m'attire dehors.

– Toujours aussi sauvage et délicat, je braille.

– Toujours fourrée chez moi alors que je ne le veux pas, grogne Kane.

– Pour un mec que je suis censée dégoûter, je trouve que tes mains me touchent un peu trop. Maintenant, lâche-moi, putain !

Il s'exécute une fois en bas du perron. Si un jour ce type me regarde autrement qu'avec une envie de vomir, il va pleuvoir. Je lève les yeux vers lui. Sous la lumière blafarde du mobile home, il semble crevé et encore plus menaçant que d'habitude. Je repère les jointures rouges et violettes de ses mains quand il les passe dans ses cheveux. On dirait qu'il s'est battu ou du moins qu'il a frappé dans quelque chose. Je remarque aussi que ses biceps sous son tee-shirt sont bandés. Je ne sais pas d'où il vient, mais c'est peut-être mieux ainsi.

– Si tu crois que ça me plaît de toucher les restes de Joey.

– Va te faire foutre.

Je le bouscule et me dirige vers ma moto. Décidément, dès que je vois ce type, j'ai envie de le cogner. Je crois que je n'ai jamais ressenti une telle animosité envers quelqu'un depuis bien longtemps. Sa connerie est à l'épreuve des balles. Il est complètement con. Je sais bien que c'est son frère, mais je ne sais pas comment fait Bonnie pour le supporter.

– J'ai à te parler, lance Kane.

Un rire nerveux m'échappe. Le gars me parle comme à une merde et il croit que je vais l'écouter bien gentiment juste parce qu'il l'a décidé.

– Parle à mon cul, parce que moi, je m'en fous, de ce que tu veux.

Il retient une insulte entre ses dents et m'arrache le casque des mains. Dans la nuit, nos respirations deviennent chaotiques, animées par notre haine, presque palpable. Le pire, c'est que j'ignore d'où ça vient.

– Donne-moi ça !

Je gueule presque en me jetant sur lui. Il recule d'un pas, un sourire carnassier sur les lèvres et le regard toujours aussi sombre. Il se fout de ma gueule, ne me respecte pas.

– Tu vas quand même m'écouter.

– Rends-moi mon casque.

– J'en ai pour deux minutes.

– Tu me menaces, tu me parles comme à un chien et tu crois que je vais t'obéir juste parce que t'as quelque chose à me dire ?

– T'as rien à perdre.

– Si, mon temps, que je n'ai pas envie de gâcher en ta compagnie. Si tu ne me rends pas mon casque, je te saute dessus et te griffe.

Il éclate de rire et, sans réfléchir, je bondis tel un animal enragé. C'est comme si la colère avait pris possession de mon corps. Kane ne s'y attendait pas, puisqu'il tombe en arrière et moi, sur lui. Les poubelles amortissent notre chute. Avant qu'il ne réagisse, je plante les ongles dans son bras pour qu'il le lâche. Il abdique en m'insultant.

– Putain, mais quelle fichue garce !

– Ne me prends pas pour une fille fragile. Je ne suis pas une princesse.

Mon univers n'est pas aussi rose et blanc que les robes que je porte. Le corps de Kane qui s'agite sous le mien me rappelle notre position. J'ignore ce qui m'a pris, la colère m'a fait perdre la tête. Il me dévisage, comme s'il hallucinait. Pourtant, je me fous de ce qu'il pense, il n'a qu'à arrêter d'être le pire des bouffons. Il ne sait rien de moi, rien de ma vie. Il semble me détester et s'être fait une opinion de moi, mais il ne connaît pas mon histoire. C'est facile de juger, à ce compte-là…

– Tocard, je siffle. Faut sérieusement que tu te fasses soigner.

Je tente de me relever pour récupérer mon casque, mais il m'attire à lui et attrape ma nuque pour m'empêcher de bouger.

– Lâche-moi… je grogne, furieuse.

Soudain, il inverse nos positions et je me retrouve prisonnière, sous lui, en train de me débattre comme une cinglée au milieu des déchets. Je sens son odeur tant il est proche. Pendant une seconde, on dirait qu'il se réjouit de me voir ainsi. Je rêve alors d'envoyer mon genou dans ses bijoux de famille. J'ignore s'il devine mes pensées, car il plaque sa main sur ma bouche au moment où je m'apprête à hurler.

– Espèce de folle furieuse. Tu gueules alors que tu te jettes sur les gens ? C'est ta faute si tu te retrouves dans cette position ! Tu croyais que je n'allais pas le faire, car t'es une fille ?

– Connard ! je gronde contre sa paume.

Il se penche vers moi. Près. Beaucoup trop près. Cette fois, je sens pleinement son odeur, un mélange de lessive et de gel douche.

– Je veux simplement parler de Bonnie. Je vais retirer ma main, mais si tu cries, je te bâillonne de nouveau, je m'en branle. Compris ?

Je hoche la tête et il s'exécute. Pour autant, je ne compte pas me laisser faire, alors j'agis instinctivement et le frappe au torse de toutes mes forces. Il accuse le coup sans broncher.

– Recule-toi.

– Pas tant que tu ne m'auras pas écouté.

Sérieusement, c'est une discussion de sourds. Il m'épuise.

J'ai envie d'arracher cet air satisfait de son visage avec les dents. Je suis en position de faiblesse et il adore ça. Je déteste ce mec. Il faut que je quitte cet endroit et que je m'éloigne de ce gars. La prochaine fois, Bonnie viendra chez moi.

– Alors, tu la craches, ta pastille ?

Je commence à m'impatienter, mais plus je m'agite et plus il prend son temps. Je me jure de le lui faire payer un jour.

– Si tu veux continuer de la voir, j'ai des conditions.

J'éclate d'un rire nerveux. On aura tout entendu.

– Des conditions ? Tu te prends pour un mafieux ou quoi ?

Pourtant, à voir la colère qui passe sur son visage, il semble sérieux. J'en ai même des frissons. Ce mec est vraiment taré. Je me demande si ça vaut le coup que je me prenne la tête avec tout ça…

– Un jour, elle te maudira pour tous les gens que tu as fait fuir autour d'elle.

Il reste si parfaitement impassible que c'en est troublant. Peut-être parce qu'il le sait ou que c'est son objectif…

– Bonnie ne doit jamais apprendre pour La Tanière.

– Pardon ?

– Elle ne doit jamais apprendre, répète-t-il d'une voix ferme. Jamais elle ne doit entendre ce nom, jamais elle ne doit savoir où c'est ni entendre parler de Joey. Je te jure que si tu l'amènes là-bas, je te pourrirai la vie. Peu importe que tu sois une nana, je te le ferai regretter.

– On a bien compris que t'as pas de scrupules à tabasser une femme si elle t'embête un peu…

– T'as saisi ce que je viens de te dire ?

– Et quoi, c'est tout ? Monsieur le gangster m'autorise à fréquenter sa petite sœur ? T'es pas net, comme mec.

Je n'avais jamais prévu de parler de cet endroit à quiconque. J'ai réussi à refouler ce souvenir loin dans mon esprit et il y restera. Je ne sais pas ce qu'il trafique là-bas, mais ça le préoccupe vraiment. Il ne veut pas que Bonnie connaisse l'existence de ce lieu, ce que je peux comprendre. Ce n'est pas très fréquentable, il s'y passe des choses bizarres parfois.

– T'as pas idée comme tu dis vrai ni à quel point je suis dingue. Dis-moi que tu ne lui parleras pas de La Tanière.

– Je n'en ai jamais eu l'intention, je grogne. Maintenant, si tu as fini, casse-toi, que je puisse rentrer chez moi.

Kane se redresse sans un mot puis disparaît à l'intérieur, me laissant seule avec ma rage au ventre et mon envie de le réduire en bouillie.

CHAPITRE 9

KANE

Je déteste cet endroit.

Si je pouvais le rayer de la carte, je le ferais sans hésiter. J'y foutrais le feu et je le regarderais brûler jusqu'à ce qu'il n'en reste plus rien. Puis je pisserais sur les cendres encore fumantes.

Outre le fait que ce soit un repaire de tordus, La Tanière est aussi une villa construite sur plusieurs étages. Quand on ne sait pas ce qui s'y passe, elle ressemble à toutes les maisons de luxe. Il y a huit chambres, autant de salles de bains. Mais aussi une salle de cinéma et une salle de jeux où se trouvent billard, flipper, baby-foot, et j'en passe. Le genre de baraque où personne ne soupçonnerait d'activités obscures. Ici, il y a de l'alcool, de la drogue, des partouzes, des combats de chiens, des combats clandestins, des paris et des trucs bien plus glauques… Il y a probablement des cadavres sous les fondations de la maison. En tout cas, je suis convaincu que les cochons dans l'arrière-cour en ont déjà mangé des centaines. Chaque fois que je franchis la porte d'entrée, je prends sur moi pour ne pas perdre définitivement mon âme. Certains jours sont plus compliqués que d'autres, mais je m'accroche toujours à mon objectif en me rappelant ce que je dois protéger. Après tout, en venant ici, je connaissais les risques. Je savais dans quoi je m'engageais quand j'ai demandé son aide à cette enflure.

Ma dette, c'est à lui que je la dois.

Joey Shelby.

Une putain de dette qui diminue dès que je viens, mais qui me donne l'impression de ne jamais en voir la fin. Ce calvaire peut se régler de deux façons : soit en épongeant la totalité de mon emprunt, soit avec la mort de cette ordure de Joey. Si seulement quelqu'un pouvait s'en charger.

– Le boss est occupé, aboie l'un des deux gars qui gardent la porte du bureau quand j'arrive au deuxième étage.

– Si c'est Kane, laisse-le entrer ! s'écrie le maître des lieux.

Le type me dévisage, j'en fais autant. Il a beau mesurer deux têtes de plus que moi, il ne m'impressionne pas. Je pourrais le mettre au tapis sans problème. Mais je sais qu'il ne touchera pas un seul de mes cheveux. Je suis trop précieux pour le business de Joey.

– Lui, il reste ici, grogne le balèze en fixant Peter derrière moi.

Mon meilleur pote hoche la tête calmement. Il sait garder son sang-froid, il en a l'habitude.

– Je t'attends en bas.

– OK, je réponds. J'arrive.

Joey est assis à son immense bureau en bois massif, sans doute plus onéreux que mon mobile home et ce qu'il contient. Au mur, la décoration est essentiellement composée de photos de lui ou de playmates[9] dans des positions plus que subjectives. La grande fenêtre, derrière lui, donne sur le jardin. Je vois d'ici des nanas se prélasser topless au bord de la piscine, dont une qui se baigne complètement nue. Les premières festivités se déroulent au sous-sol, mais dès que ce sera fini, la soirée se poursuivra dehors si le temps le permet, ou dans la villa. Le genre de fête aussi dépravée que lui.

Je m'approche du bureau lentement.

– Assieds-toi ! ordonne Joey en agitant la main.

Alors que je m'arrête face à lui, j'aperçois le sommet d'un crâne entre ses jambes. Il y a une nana accroupie à ses pieds. Je n'avais pas vraiment prévu de gerber en entrant dans le bureau.

– Continue, grogne-t-il en agrippant les cheveux de la pauvre fille chargée de lui lustrer le manche.

À voir ses mouvements, elle semble reprendre du service sans se soucier de ma présence. Ce qui,

9. Femme qui pose pour la presse de charme.

étrangement, me fait penser à la princesse rousse. Dire qu'elle a fait partie de ces filles… Comment on peut s'avilir à ce point en se tapant un porc pareil ? Le fric sans doute.

Je reste debout, ne souhaitant surtout pas m'attarder ici. Je serais capable de le tuer et cette fois, je perdrais définitivement mon âme et Bonnie.

– Pourquoi tu veux me voir ? je demande en le fixant droit dans les yeux.

Il sourit avant de se pencher légèrement sur le bureau pour y attraper un cigare.

– Parce qu'il y a un petit changement de programme ce soir.

– Comment ça ?

Il l'allume lentement sans daigner me répondre. Je sais qu'il fait exprès de prendre son temps pour m'agacer. Le pire, c'est qu'il y parvient, car je bous intérieurement, mais je reste stoïque. Je ne lui donnerai pas cette satisfaction.

– Vous ne serez pas deux dans l'arène.

– C'est un *survival* ?

Il secoue la tête en ricanant. Putain, je ne peux plus l'encadrer. Je rêve que quelqu'un m'en débarrasse définitivement. Moi, je ne peux pas le faire…

– Vas-y, accouche ! je réclame. Si tu veux que je gagne, c'est plutôt dans ton intérêt de m'expliquer.

– Tu seras en un contre deux.

Son annonce ne me déstabilise pas tant que ça, en réalité. Ce n'est pas la première fois qu'il change les règles à la dernière minute.

– Ce soir, tu vas combattre deux frères. Des jumeaux. Visiblement, ce sont des machines à tuer, mais rien d'insurmontable pour toi.

Joey me sourit en haussant un sourcil, la nana toujours sous le bureau.

– Ça te va ?

– Comme si j'avais le choix, je rétorque avec sarcasme.

– Si ça se trouve, tu vas en buter un.

Il éclate de rire alors que je serre les poings dans mon dos pour me retenir de lui sauter à la gorge. Une douleur lancinante s'étend de mon crâne à mon cœur, mais je serre plus fort. Je ne veux pas lui montrer que ses mots me retournent les tripes.

– C'est bon, tu peux disposer, dit-il en guidant à nouveau la tête de la fille.

Ce mec est un monstre. Cependant, j'ai encore des choses à régler, tant pis pour la nana. Derrière moi, j'entends la porte grincer et le gorille avancer pour me foutre dehors.

– Je n'ai pas fini, je dis en souriant. Tu ne crois pas que je vais trimer à mettre K.-O. ces deux connards pour le même tarif qu'un seul ? Tu rêves, il te faudra trouver quelqu'un d'autre.

Il siffle, visiblement mécontent. Comme si j'allais accepter sans broncher et négocier. Je ne suis pas stupide.

Plus je combats, plus j'empoche. Plus j'empoche, plus ma dette diminue. Plus elle diminue, plus je me rapproche de la liberté. Même si je ne suis pas dupe quant au fait que je suis encore loin d'être libre. Ça me semble interminable.

Bonnie voulait absolument aller à l'université et je ne souhaitais pas la priver de la seule opportunité de s'en sortir. Sauf que les études supérieures sont excessivement chères. On n'en avait pas les moyens. Heureusement, Bonnie, étant une bonne élève, a obtenu une bourse, mais ça ne suffisait pas. Alors, pour elle, un choix s'est imposé comme une évidence. Joey.

Il m'a donné l'argent pour couvrir l'intégralité de son cursus universitaire, depuis, je suis à sa botte pour éponger ma dette. Tandis que lui s'engraisse, moi, je tente de m'en sortir. C'est bien pour ça que ça ne me dérange pas qu'il me propose des combats plus difficiles. Ça me permet d'avoir plus d'argent, même si Joey espère que je prenne mon temps pour le rembourser. Je suis une aubaine pour lui.

Mais, comme c'est bientôt l'anniversaire de Bonnie, je garderai la moitié pour moi et le reste pour lui offrir un cadeau.

– 1 500 dollars.

Les sommes que je touche pour mes combats varient selon le type d'arène. J'empoche entre 1 000 et 3 000 dollars. Il y a les combats normaux en un contre un, les *survivals* dans lesquels on peut atteindre dix combattants jusqu'à ce qu'il n'en reste qu'un ou encore, comme ce soir, les combats lors desquels je suis en infériorité.

– 2 000 dollars, je rétorque. Je veux le double pour défoncer les deux. Et 500 de plus, si je les expédie en trois minutes.

Joey éclate de rire. Cependant, j'ai titillé sa curiosité. Tant mieux, je refuse de trimer pour rien.

– Comme ça, tu peux ajouter une nouvelle statistique dans tes paris, j'ajoute avant qu'il ne réponde. Tes aficionados vont adorer et miser. Tu vas empocher un max, car tu sais que j'en suis capable.

Il a le regard vitreux. En effet, ce que Joey aime plus que le sexe, c'est le pognon.

– Intéressant.

Il marmonne dans sa barbe et repousse la nana.

– Reste là, ma belle, j'en ai pour deux minutes.

Il se penche sur son bureau pour gribouiller quelque chose. La fille ne bouge pas et reste silencieuse.

– Dom ! s'écrie Joey. Rapplique ici.

Le gorille de tout à l'heure entre de nouveau dans la pièce.

– Tu veux que je le dégage ? grommelle-t-il en me désignant du doigt.

– Je veux que tu trouves Scratch et que tu lui donnes ça. Dis-lui de venir me voir au début du combat.

– OK, boss.

Il repart aussi vite qu'il est entré, laissant la porte ouverte derrière lui. Je l'entends dire à son collègue de prendre sa place. Qu'est-ce qu'ils peuvent bien surveiller, d'ailleurs ?

– D'accord, tu pars avec une cagnotte de 2 500 dollars, mais passé les trois minutes, tu perds 100 dollars toutes les trente secondes. Je te laisse deux minutes trente en plus des trois sinon t'as pas de prime. Si au bout de cinq minutes tu n'es pas venu à bout des jumeaux, tu repasses à 1 500 dollars.

Il négocie. Joey négocie toujours, et moi, je n'ai pas vraiment le choix. Si je gère, je pourrai garder un peu d'argent pour Bonnie.

Alors, je vais gérer.

– Tu déduiras 2 000 dollars de ma dette et les 500 qui restent, je les prends en cash. Peter viendra les récupérer auprès de Scratch à la fin du combat.

Joey me fixe étrangement, puis sourit.

– Comme tu veux, en espérant que tu y arrives.

Je tourne les talons et sors de son bureau sans un mot. Il espère que je me plante tout en souhaitant que je gagne. Il ne veut pas me donner cet argent, mais il sait qu'il va en empocher davantage grâce à moi.

Je descends au sous-sol qui est beaucoup plus terne que le reste de la maison. C'est le but, car aux étages, tout est nacré, marbré, et respire le fric. Ici, on dirait la cave d'une baraque abandonnée. La pièce est grande, elle pourrait contenir au moins quatre grosses bagnoles. Elle se compose d'un grand ring de boxe, avec des gradins tout autour pour les spectateurs. Joey, lui, s'installe toujours sur son

« trône » rouge surélevé, accompagné d'une fille ou deux. Je ne peux m'empêcher de penser à la princesse rousse. C'est là que je l'ai vue la première fois. Quand je pense qu'elle était intime avec ce cinglé, comme la meuf de tout à l'heure, et qu'elle fait partie de la vie de Bonnie, ça me fait vriller.

La chassant de mon esprit, je me dirige vers les vestiaires. Peter m'attend déjà. D'ailleurs, ça ressemble plutôt à une petite loge : un miroir, un coin pour se changer et une douche. Je me lave systématiquement en rentrant, même si Peter m'accompagne toujours, je ne préfère pas m'attarder ici. Je n'ai pas confiance.

– Tout va bien ? me demande mon pote.

– Ouais, je réponds en fermant la porte d'un coup de pied.

– Qu'est-ce qu'il voulait ?

– Le combat de ce soir a changé.

Peter ne semble pas étonné, mais reste concentré.

– Explique.

– Je dois me battre contre deux mecs.

Mon meilleur ami souffle, mais je vois à son regard qu'il a foi en moi. En étant dans cet endroit que je hais du plus profond de mes tripes, ça me fait du bien d'avoir quelqu'un sur qui compter. Je crois que s'il n'était pas à mes côtés à chaque fois que je viens ici, je serais encore plus dingue que je le suis aujourd'hui.

– Rien d'insurmontable pour toi.

– Je sais.

Il m'observe encore alors que je commence à retirer mon pull. Ce qu'il y a de pénible quand tu tiens à quelqu'un autant qu'il tient à toi, c'est qu'il te connaît autant que tu le connais. Il devient alors plus difficile de cacher les choses qui nous perturbent et qu'on voudrait garder pour nous. Je suis sans doute un connard, mais je sais la chance que j'ai d'avoir un ami comme Peter dans ma pitoyable existence. Je l'ai rencontré lorsque j'ai emménagé dans notre mobile home. Il m'a filé une clope un soir quand il sortait du boulot. On est restés sans parler pendant un moment, juste à contempler le ciel et à fumer. J'ai su, à cet instant, que ce mec serait mon ami. Ce même soir, avant qu'il ne rentre chez lui, il m'a raconté que son usine embauchait, même les gens avec un casier judiciaire. Je ne lui avais rien dit, mais il savait. Je crois juste qu'il m'a vu tel que j'étais réellement et que ça m'a fait du bien. Je n'ai jamais eu besoin d'être différent ni de mentir avec lui. Même en sachant le pire du pire sur moi, il n'a jamais fui. Malgré tout ça, je n'ai pas envie de lui dire que *ce* combat me perturbe. J'ai beau vouloir lui cacher mon anxiété, je sais qu'il la ressent.

– C'est à toi, ça ?

J'enfile un jogging quand Peter me montre un collier et un petit médaillon étrange.

– Ouais.

Je les lui prends des mains. Je les ai trouvés à mes pieds après ma dispute avec la princesse rousse. Je sais qu'ils lui appartiennent, car le pendentif portait son odeur. Celle que j'ai sentie quand elle s'est jetée sur moi comme un chaton enragé. Un jeton des Alcooliques Anonymes, c'est impossible qu'il soit à l'un de mes voisins, de toute façon.

– C'est quoi ?

– Une babiole que j'ai trouvée devant mes poubelles. Ça m'a intrigué, mais j'aurais dû la jeter.

Peter ne cherche pas à approfondir le sujet, je crois qu'il voit bien que je n'ai pas spécialement envie d'en parler. Je ne veux pas évoquer la rousse avec qui que ce soit. Et encore moins avouer que certaines choses me tourmentent. Ce collier m'a tenu éveillé une partie de la nuit. Je voulais savoir s'il lui appartenait, ou à quelqu'un qu'elle connaissait. J'avais envie de plonger dans son esprit pour découvrir tous les éléments sombres qui y traînent. Parce qu'il y en a, je le sais. Je le sens, elle est comme moi.

– Sinon, tu vas me dire ce qui te tracasse ou je dois aller à la pêche aux informations ?

– Rien, tout va bien.

Il me toise comme s'il allait m'en mettre une. Le pire, c'est qu'il en est capable et c'est sans doute ce que j'aime le plus chez lui.

– Pas de ça avec moi. Raconte.

Ouais, difficile de lui cacher quoi que ce soit.

Mais quand c'est lui, ça me dérange moins.

– Je vais affronter deux frères ce soir et ça semble exciter Joey au plus haut point.

Peter souffle, conscient du trouble que cette rencontre provoque en moi. Shelby connaît certaines de mes faiblesses et me faire combattre des frères alors que je le faisais justement avant avec le mien, c'est réveiller des souvenirs douloureux.

– Ce n'est pas ça qui va te perturber, d'accord ? Tu es plus fort que ça. Tu ne vas pas te laisser déstabiliser par ce connard.

Il me défie de le contredire. Il refuse que je laisse les manigances de Joey me monter à la tête. *Putain, ça me fait du bien de savoir qu'il est là !*

– T'as raison, je réponds en lui tapant l'épaule.

Parfois, c'est difficile de garder la tête haute, de résister. Il serait tentant de céder à la folie pour mettre un terme à tout ça.

– Ne te laisse pas déconcentrer parce qu'ils sont frères. Tu es plus résistant que les manœuvres de Shelby. Reste focus sur ce que tu dois faire, sur ce que tu sais faire. Tu cognes, tu gagnes et on se casse d'ici.

Je le regarde en hochant la tête, prenant soudainement conscience qu'il est le seul à voir mes faiblesses.

– Donne-moi ta main, demande-t-il avant de me la bander.

Me retrouver contre deux gars ne va rien changer, je n'ai pas peur de me battre, j'ai ça dans le sang. J'excelle même davantage lorsqu'il y a plus de challenge. Je ne sais pas comment, mais je parviens à sortir de mes tripes une rage que je ne ressens jamais ailleurs. Comme si j'étais fait pour ça, comme si mon corps n'était destiné qu'à ça.

– J'ai lancé un défi à Joey.

– Quel genre ?

– Je lui ai dit de rajouter un enjeu.

Il m'interroge du regard.

– Je lui ai dit que je les mettrai K.-O. en moins de trois minutes. Je l'ai convaincu d'inclure cette donnée parmi les paris de ce soir.

– C'est bien, ça te donne un objectif.

– Ouais, je sais.

– Donne-moi l'autre main.

Comme toujours, il s'exécute avec sérieux.

– Si jamais je gagne, faudra que tu ailles récupérer 500 dollars auprès de Scratch. C'est l'anniversaire de Bonnie, ses vingt et un ans, il faut fêter ça.

– T'inquiète, je m'en occupe. J'aurai du fric à récupérer aussi, normalement.

Je ricane.

– Tu paries sur qui ? je le charrie.

– Sur un gros con qui fout des tartes aussi percutantes que Bud Spencer. C'est bon pour toi ? demande-t-il en parlant de mes mains.

Je serre les poings.

– Parfait.

J'effectue plusieurs mouvements en l'air, puis des frappes. Ce combat ne sera en rien différent des autres, il ne doit pas l'être. Je ne le permettrai pas.

J'ai été entraîné à me battre dès mon plus jeune âge. J'ai grandi dans un univers de violence où lutter était presque une question de survie. J'ignore pourquoi, mais je suis doué pour ça…

CHAPITRE 10

MAXINE

J'ai l'impression qu'il manque quelque chose à mon existence. Quelque chose d'absolument vital.

Il serait fou de croire qu'un objet puisse rendre quelqu'un en manque à ce point, et pourtant… Pourtant, je me sens ravagée.

Il a disparu.

Il n'est plus là.

Je l'ai cherché partout. J'ai littéralement fouillé et retourné tout mon appartement, en vain. Je ressens ce besoin étrange de le savoir autour de mon cou. C'est viscéral. Je n'arrête pas d'y toucher en espérant qu'il réapparaisse tout à coup.

Je ne sais pas quand ni où je l'ai perdu. J'ignore si c'était chez Bonnie ou si c'était pendant ma journée au garage. Il peut être n'importe où, d'ailleurs. Je flippe rien qu'à l'idée de ne pas le retrouver. Pourtant, des jetons, j'en ai eu, mais celui-ci est plus important que les autres. Ça fait trois ans qu'il est avec moi et j'ai la sensation que sans lui, je n'arriverai pas à rester forte. Il le faut pourtant. Je dois y arriver !

Max : Coucou, désolée de t'embêter, mais tu n'aurais pas vu mon collier au garage ?

Eddie ne répond pas tout de suite. Il doit être occupé. J'espère seulement qu'il me dira l'avoir retrouvé, mais je ne me fais pas trop d'illusions. S'il l'avait vu, même Cliff ou Josie, il m'aurait envoyé un message aussitôt pour me prévenir, car il sait qu'il ne me quitte jamais. La journée va être longue…

Tandis que je marche en direction de mon premier cours, je sens s'enrouler autour de mes épaules un bras que je repousse instinctivement. Fiona me regarde étrangement et je comprends que c'était elle.

– Ça va, ma belle ? Tu as l'air crevée et sur la défensive.

– Oui, ça va, excuse-moi, je réponds. J'ai mal dormi et tu m'as surprise, c'est tout.

Elle secoue la tête et me sourit. J'inspire et expire calmement pour tenter de me détendre. Il faut que je pense à autre chose qu'à ce foutu collier, il faut que je relativise. Je ne dois pas me laisser aller. Je suis plus forte que ça. Ce qui me fait tenir jour après jour, c'est moi et mon mental. Ce jeton n'est qu'une aide, pas la force elle-même.

– Je peux faire quelque chose pour t'aider ? Tu veux en parler ?

Je secoue la tête. Quand elle glisse son bras sous le mien pour avancer, je ne me recule pas, cette fois.

– C'est juste que j'ai perdu un pendentif et ça me rend dingue.

– Celui que tu as toujours autour du cou ?

Fiona ne m'a jamais réellement posé de questions à ce sujet, mais je sais qu'elle n'est pas idiote. En même temps, je n'ai jamais cherché à le cacher non plus.

– Ouais, celui-là.

– Je suis désolée, Max. J'espère que tu vas le retrouver.

Je soupire, la gorge nouée.

– Moi aussi, je l'espère.

Je n'ai pas encore eu le temps d'envoyer un message à Bonnie, j'espérais la voir sur le campus aujourd'hui pour lui demander si elle n'avait rien trouvé chez elle.

Je m'installe à côté de Fiona dans l'amphithéâtre. Elle porte une robe plissée à carreaux noir et blanc. Le bustier se ferme sur le devant et les bretelles laissent voir ses épaules finement musclées. Je sais qu'elle va à la salle de sport une fois par semaine.

– T'es canon, toi, au fait.

– Merci, s'exclame-t-elle. J'ai un *date* ce soir directement après les cours, alors je me suis habillée en bombe avant de partir.

Elle sort de temps en temps. Plus que moi, c'est certain. Une fois, elle a organisé un *date* à plusieurs, mais le type qui était censé être mon rencard était un gros lourd qui ne parlait que de cul. Résultat ; il n'a même pas vu le mien.

– T'as bien raison. C'est un étudiant ?

– Oui, je crois. Il m'a dit qu'il aurait un ballon rouge pour que je le reconnaisse.

– Moi, tout ce que ça m'inspire, c'est le film *It*. S'il porte un ciré jaune, fuis. Sauf si tu aimes les psychopathes.

– Je préfère les mecs gentils, minaude-t-elle.

Je lui souris et jette un dernier coup d'œil à mon téléphone avant que le cours commence.

En sortant de la salle, je découvre la réponse d'Eddie : négative. Il dit qu'il regardera pendant sa pause, mais je doute l'avoir perdu là-bas. Je me demande s'il ne se serait pas détaché durant ma bagarre avec Kane. Je n'en sais rien et ça me frustre.

Je passe la matinée sur les nerfs et même si j'adore mes cours et ce que j'apprends, rien n'y fait. Ce collier, aussi stupide que ça puisse paraître, est comme un talisman qui me protège de mes addictions, de mes erreurs passées… Sans lui, j'ai peur de faire une connerie.

À l'heure du déjeuner, nous croisons Bonnie sur le campus, l'occasion de faire les présentations avec Fiona. Elle est seule à chaque fois. Je me demande si c'est volontaire et si c'est lié à son taré de frère.

Elle serait tout à fait capable de s'éloigner des gens pour éviter qu'il ne pique une crise. J'espère sincèrement me tromper, car j'aurais mal au cœur pour elle, sinon. Je peux très bien comprendre qu'on soit solitaire, mais se l'infliger pour autrui, c'est autre chose.

– On allait manger à l'ombre, dans le jardin derrière la morgue, tu veux venir avec nous ? propose Fiona.

Dit comme ça, ça peut sembler un peu glauque, mais il s'agit d'un jardin botanique et aromatique absolument magnifique. Il y a différentes variétés de plantes et de fleurs qui viennent du monde entier. Certaines personnes visitent le campus durant les vacances scolaires juste pour le jardin. On y mange souvent, car il y a des bancs et des coins ombragés. Malgré le monde, on arrive toujours à y trouver de la place.

– C'est gentil, mais je ne veux pas m'imposer, répond Bonnie, d'une voix douce.

– Tu ne t'imposes pas, c'est une invitation, s'esclaffe Fiona. Au contraire, ça fait plaisir de rencontrer des gens.

J'acquiesce pour confirmer les propos de Fiona, mais Bonnie évite notre regard, en scrutant étrangement ses pieds. Je plisse les yeux, étonnée. Elle me semble différente, voire gênée.

– C'est gentil, mais… bafouille-t-elle.

Elle ne cesse de toucher ses mains, comme si elle cherchait ses mots ou une excuse pour nous fuir.

Je ne pense pas que ce soit à cause de Fiona, non, c'est autre chose.

– J'ai déjà mangé, en fait, et…

Je ne connais pas encore assez Bonnie, mais mon intuition me pousse à croire qu'elle ne dit pas la vérité. Je sais qu'elle n'a pas beaucoup d'argent… Peut-être qu'elle n'a pas mangé ce midi et qu'elle ne veut pas avoir honte. Ce n'est qu'une hypothèse bien sûr, mais je ne crois pas me tromper.

– J'ai envie de me prendre une salade au food-truck, finalement, je bougonne.

– T'as plus envie de ton sandwich ? s'étonne Fiona.

– Non, plus vraiment.

Elle rigole, car ça m'arrive souvent de changer d'avis. Elle en a l'habitude.

– Tu nous gardes des places ? je lui demande.

– Évidemment. Tu peux me prendre un soda au citron, au passage ?

– Pas de souci.

Nous nous séparons en chemin, pour prendre la direction du camion. Comme Fiona tout à l'heure, je glisse mon bras sous celui de Bonnie et elle se laisse faire sans protester.

– Je sais que tu… je commence en rougissant.

Je n'avais pas pensé au fait que ça pourrait la vexer que je fasse semblant de vouloir manger autre chose, dans le seul but de lui offrir un repas. Je suis presque convaincue qu'elle n'a rien pour ce midi par manque d'argent.

– Ce n'est pas méchant, je m'empresse de dire. Mais j'ai eu l'intuition que tu n'avais pas vraiment mangé.

Elle s'arrête net et hésite quelques secondes avant de répondre.

– Ton intuition est bonne, mais je ne veux pas de ta pitié…

Je tourne la tête vers elle, Bonnie regarde encore ses chaussures. Je ne sais pas trop quoi lui répondre, à part des paroles sincères.

– Tu ne me fais pas pitié, au contraire, je t'apprécie beaucoup. Je n'ai jamais vraiment eu énormément d'amis avant la fac, mais j'ai l'impression que le courant passe bien entre nous. Et en tant qu'amie, je ne peux pas concevoir que tu ne manges pas. En plus, il fait chaud, tu as besoin de force et d'énergie.

– Moi aussi, je t'apprécie, Max. J'aime bien discuter avec toi, réplique-t-elle simplement.

On se sourit, un peu naïvement.

J'ignore pourquoi, mais je pense à ma mère. Peut-être parce qu'elle l'aurait aimée au premier abord, car mon amie est jolie et qu'elle s'habille sobrement. Même en sachant que Bonnie n'a pas d'argent, elle l'aurait aidée à cause de ses conneries bibliques.

– Les fins de mois sont compliquées parfois. Comme Kane est à la maison ce soir, je préfère partager un repas avec lui, reprend-elle, encore un peu nerveuse.

Je hoche la tête en silence. Je me dis que c'est terrible de ne pas pouvoir manger à sa faim. Le fait qu'ils soient jeunes et livrés à eux-mêmes m'interroge sur la manière dont ils se sont retrouvés dans une telle galère.

– Si tu as besoin…

– Merci, me coupe-t-elle. C'est gentil, mais ça va. Je ne veux jamais rien devoir à personne. Kane est le seul à bosser pour l'instant, mais je prévois de trouver un petit boulot pour compléter.

Je sens qu'elle souhaite qu'on change de sujet et je la comprends. Alors je n'insiste pas. En plus, je n'ai pas envie d'envenimer davantage la situation avec son frère.

– Dis-moi, tu n'aurais pas trouvé un collier chez toi avec un pendentif un peu bizarre ? je demande.

– Un collier ? répète-t-elle. Ça ne me dit rien, pourquoi ?

– J'ai perdu le mien et comme je suis venue chez toi ce week-end, je me suis dit que je l'avais peut-être perdu là-bas. C'est un truc auquel je tiens beaucoup.

– Je suis désolée, je n'ai rien vu, mais je chercherai ce soir si tu veux. Il est peut-être tombé sous le fauteuil ou entre les coussins. Il ressemble à quoi ?

– C'est un jeton que j'ai transformé en pendentif. Ça fait trois ans que je le porte tous les jours et maintenant j'ai l'impression de me sentir nue sans lui.

– Je comprends ce que tu veux dire, je regarderai en rentrant tout à l'heure.

– Merci.

Je panique rien qu'à l'idée de l'avoir peut-être perdu pour toujours.

Je vais rarement aux réunions des AA après les cours, mais plutôt durant les week-ends. Je constate donc qu'il n'y a pas les mêmes personnes. Je ne reconnais aucun des visages aujourd'hui. Même l'animateur est différent, car c'est une femme. Enfin, ça fonctionne pareil.

Je suis venue pour tenter désespérément de trouver un peu de réconfort et décharger mon stress, mais rien n'y fait. Je cherche encore mon jeton autour de mon cou.

En sortant de la réunion, je suis toujours dans le même état : blasée et crevée. L'espoir renaît quand je remarque un message de Bonnie sur mon téléphone.

Bonnie : Je suis désolée,
j'ai fouillé le mobile home,
je n'ai rien trouvé.

Fausse alerte. C'est con, mais j'ai l'impression que mon cœur se brise. Je suis désespérée…

Max : Tu ne veux pas regarder
près de tes poubelles ?
J'ai fait tomber mon sac en repartant,
peut-être qu'il y est.

Bonnie : Je vérifie dans cinq minutes
et je te redis.

Je range mon téléphone dans la poche intérieure de ma veste et enfourche ma moto. Tandis que j'attache mon casque, je croise le regard du frère de Bonnie. Il semble m'observer depuis le trottoir d'en face. Est-ce qu'il m'a vue sortir de là ? Qu'est-ce qu'il fout ici ? Après tout, je préfère ne pas y penser, de toute façon, je m'en contrefous. J'allume le contact et démarre. J'ai besoin de faire un détour avant de rentrer à la maison pour m'évader un peu.

Une fois lavée, je m'installe sur le sofa et regarde enfin mes messages.

Bonnie : Je n'ai pas trouvé de collier
dehors. Je demanderai à Kane
quand il rentrera, on ne sait jamais…

Max : OK, merci encore.

Bonnie : Dis-moi, c'est mon
anniversaire le week-end prochain
et je voulais savoir si ça te tenterait
de venir à la maison ?

Max : Oui, tu peux compter
sur moi. Mais je doute que ton frère
se réjouisse.

De plus, je n'ai pas spécialement envie de côtoyer ce fou. Bonnie ne sait pas que nous nous sommes revus. Elle pense sans doute que la dernière fois date du jour où il s'est en partie excusé sur le parking de la fac.

Bonnie : C'est mon jour,
j'ai bien le droit d'inviter qui je veux.

Max : Tu as raison !

Bonnie : Ce sera en petit comité.
Juste quelques personnes.

Max : D'accord,
je viendrai avec plaisir.

Même si « petit comité » signifie plus de chances de voir son connard de frère…

CHAPITRE 11

KANE

– Kane, reste là ! m'interpelle José, le directeur de l'usine.

Je fais volte-face alors que je m'apprête à rentrer dans les vestiaires.

– Beau boulot, ce soir, me complimente-t-il.

– Je suis disponible si jamais vous avez encore des heures sup.

– C'est noté. Tiens, ta paye.

Il me tend une enveloppe. À l'intérieur, un chèque misérable pour un boulot où je trime comme un dingue. Je me fais plus en combattant. Mais je sépare bien l'argent que je touche ici, à l'usine, et celui que je gagne avec Joey. Ce dernier, je lui reverse en intégralité sinon au moins quatre-vingts pour cent afin de le rembourser au plus vite pour en finir avec lui. Mon salaire, c'est pour vivre avec Bonnie.

– Tes heures supplémentaires seront comptabilisées dans ta prochaine paye.

– Pas de problème.

Quand mon contremaître m'a proposé aujourd'hui de remplacer un gars absent, j'ai accepté sans hésiter. Je ne refuse jamais plus d'argent.

– Rentre chez toi, gamin, et va dormir, t'as une tronche de déterré.

José m'a embauché malgré mon casier. Sur la feuille de candidature, il y avait une case « prison », j'ai coché « oui ». Il ne m'a pas demandé pourquoi, mais si j'étais motivé pour bosser. Je l'étais alors il m'a embauché.

– À plus, Jo.

Il me frappe sur l'épaule et me pousse vers les vestiaires. Je me change rapidement, en remplaçant mon bleu de travail, mes gants et mes grosses chaussures de sécurité par un jean, un tee-shirt et une paire de boots. En sortant de l'usine, la chaleur me surprend. Les températures ont légèrement baissé, mais elles doivent encore avoisiner les vingt ou vingt-cinq degrés.

Je suis lessivé.

Tout ce que je veux, c'est prendre une douche et dormir. Demain, c'est mon jour de repos. Si seulement je n'avais pas à travailler autant pour des cacahuètes, la vie serait plus agréable. Il paraît qu'il y a des gens qui aiment leur job, qui aiment la vie tout simplement. Il y a même des gens qui ont des passions. Moi, mon enfance ne m'a pas vraiment permis de rêver ni de me passionner pour quelque chose de sain. Quand on vit en enfer, on se résout vite au simple fait de survivre. Je ne suis même pas certain de mériter une vie normale.

Mais je continuerai jusqu'à m'en briser les genoux, si cela me permet ensuite d'offrir une belle vie à Bonnie. Je suis certain que lui permettre d'avoir un avenir est le chemin de ma rédemption. Si j'accomplis cela, peut-être que je serai enfin en paix avec moi-même. Si seulement j'avais la garantie d'y arriver, ce serait plus facile d'accepter cette vie de merde. Ma foi est inébranlable, mes convictions, imperturbables, mais je sais que la vie est une traîtresse… Jusqu'à présent, elle ne m'a pas épargné.

– Vous pouvez m'aider à monter, jeune homme ?

La voix d'une vieille dame me sort de mes pensées tandis que j'attends à l'arrêt de bus. Quand elle me sourit, je remarque qu'il lui manque plusieurs dents. J'ai une gueule à aider qui que ce soit, sérieux ? Pourtant, je lui tends quand même mon bras afin de l'aider à gravir les marches du car. Ils circulent jour et nuit et passent toutes les heures quand ils ne sont pas en retard.

Aujourd'hui, j'ai laissé la voiture à Bonnie, car elle devait faire les courses pour la semaine. Je suis donc obligé de prendre les transports en commun puisque Peter est rentré plus tôt. N'ayant pas besoin d'autant de fric que moi, il peut se passer des heures supplémentaires.

Je laisse la petite dame s'installer sur son siège et trace ma route avant qu'elle ne se mette à me raconter sa vie dont je me fiche complètement. Je me colle contre la fenêtre et mets ma capuche pour dissuader quiconque de me déranger.

Il est pratiquement 1 heure du matin, quand je descends à mon arrêt. En arrivant près du mobile home, je remarque de la lumière. Il est tard, c'est étrange que Bonnie soit encore debout à cette heure-ci, d'autant qu'elle a cours demain. Peut-être que la rousse est là ou bien qu'elle révise. Elle peut très bien avoir oublié d'éteindre la lumière. Mais lorsque j'ouvre la porte, je découvre Bonnie attablée avec un mec que je reconnais *illico*. Ses cheveux rasés sur les côtés, la lettre « t » pour Tanière – ou pour « trou du cul » – tatouée sur son bras, et son allure de motard avec sa veste en cuir sans manches. La rage me fait serrer les poings.

Jam...

Qu'est-ce que c'est que ce bordel et pourquoi il est ici ? Je pense à un million de trucs. Mais pour ne pas éveiller de soupçons chez ma sœur, je fais comme si tout allait bien. C'est la première fois qu'un des gars de Joey vient jusque chez moi. Il tient une bière dans la main et Bonnie, un mug devant elle. Il veut me nuire ou me faire chier.

J'observe ma sœur pour voir si elle n'a rien. À première vue, elle ne semble pas avoir peur ni être blessée. Le gars de Joey avait sans doute pour mission de me rendre fou. C'est chose faite !

Savoir qu'il est entré chez moi, seul avec ma sœur, suffit à me détraquer les neurones. Il aurait pu faire n'importe quoi d'elle, car je n'étais même pas là pour la protéger.

– Ça a été, ta journée ? me demande-t-elle en se redressant.

Je ne réponds pas, trop occupé à scruter l'homme qui tourne la tête vers moi en me souriant. L'envie de buter ce connard pulse violemment dans mes veines. Je dois fournir un effort considérable pour lui rendre son sourire sans lui sauter dessus. Que veut-il exactement ? Il n'a rien à foutre là, car il n'a surtout pas le droit de s'approcher de notre maison et de Bonnie.

– Tout va bien ? je demande à ma sœur.

– Oui, ton collègue t'attendait.

Mon collègue… pitoyable comme couverture, mais au moins, Bonnie ne sait pas qui il est et pour qui il bosse. Peter, bon sang, il n'habite pas loin, il aurait pu surveiller.

– Ouais, je vois ça… je marmonne froidement. J'ignorais que tu devais passer.

Il finit sa bière tranquillement, comme pour me provoquer. J'hésite à lui péter la main ou la gueule avec le tesson de la bouteille, histoire de le faire pisser le sang.

– Tu dois être fatiguée, je dis à Bonnie. T'as cours demain, non ?

– Oui, j'y vais, je suis crevée. À bientôt, Vince. Bonne nuit, ajoute-t-elle à mon attention en disparaissant dans la chambre.

Il lui sourit en guise de réponse. Quand la porte claque, je me précipite pour l'attraper par le col, mais il se redresse en me menaçant avec un couteau à cran d'arrêt.

– Ne joue pas les caïds, minus.

– Tente ta chance, Vince, j'éructe. Ton truc ne me touchera pas.

– C'est le premier nom qui m'est venu, s'esclaffe-t-il. Quant au couteau, c'est plutôt pour t'empêcher d'être violent.

– On sort, je refuse de parler ici.

C'est surtout parce que je ne veux pas que Bonnie entende et que rien que voir ce connard chez moi me donne envie de racler le bitume avec sa tronche.

– De toute façon, c'est un vrai trou à rats, ta maison. Ça pue la merde ici.

– Ou peut-être que t'as le nez trop près de la bouche.

Il laisse sa bière sur la table et ricane en sortant du mobile home.

– Même la boisson est dégueulasse.

Jam, de son vrai nom, fait exprès de me provoquer parce qu'il sait qu'avec Bonnie à proximité, je ne tenterai rien. Tout ce que je pourrais faire aurait des répercussions sur elle. Il tient toujours son couteau pointé vers moi, bien que s'il avait voulu me faire mal, il l'aurait déjà fait. De plus, je sais que Joey veille à m'avoir en forme pour ses combats. Il dit que mes poings sont des armes, que je suis précieux pour ses arènes. Au grand dam de

Jam, il ne peut rien me faire. Pourtant, c'est plus fort que moi, comme une pulsion, je le frappe au visage. Il jure comme un charretier et s'avance vers moi avec son couteau.

– La prochaine fois que tu approcheras ma sœur, je te réduis en bouillie.

– T'es trop impulsif, Kane ! s'esclaffe Jam en crachant du sang. En plus ta sœur n'est pas ma came, je n'aime pas baiser les meufs au rabais.

Calme-toi, tu ne peux pas le tuer.

Jam est un des sbires de Joey. Le genre qui fait le sale boulot. Le genre qui ne m'impressionne pas le moins du monde. Le seul à qui je donne ce privilège malsain, c'est son boss. Lui, il m'indiffère complètement, même si je considère toutes les personnes qui côtoient Joey, comme des mange-merde.

– Depuis combien de temps t'es là ?

– Je suis resté suffisamment longtemps, pour te faire passer un message.

– S'il a quelque chose à me demander, il peut le faire lui-même. Il a mon numéro, pas besoin d'envoyer son bichon maltais en personne.

– Il n'a pas de temps à perdre avec une merde comme toi, s'énerve Jam face à mon insulte.

Il me regarde de haut, l'air menaçant. S'il avait le droit de me toucher, il essaierait sans doute de me faire mordre la poussière. Je le vois dans ses yeux, il ne m'aime pas. Il est plus grand que moi, mais ça ne suffit pas à m'impressionner. La vie m'en a tellement foutu dans la gueule qu'il en faudrait plus pour me faire flipper.

– Si je suis à ce point une merde, pourquoi j'ai un message de sa part ? Maintenant, dépêche-toi, car je n'ai pas que ça à faire, de glander ici avec toi.

– Il veut te donner un boulot supplémentaire.

Je secoue la tête. Même pas en rêve !

– Il a besoin de tes services pour motiver les mauvais payeurs qui tardent à le rembourser.

En d'autres termes, il s'agit de tabasser des gens qui lui ont emprunté de l'argent et qui n'arrivent pas à le payer ou ne le peuvent pas. Joey envoie ses hommes les intimider, mais ça finit souvent par de la violence.

– Dis-lui d'aller se faire foutre, je ne m'abaisserai jamais à faire ça.

Jam ricane. Évidemment, ce mec n'a jamais eu aucune moralité depuis le temps que je le connais. Il ne peut pas comprendre, je ne suis pas comme lui. Je n'utiliserai pas mes poings pour ça.

– S'il n'y a que ça, tu peux y aller, je le congédie d'une voix autoritaire.

Rien n'y fait, il reste planté là, au milieu de l'allée, à jouer avec son couteau.

– Il te donnera le double de ce que tu touches avec tes combats. Alors quand on voit où tu crèches avec ta sœur, il n'y a pas à réfléchir.

– Je pourrais bien vivre sous un pont que ton avis me passerait par-dessus la jambe. Je ne tabasse pas des gens pour du fric.

Jam éclate de rire cette fois et s'approche de moi. Je me bats depuis que je suis gosse, alors analyser et opter pour la meilleure défense est comme une seconde nature. Je ne dis pas que je ne prends jamais de coups, bien sûr, mais je sais où faire le plus mal.

– Et tu fais quoi le week-end, tu danses comme un pédé ?

Mon envie de lui faire une démonstration me démange, c'est limite si je ne vois pas des flashs de son visage en sang sous mes paupières.

– Les gars qui sont dans l'arène avec moi sont consentants. Ils savent qu'ils vont mordre la poussière, quoi qu'il arrive.

En disant ça, je ne parle pas uniquement des combats. Je parle aussi de la gueule de Jam et, à voir son sourire, j'imagine qu'il le sait.

– C'est ton dernier mot ?

– Ouais.

– Pour l'instant, m'avertit-il. Tu le connais, il va revenir à la charge.

– Il a d'autres enflures comme toi pour faire ce genre de boulot. C'est non.

Il hoche la tête, le même sourire mauvais sur les lèvres.

– Quand il se sera lassé de toi, après avoir perdu un combat, jusqu'à être complètement K.-O., et qu'il ne te jugera plus utile, je te jure que je t'enfermerai dans une cage et que tu me supplieras de mettre fin à tes souffrances.

– Cause toujours, tu m'intéresses, je soupire d'un ton las. Maintenant, casse-toi.

Jam ricane avant de tourner le dos. Je l'observe jusqu'à ce que sa voiture disparaisse dans la nuit. Je reste sur mes gardes encore quelques minutes avant de rentrer.

Joey est un véritable poison, une véritable gangrène qu'il faut à tout prix occire jusqu'à la racine. J'aurai bientôt terminé de rembourser ma dette, mais j'ai l'impression qu'il n'envisage pas mon émancipation de la même manière que moi.

Je ne me laisserai pas faire, surtout s'il commence à m'intimider avec Bonnie.

PARTIE 2
Dommages collatéraux

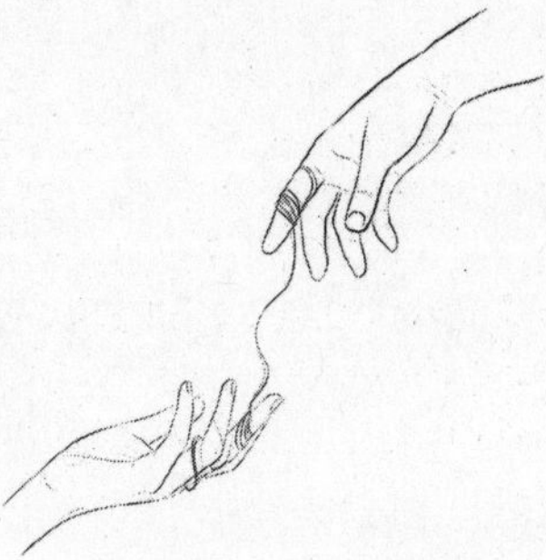

Heroes, Peter Gabriel

CHAPITRE 12

KANE

– Prends des bougies et des guirlandes, lance Peter.

– C'est moche et ça ne sert à rien. C'est du papier qui coûte la peau du cul juste parce que c'est coloré et en forme d'étoile, je grogne en regardant le prix.

Peter me prend le paquet des mains.

– Ça décore, c'est le principe. Puis, vingt et un ans, ça se fête.

J'en ai conscience, c'est pour ça que je suis là, un samedi matin, dans un putain de centre commercial, alors que je déteste ça.

– Je préfère lui offrir un cadeau plutôt que dépenser du fric pour un truc qu'on va jeter demain matin.

– Ça lui fera plaisir, mais c'est toi le chef.

Finalement, le « ça lui fera plaisir » me fait changer d'avis. Je suis tellement dur, tellement chiant à longueur de temps que j'en oublie de lâcher prise parfois. Elle mérite d'être heureuse et que je lui foute un peu la paix.

– T'as bien empoché ce supplément pour la gâter, non ?

Je déteste quand il a raison ! L'autre soir, j'ai étalé ces deux frangins en deux minutes chrono pour récupérer plus d'argent pour l'anniversaire de Bonnie. Depuis toujours et contre tout le monde, je suis une putain de machine de guerre, avec du plomb dans les poings. Je semble n'être bon qu'à ça. Si j'étais né ailleurs, j'aurais peut-être pu faire carrière dans le milieu de la boxe ou du MMA, mais la vie m'a placé ici…

– Ouais, je grogne en foutant les guirlandes dans le chariot.

Je déteste faire les courses. Bonnie dit toujours que je déteste ça parce qu'on n'a pas un rond et qu'on ne peut pas s'acheter ce qu'on désire réellement. Elle n'a pas tort, quoique personnellement, ça m'emmerde de me demander pendant cinq minutes quels haricots prendre.

Peut-être que plus tard, quand il n'y aura plus de dette, de Joey, je prendrai plus de plaisir à faire tout ça. On slalome entre les allées pour trouver de quoi manger. Bonnie adore les sushis, alors j'ai commandé chez le traiteur du magasin de quoi lui faire plaisir. Tout ce que je veux, c'est la voir sourire, la voir heureuse. Sans conditions.

– Tu sais quoi lui offrir comme cadeau ? demande Peter.

– Non…

– Tu sais ce qu'elle aime, non ?

J'ignore si elle préférerait des fringues, des livres, un nouveau sac ou autre chose. Elle ne demande jamais rien. Elle sait qu'on ne peut pas pour l'instant. Elle emprunte tous ses livres à la bibliothèque, elle ne se maquille jamais… Putain, quelle vie de merde je lui propose.

Elle n'a plus rien à cause de moi. Elle vit sur un mont de détritus à Déchetville avec son frère Roi des Déchets. Pourtant, j'ai bien fait de partir, j'ai bien fait de fuir la maison. Notre père aurait fait d'elle une fille de passe, il l'aurait transformée en escort pour ses soirées, pour qu'elle satisfasse ses potes et ça, je le refuse… Alors je me dis que ce n'est pas plus mal, finalement, de vivre dans un mobile home. Et puis, c'est temporaire.

– Oui, mais j'ignore ce dont elle a le plus besoin.

– Je crois que peu importe ton choix, elle sera heureuse.

Il a raison et je le sais.

Mais je veux marquer le coup, je ne veux pas qu'elle pense que je ne suis qu'une brute qui l'étouffe avec sa paranoïa, même si c'est sans doute ce que je suis au fond. Je veux juste pour un soir être son frère.

On dépose les sacs de courses dans la voiture pour se balader dans la galerie sans avoir les bras chargés. Quand on y retourne, je reconnais soudain le rire de Bonnie dans la foule. Je la repère devant une vitrine, accompagnée de la rousse. Ma sœur porte une robe longue avec de fines bretelles et Maxine, un jean accompagné d'un crop top.

– Tu veux les rejoindre ? s'esclaffe Peter.

– Non.

J'ignorais qu'elle venait ici cet après-midi. Elle m'avait dit qu'elle devait rendre des livres à la bibliothèque et qu'elle se promènerait ensuite.

– Déjà que la rousse vient à l'anniversaire de Bonnie, je ne vais pas me taper des heures supplémentaires en sa compagnie.

Peter ricane.

– Qu'est-ce que tu fais ? On dirait que tu la reluques comme si tu…

– Si tu dis « baiser », je te fais bouffer mon poing.

– Très bien. N'empêche que… c'est l'impression que tu donnes.

– Peter, elle a baisé avec Joey. Il l'a probablement fourrée par tous les trous et peut-être même que tous ses potes lui sont aussi passés dessus. Alors je te garantis que je n'ai pas envie de me la taper. Ça me dégoûte rien que d'y penser.

– C'est peut-être juste une erreur de parcours, riposte-t-il en haussant les épaules.

Je lui lance un coup d'œil en biais alors qu'on s'écarte pour ne pas être repérés par Bonnie.

– Toi aussi tu le fréquentes après tout… Ce que je veux dire, c'est qu'il y a peut-être eu quelque chose qui l'a poussée à faire ça.

C'est possible, mais je n'ai pas le temps de me poser ce genre de questions.

– Je m'en cogne de cette meuf, tout ce qui m'importe, c'est Bonnie et me barrer du trou dans lequel on vit.

Je regarde ma sœur et Maxine qui semblent passer du bon temps. Cette dernière se détourne de la vitrine puis entre dans un magasin de fringues.

– Bon, je peux faire semblant de concevoir que tu ne veux pas la baiser parce que Joey est passé avant. Mais tu peux me dire pourquoi on a l'air de deux abrutis en train d'épier des gens ?

– J'observe Bonnie, je le coupe. Ça peut m'éclairer sur le choix de son cadeau. Viens, elle regardait là-bas.

On se retrouve devant un magasin de sacs. Seul problème, il y en a des dizaines.

– Va savoir lequel lui plaît, soupire Peter. Tu ne veux pas que j'aille le lui demander, l'air de rien, sans parler de toi ?

– Non, je veux que ce soit une surprise. Elle n'a jamais rien, alors je veux faire les choses bien.

J'étudie chaque sac, jusqu'à ce que mon attention se porte sur un sac à dos verni, en cuir noir. Je crois qu'elle m'en a montré un similaire en photo sur Internet, il y a quelques semaines. Elle le trouvait magnifique.

J'entre dans la boutique avec Peter. Une vendeuse nous accoste avec un grand sourire.

– Bonjour, puis-je vous renseigner ?

– Je voudrais le sac à dos verni noir que vous avez en vitrine.

– C'est un très bon choix, Monsieur. C'est tout à fait tendance cette saison, ça reste également un intemporel.

Peter glousse dans mon dos. Il sait que j'ai horreur des manières et formules de politesse.

– Je vais vous le chercher dans l'arrière-boutique. Il existe en plusieurs coloris ; rouge carmin et rose.

– Noir, ça ira.

Elle me tourne le dos et s'éclipse.

– Tu ne veux pas un sac, toi aussi ? s'esclaffe mon meilleur ami en m'en montrant un en forme de cœur bordé de fourrure.

– Il est trop petit, ça ne convient pas.

– Pour quoi faire ?

– Pour y foutre un corps.

Peter éclate de rire.

– Si vous cherchez les sacs de voyage, ils sont au fond du magasin, nous précise une autre vendeuse.

Elle nous regarde avec un sourire tandis que Peter est mort de rire.

– Pour les sacs mortuaires, il faudra malheureusement trouver une autre boutique. Ce n'est pas trop le genre de la maison, ajoute-t-elle avec un clin d'œil.

Pour le coup, je dois avouer que c'est assez drôle. Elle retourne vers sa cliente alors que Peter me tape dans le dos.

– Voilà, Messieurs. C'est bien ce modèle ?

Elle le sort d'une boîte en carton. Je ne suis pas un expert, il me laisse indifférent, mais je suppose qu'il est beau. Il devrait plaire à Bonnie.

– Parfait, je vais le prendre.

Elle sourit en le remettant dans son emballage, puis tape sur sa caisse enregistreuse.

– Ça fera 200 dollars, s'il vous plaît.

Je manque de m'étouffer. Autant pour une merde pareille ?

– Vous pouvez diviser en deux ? demande Peter. C'est un cadeau commun.

– Oui, bien sûr. Ça fera donc 100 dollars chacun.

Je paie le premier, suivi de Peter.

– Tu n'étais pas obligé, je dis en sortant de la boutique.

– Je le fais pour Bonnie, je ne savais pas quoi lui prendre. Et puis, elle va être heureuse comme ça.

Je soupire, touché.

– Merci pour elle.

***

– Au fait, tu as eu des nouvelles de Joey ? me demande-t-il.

– Non. J'imagine qu'il a compris le message.

Mon meilleur ami hoche la tête, pourtant, à sa façon de souffler en s'installant sur la mini-terrasse de son mobile home, je devine qu'il pense la même chose que moi. Joey n'abandonne pas facilement.

– Samedi prochain, il y a un *survival* mais c'est aussi le jour du remboursement de ma dette. J'imagine qu'il va me sortir son baratin pour me retenir.

– C'est certain qu'il ne te lâchera pas. Tu cognes comme Hulk. C'est à se demander si t'as pas des pouvoirs cachés. Tu es trop bon pour lui et ses affaires.

– Je veux juste en finir avec tout ça. Je ne sais faire que ça, mais j'en ai marre de frapper.

– Je sais, mais au risque que ça te déplaise, tu ne sais pas ce que tu vaux dans d'autres domaines. T'as grandi avec un fou, t'as été déscolarisé, t'as fait de la prison. Tu t'occupes aussi de Bonnie, tu n'as jamais de repos, tu n'as jamais eu le temps de réfléchir à ce que tu voulais faire, ni même ce que tu aimes.

– Bientôt, j'aurai le temps pour ça…

Je bois une gorgée de ma bière et détaille ma maison. Peter habite juste en face de chez nous, ce qui est vraiment pratique pour espionner… La moto de Maxine est toujours garée devant chez moi. J'ignore encore si elle a un réel lien avec Joey ou si sa rencontre avec Bonnie est juste une coïncidence, mais ma sœur semble bien l'aimer.

Toujours dans ma poche, le jeton des AA commence à se faire lourd, comme pour me rappeler que je suis un sombre connard de ne pas le lui avoir rendu.

Peter n'a pas spécialement tort quand il dit qu'elle m'attire, mais pas pour les raisons qu'il pense. Non, ce qui m'attire, ce sont les secrets qu'elle cache. Parce que j'en suis sûr, elle a des fêlures. Je ne sais pas quelles formes ont les siennes, mais je le sens, elle est comme moi.

CHAPITRE 13

MAXINE

– C'est de la part de Peter et moi, lance Kane en tendant un gros paquet à Bonnie.

Elle le regarde avec des yeux brillants et une moue consternée.

– Il ne fallait pas, dit-elle, gênée.

– On n'a pas vingt et un ans tous les jours, lance le fameux Peter.

Ce dernier lui sourit. Bonnie m'a dit qu'il était le meilleur ami de Kane. Il a l'air sympa. Il est même très séduisant avec ses cheveux courts rasés, sa barbe naissante, ses yeux bleu vert et sa peau mate. Au moins, contrairement à son pote, il rit. Kane semble mal à l'aise, tendu. Est-ce parce qu'ils ont des problèmes d'argent ou bien pour autre chose ?

Bonnie porte la robe bleue que nous avons achetée ensemble, pour l'occasion. C'est mon cadeau d'anniversaire pour elle. Elle s'est attaché les cheveux en une queue haute. Elle est vraiment jolie, mais surtout, elle paraît heureuse. Il n'y a pas beaucoup d'invités. Une dizaine de personnes, je dirais. Ce n'est pas plus mal. Vu comme Kane est taré, je suis étonnée qu'il y ait autant de gens présents. Quand elle découvre le sac qu'elle a repéré en vitrine, elle exulte. Son bonheur devient contagieux.

– Il est tellement beau, mais…

Elle saute dans les bras de son frère qui semble encore plus mal à l'aise. Ça se voit, il n'aime pas les démonstrations d'amour. En même temps, il y a quelque chose sur son visage qui change, comme un soupçon de gaieté. Il se réjouit pour elle.

– Vous êtes qui ? m'interpelle soudain une femme d'une soixantaine d'années à mes côtés.

– Je suis une amie de Bonnie, nous allons à l'université ensemble. Je m'appelle Maxine.

Je me demande quel est son lien avec eux. Sont-ils de la même famille ?

– Ah, c'est ça, l'université.

– Et vous êtes ? je l'interroge, curieuse.

– Je suis Mimi, une simple voisine. Bonnie m'aide de temps en temps, car j'ai quelques difficultés avec mon arthrose. Elle venait à la maison quand elle était plus jeune et que Kane partait bosser.

Alors ça veut dire qu'ils sont seuls depuis un moment.

– Ils m'ont invitée par pure gentillesse. Ça me change de mes émissions de télé et de mes plats préparés.

Je lui souris.

– Je vous ai vue vous battre avec Kane, l'autre soir.

J'écarquille les yeux de surprise.

– Pardon ?

– Je promenais mon chien à ce moment-là. J'aime beaucoup les femmes dans ton genre, ajoute-t-elle d'une voix taquine.

Je secoue la tête, gênée.

– Tu as raison, ne te laisse pas faire.

Quand je pense qu'elle nous a vus à terre dans les poubelles.

Bon sang, j'ai honte.

– Je vais dire au revoir à Bonnie et la remercier, je vais rentrer me coucher.

Je la salue d'un hochement de tête. Bizarrement, j'ai l'impression de sentir le regard de Kane sur moi quand je lui tourne le dos. Malgré l'heure et le fait que les meubles ont été déplacés afin d'avoir plus de place, les gens aiment être dehors. Pour ma part, je fixe l'alcool sur la table, il y a un peu de tout. Cependant, j'attrape une canette de soda qui traîne dans une glacière remplie de glaçons.

Au début de ma désintoxication, les premières sorties, les premières soirées ont été dures. Quand on a été accro à quelque chose, c'est difficile de s'en défaire. Même quand on essaie de toutes nos forces, c'est parfois insurmontable. Les gens ont tendance à croire que c'est par faiblesse que quelqu'un rechute. Peut-être un peu, mais c'est beaucoup plus complexe que ça. Cette sensation d'interdit, après avoir goûté à quelque chose qu'on a aimé si fort, est difficile à oublier. On a l'impression qu'on n'y arrivera jamais, car on se bat contre soi-même. Et je crois qu'il n'y a pas pire adversaire. On lutte sans cesse, et puis un jour, on va mieux. On ne guérit pas d'un traumatisme, on finit juste par lui donner moins d'importance pour continuer d'avancer. C'est ce que j'ai fait avec l'alcool et le reste. Ce soir, c'est dur, pas parce que j'ai envie de boire, mais plutôt à cause de mon collier. Je ne l'ai toujours pas retrouvé, mais il me manque.

– Tu t'amuses ? demande Bonnie.

– Oui et toi ?

Elle me sourit.

– Oui. Je suis heureuse que tu sois venue. Ce n'est pas la fête du siècle, mais ça me suffit. Ça se voit que Kane s'est donné du mal.

– N'oublions pas, tu as eu le sac que tu avais vu en vitrine !

– Oui, il est trop beau. Il ne s'est pas moqué de moi.

Alors qu'on discute, je sens encore Kane me regarder. Je me tourne lentement afin de ne plus être dos à la foule. Je le repère dans un coin, les bras croisés, en train de discuter avec Peter et un autre gars.

– C'est quand ton anniversaire, au fait ? s'intéresse Bonnie.

– En avril, je réponds.

L'année dernière, j'ai fêté mes vingt et un ans avec Eddie, Josie, Cliff. Il y avait de la nourriture, des sodas puis nous avons joué à des jeux de société tard dans la soirée. Honnêtement, c'était le meilleur anniversaire de ma vie.

Peter décide de mettre de la musique pour lancer les festivités. Alors que les invités semblent hésiter, Bonnie ondule en chantonnant et m'entraîne. Les gens finissent par se laisser tenter. Alors qu'on se déhanche au rythme de la guitare, un reflet attire mon attention. Je le repère au cou de Kane, il dépasse de son tee-shirt noir. Mon envie de lui sauter à la gorge fait battre mon cœur. On dirait qu'il perçoit ma colère, car au même moment son regard croise le mien. Outre la rage, je ressens de l'apaisement. Il est là, il n'est pas perdu et c'est le plus important. D'accord, il est à son cou, mais je sais où il est. Donc, si je dois me battre à nouveau dans les poubelles pour le récupérer, je le ferai. Soudain, il disparaît, je ne le vois plus à côté de Peter.

Dès que Bonnie s'éloigne vers l'un de ses invités, je pars à la recherche de Kane. Il est seul, une clope entre les lèvres et un verre à la main. Il fait nuit, mais l'air est encore doux. Sans attendre, je m'avance vers lui et enfonce mes ongles dans son bras.

– Mais…

Il lâche son gobelet qui nous éclabousse au passage.

– Sale furie, siffle-t-il.

– Rends-le-moi.

– Te rendre quoi ?

– Mon collier.

– Ah ça…

Il le sort sous son tee-shirt. Je le reconnaîtrais entre mille, c'est bien lui. Je me sens tellement soulagée que c'en est vraiment absurde.

– Ça me dégoûte que tu le portes à ton cou, je proteste, troublée.

– Je ne voulais pas que tu le perdes… Estime-toi heureuse, j'aurais pu le laisser aux ordures.

– Rends-le-moi.

Il s'éloigne d'un pas.

– Demande-le-moi gentiment et je le ferai.

– Crois-moi, je suis déjà gentille. Je m'efforce de ne pas réduire tes couilles en bouillie.

Il se retient de rire, mais ses yeux luisent de satisfaction.

– Alors, j'attends…

– S'il te plaît, ô roi des tocards, rends-moi mon collier avant qu'il ne me prenne l'envie de faire de la confiture de pruneaux.

Mi-amusé, mi-ravagé, il le retire et me le jette au visage. Il tombe à terre et je m'agenouille pour le ramasser et le presser contre ma paume.

– T'es un vrai connard.

Il hausse les épaules, amusé. Comme si c'était le plus beau compliment qu'on lui ait fait.

– Alors, t’es venu en ville pour te rincer l’œil et voir si j’étais bien une ivrogne.

Il y a deux jours, je l’ai aperçu en sortant de ma réunion des AA. Il était sur le trottoir d’en face. Quand il a voulu traverser, j’ai enfourché ma moto pour m’enfuir, honteuse qu’il m’ait vue sortir de là.

– Possible, répond-il avec une œillade qui me donne envie de le griffer encore.

– Ça te fait jubiler ?

Cette fois, il reprend son sérieux et un ton désagréable.

– Pas vraiment, je ne suis pas certain d’apprécier que ma sœur traîne avec une alcoolique.

Sa pique ne me fait pas autant d’effet que je le pensais. J’ai tellement entendu de choses avec ma mère que je me sens immunisée. J’ai appris à admettre et reconnaître ce que j’étais, ça fait partie de moi. Je dois assumer mes erreurs passées.

– Ancienne alcoolique, je rectifie avec un rictus. Je n’ai pas bu une goutte d’alcool depuis trois ans. Ce jeton, c’est un talisman.

Bizarrement, Kane s’appuie contre la rambarde en bois de la mini-terrasse.

– Je voulais te le rendre ou juste le déposer là-bas. J’attendais que la réunion se termine ou du moins que quelqu’un en sorte. T’es apparue et t’as démarré comme une furie sans me laisser le temps d’agir.

Pour la première fois, il parle calmement, presque gentiment, avec un soupçon d’honnêteté.

– Merci de ne pas l'avoir jeté.

Il hoche la tête sans un mot.

Ça ne signe absolument pas la fin de notre guerre, mais maintenant que j'ai retrouvé mon jeton, je me sens apaisée.

– Tu peux me l'accrocher ?

Ma demande nous étonne tous les deux, mais il ne refuse pas pour autant. Ses yeux me sondent un instant avant de s'approcher en soupirant. Je relève mes cheveux et frissonne quand ses doigts effleurent ma nuque.

– Qu'est-ce qui t'a fait arrêter l'alcool ?

Je tente de me reprendre et d'oublier la sensation étrange que me provoque cette proximité inédite. Mais c'est déjà fini.

Je replace mes cheveux et soupire discrètement en sentant le jeton contre ma peau.

– Le soir où j'ai tué ma mère, je dis dans un souffle court.

Mon regard croise celui de Kane. Il plisse les yeux et ouvre la bouche quand les phares d'une voiture nous éclairent.

CHAPITRE 14

KANE

« Le soir où j'ai tué ma mère. »

Le soir où elle a…

Ses mots résonnent dans mes pensées pour faire écho à mes vieux démons. Plus elle se dévoile et plus elle me ressemble. Plus j'en sais sur elle et plus son chaos répond au mien. Ma curiosité malsaine en réclame davantage. Même si sa présence m'insupporte, même si elle me dégoûte, j'ai comme le besoin étrange de tout connaître d'elle.

J'ouvre la bouche pour lui demander de répéter, même si dans son regard je ne perçois que la vérité. Soudain, des phares nous éblouissent. Je grogne, jusqu'à ce que je reconnaisse le SUV noir qui se gare. Mon sang se glace.

Putain, pas ici, pas aujourd'hui !

Putain, putain, putain, putain, putain, putain, putain.

Je saute par-dessus la rambarde, prêt à intervenir. Je vois le passager sortir de la voiture… en costard. Il a beau se donner un genre, il n'en reste pas moins pourri à l'intérieur.

– Kane ! s'écrie Joey en souriant.

– Qu'est-ce que tu fiches ici ? je rétorque, agressif. T'as rien à foutre là.

– Moi qui pensais que tu allais m'accueillir à bras ouverts.

– C'est une soirée privée, t'es pas convié.

– T'as tort de te priver de mes dons en matière d'organisation de soirées d'enfer. En tout cas, ça aurait eu plus de gueule que dans ce boui-boui. Bon sang, mon costard va puer la merde.

Je me fous complètement de ce qu'il pense, je ne suis peut-être rien à ses yeux, mais je sais que je vaux plus que lui.

Il reprend, d'un ton acerbe :

– J'envoie Jam et il revient sans bonne nouvelle. Alors, je me suis dit que j'allais venir en personne, *aujourd'hui*, pour réitérer mon offre. J'ai un job pour toi. Je suis certain que tes compétences seraient très appréciées.

Je sais pourquoi il insiste sur ce mot, il était au courant qu'on organiserait quelque chose pour l'occasion.

– Et puis, c'est l'anniversaire de Bonnie, il me semble. C'est normal que je vienne…

Si mes poings sont des armes, comme il aime toujours le dire, alors pourquoi je n'arrive pas à m'en servir contre lui ? Pourquoi je suis incapable de lever la main sur cette enflure ?

– Casse-toi, je n'en veux pas, de ton job. Tu n'étais pas obligé de te déplacer pour ça.

– C'est dommage, ça paie très bien… mais je ne me suis pas déplacé que pour toi. J'ai bien le droit de venir offrir un cadeau à *ma fille* qui fête sa majorité, quand même.

– Ne l'appelle pas comme ça, je le menace.

Joey me lance un sourire presque taquin.

Il ne s'est jamais intéressé à elle, à part vers ses seize ans, quand il a compris qu'elle pourrait devenir le jouet de ses potes. Éloigner Bonnie de lui est la meilleure chose que j'aie faite de ma vie, car avoir des chromosomes en commun avec cette ordure est la pire des malédictions. Je hais la vie d'avoir fait de lui notre père.

Il éclate de rire, puis il plisse les yeux et sourit comme un putain de pervers qui aurait repéré une proie. Je le suis du regard quand il me passe devant. Il fixe intensément Maxine qui semble… apeurée et perdue. En une seconde, celle qui me tient tête est réduite à l'état de cible. Face à lui, elle paraît aussi frêle et fragile qu'un lapereau.

– Voyez-vous ça… C'est dingue, ce qu'on trouve dans les coins malfamés.

Maxine reste figée, elle le scrute comme si elle voyait un fantôme. Et rien qu'au coup d'œil salace de Joey, je comprends que ce n'est pas lui qui l'a envoyée vers Bonnie. Ce n'est qu'une coïncidence.

Quel putain de destin met sur ma route une ancienne conquête de Joey ?

J'espère que la présence de Max ne va pas agir comme un excitant. Putain, il a vraiment choisi son soir, ce fils de pute !

– Maxi, Maxi, Maxiiiine, couine-t-il. Je te croyais morte.

Mes craintes se confirment à la manière dont il lui parle. Bon sang, il est cinglé.

– Je…

– Je pensais sincèrement que si tu n'étais jamais revenue dans ma Tanière, c'est parce que tu avais fini ivre morte dans un fossé.

Il s'avance vers elle et attrape son pendentif. En voyant le jeton, il éclate de rire. Maxine ne bouge pas. C'est comme s'il avait le pouvoir de la paralyser.

Il faut que je fasse quelque chose.

– Après avoir goûté au père, tu t'attaques au fils ? Tu es toujours aussi affamée, apparemment. Je ne crois pas qu'il pourra te satisfaire comme je le faisais… mais je peux lui donner des conseils, au besoin.

Je ne sais pas ce qui me retient de lui exploser la tête alors qu'elle se décompose.

– Parce que tu crois que je pourrais baiser une meuf que t'as déjà touchée ? je réplique, hargneux. Plutôt m'arracher les couilles que passer après toi.

C'est plus fort que moi, j'attaque. Ce n'est pas spécialement contre Maxine, d'ailleurs. Peut-être que je veux que Joey reporte son attention sur moi et se casse avant de faire un scandale ou que Bonnie ne le voie. Il se met à ricaner comme un démon.

– Tu aurais tort de t'en priver, j'ai passé des heures divines au fond de son cul et je peux te dire qu'elle adorait ça.

J'ai l'impression qu'elle sombre encore plus bas et qu'une lueur s'éteint dans ses prunelles. Elle a honte, car il fait partie de ses secrets dont elle est le moins fière. Je sens qu'elle ne tient debout que grâce à la rambarde qu'elle agrippe. Joey est le pire des connards.

– D'ailleurs, c'est étonnant que tu n'aies pas un verre à la main. Avant, c'était ta spécialité d'être toujours bourrée. Tu te souviens comment je buvais mon champagne, Max ?

– Sur moi, répond-elle dans un souffle.

Il ouvre la bouche, mais Peter sort au même moment, suivi par Bonnie. Le premier me regarde avec une tête d'ahuri, la seconde observe Joey comme s'il était tombé du ciel. Voilà comment gâcher la fête…

– Bonnie ! s'écrie-t-il. Joyeux anniversaire, ma beauté.

– Je… merci.

Cette fois, il monte les deux marches qui mènent au mobile home.

– Ma parole, tu deviens de plus en plus belle. Tu es resplendissante !

Il la prend dans ses bras et elle se laisse faire. Je suis impuissant, je ne peux pas l'en empêcher. Mais il ne perd rien pour attendre. Je le hais, c'est viscéral. Je le hais du plus profond de mon âme.

Grandir auprès de lui a été un enfer. Malheureusement, quand je suis revenu afin de lui demander son aide pour Bonnie, j'ai fait la pire erreur de ma vie. J'aurais mieux fait de sauter d'un pont ce jour-là.

– J'ai un cadeau pour toi, annonce-t-il fièrement.

Il sort de sa poche intérieure un écrin à bijou.

– C'est pour moi ? s'étonne Bonnie.

– On ne fête pas sa majorité tous les jours.

– Je sais, pourtant…

Bonnie le déteste, mais pas autant que moi. Elle essaie toujours de voir le positif chez les gens, mais il n'y a rien de bon chez Joey Shelby. Finalement, ma petite sœur ouvre son cadeau alors que ses yeux s'écarquillent.

– C'est très joli. Merci…

– Je suis ravi qu'il te plaise.

Tandis qu'elle se tourne pour lui permettre de lui accrocher le collier, cet enfoiré glisse une œillade vers moi, réduisant le monde à notre seule présence. En une seconde, il occupe tout l'espace, son aura devient plus inquiétante, plus étouffante. Je ne bouge pas, mais je reste sur mes gardes. Je ne me suis toujours pas débarrassé de la crainte qu'il m'inspire, pourtant c'est différent quand il s'approche de Bonnie. Je le sens dans mes veines.

Ce regard, ce sourire légèrement en coin qui étire ses lèvres, ce n'est pas la joie d'un père qui offre un cadeau à sa fille. Non, c'est du sadisme… Il me nargue, il me provoque. Il lui suffirait d'un rien pour dégainer une arme blanche et la pointer sur Bonnie ou même lui faire du mal. Cette proximité me rend fou et il le sait. Il est venu ici ce soir pour démontrer son pouvoir. Ça me donne juste envie de cogner dans quelque chose. Je déteste par-dessus tout être impuissant.

– Voilà ! lance Joey avec un air satisfait.

Bonnie se tourne en triturant le papillon orné de diamants qui pend maintenant à son cou.

– Merci, il est vraiment magnifique…

Il la serre dans ses bras.

– Je vous laisse vous amuser entre jeunes. Passez une bonne soirée.

Avant que ma sœur ouvre la bouche pour lui proposer de rester, j'interviens :

– Merci d'être passé.

Il ricane, salue une dernière fois sa fille d'un signe de la main et lance un clin d'œil à Maxine avant de rejoindre sa voiture. Je le suis.

– T'as tellement rien à offrir à cette gourde qu'un autre diamant, plus gros, suffirait pour qu'elle me mange dans la main.

– Ne parle pas d'elle comme ça !

– J'en parle comme je veux, Kane. Elle m'appartient, c'est ma fille. Tout comme toi.

– Ne reviens jamais ici, je l'avertis en ignorant sa remarque.

– Ça dépend de toi. J'ai un boulot et si tu le refuses une troisième fois, je m'occuperai soit de ta sœur adorée, soit de l'ancienne traînée que je me tapais…

– OK, je le ferai, ton job, mais si tu t'approches encore de Bonnie, je te…

– Voilà, c'est ça que je voulais entendre ! s'exclame-t-il en me coupant. Mais garde tes menaces et contente-toi de faire ce que je te dis. N'oublie pas d'où tu viens, n'oublie pas que tu m'appartiens, toi aussi. T'es mon fils. T'auras beau vouloir effacer nos liens, t'as du sang de Shelby dans les veines. Tu ne pourras jamais défaire ça.

– Impossible de l'oublier.

Il me frappe doucement dans le dos.

– Pour un déchet, t'es pas si inutile que ça.

Il monte dans sa voiture et s'en va. Il savait qu'en venant ce soir, en s'approchant de Bonnie, je ne pourrais rien faire d'autre que d'accepter de bosser pour lui. Mes mains tremblent, alors je serre les poings pour me calmer.

– Je vais partir, moi aussi, prévient Maxine à l'attention de Bonnie.

– Tu es sûre ?

– Je suis fatiguée. Je suis désolée, mais j'ai eu une grosse semaine…

Ma sœur la rassure et serre son amie dans ses bras sans savoir qu'elle la fuit en vérité, à cause de notre géniteur. Quand elle passe à côté de moi, je ne peux m'empêcher de l'attraper par le poignet. Son regard croise le mien, silencieusement, elle semble me supplier de lâcher l'affaire. Elle veut juste s'en aller, loin d'ici.

– T'es pas en état de rentrer.

– J'ai pas bu.

– Je ne parle pas de ça. T'as besoin que je te raccompagne ?

– Surtout pas, refuse-t-elle en s'éloignant vers sa moto.

– Tout va bien ? me demande Bonnie.

Je baisse les yeux vers elle.

– Ne t'en fais pas, elle est juste crevée. Ce n'est pas parce qu'elle s'en va que la fête est finie.

Ma sœur hoche la tête et m'entraîne vers le mobile home. J'essaie de sourire, mais à l'intérieur, je suis comme mort.

CHAPITRE 15

KANE

– Quand je pense que si tu gagnes, tu auras fini de me rembourser. Le temps passe si vite…

– Ça dépend pour qui, je réponds d'un ton las.

Joey esquisse un sourire derrière son bureau. Je crois n'avoir jamais été aussi impatient et prêt à entamer un combat. Il y a plus de trois ans, j'ai repris contact avec Joey Shelby, *mon père*, la pire ordure qui soit sur Terre. Je ne l'avais pas revu depuis ma sortie de prison et mon émancipation avec Bonnie. Honnêtement, je ne pensais pas le rappeler un jour, mais il m'a semblé être mon seul recours pour offrir à ma sœur un avenir. C'est curieux quand on sait qu'il m'a privé du mien dès ma plus tendre enfance… Ces dernières années, je me suis battu pour lui dans des arènes, en un contre un, un contre deux ou alors pendant des *survivals*. J'ai combattu comme un titan sous le nom de Dragan. Un nom maudit que je porte avec foi, mais aujourd'hui, c'est fini. Ce soir, si je gagne – et je gagnerai –, je serai enfin libéré.

– Il va falloir que tu te trouves un nouveau champion.

– Je n'ai pas encore décidé de te remplacer, réplique Joey, plus sérieux.

Lentement, il ouvre une boîte en bois vernis posée sur son bureau puis en sort un cigare qu'il allume. Debout, je l'observe avec une haine sans pareille, alimentée par les derniers événements. Je n'ai pas digéré le fait qu'il soit venu à l'anniversaire de Bonnie pour m'intimider et me faire chanter. Et pourtant, je n'arrive toujours pas à me libérer de lui, de son contrôle.

– On a un problème dans ce cas, parce que je ne me battrai plus pour toi.

– Tu dis ça à cause d'une petite crise existentielle, mais tu ne sais que cogner. Tu ne feras jamais rien d'autre de ta misérable vie. On ne se débarrasse pas de sa véritable nature ni de ses instincts. Les tiens sont bestiaux et c'est une bénédiction dont tu devrais être fier.

Ne l'écoute pas. T'es plus que ça.

Ne l'écoute pas. T'es pas comme ça.

Ne l'écoute pas…

– Je t'emmerde. Tu ne sais rien de moi, tu ne sais rien de rien ! C'est terminé, je ne combattrai plus pour toi !

Ma voix est grave, puissante. Je sens ma haine se dessiner sur mon visage, ou du moins je tente de la contenir malgré moi.

– J’ai su que tu avais un vrai don quand tu as tué ton frère.

Dragan...

Ses mots me débectent et m’achèvent en même temps. Je voudrais protester et lui dire que c’est sa faute, mais je ne peux pas.

– Déjà à onze ans tu te battais comme une bête. Un vrai chien enragé. Alors il est hors de question que je te laisse gâcher ton talent, il est trop précieux pour moi.

La ferme ! La ferme ! La ferme !

– Va te faire foutre, je fulmine, les poings crispés. T’es un putain d’enfoiré, t’es…

– Ne sois pas si dramatique, me coupe-t-il en tirant sur son cigare. Tu l’as tué il y a plus de dix ans, il y a prescription. Il est temps de passer à autre chose. Ton frère était une lopette, un faible. Il n’avait aucune endurance, aucune force, aucune personnalité. Il est mort dans une vulgaire mare de boue comme il le méritait.

Ferme ta gueule. Ferme ta gueule. Ferme ta gueule.

Ferme ta putain de gueule !

– Arrête de parler de lui…

– Sinon quoi ? s’esclaffe Joey, en me provoquant. T’as peut-être de la force pour cogner, mais pas les couilles suffisamment grosses pour m’affronter.

Mes muscles se tendent à l’extrême, il va me faire dégoupiller. Cependant, il a raison, je n’ai pas le cran de buter ce connard, même s’il le mérite.

Parce que si je le fais, je sais que je passerai un point de non-retour. Je ne suis pas idiot, je ne peux pas l'intimider ni même juste le tabasser. Non, les gars comme Joey, il faut les éliminer, sinon ils reviennent te hanter. Si je disparaissais avec Bonnie, il ferait tout pour me retrouver. Je retiens de justesse les larmes qui menacent de couler tandis que les souvenirs de ce jour maudit remontent brutalement à la surface. Je n'oublierai jamais, c'est gravé au fer rouge. C'est sans doute pour ça que je mérite d'avoir une vie si misérable… Parce que j'ai tué mon petit frère en me battant dans une arène que Joey avait faite pour nous.

Il suffit d'une seconde, un mauvais coup, puis plus rien.

– On parlera de ces combats plus tard, d'abord, tu te concentres sur celui de ce soir et sur le boulot que je t'ai donné.

Comme une putain de marionnette faible et lâche que je suis, j'acquiesce silencieusement. Je ne suis qu'un déchet comme il l'a toujours dit. Je ne peux pas le contredire.

– Il y a des gens qui me doivent de l'argent et j'ai besoin que tu ailles le récupérer. C'est quand même dingue, on leur donne une date et ils oublient, ou plutôt font semblant d'oublier. Je n'offre pas la charité, alors débrouille-toi pour qu'ils règlent leur dette.

– Et s'ils n'ont pas l'argent ?

– Tu les tabasses pour que le message s'imprègne bien. Je veux une preuve que tu les as éclatés. Tu prendras un polaroïd en partant, pas de photos avec le portable.

– Pourquoi moi ? T'as des tas de gorilles pour faire ce job à ma place.

– Pourquoi toi ? Peut-être que je veux te faire participer à mon business, peut-être que je veux t'enseigner les méthodes pour devenir mon second.

– J'ai déjà capté les grandes idées, être la pire des merdes et…

Je m'interromps quand une douleur me coupe le souffle. L'un des sbires de Joey vient de me donner un coup dans le ventre. Il me faut quelques secondes pour me reprendre.

– Respecte-moi un minimum. Ce n'est pas parce que j'ai besoin de toi que ça te donne le droit de m'insulter. La prochaine fois, il te pète les doigts. On verra si tu as autant la rage de vaincre avec les phalanges éclatées.

Il se redresse.

– Et pour répondre à ta question, je te veux parce que tes poings sont des armes et que j'en ai décidé ainsi. C'est moi qui estimerai quand j'en aurai assez de toi, c'est moi qui choisis quand tu en auras fini. Maintenant, va te préparer.

Je respire bruyamment puis tourne les talons, la mort dans l'âme. J'avais beau être occupé à combattre toutes ces années pour le rembourser, je n'ai jamais oublié ce qu'il était vraiment. Pourtant, j'ai l'impression de m'être ramolli.

– Comment tu te sens ? demande Peter, préoccupé.

Submergé.

– Bien, je suis concentré sur ce qui me reste à faire.

– T'es sûr ?

Non.

– Absolument.

– Kane…

Peter est mon seul soutien, le seul qui sache tout. Je suis content d'avoir au moins quelqu'un dans cet enfer. Parfois, je me demande pourquoi il s'obstine à être mon ami.

– Il ne va pas me lâcher, il veut m'user jusqu'à la corde. Et avec Bonnie, je n'ai pas la force de lui résister. J'ai la sensation que depuis qu'il a vu Maxine l'autre jour, il est encore plus ravagé.

– Il l'est, mais j'imagine qu'il n'a pas aimé voir son ancien jouet avec toi. Ça va lui passer…

Je lui raconte brièvement la conversation que nous avons eue dans son bureau. J'ai besoin d'évacuer, j'ai besoin de parler pour espérer relâcher un peu le stress. Je baisse les yeux vers mon tatouage : le prénom *Dragan*. Celui de mon frère, celui que j'ai choisi pour combattre ici. Une façon de lui rendre hommage, de déstabiliser Joey, mais aussi de le faire vivre à nouveau grâce à la fureur de mes coups. Une façon de le venger… même si je suis responsable de sa mort.

– Chaque chose en son temps. Concentre-toi sur ce soir, ensuite sur son job… puis on avisera pour trouver une porte de sortie.

– J'ai pas envie de tabasser ses clients pour qu'ils le remboursent, je le coupe, à fleur de peau. Je m'en branle, de savoir qui ils sont, je n'ai pas envie de faire ça, Peter. C'est un boulot de merde, je ne veux pas devenir pire que ce que je suis déjà.

– Je sais, mon pote, mais t'es pas comme lui, tu ne le seras jamais. Ton nom, ton sang ne définissent pas qui tu es.

– J'aimerais y croire. Lorsque je le vois, je me dis que je ne suis pas comme lui, mais quand il me rappelle ce que j'ai fait… alors…

Peter m'interrompt en me secouant littéralement.

– Arrête. Tu n'es pas comme ce taré, moi, je le sais. Si j'avais une solution pour t'aider, je te la donnerais. Mais on peut en trouver une, ensemble.

– Pour m'aider, il faut le buter.

Peter soupire. Il sait que pour me libérer du joug de Joey, je n'ai pas le choix. Il doit mourir.

– Je sais que tu ne veux pas faire le job qu'il t'a donné parce que tu te sens mal et que ça te pèse, mais pense à Bonnie. Tu lui obéis et comme ça, aucune raison qu'il te fasse chier. On peut essayer de réfléchir à une solution entre-temps pour qu'il te foute la paix.

Je hoche la tête bien que la seule option soit la mort de Joey.

Survival.

C'est ce qui m'attend quand j'entre dans l'arène, la rage au ventre. J'ai besoin de me battre. De plus, ce n'est pas mon premier combat de la sorte. Le principe est simple, il y a un certain nombre de concurrents qui s'affrontent en même temps et le dernier debout est déclaré vainqueur. Je ne les ai pas forcément tous gagnés auparavant, mais celui-ci est important.

Le public hurle dès que le combat est annoncé. Comme d'habitude, les spectateurs sont plus excités quand il s'agit d'un *survival*. Il y a du monde, des alliances, de belles offensives et je sais combien c'est plus stimulant, voire violent, de se battre ainsi. On devient pire que des bêtes dans ce genre de jeux.

J'inspire et fais abstraction du monde et du bruit autour.

Je me concentre sur mes meilleurs atouts, sur ce que je ressens. J'ai tellement de colère, tellement de rage, tellement de remords qu'ils se convertissent en force. Je charge tout dans mes coups. Je fais comme si je n'avais qu'une opportunité, une seule chance.

Je donnerai tout.

J'expire et m'élance enfin.

Je frappe, je cogne comme un bœuf, j'esquive et je recommence à l'infini. Mes poings qui éliminent mes adversaires ont autant de *flow* qu'un rappeur en pleine *battle*. Je ne m'arrête pas, je ne m'essouffle pas. Je suis inépuisable, un véritable démon. Je suis celui qu'on m'a appris à être depuis que je suis né. Je ne leur laisse aucune chance, je les écrase sans remords. Mes jointures me font mal, je sens mes muscles se crisper, ma respiration devenir chaotique, mais ce n'est rien en comparaison des traumatismes qui me hantent.

Je fais reculer mon opposant vers les grilles. Il est grand, costaud, mais semble inquiet par ce qu'il voit. Il a raison de me craindre, je suis un vrai cauchemar quand je suis dans l'arène. Je le vois parler, mais je suis encore coupé du monde. Je n'entends que mon cœur et la douleur qu'il contient. Il esquive ma première attaque, mais pas mon uppercut qui l'envoie au sol.

Il n'en reste que deux. Un roux et un brun. Les fous se liguent contre moi. Je ne leur en veux pas de tout faire pour avoir une chance de gagner, bien que ce soit peine perdue.

Je suis Dragan l'invaincu.

La façon dont j'ai grandi a façonné mon âme.

Rien ni personne ne pourra m'arrêter ce soir.

Le roux s'élance le premier, le brun à sa suite. Ils enchaînent les frappes, sans me laisser de répit. Malgré tout, je danse avec eux. Je n'esquive pas toujours, mais ce n'est pas grave, ça me laisse l'occasion de rendre les coups.

Le brun réussit à me toucher au visage. Bien que son offensive soit percutante, le goût du sang sur ma langue agit comme un excitant. Il réveille mes plus bas instincts et stimule le fou furieux qui rêve de foutre le feu à cet endroit. Je lui saute littéralement au cou. Il tombe à la renverse, m'entraînant avec lui. Le brun tente de se défendre, mais je ne lui en laisse pas l'occasion. Le roux profite de ma position pour me balancer son pied dans le ventre. Je me retrouve sur le dos, par terre. Il s'accroupit pour m'infliger la même chose qu'à son partenaire. Cependant, je parviens à me dérober et me relève. Je crache pour expulser le sang dans ma bouche puis l'appelle avec mes doigts. Je lui intime de s'approcher, de satisfaire mes poings. Sans surprise, il s'exécute. On combat, on se percute, mais ma rage est infinie et a raison de lui.

Il tombe au sol, K.-O.

Et je hurle comme le démon que je suis.

CHAPITRE 16

MAXINE

Je serre mon jeton dans ma paume. Le sentir ainsi me fait du bien. Je relâche la pression et scrute la petite marque rouge qu'il vient de laisser sur ma peau. Ce putain de faux médaillon m'est vraiment nécessaire. C'est idiot, mais chacun avance comme il peut.

Je dors mal depuis quelques jours, je me sens nerveuse. À aucun moment je n'aurais pensé que cet homme était le père de Bonnie et Kane, encore moins qu'il débarquerait à l'anniversaire de sa fille. Bonnie ne s'est rendu compte de rien. Elle n'a pas perçu la douleur que sa présence et ses mots ont provoquée en moi, contrairement à Kane. Il a tout vu, il a assisté à ma décomposition face au spectacle de Shelby.

Ce monstre m'a anéantie. Quand il a ouvert la bouche, je me suis sentie mourir de l'intérieur. Il m'a coupé le souffle, en me renvoyant trois ans plus tôt d'un claquement de doigts. Je croyais que j'avais pris du recul, que j'avais commencé à dompter mes démons… mais il faut croire que non.

Je n'arrête pas d'y penser depuis.

À lui, à ce que j'étais, à ce que j'ai fait.

Je l'ai rencontré dans un bar alors que j'étais avec des copines. J'ai croisé son regard depuis l'espace VIP où il était assis. Il était séduisant, habillé en costard, puis lorsqu'il m'a dit que j'étais la plus belle créature de la soirée, je l'ai laissé me courtiser. Il nous a payé un verre, à mes amies et moi, et m'a promis qu'avec lui, je m'amuserais. Le week-end suivant notre rencontre, il m'a invitée chez lui, dans ce qu'il appelait *sa Tanière*. La fête était incroyable, je n'avais jamais vu ça. L'alcool coulait à flots, les gens dansaient, il y avait des « animations ». Alors que tout le monde s'éclatait en bas, on a baisé dans son bureau. Il m'a servi du champagne et quand je lui ai demandé pourquoi il ne buvait pas, il m'a répondu : « Je vais boire sur toi. » Je me souviens qu'il m'a déshabillée avant de verser le liquide sur mon corps pour le boire, le lécher partout… Ce soir-là, quand il m'a dit qu'il me voulait, j'ai voulu dépasser mes limites en m'initiant au sexe anal. L'expression de Satan dans son regard m'a rappelé ma mère et ce Dieu qu'elle adorait. Puisque c'était interdit, c'était encore meilleur.

À cette époque, j'étais en quelque sorte sa favorite. Je savais qu'il fréquentait beaucoup de femmes, mais lorsque j'étais là, parmi toutes, il n'y avait que moi. Je savais qu'il était loin d'être un saint, mais je m'en foutais, car moi, il me traitait plutôt bien, même si avec le recul, je sais que je n'étais qu'un corps pour le soulager, avec lequel il aimait jouer. Il représentait ce que ma mère haïssait par-dessus tout, alors naturellement, il est devenu ce que je voulais. Il avait de l'argent, de l'alcool, et il me baisait, donc tout pour la rendre folle. Et la rendre folle était ce que je préférais.

Je ne pensais pas le revoir. *Jamais.*

Je m'étais persuadée qu'en oubliant son existence, il allait disparaître de la surface de la Terre. J'ai été incapable de lui répondre, de lui faire face, alors que je le voulais. Non, j'étais complètement paralysée. Dire que j'ai balancé à Kane l'un de mes plus gros secrets pour que, quelques minutes plus tard, Shelby débarque. C'était presque comique…

– Salut, Cookie.

Eddie me sourit.

– Salut, je marmonne.

– Tu es bien matinale, s'étonne-t-il.

Il a raison, pour que je sois au garage avant lui, c'est vraiment que je suis arrivée tôt. Il ouvre la porte et me laisse passer en premier.

– Qu'est-ce que tu as apporté ?

– Des cafés et des donuts.

Il hoche la tête et allume les lumières.

– Qu'est-ce qui se passe, Cookie ? Tout va bien ?

J'acquiesce, pourtant, je sens des larmes couler sur mes joues. Je suis le genre de personne à craquer pour un simple « tout va bien ». Eddie me prend dans ses bras et me berce contre son torse. J'enfouis la tête dans son tee-shirt jusqu'à ce que mes sanglots cessent. Dans cet endroit, avec cet homme que je considère comme mon père, je me sens déjà un peu mieux.

– Max, raconte-moi ce qui te met dans cet état.

J'essuie d'abord mes larmes puis me mouche bruyamment. Eddie me regarde avec attention, comme s'il craignait que j'explose.

– Sache que je n'ai pas craqué. Ce n'est pas l'alcool.

Il souffle de soulagement. Il sait que c'est dur et combien je me haïrais si je faisais cette bêtise.

– C'est juste que je suis allée à l'anniversaire de Bonnie, cette fille que j'ai rencontrée à l'université et… en plein milieu de la soirée, son père a débarqué. En réalité, c'est un homme que j'ai fréquenté avant d'arrêter de boire, avant que ma mère meure…

– Je suis désolé, dit-il d'un air compatissant.

– Le voir a été difficile et a fait remonter beaucoup de souvenirs. Je ne cesse d'y penser ces derniers jours.

– Tu es forte, Max. On t'a confrontée à ton passé et tu n'as pas craqué. Tu n'as pas replongé. C'est parfois tellement plus simple de laisser parler ses plus bas instincts, mais pas pour toi.

– Je ne me sens pas si forte que ça.

– Ce n'est pas parce que tu as pleuré, parce que tu y as songé, que tu ne l'es pas. Si tu veux une façon de relativiser, imagine comment tu te sentirais actuellement face à moi, si tu avais bu.

– Comme une merde.

– Sans aller jusque-là, tu aurais effectivement une piètre estime de toi. Je pense que c'est normal que tu te sentes perturbée par quelque chose qui t'a rendue minable. La victoire consiste à ne pas faire de bêtises.

Je hoche la tête, car il a raison. Je me rends compte que je suis plus résistante qu'avant. D'accord, Shelby m'a pétrifiée, c'est vrai que j'ai beaucoup pensé à celle que j'étais à l'époque, mais pas une fois malgré mon mal-être je n'ai songé à boire de l'alcool.

– Tu as une belle âme, Max. Je l'ai vu tout de suite, même si tu avais des goûts de chiottes en matière de musique et que tu avais défoncé ta moto. Tu es une belle personne alors tout ira bien pour toi. Notre passé ne définit pas ce qu'on est. On peut changer, on peut s'améliorer, on peut se relever. Après tout, c'est humain de faire des erreurs.

– Merci, Eddie.

Il me caresse la joue puis se penche sur la table pour attraper la tasse de café à son nom.

– Il y a quelque chose que je dois te dire.

Soudain, il quitte la salle de repos pour rejoindre l'atelier.

– Raconte !

– Tu te souviens, cette femme sur l'application de rencontres ?

Oh, mon Dieu !

– Oui ?

– Je l'ai vue.

– C'est pas vrai ? je m'étonne, excitée par cette nouvelle.

– On a discuté pendant plusieurs jours et ce week-end, on a fait une virée à moto ensemble.

Je jubile. Je jubile tellement fort que c'en est ridicule.

– Aaaaahhh ! Tu me laisses m'apitoyer sur mon sort alors que tu es sorti avec une femme.

– Tu es plus importante à mes yeux, dit-il avec tendresse.

– Ce n'est pas la question, bon, dis-moi comment elle s'appelle. Vous vous entendez bien ?

– Margaret et rassure-toi, on s'entend bien, on a quelques points communs. C'était vraiment agréable de se balader à moto avec une personne qui partage cette passion.

– C'est quoi son modèle ?

– Une Harley.

Cette conversation peut paraître lunaire, et elle l'est probablement, mais pour Eddie, c'est un sacré pas, d'autant plus qu'il me le raconte.

– Mon Dieu, c'est génial ! Je suis contente, tellement contente pour toi.

Et c'est vrai. Cette foutue révélation sur mon boss est le point culminant de ma semaine.

***

– Max ! Max !

Je retire mes écouteurs, persuadée qu'on m'appelle. Je me tourne et découvre Bonnie, qui trottine vers moi comme un lutin à la veille de Noël.

– Salut, je dis.

– Tu vas bien ? me demande-t-elle, visiblement inquiète.

Je l'avoue, je l'ai un peu fuie. Que ce soit à l'université ou sur les réseaux sociaux. J'avais besoin de mettre de l'ordre dans mes pensées avant de la revoir.

– Oui, et toi ?

– Oui, c'est juste que…

Elle ne termine pas sa phrase et me regarde étrangement, comme si elle ne savait quoi ni comment le dire.

J'inspire profondément :

– Bonnie, tu as le temps de prendre un café avant les cours ? je demande, en souriant timidement.

– Bien sûr, pourquoi ? me questionne-t-elle en retour, toujours perplexe.

– Je voudrais te parler de quelque chose.

On s'installe dans un coffee-shop à deux minutes du campus. Je remarque qu'elle a le sac que lui a offert son frère, mais qu'elle ne porte pas le collier de son père. En l'observant quelques secondes, je note qu'elle ne ressemble pas à Shelby, contrairement à Kane qui a les mêmes yeux que lui. Pas de chance…

– Je vais être transparente avec toi.

– Tu me fais vraiment flipper… Est-ce que c'est Kane qui t'a dit un truc ? Ou c'est moi qui…

Je souris en secouant la tête.

– Rien de tout ça, ne t'inquiète pas. D'abord, j'ai retrouvé mon collier. En fait, c'est ton frère qui me l'a rendu, après l'avoir trouvé chez vous. Ensuite, ce collier est particulier.

Je le retire pour le lui montrer. Elle l'attrape et observe le médaillon avant de me le rendre.

– Il a une signification ?

– C'est un jeton des Alcooliques Anonymes. C'est celui qu'on obtient après une année d'abstinence.

– Il est à toi ou à quelqu'un de ton entourage ?

– À moi. J'ai sombré dans l'alcool il y a quelques années. Ce jeton est un peu un talisman pour moi. Je le porte depuis que je l'ai obtenu, il m'aide à me sentir forte. Ça fait trois ans que je n'ai pas bu une goutte. Si je te raconte ça, c'est parce que quand je buvais et que je sortais, pendant quelque temps, j'ai fréquenté un homme plus vieux que moi. Il avait de l'argent, aimait faire la fête, et moi, je m'amusais avec lui. Cet homme, je l'ai revu à ton anniversaire.

– Joey ? devine Bonnie, avec une expression de dégoût.

– Lui-même.

Elle ouvre la bouche plusieurs fois, comme un poisson, sans trouver les mots.

– Est-ce qu'il t'a fait du mal ? Est-ce que…

– Non, non j'étais parfaitement consciente et consentante quand je faisais des conneries avec lui. C'est juste que lorsqu'il est arrivé ce soir-là, ça m'a replongée dans cette période sombre. Je crois que je n'étais pas prête…

Bonnie grimace. Ça ne doit pas être simple d'apprendre par son amie qu'elle a couché avec son père. Mais je me dois d'être honnête. Sans forcément lui confier que Shelby me permettait de m'évader, qu'avec lui je me libérais de ma mère. Parfois même, je me sentais importante… C'était du désir purement malsain, je n'étais rien pour lui, juste une fille fragile, *borderline*, perdue. Mais lorsqu'il me regardait, me donnant l'attention dont je manquais depuis l'enfance, je me sentais bien.

– J'ignorais qu'il allait venir et…

– Tu n'as rien à te reprocher, je n'en veux à personne. Je souhaite simplement t'expliquer que j'ai été alcoolique au point de ne plus savoir marcher et que lorsque j'ai touché le fond, anéantissant toute estime de moi, je fréquentais ton père. Je m'efforce chaque jour d'être plus forte, et le revoir m'a juste rappelé cette vie que je cherche à oublier.

Je ne sais pas pourquoi je me dévoile ainsi, d'un seul coup, alors que je la connais à peine. Peut-être parce que je l'aime bien et que j'ai envie d'être honnête. Je ne veux pas mentir sur qui je suis. Je ne veux pas me cacher derrière de fausses apparences.

– Je suis vraiment désolée qu'il ait fait remonter des souvenirs douloureux. Il n'était pas invité ni le bienvenu… Kane, Dragan et moi, on a vécu chez lui et…

Un ange passe.

– … et puis, on a fini par partir, termine-t-elle, d'une voix morne.

– Dragan ? je demande, perplexe.

– C'est mon autre frère, il est mort, il y a quelques années, explique Bonnie, la voix tremblante.

– Je suis désolée…

Je comprends mieux le comportement de Kane ainsi que certaines choses à propos de son attitude de connard. Je ne sais pas ce qu'ils ont vécu auprès de lui, mais le connaissant et au vu de la haine manifeste de Kane, ça expliquerait qu'il ait été sur ses gardes. J'ai le sentiment que la présence de Shelby à l'anniversaire de Bonnie n'était pas une coïncidence. Surtout à la réaction de Kane quand il a sauté par-dessus la balustrade, et à son air… agacé, nerveux.

Je me rappelle qu'avant que Bonnie ne nous rejoigne dehors, Kane parlait avec Shelby. Je suis convaincue qu'ils trafiquaient quelque chose ensemble. Il m'a maintes et maintes fois reproché ma présence à La Tanière, mais je suis persuadée que contrairement à moi, Kane s'y rend toujours.

– Avec mon frère, nous sommes partis puis il s'est démené pour nous trouver un toit et avoir un job. Ce n'est pas le grand luxe à la maison, mais on est bien mieux depuis qu'on vit seuls.

– Tu n’as pas à te justifier, Bonnie. On ne choisit pas ses parents ni sa famille. Si ça peut te consoler, j’aurais préféré une autre mère.

Lorsqu’elle pose ma main sur la sienne, je ne recule pas. Au contraire, elle m’apaise. Malgré notre silence, je sais qu’on se comprend un peu.

– J’ai l’impression qu’à la loterie des parents de merde, on a tiré le gros lot.

J’éclate de rire.

– Je crois aussi.

– Il nous faudrait une soirée, Ben and Jerry’s et des tonnes de bonbons pour nous raconter notre vie.

– C’est tentant, j’admets, avec un demi-sourire.

– Max, je comprendrai si tu préfères m’éviter en ce moment.

– C’est gentil de ta part. J’avoue que c’est pour ça que je me suis éloignée des réseaux sociaux pendant quelques jours. Pour me recentrer sur moi-même et faire le point. Je voudrais juste ne plus retomber sur lui, c’est tout.

– Franchement, on ne l’avait pas vu depuis des années… Je crois en fait qu’il s’est perdu avec son collier.

Je hoche la tête, persuadée que Kane, lui, le voit assez souvent.

CHAPITRE 17

KANE

J'observe la liste. Elle comporte plusieurs choses. D'abord un nom, la somme empruntée, puis le nombre de jours de retard et enfin, au dos, l'adresse.

Dans sa grande générosité, Joey ne fait payer les pénalités qu'au-delà du septième jour. Cent dollars de plus par jour, ce n'est même pas ce que je gagne avec deux journées de boulot.

Deveaux – 15 000 dollars – 7 jours de retard.

Garcia – 6 000 dollars – 9 jours de retard + *200 dollars de pénalité.*

Peale – 9 000 dollars – 10 jours de retard + *300 dollars de pénalité.*

Scott – 11 000 dollars – 7 jours de retard.

Culkin – 5 000 dollars – 10 jours de retard + *300 dollars de pénalité.*

O'Breal – 20 000 dollars – 14 jours de retard + *700 dollars de pénalité.*

Cruz – 7 000 dollars – 9 jours de retard + *200 dollars de pénalité.*

Flores – 15 000 dollars – 15 jours de retard + *800 dollars de pénalité.*

Hargrove –

Il y a un dernier nom sur la liste, aucune information n'apparaît sur la somme qu'il lui doit. Je verrai en temps voulu.

Je continue à fixer le premier nom ; Deveaux, ce mec ou cette nana doit 15 000 dollars à un malade mental. Le pire, c'est que je ne peux pas l'en blâmer, j'ai commis la même erreur dans ma vie. Bien que j'aie enfin remboursé ma dette, je suis toujours à la solde de Joey.

Je suis garé depuis dix minutes devant la maison. Il y a de la lumière, j'aperçois parfois les ombres passer devant les fenêtres du bas. J'essaie de bouger, mais je n'y arrive pas. Je ne trouve pas la force ni la foi d'agir, cependant je ne peux pas me dégonfler : je mettrais ma main à couper que Joey enverrait des hommes chez moi pour faire du mal à Bonnie dans le seul but de me punir. Le truc, c'est qu'il y a une différence entre se battre sur un ring et se rendre chez les gens pour leur rappeler qu'ils doivent de l'argent et leur donner une correction s'ils ne sont pas capables de rembourser…

Je me décide finalement à sortir, je n'ai pas le choix, je dois le faire. Ils restent des inconnus face à Bonnie. C'est donc tout réfléchi. Je mets le masque de squelette sur ma bouche pour cacher une partie de mon visage. Je l'ai trouvé en fouillant dans le mobile home et ainsi, on ne voit que mes yeux. Je rajoute ma capuche afin qu'on ne puisse pas me reconnaître.

Je frappe et attends quelques secondes que la porte s'ouvre.

Le mec me regarde, étonné.

– Je peux vous aider ? dit-il d'une voix hésitante.

– Effectivement. Je viens chercher l'argent de Joey.

L'homme face à moi blêmit d'un seul coup. Il frotte ses mains nerveusement sur son pantalon. Il doit avoir une quarantaine d'années.

– Je… j'ai…

Il tente de fermer la porte, mais je la bloque avec mon pied et l'ouvre à l'arrache. Je l'attrape par le col en espérant me montrer suffisamment flippant pour qu'il me donne le fric sans que je le touche.

– Joey veut son fric.

– Il y a mes enfants, revenez plus tard…

– Je suis là et c'est maintenant qu'on va régler ça, je gueule d'un air menaçant. Bouge et sors si tu ne veux pas qu'ils voient la lopette que tu es.

Il tire la porte avant de s'exécuter en tremblant. Comment un type au demeurant normal a-t-il pu finir par fréquenter Joey ? Peu importe, ce n'est pas mon problème.

– Je n'ai pas l'argent. Je n'ai pas…

Je le frappe. Pas très fort. Juste assez pour le bousculer et montrer que je ne rigole pas.

– Joey veut son fric ! Combien de fois il va falloir que je le répète ? Tes lamentations, j'en ai rien à secouer, fallait réfléchir avant de le contacter.

– Je n'ai pas l'argent, je n'ai rien…

Je le frappe encore et il tombe au sol. Je m'agenouille devant lui quand un petit garçon en pyjama apparaît devant moi :

– Papa ?

– Rentre à la maison, Jimmy, s'écrie-t-il, paniqué.

Je me redresse et attrape le gosse par son tee-shirt. Je ne lui ferai pas de mal, si je fais ça, c'est justement pour le protéger. Enfin, je crois. Le petit hurle, suivi de son père, qui me supplie de ne pas le toucher tandis que je m'engouffre dans la maison. Je regarde partout et m'arrête devant la première porte du couloir de l'entrée. Je l'ouvre et jette le gosse à l'intérieur.

– Compte jusqu'à mille et ne sors pas avant.

Il se débat malgré sa petite taille et sa force ridicule. Il doit avoir entre sept et huit ans, pourtant, en deux secondes, je suis devenu son pire cauchemar. Je suis l'homme qui a tabassé son père. Je suis l'homme auquel il pensera quand il imaginera un méchant.

Je l'isole et retourne vers son père qui, à bout de souffle, me traite de tous les noms.

– Garde ta salive pour me dire où est le fric que je te demande, je l'avertis en le menaçant du poing.

***

Je raye le nom de la liste et glisse la photo de son visage tuméfié dans la poche arrière de mon pantalon. C'est l'une des exigences de Joey. S'il n'y a pas d'argent ou la totalité, il lui faut une preuve qu'ils ont saisi le message. Si je ne le fais pas, c'est moi ou peut-être Bonnie qui finira comme ça…

J'en suis déjà au troisième pour ce soir.

– Peale ?

– Ouais.

– Je viens de la part de Joey.

Comme les autres, il perd son sourire et tente de m'échapper. À l'inverse des deux premiers, il innove, en s'enfuyant par l'escalier de son immeuble. Je le rattrape et le plaque contre le mur. Je lui décroche une droite pour le calmer, mais il me sourit.

– Je veux le fric de Joey, j'insiste d'un ton sévère.

– Je ne l'ai pas, je l'ai dépensé. C'est bien à ça que ça sert, l'argent, mon gars, me nargue-t-il.

– Ne joue pas au plus malin, t'as aucune chance.

Il éclate de rire, inconscient du danger.

– N'oublie pas à qui tu l'as emprunté. Les prêts de Joey sont moins classiques que ceux d'une banque.

– Je l'emmerde, Joey ! Ce n'est pas une merde dans ton genre qui va me faire peur. Il veut que je le chie, son pognon, ton boss ?

Le sang gicle de son nez quand mon poing le heurte violemment.

– Tu ne le connais pas encore, mais crois-moi, tu vas t'en souvenir.

Il tente de se défendre, mais j'enchaîne, sans lui laisser le temps de riposter. Encore conscient, il se laisse tomber contre le mur du couloir de l'étage.

– Je vais revenir, mais cette fois avec des battes et plus de bras. On te pétera les dents, les genoux puis on choisira parmi tes organes lequel est le moins pourri. Comme on dit, les bons comptes font les bons amis. Tu m'as compris ?

Désormais, il sanglote, loin de l'image de dur à cuire de tout à l'heure.

– Ouais…

– Bien, maintenant, va chercher le fric de Joey.

***

Je poursuis ma balade nocturne…

Je frappe, je frappe, je frappe, je frappe.

Je cogne, je cogne, je cogne, je cogne.

J'ai l'impression de perdre un fragment de mon âme à chaque fois que je barre un nom de la liste. Je ne me reconnais plus et pourtant je continue. C'est comme si j'avais un voile devant les yeux, un autre qui me couvrait les oreilles. Je me répète que je n'ai pas le choix, qu'ils n'avaient qu'à mesurer les conséquences de leurs actes, que je fais ça pour Bonnie…

Je commence à ne plus sentir mes mains… Désormais, mon visage et mes fringues sont tachés de sang, si bien que les clients qui me voient se décomposent avant même que j'ouvre la bouche. Je suis le démon masqué aux poings meurtris qui vient frapper à leur porte.

Je n'écoute plus, je ne marchande plus.

J'exige, je commande.

Je suis la peur et la menace.

***

Plus qu'une adresse.

Une seule.

Je n'ai pas le montant, mais je n'en ai pas besoin, je saurai faire sans. J'appuie sur tous les boutons de l'interphone en espérant qu'une personne qui attend une commande m'ouvre.

Le bip de la porte retentit et je me faufile aussitôt dans l'immeuble. Je monte jusqu'au troisième étage. *Hargrove.* J'espère pour lui qu'il a ce que Joey réclame, sinon je m'occuperai de son cas.

Lorsque la porte s'ouvre au numéro indiqué sur la liste, c'est une illusion qui m'apparaît. Une illusion vêtue d'une nuisette blanche.

Alors que je reprends mon souffle, toujours la rage au ventre, elle me dévisage, confuse.

– Kane ?

Ses dents du bonheur, ses taches de rousseur, ses yeux bleus, ses cheveux roux… Bordel, elle est belle ! Dire que Joey se l'est tapée.

Pourquoi il m'a envoyé ici, ce connard ? Est-ce qu'elle lui doit de l'argent ? Non, ça m'étonnerait. Est-ce que c'est une mise en garde ? Une menace ou alors autre chose ? Je ne comprends pas.

– Qui vit ici avec toi ? je demande d'une voix bourrue. Qui est Hargrove ?

– C'est moi, mais…

– Tu lui dois quoi, à Joey ? je la coupe, de plus en plus perplexe.

Elle se rembrunit, m'adressant un regard comme si je venais de l'insulter.

– Rien du tout, c'est lui qui prenait, il te l'a bien fait comprendre à l'anniversaire de ta sœur, se défend-elle d'un ton brusque.

Ouais, je m'en souviens. Et va savoir pourquoi, ça me rend complètement fou.

– Tu aimais ça, te faire sauter par une merde pareille ? je réplique, hargneux.

– J'étais jeune, bourrée, et il me faisait jouir. Donc oui, j'aimais ça quand il me sautait, riposte-t-elle en me poussant de rage.

Je retiens ses mains, car je refuse qu'elle me touche. Elle n'aurait jamais dû me voir ainsi. Elle n'aurait jamais dû être sur ma route ce soir. Je ne comprends toujours pas pourquoi il a inscrit son putain de nom. Ce mec est complètement malade…

J'ai passé la soirée à tabasser des gens, à les malmener pour leur prendre leur fric ou leur faire passer un message et elle, elle apparaît tel un mirage… Si je fais abstraction de tout ce qui la rend si sale à mes yeux, je dirais qu'elle est somptueuse et ressemble à un foutu rêve. Si elle était un démon prêt à m'emporter vers la mort, je la suivrais sans l'ombre d'un doute, juste pour faire taire les voix de mes victimes ce soir.

– Mais, c'est… du sang sur tes mains et ton haut ?

Je la repousse à mon tour pour repartir, mais elle me retient par le tee-shirt.

– Reste là, m'intime-t-elle.

– Oublie que je suis venu ici, je lui ordonne sèchement. Je dois rentrer.

– Tu ne rentres pas dans cet état. T'as pensé à Bonnie, si elle te voit comme ça ?

Pas vraiment.

– Viens.

J'obéis comme le lâche que je suis.

CHAPITRE 18

MAXINE

Il ressemble à une bête affamée, assoiffée de sang. On dirait qu'il est perdu, presque dans un état de transe dont il n'arriverait pas à sortir. Je le retiens, lui ordonnant de rester. Je devrais le laisser partir, ce serait beaucoup plus logique après qu'il a débarqué chez moi, comme une bombe. Mais il ne peut pas rentrer comme ça, pas s'il espère cacher à sa sœur ce qu'il a fait cette nuit. Je ne sais pas exactement ce qui s'est passé, mais ce n'est pas sans violence, c'est certain. J'ai l'impression, bien qu'il se comporte toujours comme un véritable connard, qu'il a besoin d'aide. Il a mentionné Shelby, ce qui me laisse penser qu'il a probablement bossé pour lui.

– Viens.

Kane souffle et abdique en hochant la tête. Mon cœur bat la chamade lorsqu'il me suit à l'intérieur. Je m'empresse d'éteindre la télé, restée allumée.

Mon appartement est en bordel aujourd'hui. Il y en a un peu partout. Comme chaque vendredi, il faut que je m'occupe et range. J'étais d'ailleurs en plein tri dans mes affaires. Son arrivée est presque une bénédiction.

– Ne fais pas gaffe aux fringues qui traînent.

– T'es une princesse désordonnée, bougonne-t-il en enjambant un carton au sol.

Il tourne sur lui-même pour observer les lieux.

– Ne m'appelle pas comme ça, je proteste.

– Tu préfères *principessa*, c'est ça ?

Je grimace. Il me provoque, me teste. Il ne m'aime pas et fait tout pour que ce soit réciproque. C'est étonnant qu'il m'ait suivie chez moi, plus étonnant encore que je l'aie invité alors qu'il fréquente visiblement toujours Shelby. Il pourrait être là pour me faire du mal.

– Tu crois que ça va m'émoustiller ? J'ai une moto italienne, j'ai de l'argent, alors tu m'appelles princesse en italien ? Waouh, quelle originalité !

– Tu es une princesse, Maxine, et moi, je suis un déchet. C'est comme ça…

Je crois que c'est la première fois qu'il utilise mon prénom.

– Assieds-toi, j'ordonne en désignant une chaise dans le salon.

Il s'exécute sans rechigner tandis que je l'observe. Ses cheveux sont en bataille, du sang sèche sur son visage et au vu des traces, on dirait qu'il portait un masque pour cacher son identité.

– T'es un connard, c'est sûr, mais je ne t'ai jamais dénigré parce que tu as moins d'argent que moi, ni Bonnie d'ailleurs.

– Je sais, mais ce n'est pas nouveau que je suis un déchet.

– Tu sais, les déchets, ça se recycle, je rétorque en tirant la langue, amusée par ma bêtise.

Un ricanement lui échappe avant qu'un petit sourire en coin n'apparaisse. Sans un mot, je me rends dans la cuisine, remplir une bassine d'eau tiède. Je fais un détour par la salle de bains pour chercher une serviette, des compresses et du désinfectant. Dans ma chambre, j'attrape un tee-shirt qu'a oublié il y a quelques mois un de mes plans cul.

– Enlève ton haut et enfile ça, j'ordonne en le lui balançant.

– C'est à qui, ce truc ? dit-il en fronçant les sourcils.

– Je ne sais plus comment il s'appelle, mais j'imagine que tu préfères ça à l'une de mes robes. Et puis, c'est toujours mieux que le look ensanglanté…

– T'es pas obligée de faire tout ça, de jouer les infirmières avec moi. J'ai rien demandé, d'ailleurs je vais y aller.

– T'es dans un sale état et, va savoir pourquoi, t'as frappé chez moi. Donc maintenant, tu retires ce vêtement et tu t'installes sur cette chaise.

Kane grogne, mais m'obéit.

Soudain, je ne parviens plus à le quitter des yeux. Ça fait longtemps qu'un mec ne s'est pas déshabillé chez moi. Encore moins un mec qui ressemble à un démon. Son torse athlétique se soulève difficilement, comme s'il était épuisé, pourtant il ne semble pas blessé. Je ne vois que des muscles parfaitement dessinés.

– Tu te fais plaisir ? balance-t-il, le regard à la fois fiévreux et en colère. Tu veux que je contracte mes pectoraux ou c'est bon pour toi ?

– Déformation professionnelle, je fais des études de médecine, j'inspecte simplement pour m'assurer que tout va bien.

– Médecine de quoi ?

– Légiste, et comme tu ressembles à un cadavre, on est raccord.

– Va te faire voir !

Je ris avant de rétorquer :

– Ne m'insulte pas.

– Je n'ai pas le droit de t'insulter, de t'appeler « Princesse », j'ai droit à quoi ? s'agace Kane, en soupirant.

– Ce n'est vraiment pas l'amabilité qui t'étouffe en tout cas. Tu as surtout le droit de m'expliquer ce que tu fous chez moi dans cet état.

– Je n'ai pas envie de parler de ça, se braque-t-il.

– T'es loquace uniquement quand ça t'arrange, visiblement. Tu me dois quand même quelques explications… même si j'ai peur de savoir.

– J'ai bossé pour Shelby ce soir. J'ai fracassé des types qui lui devaient de l'argent et la dernière adresse était la tienne. Cet enfoiré trouve sans doute marrant de jouer avec mes nerfs en m'envoyant chez toi.

Je suis surprise qu'il accepte de me le raconter, mais encore plus par cette révélation qui me fait froid dans le dos. J'ignore si c'est un message et si je dois flipper. Tout ce qui concerne Joey est généralement mauvais…

– Pourquoi il a fait ça ?

– Pour que tu me voies dans cet état ? Pour que je fasse pareil avec toi ? Je ne sais pas ce qui se passe dans la tête de ce tordu.

– C'est ton père et tu bosses pour lui… Tu devrais le savoir, non ?

– Désolé, j'ai arrêté les cours au collège. Je n'ai pas assez de diplômes pour comprendre la complexité de son cerveau de dégénéré.

Je ricane nerveusement.

– Donne-moi tes mains.

Pour une fois, il m'obéit sagement. Je les plonge dans la bassine, mais il ne grimace pas. J'imagine qu'il a déjà connu plus douloureux qu'un peu d'antiseptique sur une plaie. Lentement, je nettoie sa main gauche en passant sur ses jointures rougies. J'ignore pourquoi, mais ça me rappelle les moments où ma mère soignait les blessures qu'elle m'avait elle-même infligées.

– Parle-moi de ta mère.

Le timing est troublant, c'est comme s'il venait de lire dans mes pensées. Cette idée me fait froid dans le dos. Je n'ai pas envie de parler d'elle.

– Tu m'as dit que tu l'avais tuée avant que Joey débarque, ajoute Kane, sans tact.

– Il n'y a rien de plus à dire.

– Parle-moi, j'ai besoin de me changer les idées et de faire taire les voix dans ma tête.

Je grimace, car ses mots m'agacent.

– Parce que tu penses que mon histoire te permettra de te faire oublier la tienne ? Tu crois que j'ai été la pute de ton père pour avoir de l'adrénaline, mais c'est plus que ça… Tu ne sais rien, Kane.

Nos regards se croisent en silence.

Deux âmes craquelées, c'est tout ce que je vois. Deux carcasses vidées de chaleur humaine qui, chaque jour, semblent en chercher un peu. Nos démons sont différents, mais ils ont en commun le poids de leurs douleurs.

– Justement, je ne sais rien, alors comble ce vide.

Peut-être qu'il veut savoir pour se sentir moins seul…

– J'en ai besoin, Maxine, s'il te plaît.

Je pèse le pour et le contre quelques secondes puis accepte. Parce que s'il y a bien une personne à qui je peux parler de la noirceur de mes secrets sans l'effrayer, je crois que c'est lui.

– Je me suis engueulée avec ma mère. Je pensais qu'elle dormait, mais elle m'a chopée en train de faire le mur. Elle voulait me punir pour ma désobéissance, elle m'a giflée puis elle est partie pour chercher son *jouet* et a glissé… Elle est tombée en gémissant bizarrement. Je croyais qu'elle le faisait exprès pour jouer les martyrs alors j'en ai profité pour m'enfuir et faire la fête. Quand je suis rentrée, elle était au même endroit, les yeux vides, froids. Elle gisait dans son sang. C'est la dernière fois que j'ai vu Shelby.

La tempête dans son regard se transforme en brasier, aux yeux de n'importe qui, j'aurais été jugée et mise au bûcher, mais pas aux siens. Il comprend et ça ne le dégoûte pas, ça ne l'effraie pas… Je crois que ça me rend encore plus humaine. Lentement, il lève la main et déplace une mèche de mes cheveux, créant un drôle de tumulte dans ma poitrine.

– Tu ne l'as pas tuée, lâche-t-il alors, d'une voix grave. Tu es partie, sans l'aider, mais c'est dans sa démence et sa colère qu'elle s'est tuée. Elle a eu le coup du lapin en tombant. Elle aurait pu glisser sur quelque chose en faisant le ménage et se faire la même chose toute seule.

– Sauf que j'étais là et que je suis partie en la laissant agoniser. J'aurais peut-être pu l'aider.

Je me souviens qu'en revenant à moitié ivre, je l'ai vue immobile. J'ai donné un coup dans sa jambe pour qu'elle bouge, en vain. J'ai finalement appelé les flics. Je me souviens aussi que je n'ai pas ressenti grand-chose pour elle…

– À te voir, Princesse, on dirait que le véritable crime, c'est que tu ne regrettes pas qu'elle soit morte.

Ses mots sont d'une telle vérité qu'ils me donnent des frissons. Il a raison, je ne parviens même pas à le cacher.

– Tu es perspicace.

Il me répond par un rictus, comme si, plus que jamais, il me comprenait. J'essuie ses mains avec la serviette et pose une bande dessus.

– Raconte-moi encore tes secrets, réclame-t-il d'une voix calme.

– Pourquoi ?

– Parce que c'est réconfortant de savoir qu'on n'est pas seul à se noyer. De rencontrer une véritable âme brisée.

Il se redresse en regardant mon œuvre.

– C'est à toi de parler maintenant, j'insiste, toujours perturbée par ma confidence.

Soudain, Kane s'approche de moi, provoquant une vague de frissons sur mon bras. Il sourit en le remarquant. Sous l'effet de cette ambiance étrange, mes tétons pointent sous le tissu de ma nuisette.

– J'ai tué mon frère, avoue-t-il douloureusement.

Je ne cherche même pas à savoir si c'est une blague, parce que je le sais, je le sens, c'est vrai.

– Comment ? je l'interroge d'une voix douce.

– Joey organisait déjà des combats, même quand j'étais gosse, et qu'il ne vivait pas dans le luxe comme aujourd'hui. Il nous entraînait, mon frère et moi, pour nous y faire participer. Dragan ne voulait jamais se battre, il avait peur, alors je lui ai promis que je ne taperais pas fort et qu'il n'aurait qu'à se coucher. Ça a mal tourné. J'ai lui donné un coup et il est tombé. J'ignore si c'est à cause de la force de mes poings ou si c'est quand il a heurté le sol, mais il en est mort.

Dragan, le prénom qu'a évoqué Bonnie. Jamais je n'aurais deviné les circonstances de son décès, encore moins que Kane était impliqué.

– Tu ne l'as pas tué, je certifie, comme il l'a fait pour moi il y a quelques minutes.

– Si, littéralement, proteste-t-il. Avec mes putains de poings.

– Ce n'est pas ta faute, c'est celle de Shelby.

– Tu n'atténueras pas ma culpabilité avec un sermon débile… Je suis responsable de sa mort.

– Je sais, mais parfois, ça fait du bien d'entendre que ce n'était pas notre faute, je soupire. Comme venir au monde, comme avoir ces parents-là, comme grandir au mauvais endroit… On n'y peut rien et ça ne fait pas de nous de mauvaises personnes de le penser. En tout cas, je l'espère.

– Arrête, rugit Kane.

Nos regards se croisent, s'accrochent et ne se lâchent plus. Il y a quelque chose d'étrange, de différent. Quelque chose que ni lui ni moi n'avions vraiment anticipé, mais qui nous heurte ; le fait de se ressembler plus que nous le pensions. Il a beau me détester pour mon passif avec Joey, il me comprend, car lui aussi est ravagé.

Malgré ces révélations, une attirance malsaine s'installe entre nous. Je perçois une excitation étrange dans les yeux de Kane, comme s'il me désirait plus que tout, mais comme si j'étais en même temps la chose la plus dégradante qui soit. Je comprends, j'ai eu une aventure avec son enfoiré de père. Et je suppose que ce qu'il doit lire dans les miens est similaire.

– Arrêter quoi ?

– De lire dans mes pensées.

J'inspire. Il expire.

– Pardon.

Ce petit mot m'échappe et semble, à ma surprise, le rendre fou.

– Bon, et puis merde…

À ses mots, il empoigne ma nuque et m'attire contre lui. Le feu qui anime son regard est ardent. Il m'embrasse comme un démon. Il n'a plus faim ni soif de sang, non, cette fois, c'est de sexe. Je le laisse faire, m'oubliant dans la bestialité de son baiser, car j'en ai besoin moi aussi. Lentement, son deuxième bras s'accroche à ma taille pour me soulever et m'asseoir sur la table. Je referme les jambes autour de lui. Dans un grognement, il abandonne mes lèvres et les pose sur ma peau à l'air libre. Soudain, les bretelles de ma nuisette glissent de mes épaules, dévoilant ma poitrine nue.

Pas un mot, juste un souffle rauque, profond.

Kane s'empresse de lécher mes tétons du bout de la langue, déclenchant des décharges électriques dans tout mon corps. Je voudrais qu'il le fasse partout, avec cette même ferveur, cette même fougue. C'est si bon, quand l'une de ses mains s'immisce entre mes cuisses, que je gémis. Je n'ai plus désiré un homme ainsi depuis longtemps… À croire que j'aime le chaos. Alors qu'on s'embrasse encore, sa paume toujours contre mon sexe, je murmure :

– Plus fort.

Ma voix semble lui rappeler ma présence. Il s'arrache à mes lèvres, retire ses doigts comme s'ils avaient plongé dans l'acide et m'observe avec désir… et dégoût. Ces mêmes sentiments qu'il combat maintenant avec férocité assombrissent son regard. Je reprends mon souffle, sans cesser de le dévisager. Je ressens en lui une dualité qui m'est familière ; ma mère m'aimait et me détestait en même temps.

– Je peux pas baiser ce qu'il a touché.

– Kane…

Ses mots me heurtent de plein fouet tandis que je me rhabille rapidement. Une pointe de déception, d'humiliation, me pince le cœur. J'espérais un peu de chaleur, j'aspirais à apaiser mon âme brisée, mais je ne suis qu'une idiote. Je ne peux pas être sauvée. Pas par une âme aussi torturée que la mienne.

Sans rien ajouter, il s'enfuit. Son départ aussi fracassant que son arrivée provoque en moi une étrange solitude. Il ne me reste plus qu'à ranger ce que j'ai utilisé pour le soigner. Quand j'attrape la serviette pour la mettre à la machine, je repère son tee-shirt au sol et le ramasse. C'est plus fort que moi, je le hume.

J'ignore pourquoi il m'attire, pourquoi il éveille chez moi ce désir alors qu'il est désagréable, insultant, et apparemment dangereux. Pourtant, je le sens, il est comme moi, pris au piège par son passé. Son odeur m'enivre et déclenche cette chaleur qu'il a emportée. Tenant ce bout de tissu insignifiant d'une main, je glisse l'autre entre mes cuisses pour terminer ce qu'il a commencé.

CHAPITRE 19

KANE

J’ouvre les yeux et me réveille dans les quelques mètres carrés qui me servent de piaule. Un claustrophobe serait paniqué ici. Je reste néanmoins allongé. J’ai mal dormi cette nuit, à cause de mes mains engourdies et douloureuses. Mais surtout, à cause des événements avec Maxine. Comment j’ai pu vouloir d’elle alors que j’avais tabassé neuf gars juste avant ? Comment j’ai pu l’embrasser et la toucher alors qu’elle était à Joey ? Je n’aurais jamais dû céder. Me taper la même fille que lui ? *Jamais !*

Je ne sais pas ce qui m’a pris, je n’étais pas dans mon état normal, je ne vois que cette explication. J’étais crevé après avoir cogné toute la nuit, je l’ai laissée me soigner et… à sa manière, cette princesse rousse est comme moi. C’est ça qui m’a fait craquer.

Ses démons.

Ses fêlures.

Ses regrets.

Elle n'est pas une sainte, loin de là. J'ignore encore ce qu'elle a vécu, mais c'était sale et malsain. J'en suis convaincu, je le ressens comme une résonance, une évidence. Cet écho entre nous, c'est parce que je reconnais son âme aussi fracassée que la mienne.

Je décide enfin de me lever et passe par la salle de bains avant de prendre mon sac de frappes puis de m'installer dehors pour me défouler. J'imagine que c'est Joey que je le détruis. Si seulement j'avais les couilles de le faire vraiment. Si seulement je n'avais pas peur pour Bonnie.

– Salut, mec !

Peter apparaît à l'arrière du mobile home, dans notre mini-jardin où l'on passe l'été pour être à l'abri des voisins.

– T'es bien matinal, je remarque, la voix grave.

Au vu de sa tenue et de sa tête, il revient d'un footing.

– Tout va bien ? me demande-t-il, en sous-entendant ma mission d'hier soir.

– Ouais.

Je lui raconte donc ma soirée, en omettant volontairement mon égarement avec Max. Il n'a pas besoin de savoir que je suis un faible et un sale type.

– Tu le vois quand ?

– Aujourd'hui.

Je n'ai pas eu le temps de réfléchir à un plan pour m'émanciper. Tant que Bonnie est à sa portée, j'ai l'impression de ne rien pouvoir faire. Mais je ne veux plus tabasser des gens comme je l'ai fait.

Jamais. Je n'ai pas oublié ce gosse que j'ai enfermé dans le placard pour lui éviter un trop gros traumatisme. Je n'ai jamais souhaité devenir un bourreau, ce n'est pas moi.

– Je ne sais pas comment me débarrasser de lui, je dis en cognant rageusement dans mon sac suspendu à un arbre.

Mes poings me font encore souffrir, mais je veux m'habituer à la douleur, si je dois de nouveau m'en servir.

– Je n'ai pas le droit à l'erreur. Pour Bonnie, je ne peux pas. Tu sais de quoi il est capable, tu sais qu'il pourrait la torturer et la tuer juste pour me briser définitivement.

– Pourquoi vous ne partez pas ? Tu prends le peu que t'as, tu mets ça dans la voiture et tu disparais avec Bonnie. Le pays est grand, il ne vous retrouvera pas.

– Je suis peut-être un faible qui n'ose pas l'affronter, mais je ne suis pas lâche. Je ne veux pas fuir ni avoir peur toute ma vie qu'il nous traque et nous achève pour de bon. De toute façon, Bonnie ne voudra jamais partir, elle est inscrite à la fac et son année n'est pas terminée.

Je soupire, désespéré, en frappant encore.

– Qu'est-ce que tu vas faire s'il te propose de bosser de nouveau pour lui ?

– Je n'en sais rien. Je n'ai rien trouvé pour le faire chanter. Je ne peux même pas appeler les flics, parce qu'en sachant ce qui se passe là-bas et que je n'interviens pas, ça me rend complice…

***

Je frappe à l'arrière de chez Joey. La trappe de la porte s'ouvre et le gars me reconnaît immédiatement. Il m'ouvre puis me laisse entrer.

– Il est au bord de sa piscine, m'informe le vigile.

Je trace mon chemin, sans répondre. Pour accéder à la maison de ce côté, on est obligé de passer devant le grand enclos à cochons. Il y en a une bonne quinzaine. J'ai même l'impression qu'il y en a plus… Cet endroit me file la chair de poule. Bien que je ne devrais pas m'attarder, je me penche pour observer les porcs, occupés à dévorer leur nourriture. Ça peut avaler plus d'un kilo de viande toutes les minutes, os compris. C'est Joey qui m'a expliqué ça… Affamez-les donc pendant quelques jours puis donnez-leur un cadavre découpé en morceaux, rasé et édenté, en un quart d'heure, tous vos problèmes ont disparu. Certains pères apprennent à leur enfant à bricoler ou à pêcher, le mien m'a enseigné… *d'autres choses*.

Lorsque je crois reconnaître un doigt, j'accélère le pas pour rejoindre Joey. Un autre vigile attend dans l'arrière-cour. C'est soit on entre dans la villa, soit on prend le portillon qui mène au jardin. Sans un mot, le gars me fait signe de m'arrêter. Il attrape son talkie-walkie :

– Kane est là ! annonce-t-il.

– Fais-le entrer, répond une voix à travers l'engin.

Il se pousse et me laisse passer.

C'est immense : terrasse, pergola, piscine… Il a fait appel à un paysagiste pour créer des rangées de roses et une grande fontaine avec une statue de lui – à poil – en plein milieu de la pelouse. Joey est allongé sur l'une des chaises longues. Il se redresse en me voyant. Tout ce que j'espère, c'est partir d'ici rapidement et qu'il me foute la paix.

– Kane ! s'écrie-t-il. Viens profiter, le temps est radieux.

Je m'avance, la mort dans l'âme, et m'assieds sur l'une des grandes banquettes qu'il me désigne. Il s'installe face à moi puis claque des doigts. Une nana accourt aussitôt.

– Un verre de whisky avec des glaçons. Tu veux quoi ?

Ta mort.

– Rien.

La blonde reste là, à attendre.

– T'as entendu, il ne veut rien, alors bouge ton cul.

Elle s'en va en couinant.

– Elle est bonne, mais elle n'a pas inventé l'eau chaude…

Quelques sbires de Joey sont présents, en tenue décontractée. Ils fument, boivent tranquillement comme s'ils ne bossaient pas pour une pourriture, comme s'ils n'étaient pas eux-mêmes des grosses enflures. L'un a la main dans la culotte d'une fille, tandis qu'un autre bronze, l'air de rien. Dire qu'il faudrait un simple bidon d'essence et une allumette pour faire brûler tout ça…

– Tu pourrais être là, si tu le souhaitais, reprend Joey, l'air guilleret. Tu as ta place parmi mes hommes. Tu aurais de l'argent, du pouvoir et toutes les filles que tu veux.

– Je choisis d'être pauvre, je réponds sèchement.

– Tu gâches ton potentiel pour une vie de misère. Mais au nom de quoi, tu peux m'expliquer ?

– Je t'ai déjà dit que je préférais une vie de merde plutôt que te ressembler.

Il éclate de rire.

– Comment tu peux dire ça, alors que…

Il claque de nouveau des doigts et une rousse le rejoint. Elle s'assied sur ses genoux et se laisse dégrafer son haut de maillot de bain.

– Alors que tu peux avoir ça.

Je sais qu'il a fait exprès de la sélectionner. J'ignore ce qu'il s'imagine sur Max, mais il fait fausse route. Sans la moindre honte ni pudeur, il malaxe la poitrine de la rousse qui me regarde sans broncher. J'ai envie de me pendre, je voudrais que la terre s'ouvre pour m'engloutir et disparaître. N'importe où serait mieux qu'ici.

– Tu préfères toujours ta vie de merde plutôt que baiser cette beauté et toutes les autres ?

Pour accompagner ses paroles, il glisse la main dans son string, tandis qu'elle se dandine sur lui, ravie, se laissant employer comme une vulgaire poupée. Je fixe un point juste au-dessus de la tête de Joey et ne le quitte pas.

Un, deux, trois, quatre, cinq, six, sept, huit, neuf...

Je compte dans ma tête pour faire abstraction du bruit, pour détourner mon attention de ce spectacle malsain qui me donne juste envie de gerber.

Dix, onze, douze, treize, quatorze, quinze, seize...

Comment a-t-elle pu fréquenter un tel monstre ? Pourquoi diable, a-t-elle atterri chez Joey ? Il faut que je sache, je veux qu'elle m'explique tout. Je dois comprendre.

Dix-sept, dix-huit, dix-neuf, vingt, vingt et un...

Ma vision périphérique me permet de voir qu'il s'active. Il la masturbe jusqu'à ce qu'elle gémisse puis il la renvoie sans le moindre intérêt pour elle.

– J'ai apporté l'argent que j'ai récupéré hier soir auprès de tes clients.

Je sors de ma poche une grande enveloppe. Je n'ai pas pu tout obtenir, mais j'ai fait passer le message comme il le voulait.

– Très bon boulot. Figure-toi que trois des gars que tu as salement amochés sont venus m'apporter leur fric avec les intérêts. J'aime quand les gens respectent leurs engagements, je hais les personnes malhonnêtes.

C'est l'hôpital qui se fout de la charité.

Je lui tends les billets qu'il compte rapidement.

– Très bien.

Puis, il prend quelques billets de la liasse et me les donne.

– C'est pour toi, pour avoir bien bossé. Je savais que tu serais doué pour ça. Mais dis-moi, comment ça s'est passé à la dernière adresse ?

– Je ne sais pas ce que tu imagines, mais j'ai rien à voir avec cette meuf. Elle va juste en cours avec Bonnie.

– Tu l'as baisée ?

Plutôt fourrer un sac de fils barbelés.

Je souffle pour ne pas penser au fait que je l'ai embrassée et que j'aurais voulu la prendre sur la table. Mais quand j'ai entendu sa voix, c'est comme si elle m'avait rappelé qui elle était et tout ce qu'elle avait fait avec Joey.

– Va te faire foutre.

Il se marre.

– J'étais certain qu'après une soirée passée à tabasser des mecs, tu serais content de voir une belle nana pour la sauter. Une fille de ce genre n'est bonne qu'à ça.

Je me contiens pour ne pas lui refaire le portrait. Je tente désespérément d'ignorer ses mots, son comportement, ses actes, pour sortir d'ici en un seul morceau. Parce que même si je parvenais à lui sauter dessus, il y a trop de gars autour de moi. Je me ferais trouer par une balle dans la seconde et finirais dans l'enclos avec les porcs.

Je ne suis pas comme lui et je ne veux pas le devenir. Je veux simplement vivre comme tout le monde et être libre.

– Bon, il est où, ce whisky ? J'ai soif !

Une nana accourt et pose le verre sur la table sans s'attarder.

– Plus sérieusement, j'ai une autre liste à te confier. D'autres gens à qui rendre visite.

– J'ai déjà un boulot, je n'ai pas envie de bosser pour ton compte. J'ai payé ma putain de dette en me battant pour toi, maintenant, c'est fini.

– Je comprends, t'es crevé et t'as été réglo.

Il attrape sa boisson et boit tranquillement.

– T'es venu te battre pendant trois ans, sans rechigner, sans jamais te plaindre. J'admire ça, mais je suis sûr qu'au fond de toi, tu sais que tu es doué pour ça.

Je suis étonné qu'il ne dise rien. Peut-être qu'il tente une manière plus douce, moins fourbe, de me retenir dans ses filets, mais c'est peine perdue.

– Je t'ai filé 2 500 dollars pour ce boulot. Cette fois, pas de dette, c'est pour toi. Imagine ce que tu paieras à ta sœur avec ça. Vous pourriez vivre ailleurs que dans votre taudis.

2 500 dollars pour une seule nuit de boulot…

– Tu toucherais autant à chaque fois, évidemment.

Mais je ne veux pas vendre davantage mon âme au diable en intimidant des gens, ni devenir leur pire cauchemar pour une liasse de billets.

– Réfléchis bien à mon offre, Kane. Elle est limitée dans le temps.

– Je vais y aller…

Il ouvre la bouche, mais un de ses hommes arrive avec un portable.

– C’est Jun, Monsieur.

Joey me fait signe de partir et j’obéis avec plaisir.

CHAPITRE 20

MAXINE

Mes yeux se ferment alors que je révise mes cours. Ça fait presque deux heures que je bosse dessus, je suis lessivée. Je referme mon livre de biologie et range mes fiches de révisions. Je dépose mes affaires sur la table basse et m'étire en me redressant.

Alors que je me rends à la cuisine pour me préparer un truc à manger, j'entends des coups résonner contre la porte d'entrée. Je m'y dirige en soufflant, pressée d'en finir avec ce perturbateur. En ouvrant, je perds pied : Joey Shelby pointe un flingue sur moi.

Mes jambes tremblent, je les sens à peine. J'ignore comment je tiens encore debout.

– Bonsoir, Maxine.

Sa voix se veut douce, mielleuse, mais tout me prouve que sa présence n'augure rien de bon.

Je reste muette, paralysée, le cœur battant.

J'ai beau ouvrir la bouche, aucun son, aucun mot n'en sort. Je suis statique.

Qu'est-ce qu'il fait là ? Pourquoi est-il ici avec une arme ?

Il ne m'inspire que souffrance et désolation. Comme un monstre envoyé par ma mère pour me punir une dernière fois.

– Tu ne me fais pas entrer ?

Il sourit tel un démon. Ça devient mon signal d'alarme. Je me jette sur la porte pour la fermer, sans succès, elle s'ouvre à nouveau. Joey n'est pas seul, il y a un autre type avec lui.

– Je t'ai connue plus amicale, dit-il en me caressant la joue.

Je n'arrive pas à bouger, malgré mon désir de fuir.

– Je passais dans le coin et je me suis dit que j'allais venir prendre des nouvelles, ajoute Joey en pénétrant chez moi.

– Je ne t'ai pas invité. Sors d'ici…

Ma voix n'est qu'un murmure, un sanglot.

Il n'est pas là pour discuter de la pluie et du beau temps. Ce genre de mec ne se déplace que pour semer le chaos. L'homme qui l'accompagne referme la porte et la verrouille puis me force à avancer. Alors que je refuse, il me pousse sans ménagement vers son boss.

– Je suis sympa, j'ai apporté des petites choses que tu adores.

Le sbire de Shelby pose sur la table un grand plastique, dont je préfère ignorer le contenu. Je veux tout simplement fermer les yeux puis qu'il disparaisse. Je prie pour que ce soit juste un mauvais rêve.

– Va-t'en…

Il secoue la tête avec une fausse expression contrariée, comme pour m'humilier davantage.

– J'ai besoin de toi aujourd'hui, Maxine, comme tu as eu besoin de moi il y a trois ans. Tu te souviens ? Tu voulais boire, tu voulais t'amuser, parce que ta tyrannique de mère te l'interdisait… Je t'ai donné tout ce que tu voulais.

Je refuse qu'il parle de ça, je refuse de penser à celle que j'étais et à tout ce que j'ai fait. C'est du passé, je ne suis plus cette fille. Désormais, j'étudie et bosse dans un garage, j'ai même arrêté de boire…

– Ce soir, j'ai besoin que tu me rendes un service.

Il parle si calmement que j'en tremble. Je ne sais pas ce qu'il prépare, mais ça me glace le sang. Je voudrais que le sol s'effondre pour engloutir cet homme.

– Je ne veux pas…

– Je ne t'ai pas demandé ton avis, ma belle. Prépare le matos, commande-t-il à l'autre individu.

– Shelby, j'ai…

Je me précipite sur la porte d'entrée dans un accès de courage et de folie, mais les clés ne sont plus là. Elles ont disparu ! Ils les ont prises pour éviter que je ne m'enfuie. Je suis enfermée avec eux… L'éclat de rire de Joey résonne derrière moi. Il m'empoigne violemment les cheveux en tirant dessus pour me ramener à lui.

– Tu ne vas nulle part. Mais ne t'en fais pas, ça ne va pas durer longtemps. On va jouer à un jeu que tu adorais à l'époque… boire.

Alors qu'il me conduit au salon, mon corps se contracte. De peur, de chagrin, je ne sais pas vraiment, mais il réagit brusquement. Sur la table, je remarque du gros scotch noir et des bouteilles…

– Arrête… Ne fais…

Il me gifle sans sommation et aussitôt mon visage brûle.

– Shelby, je t'en supplie…

Il me frappe encore. C'est douloureux, mais moins que la peur qui dévore ma peau et mes entrailles.

– Ne fais…

– Ferme ta gueule, Maxine, ou je te fourre un truc dans la bouche pour t'empêcher de parler !

Il me fait asseoir tandis que son sbire m'attache les chevilles aux pieds de la chaise, puis il lie mes mains dans mon dos. J'essaie en vain de me débattre comme une folle.

Je pleure.

Je crie.

Alors, il me bâillonne avec une serviette posée sur la table. Je continue à protester, m'épuisant, me coupant les poignets, mais refusant de baisser les bras. Je ne veux pas boire, je ne veux pas jouer à son jeu pervers, je ne veux pas encore gâcher trois ans de ma vie à cause de lui.

– Vois-tu, j'ai proposé un boulot à Kane, mais il s'obstine à refuser et comme ce gosse est doué, je ne peux pas le laisser partir…

Il tourne autour de moi et s'arrête devant la table où whisky, vodka, liqueur et autres alcools sont disposés. Il choisit le premier et en boit une gorgée.

– Je me suis dit que comme tout bon parent, je devais lui apprendre l'obéissance.

Je secoue la tête.

– Et c'est là que tu interviens ! Je dois te rendre minable, te faire du mal pour le motiver à bosser pour moi.

Les larmes me brûlent les yeux.

Alors c'est ça… Je ne suis rien d'autre qu'un pantin pour titiller Kane. Nous n'avons même pas de relations, lui et moi… On se déteste. Mais Joey m'a vue chez eux, ainsi que mon collier. Il veut faire chanter Kane en se servant de moi. Il aurait pu choisir Bonnie, mais il ne veut pas utiliser son meilleur atout. Moi, je ne suis rien qu'un petit pion, sans grande importance.

Kane…

Je prie pour qu'il vienne. Peu importe la manière, je prie pour qu'il apparaisse à la porte et me délivre. Mais je ne suis pas idiote, je sais que je suis seule face à ce monstre. Il ne partira pas avant d'avoir eu tout ce qu'il voulait.

Il prendra tout et partira seulement quand il sera lassé. Vivante ou morte, je ne sais pas encore.

– Comme je suis clément, dis-moi par quoi tu veux commencer.

Joey retire la serviette de ma bouche. Je suis à bout de souffle, je ne parviens même pas à crier pour tenter d'appeler à l'aide.

– J'ai arrêté de boire, ne fais pas ça, je ne veux pas…

Il sourit et avale une nouvelle gorgée de whisky avant de s'avancer vers moi. Il m'attrape le menton pour verser l'alcool directement de sa bouche dans la mienne. Je recrache aussitôt, j'en ai un haut-le-cœur.

– Ne fais pas ça, je répète, la voix tremblante.

Je pleure.

Je supplie.

Je prie ce Dieu que ma mère aimait tant et que je haïssais. Je lui demande de m'aider, de trouver une solution. Trois ans de contrôle, trois ans d'abstinence pour que tout parte en vrille à cause de ce cinglé ? Dieu n'est-il pas miséricordieux avec tous ses enfants ? Ne protège-t-il pas tous ceux qui tentent de se racheter ?

– Tu vas boire, que tu le veuilles ou non, m'avertit Joey en serrant mon visage entre ses doigts.

Il prend alors un entonnoir. Je secoue la tête comme une furie, mais son sbire me maintient en place pour m'empêcher de bouger. Il m'enfonce l'objet brutalement dans la gorge.

– Ne t'en fais pas, Max. Dans le fond, tu aimes ça et tu le sais.

Je ferme les yeux.

J'ai peur. J'ai tellement peur.

Je n'avais plus ressenti ça depuis longtemps… Les coups de fouet de ma mère me semblent être des caresses en comparaison avec cet effroi qui s'insinue partout dans mon corps.

Aidez-moi, par pitié !

Quand le liquide s'écoule dans ma bouche, j'ouvre brusquement les yeux. J'ai beau essayer de cracher, impossible, l'entonnoir m'en empêche. Je ne peux que boire l'alcool. Il y en a tellement que je m'étouffe, que ça me rentre dans le nez.

Ça me paraît interminable. Je voudrais qu'il s'arrête ou qu'on vienne m'aider, mais rien ne se passe. Ni la folie de Joey, ni le miracle que j'espère tant. Je reste à la merci de ce monstre.

– T'es toute mouillée, Max. Ça me donne envie de lécher l'alcool sur ta peau, comme avant…

Enfin, ça cesse de couler, même si l'entonnoir reste coincé dans ma bouche.

Je ne parle pas.

Je ne bouge pas.

Joey s'exécute en grognant puis se redresse. Il ordonne quelque chose à son sbire, mais je n'écoute pas, je n'entends pas.

Mon âme est brisée, souillée, violée.

J'ouvre difficilement les yeux, j'ai comme un bourdonnement dans les oreilles qui m'empêche de tout comprendre. Il me semble cependant entendre le prénom de Bonnie, j'en déduis qu'il discute avec Kane. Il finit par se pencher à nouveau vers moi :

– À ta santé, Maxine.

Joey Shelby, je veux que tu meures.

CHAPITRE 21

KANE

Je n'ai pas eu de nouvelles de Joey depuis plusieurs jours et une part de moi flippe un peu. Je le connais assez pour savoir que ce silence n'augure rien de bon. Ce n'est pas du tout le genre à lâcher l'affaire aussi facilement. Je sais qu'il est assez pervers et sadique pour trouver le moyen de me faire accepter son offre.

Je passe une main sur mon visage, me maudissant intérieurement. J'ai beau connaître les risques, je l'ai quand même envoyé chier. Maintenant, je ne sais pas ce qui me stresse le plus : bosser pour lui ou refuser de le faire et le défier.

Ce mec fait du business avec tellement de monde qu'une part de moi espère qu'un de ses gars s'occupe de son cas. Sa mort m'apporterait la délivrance et la paix que je cherche désespérément. J'ai l'impression qu'il est ma malédiction et qu'une fois débarrassé de lui je pourrai vivre. Il m'a brisé physiquement, mentalement. Joey m'a forcé à me battre alors que je n'étais qu'un enfant. Il m'a fait dormir dans la boue, affronter des chiens pour amuser ses potes. Il m'a frappé, brûlé avec ses cigarettes…

Concernant notre mère, elle est morte après la naissance de Bonnie. C'est Dragan qui l'a retrouvée inconsciente dans la baignoire de la maison. Elle avait fait une overdose. Elle non plus ne s'est jamais souciée de nous. C'est à se demander comment on a pu survivre dans cet enfer. À l'époque Joey n'avait pas d'argent. On vivait dans un taudis, pendant qu'il organisait des combats sur le terrain vague qui nous servait de jardin. Avec le temps, ça a fini par lui rapporter de plus en plus.

Je ne comprends toujours pas qu'il puisse croire que je vais accepter sa proposition alors que je ne souhaite que sa mort.

Je suis lessivé en sortant de l'usine. Tandis que je m'installe au volant de ma voiture, mon téléphone vibre dans ma poche. C'est un appel de Joey.

Je ne réponds pas, ce qui ne l'empêche pas de m'envoyer un message, accompagné d'une photo à la place. C'est lui qui se prend en selfie, avec derrière une femme bâillonnée dont je ne vois pas le visage.

Mon sang ne fait qu'un tour. En un instant, la peur me cisaille le cœur. *Bonnie*… Il s'apprête à faire du mal à ma sœur pour m'atteindre. Il fait tout pour que je ne puisse pas refuser ce qu'il me demande. Tant que je n'ai pas les couilles de le tuer moi-même, il trouvera toujours un moyen de me coincer. Il connaît mes faiblesses, il sait que Bonnie est tout pour moi.

Joey me rappelle. Je n'hésite pas une seconde à décrocher.

Il active la caméra frontale. Rien que voir sa sale face de rat me donne envie de le rejoindre et de l'étrangler. Mais je suis tellement lâche que je ne peux pas.

– Qu'est-ce que tu fais, espèce de malade ? C'est Bonnie ? Je te jure que je vais te tuer… Si tu touches à un de ses cheveux, je…

Il éclate de rire, me coupant dans mon élan.

– Calme-toi. Tu ne voulais pas bosser pour moi alors je me suis dit que c'était parce que tu manquais de motivations. Je suis avec un petit jouet que je rêve d'abîmer et de saouler. Tu sais, histoire de te faire reconsidérer ma proposition.

– Si tu…

– Attends, m'interrompt-il en approchant la caméra. Maxine, dis bonjour à ton copain Kane…

Elle est en pleurs, attachée à une chaise. Elle semble trempée. Je remarque tout de suite qu'elle est immobilisée avec un putain d'entonnoir dans la bouche.

Cette vision me fait froid dans le dos, tout comme le regard qu'elle lance à l'objectif. Ses yeux reflètent la mort. Elle est désemparée, perdue, fatiguée et seule avec ce tordu. De tout ce qu'il a pu m'infliger depuis la disparition de Dragan, cette situation est la plus vicieuse. Je n'ai jamais voulu que quelqu'un souffre à cause de moi. Mais il faut croire que je ne sais apporter que du malheur…

– Joey, qu'est-ce que tu fais ? j'éructe d'une voix grave.

Son visage réapparaît à l'écran. J'ai la nausée.

– Ce n'est pas à toi de décider quand c'est la fin, c'est à moi, rugit-il. Alors tu vas prendre la liste des noms que je t'envoie, si tu ne veux pas que la prochaine soit Bonnie. Je suis clément, j'ai choisi cette sale pute, mais si tu n'obéis pas je trouverai ta sœur et laisserai mes gars se servir d'elle comme ils le veulent.

Des images se faufilent sournoisement dans mon esprit. Ses mots me font dérailler.

– Maintenant, dépêche-toi d'aller collecter mon fric.

Il raccroche.

CHAPITRE 22

KANE

Il est très tard quand je débarque au pied de l'immeuble de Maxine. Jam, l'un des hommes de Joey, fume une clope devant, son téléphone dans l'autre main. Il relève la tête quand il entend mes pas. Il m'attendait ou bien Joey est encore là-haut avec elle. Le sourire sadique qu'il esquisse lorsque j'arrive à sa hauteur me rend encore plus fou. J'ai passé les trois dernières heures à faire ce que son boss m'a demandé. J'ai vu la peur dans les yeux de mes victimes, mais elle n'était rien en comparaison avec celle que j'ai aperçue dans ceux de Maxine. Je n'ose pas imaginer ce qu'il a fait. *Je ne veux pas l'imaginer.*

– Laisse-moi entrer, j'éructe.

Jam se décale, mais pas suffisamment. Il me bloque toujours l'accès à l'entrée.

– Pousse-toi ou tu vas te prendre mon poing dans la gueule !

Il éclate de rire avant de me répondre :

– On s'est bien amusés avec ta meuf… Elle a un sacré débit, si tu vois ce que je veux dire.

Comme promis, je le frappe en pleine face. Il s'écroule contre la porte, sonné. Sans un mot, je m'engouffre dans le hall afin de rejoindre l'appartement de Max. Je suis dans le même sale état que la dernière fois. Je n'ai pas cherché à parlementer, j'ai cogné comme un lâche pour terminer au plus vite.

Quand j'arrive dans le couloir, Joey est en train de quitter les lieux, le téléphone posé contre l'oreille. Il me sourit en me détaillant des pieds à la tête avant de sortir de son dos un flingue qu'il pointe sur moi.

– Tu as récupéré mon fric ?

Je lui balance le sac à dos, il l'attrape et ne prend même pas la peine de vérifier à l'intérieur.

– Il y a tout ce qu'il faut.

– Tu vois, quand tu veux… T'as toujours besoin de motivation.

– Va te faire foutre. Qu'est-ce que tu lui as fait ?

Il s'approche de moi, mais lorsqu'il croise mon regard, il s'arrête aussitôt.

– N'oublie pas que c'est uniquement à cause de toi. Je n'ai rien fait de plus que ce qu'une salope dans son genre mérite. Estime-toi heureux que dans ma clémence, ce soit elle et pas ta sœur.

Je pourrais parlementer des heures, mais ce n'est pas ma priorité. Je veux, je dois, j'ai besoin de la voir. De m'assurer qu'elle va bien, même si j'en doute… Aussi, lorsqu'il passe devant moi, je ne fais rien. Après l'appel de Joey, j'ai demandé à Peter de surveiller Bonnie, de la mettre en sécurité. Je crois qu'il est temps d'avoir une conversation avec elle, pour lui expliquer la situation.

Je tambourine à la porte de Maxine. Pas de réponses. J'ouvre sans attendre, mais soudain une violente douleur me tord le ventre. Je redresse la tête et la vois. Elle ressemble à une princesse déchue. L'air plus meurtri que jamais, elle brandit sa batte, prête à réitérer.

– C'est moi ! C'est Kane…

Elle frappe encore, mais j'esquive. Je remarque les marques de liens sur ses poignées et ses chevilles.

– Je ne te ferai pas de mal, Maxine.

Elle brandit une nouvelle fois son arme. Son regard est noir, comme si elle ne voyait plus rien. Aveuglée par son envie de se venger et de se défendre.

– C'est Kane… je répète, alarmé. Tu ne crains plus rien. Je te le jure.

Elle me détaille attentivement, plisse les yeux puis laisse tomber son arme, comme si elle avait enfin compris que ce n'est pas Joey. Je l'attire à moi, même si je n'ai pas la moindre idée de ce que je suis en train de faire. Maxine se blottit contre moi, s'agrippe à mon tee-shirt puis me repousse violemment.

– T'es venu terminer le boulot de ton père, éructe-t-elle d'une voix cassée.

– Non, je tente, prudemment. Je…

– Qu'est-ce que tu fais là ?

Cette fois, son ton est un mélange de rage et de chagrin. Elle est ravagée. La douleur se lit sur son visage. Ses traits sont tirés, ses yeux sont rouges et bouffis… Elle donne l'impression qu'elle pourrait ravager la Terre et la réduire en cendres pour se venger de ce qu'elle vient de subir. Et je serais prêt à la suivre dans sa quête de justice.

– Ne reste pas ici. C'est trop tard… C'était avant, qu'il fallait rappliquer. C'était avant, que je voulais que tu sois là…

Son reproche est sincère, bouleversant.

Et ça me fait mal, putain. Bien plus que je ne l'imaginais. Si seulement elle savait que j'ai tout donné pour arriver le plus rapidement possible. J'aurais pu venir sans faire le boulot, mais ça signifiait prendre le risque de mourir tous les deux.

– J'ai fait au plus vite, Princesse. Je te le promets.

C'est alors que je remarque les cadavres de bouteilles au sol, les liens arrachés, l'entonnoir.

– Comment tu t'es libérée de tes entraves ?

– Il les a retirées lui-même, crache-t-elle en désignant une flaque sur le sol. Pour me faire lécher l'alcool à terre comme la vulgaire…

Sa voix se brise et je crois que pour mes nerfs, c'est peut-être mieux ainsi. Elle a vécu l'enfer… Ce putain de monstre lui a fait vivre son pire cauchemar ; il l'a bâillonnée pour la forcer à boire et il l'a humiliée ensuite. Bien sûr, elle n'avait aucun moyen de se défendre. Je l'ai laissée seule. J'ai beau haïr ce qui la lie à Joey et par conséquent à moi, je ne lui ai jamais souhaité de vivre ça. Elle ne méritait pas ça.

– Je suis venu m'assurer que…

– Ouais, je pète la forme, Kane, me coupe-t-elle avec sarcasme.

– Max…

– Va t'occuper de ta sœur, la prochaine, c'est elle…

Ses mots me rendent tellement dingue que mes muscles se contractent nerveusement.

– Va-t'en !

Elle tourne les talons, attrape une bouteille sur la table et l'ouvre avant de la porter à sa bouche. Je la lui arrache violemment et elle s'écrase au sol avec fracas.

– Qu'est-ce que tu fous ? hurle-t-elle.

– Je t'empêche de te sentir encore plus mal ! je rétorque, énervé.

– T'es un déchet, Kane, pas un magicien.

Elle a raison pourtant je suis incapable de partir d'ici. Je ne peux pas la laisser comme ça, c'est impensable. *J'y arrive pas, putain !* Elle a besoin d'aide, elle a besoin de quelqu'un qui la protège d'elle-même. Je ne suis pas la bonne personne. Elle le sait, moi aussi, mais je peux au moins essayer de faire de mon mieux.

– Où sont les sacs-poubelles ? je demande.

– Cuisine, sous l'évier, mais je peux très bien me débrouiller seule.

– Visiblement non, puisque tu bois comme une conne, alors que t'es une *ancienne* alcoolique.

Maxine me lance un regard noir, puis explose de colère :

– J'ai le droit de faire ce que je veux étant donné que tous mes efforts depuis trois ans viennent d'être anéantis.

– Non, c'est faux, je la contredis en secouant le sac. Tu n'as rien fait de mal. On t'a forcée, ça ne compte pas.

Soudain, au milieu du salon, elle s'effondre, en pleurs. Je m'agenouille à ses côtés. Elle semble aussi fragile que dangereuse. Bon sang, elle ne mérite pas ça. Je lui caresse les cheveux, les bras, elle frissonne, mais continue à pleurer. Je reste près d'elle sans broncher, la laissant extérioriser son chagrin comme elle le veut.

– Ce soir ne compte pas, Princesse, je murmure.

Elle relève la tête et j'essuie ses larmes avec mon pouce.

– Ce soir n'existe pas, j'insiste, avec conviction. Tu n'as pas choisi de boire, on t'a forcée. C'est différent. Ce n'est pas ta faute, tu as tenu bon.

Je remarque qu'elle saigne quand elle lève une main pour retirer les cheveux qui collent sur ses joues. J'attrape son poignet, en effet, sa paume est ensanglantée.

– Tu t'es fait du mal ou c'est…

– C'est le jeton, je le serre fort quand c'est difficile. Kane… ce soir, c'est dur, marmonne-t-elle d'une voix tremblante.

Deux larmes coulent sur ses pommettes, ça me fait un pincement au cœur.

Si je ne supporte pas qu'il se soit servi d'elle pour m'atteindre, qu'est-ce que ce sera s'il touche à Bonnie… Je dois en finir. J'ignore comment, mais je dois trouver un moyen !

– Je sais, Princesse. Je suis désolé.

Elle se laisse aller contre moi. Alors, je la serre fort pour lui montrer que je suis là, qu'elle n'est pas seule ce soir pour affronter tout ça. Soudain, elle se redresse et court. Je la suis jusqu'aux toilettes, où elle tombe au sol, la tête dans la cuvette, et vomit. Je reste derrière elle, une main enroulée dans ses cheveux pour les retenir, et l'autre dans son dos pour tenter de l'apaiser.

– Ne reste pas là. C'est sale…

– Je ne bouge pas.

Son dos s'affaisse, comme si elle se faisait une raison, comme si elle comprenait enfin que je resterai ici le temps de m'assurer qu'elle aille mieux.

Je patiente avec elle, maudissant Joey et me demandant ce qu'il a pu lui infliger de plus.

– Est-ce qu'il t'a fait autre chose ? je demande d'une voix incertaine. Est-ce qu'il t'a frappée ? Touchée ?

– Il m'a giflée à plusieurs reprises pour me faire taire, il a léché l'alcool dans mon cou, mais c'est tout…

Elle minimalise les événements, elle ne s'en rend même pas compte, pourtant il l'a aussi agressée sexuellement. Ce qu'elle vient de subir la terrifie. Bien sûr, je perçois l'aura effrayante de ses démons, mais je ne peux imaginer ce qu'elle ressent d'avoir été saoulée alors qu'elle était sobre depuis trois ans.

– Tu te sens mieux ?

– Je n'ai plus envie de vomir pour l'instant…

Elle se redresse et s'arrête dans la salle de bains pour se brosser les dents. Quand je remarque sa baignoire, je décide de faire couler de l'eau.

– Qu'est-ce que tu fabriques ?

– Je ne sais pas encore, j'avoue, agissant à l'instinct.

Je ne suis pas doué pour prendre soin des gens, mais je ne veux pas partir. Je veux rester avec elle, car je crois que j'en ai besoin aussi. Je me déshabille, du moins, je retire mon haut et mon pantalon et m'immerge. Elle observe mes poings rougis par le sang et remonte lentement vers mon visage.

– Viens avec moi, je l'invite d'une voix douce.

Elle me fixe étrangement, pourtant, elle glisse sa main dans la mienne et me rejoint, vêtue d'un simple tee-shirt. On s'assied chacun d'un côté alors que l'eau coule encore.

– Pourquoi tu fais ça ?

– Parce que je sais ce que ça fait de sombrer.

– J'ai l'impression de dériver. J'ai peur de ce que je suis… J'ai peur de me noyer dans mes propres démons, dans ma propre noirceur, Kane.

– Je serai ton ancre, tu n'auras qu'à t'accrocher à moi, Princesse. Je serai avec toi.

Elle ferme les yeux.

– Tu peux mettre encore plus chaud ? J'ai froid partout. Ce n'est pas grave si ça déborde…

Je m'exécute en tournant le mitigeur vers la bonne température, tandis que Max retire son tee-shirt. J'aperçois brièvement sa poitrine, puisqu'elle ne porte rien dessous. Elle ramène ses genoux contre elle et enfouit sa tête dedans. Je ne sais pas quoi dire ni quoi faire pour l'aider. J'ai plutôt tendance à mépriser ou faire souffrir les autres.

– Approche, je l'appelle d'une voix grave.

Elle lève la tête. Malgré ses tourments, j'ai l'impression que ma proposition la remplit de chaleur humaine. Lentement, elle se redresse puis se recroqueville contre moi, la tête posée sur ma poitrine, le bras arrimé autour de ma nuque. Les miens restent ballants, le long de la baignoire, je ne veux pas la toucher sans son autorisation, au vu des traumatismes que vient de lui infliger Joey. Nous restons ainsi de longues minutes, silencieux.

– Pour un gars aussi imbuvable que toi, ton torse est chaleureux et confortable.

Baissant la tête, je remarque qu'elle esquisse un discret sourire. J'en déduis que le sarcasme l'aide à se sentir mieux.

– Si cela vous sied, Princesse, je réponds sur le même ton. Vous pouvez rester tant que vous le souhaitez.

Elle hoche la tête.

J'évite de baisser les yeux et de regarder son corps. Je me contente de fixer la porte de salle de bains par laquelle filtre la seule lumière qui nous éclaire. Je demeurerai comme ça, jusqu'à ce qu'elle n'ait plus besoin de moi. Les minutes s'écoulent et elle s'adosse contre mon torse. Elle attrape ensuite mes bras et les enroule autour de ses épaules.

– Pourquoi tu bosses pour cet enfoiré ?

J'inspire un grand coup, hésitant à m'épancher davantage sur ma vie chaotique. Mais elle a besoin d'explications après ce soir et s'il y a bien une personne qui peut me comprendre, c'est elle.

Un peu de la même manière qu'elle savait que je ne la jugerai pas en me parlant de sa mère.

– Je n'ai jamais été le grand frère idéal, disons que je faisais de mon mieux. C'est pour ça que lorsque Bonnie pleurait parce qu'étudier à l'université était trop cher pour nous, je lui ai dit que je m'occuperais de tout. Elle est intelligente et je voulais qu'elle soit heureuse. Malheureusement, les banques ont refusé de me prêter de l'argent, alors Joey a été un peu comme mon dernier recours. C'est pour ça que je suis revenu après être parti avec Bonnie...

Elle hoche la tête et ses doigts glissent le long de mes avant-bras.

– J'ai combattu pour lui pendant trois ans. Je suis doué pour ça. Pour me battre. J'ai un don, comme il dit, il ne veut pas que je m'en aille. Il ne supporte pas que je puisse le laisser tomber.

– Il est fou, murmure-t-elle.

– Plus que tu ne l'imagines.

Elle frissonne. J'ignore ce que je fais, j'ai juste l'impression que son âme réclame la mienne. Tout ce qui est brisé en elle appelle tout ce qui est brisé en moi. Cette foutue résonance est si puissante qu'elle vibre entre nous.

– J'avais envie de mourir ce soir, je voulais que ça s'arrête. Ma gorge me brûle encore, mais la douleur dans ma tête est pire.

– Tu n'as pas replongé, on t'a obligée, Max. Ne te fais pas de reproches, sinon tu couleras pour de bon. Tu ne pouvais pas résister.

– J'ai essayé…

– Maxine, je grogne en resserrant mes bras autour de ses épaules, tu ne pouvais rien faire. Il faut que tu l'acceptes. Parfois, on ne peut pas lutter. Il savait ce qu'il faisait. J'ai refusé son job, il a vu ton collier lorsque tu étais chez moi, donc il a voulu te blesser pour m'atteindre et il a réussi.

– Mais j'ai mal à la tête, Kane. L'alcool coulait dans ma bouche, dans mon nez, sur moi… Je me sens souillée. Je ne voulais pas boire, mais je ne pouvais pas m'en empêcher. Je crois qu'à un moment, épuisée, j'y ai trouvé du plaisir…

– Tu as trouvé ça bon parce que dans ta douleur, tu avais besoin de réconfort. C'est un mécanisme de défense pour que le temps passe plus vite, pour moins souffrir. Je sais ce que c'est… J'ai déjà ressenti ça.

Elle hoche la tête.

– Je veux juste que ce sentiment de peur et de culpabilité disparaisse. Je ne veux pas aller aux AA et dire que je n'ai pas bu, alors que si…

– Ça ne compte pas. Rien de ce qui s'est passé avec Joey ne compte. Tu n'es pas redevenue alcoolique, tu es toujours la même princesse forte qui me tient tête depuis notre rencontre.

– Je ne suis pas une princesse, ma vie n'a jamais été un conte de fées.

Je souris, car il n'en reste pas moins que lorsqu'elle est apparue dans mon univers, elle avait tout d'une princesse se mêlant au commun des mortels.

Je bouge légèrement ma jambe pour faire partir l'engourdissement et Maxine glisse immédiatement ses doigts sur ma peau. Mes genoux cabossés l'attirent.

– Comment tu t'es fait ces blessures ?

– J'avais huit ans et j'ai renversé une bière. Dans sa grande bonté, Joey m'a dit de m'agenouiller sur le verre brisé afin que je comprenne la valeur des choses.

– C'est horrible… tu as dû souffrir.

Elle se redresse légèrement pour les caresser. C'est là que je remarque son dos couvert de cicatrices. Il est parsemé de stries et de rugosités plus ou moins grandes. Mes mains semblent inexplicablement attirées par elles. J'effleure son dos délicatement. Comme un chaton peureux, elle se blottit contre moi.

– Ne te cache pas par honte ni par crainte. Ta peau est parfaite à sa manière, Princesse. C'est une carte qui montre l'emplacement de tes batailles.

Je crois qu'elle réprime un sanglot, alors, lentement, j'embrasse sa nuque nue.

– Tu es une princesse déchue, mais ce qui a été avili n'est pas laid, Maxine. Au contraire…

Toucher ses démons, la découvrir peu à peu la rend encore plus belle à mes yeux.

– Ma mère, dit-elle. C'est son œuvre.

Elle déplace ses cheveux pour les faire passer par-dessus son épaule. Je la caresse du bout des doigts, même si j'ignore encore ce qu'elle a vécu, je sens qu'elle a mené des combats comme moi.

– Elle te frappait ? je demande, attentif.

– Je crois, oui… Elle appelait ça une « correction », pour purifier mes fautes, pour expier mes mauvaises pensées. Elle ne me battait pas à proprement parler.

Je caresse sa peau, puis elle frissonne.

– Ma mère était très croyante, très conservatrice. Elle vouait à son Dieu un amour véritable. Ma première erreur a été de naître rousse. Elle haïssait cette couleur, elle disait que ça venait du Diable et que Dieu lui avait envoyé une épreuve qu'elle devait affronter.

Maxine souffle.

– À la maison, c'était très strict. Je n'avais pas le droit de sortir, de faire des activités si elle ne les avait pas choisies. Elle sélectionnait mes vêtements avant que j'aille à l'école. Elle m'y amenait chaque matin. Comme elle était bénévole à l'église, elle m'appelait à 5 heures pile, si je ne décrochais pas aussitôt, j'étais punie.

D'une manière tout à fait différente de la mienne, elle a vécu aux côtés d'un parent tyrannique, en grandissant dans un univers malsain.

– Chaque soir, elle me forçait à prier dans un placard qu'elle avait aménagé sous forme de confessionnal. Cet endroit me fichait la chair de poule, mais je n'y échappais jamais. Étant une fervente croyante, elle appliquait la flagellation pour se racheter. Sur elle parfois, quand elle estimait avoir fait quelque chose de mal, mais la plupart du temps, c'était sur moi.

– Elle te fouettait ?

– Oui, répond Maxine, d'une voix à peine audible. Elle avait un code pour déterminer le nombre de coups de fouet…

Je continue à caresser sa peau, chaque cicatrice qui fait d'elle un être unique… C'est une guerrière. Son corps est un vestige de ce qu'elle a traversé. Tout comme le mien. Plus que jamais ce soir, j'ai l'impression qu'on se comprend.

– L'année de mes quinze ans, ma meilleure amie de l'époque fêtait ses seize ans. Je n'avais pas le droit de sortir, ni en semaine, ni le soir en week-end. Bref, elle a consenti à me laisser y aller, avec un couvre-feu à 22 heures. Mia avait volé de l'alcool dans la réserve de son père et on y a goûté. Pour la première fois de ma vie, je me suis éclatée. J'ai ri, j'ai dansé, je me suis rendu compte que mes camarades de classe avaient une vie beaucoup plus amusante que moi… Bien sûr, quand elle m'a vue bourrée, ça a été la pire punition de mon existence. Elle m'a fouettée dix fois ce soir-là ; j'étais en sang. La bassine avec laquelle je t'ai lavé les mains lui servait pour soigner mon dos et nettoyer les bandes qu'elle appliquait sur mes plaies.

Princesse déchue…

– Tu vas me dire qu'elle me pansait, qu'elle n'était pas si méchante. C'était uniquement parce que son Dieu était miséricordieux qu'elle l'était aussi. Elle m'insultait souvent, en me disant que j'étais une erreur, une mauvaise fille, qu'elle avait hérité de l'enfant d'un démon… Je pense qu'elle souhaitait parfois me voir morte, mais que son amour pour Dieu l'en empêchait.

Maxine soupire et me regarde par-dessus son épaule.

– Après ça, c'est devenu de pis en pis, car je sortais, faisais le mur, me bourrais la gueule, du grand n'importe quoi… Ça la rendait folle pendant que ça me rendait heureuse. C'est comme ça que j'ai rencontré Shelby, que je me suis disputée une dernière fois avec elle et qu'elle est morte. C'est comme ça que j'ai sombré et que j'ai tout fait pour remonter la pente.

– Petite âme brisée… Tu t'es admirablement battue pour t'en sortir.

Ensuite, elle est tombée sur Bonnie puis sur moi. Et par ma faute, tous ses efforts sont partis en fumée et je ne pourrai malheureusement pas lui rendre ces années d'abstinence à l'alcool.

– J'ai réussi grâce à Eddie, c'est un peu le père que je n'ai pas eu. Il m'a appris à bricoler les motos, depuis, je bosse le week-end dans son garage.

– Alors tu ne t'amuses pas avec une jolie bécane, tu les répares aussi.

– Oui.

Elle se laisse aller contre moi en silence. Je ne sais pas trop comment l'expliquer, mais j'ai l'impression que je lui suffis tel que je suis.

– Je suis désolé d'avoir tout gâché.

– Non, ne t'excuse pas. Ce n'est pas toi qui m'as fait du mal, c'est Joey.

Je me sens responsable, car si j'avais bossé pour lui sans protester, elle n'aurait pas souffert de la sorte. Je n'ai jamais voulu qu'elle soit un dommage collatéral. Je n'ai jamais voulu qu'il se serve d'elle comme d'un putain de moyen de pression.

– Tu veux que je t'emmène quelque part ou chez quelqu'un ?

– Non, je ne veux surtout pas mêler Eddie ni qui que ce soit à Joey. Même s'il sait où je travaille, je ne veux pas risquer inutilement de le mettre en danger. Kane… tu crois qu'il va revenir ?

– Je ne sais pas. Il est toxique, mais tant que je lui obéis, il devrait se tenir à l'écart.

– Tu ne vas pas continuer, j'espère ?

Je souris même s'il n'y a rien de drôle. Si elle savait combien j'essaie, mais comme je me sens piégé à chaque fois. Elle en est la preuve ce soir.

– J'aimerais bien… Je réfléchis au problème.

Je tente de trouver une solution, mais rien ne me vient.

– Merci d'être là, alors qu'on se déteste… souffle-t-elle.

– On est dans le même camp, je réponds.

– Toi et moi, je crois qu'on est juste les dommages collatéraux de l'esprit tordu de nos parents…

Son âme se retrouve dans la mienne. Mes bras se resserrent autour d'elle, comme un mécanisme de défense, de protection…

Pourquoi elle m'intrigue à ce point ? Pourquoi sa douleur vient s'ajouter à mes propres démons ? Pourquoi je ne pars pas alors que je suis le pire soutien qu'elle puisse trouver ?

– Tu m'empêcheras de couler ? reprend-elle dans un murmure.

Je soupire contre sa peau, ce qui la fait frissonner. Elle me semble si fragile, et pourtant si forte. Si ravagée et pourtant si lucide. Elle s'insinue dans les tréfonds de mon être, en se frayant un chemin là où elle ne devrait pas.

– Même dans les recoins les plus sombres, je serai ton oxygène pour remonter à la surface.

Elle pose sa tête contre mon torse tandis qu'une pensée qui n'a rien à y faire s'insinue dans mon crâne. Je la repousse aussitôt le plus loin possible.

– C'est étrange d'être totalement mise à nu pour une fois et d'avoir la sensation d'être comprise plutôt que d'inspirer de la peur ou du dégoût…

J'embrasse sa tempe, tendrement.

– Rien n'est plus beau ni plus fort qu'une âme brisée qui cherche à être sauvée… Tu es magnifique, Maxine.

Le silence s'installe, les minutes défilent et nous restons là, tous les deux. Je continue de douter de moi, de ma présence ici. Je suis toujours en proie à mille et une questions dont je ne connais pas les réponses. Je pense être la pire personne qu'il lui faut, pourtant, je ne voudrais aller nulle part ailleurs. J'ai envie et besoin d'être avec elle.

Après de longues minutes, Maxine finit par se redresser et je l'imite. Elle me jette une serviette avant d'enfiler un peignoir beige. Je remets mon jean après avoir ôté mon boxer trempé. De retour dans le salon, j'enlève les cadavres de bouteilles, tandis qu'elle se penche pour ramasser le verre.

– Tu n'es pas obligée de t'infliger ça, je dis, soucieux.

– Ça va, je veux continuer d'avancer comme chaque jour depuis que j'ai arrêté de boire.

On termine de ranger et je laisse le sac près de l'entrée pour le descendre en partant. Elle a l'air encore tellement vulnérable. En même temps, comment le lui reprocher ? Elle est forte, beaucoup plus forte qu'elle ne l'imagine. Je voudrais lui garantir qu'elle ne souffrira plus à cause de moi, à cause de lui, mais je ne peux pas promettre quelque chose que je ne contrôle pas.

– Tu peux y aller si tu veux, je vais m'en sortir.

– Tu souhaites que je parte ou que je reste ?

Maxine s'approche de moi, toujours indéchiffrable. C'est pourquoi elle me surprend quand elle se colle contre moi comme un chaton frileux.

– Que tu restes.

À ces mots, je la guide vers le canapé. Elle s'installe en tailleur et je m'assieds à ses côtés. Une lampe sur pied éclaire faiblement le salon.

Je ne sais comment me comporter à présent. Est-ce qu'elle a besoin d'une étreinte ou d'autre chose ? Est-ce qu'elle veut que je la touche ou non ?

Finalement, elle se blottit contre moi, répondant à mes interrogations. Elle se laisse faire lorsque je caresse ses cheveux et son visage, comme si elle se sentait rassurée, comme si recevoir un peu de douceur lui faisait du bien. Si seulement elle savait à quel point ça m'en fait aussi. Mes mains qui ce soir ont servi d'arme pour frapper sont délicates pour elle. Je crois que cette pensée apaise un peu ma conscience.

– J'ai envie de dormir sans cauchemars, murmure-t-elle comme si c'était un secret.

– Je suis là, tu peux te reposer sur moi.

Elle ne répond pas, mais reste contre moi, dans la faible lumière, et s'endort. Je n'arrive pas à décrire que ce je ressens vraiment. Tout se mélange, mon passé, Maxine, ce soir… Difficile de mettre des mots sur notre relation. D'abord née d'une haine profonde, elle bascule maintenant vers autre chose. Peut-être de l'attirance ? Je l'ai embrassée et maintenant je tente de prendre soin d'elle… Il y a toujours ce dégoût vis-à-vis de Joey, mais ce soir, l'alcool qu'il a versé sur elle l'a comme… aseptisée. Je suis vraiment tordu pour penser de cette manière, j'ai honte.

– Il va payer, Princesse. Je ne sais pas encore comment, mais il va payer, je te le garantis !

PARTIE 3
La carte de l'assassin

Do You Feel It, Chaos Chaos

CHAPITRE 23

KANE

Il est près de 5 heures du matin quand je rentre à la maison. Maxine dormait encore profondément au moment où je suis parti. Je savais Bonnie en sécurité avec Peter, alors je suis resté avec elle pour m'assurer qu'elle se repose un peu, loin de ses pensées et de ses blessures. Je me suis juste assoupi auprès d'elle. Même à ce moment-là, j'avais l'impression de réfléchir.

Je ne peux plus continuer comme ça.

Je ne peux pas laisser Joey s'amuser ainsi.

Peter dort dans le fauteuil quand je passe la porte. Je ne suis pas dupe, Bonnie doit se douter de quelque chose. Et bien que je n'aie pas envie de lui parler de Joey, je pense que c'est nécessaire. Si elle est en danger, elle doit le savoir. Même si je donnerais ma vie pour la protéger, il est possible que je ne puisse pas toujours le faire alors j'aimerais qu'elle soit sur ses gardes, prête à se défendre.

– Salut, mec ! lance Peter en se redressant pour s'étirer. Tout va bien ?

Hier, je l'ai mis au courant de la situation. L'appel de Joey et l'agression de Maxine.

– Ouais, je réponds, d'une voix profonde.

– Comment va la rousse ?

– Mal.

– T'es resté avec elle toute la nuit ? s'étonne Peter.

J'acquiesce sans m'étendre davantage. Il doit se demander depuis quand on est devenus si proches et surtout depuis quand je joue les bons Samaritains. La vérité, c'est que je ne le sais pas moi-même.

– Qu'est-ce qu'il lui a fait ? m'interroge Peter, redoutant le pire.

J'ouvre la bouche, mais une voix nous interrompt.

– Qui a fait quoi à qui ?

Je me tourne vers Bonnie, elle s'avance vers moi, l'air grave.

– Où as-tu passé la nuit ? enchaîne-t-elle, de plus en plus préoccupée.

– Chez Maxine, je réponds sans détour.

Ses yeux s'écarquillent, elle est stupéfaite.

– Je… il se passe quoi entre vous ?

– Rien.

– Alors pourquoi tu as passé la nuit là-bas et Peter, ici ?

– Joey l'a agressée pour m'atteindre moi.

– Comment ça ? soupire-t-elle sans comprendre.

– Viens, je vais tout te raconter.

– Tu me fais peur…

Elle s'assied sur le vieux sofa, à côté de moi.

– Pour que tu comprennes, il faut que je reprenne depuis le début. J'ai recontacté Joey quand tu as eu besoin d'argent pour ton inscription à l'université. Aucune banque ne voulait m'en prêter et je n'avais pas envie que tu renonces à tes études. Je suis donc allé voir Joey…

– Tu…

– Il a accepté à la condition que, pour rembourser ma dette, je devienne son combattant pendant ses matchs. J'ai accepté.

– Comment j'ai fait pour ne pas m'en rendre compte ? Kane, comment t'as pu…

Sa phrase meurt, alors qu'elle me dévisage. Peter est toujours à mes côtés, silencieux.

– Je me foutais des conséquences, toi tu étudiais, et il te laissait tranquille. Je n'avais qu'à me battre jusqu'à ce que je le rembourse… Ce que j'ai fait. Mais avant mon dernier combat, il a envoyé ce gars chez nous, un de ses hommes de main…

Bonnie secoue la tête, car elle comprend que ce n'était pas un de mes collègues de l'usine et prend conscience du danger qu'elle a frôlé.

– J'ai refusé de bosser pour lui et il n'a pas aimé ça. Joey a donc débarqué chez nous à ton anniversaire dans le seul but de me faire flipper, de me faire chanter… Parce qu'il sait que tu es la personne la plus importante à mes yeux.

– Il t'a menacé ?

– Oui, alors j'ai accepté mais quand il m'a proposé un nouveau boulot, j'ai encore dit non. Il n'a pas demandé une deuxième fois, il est directement passé à l'acte et, pour me punir, il a fait du mal à Maxine.

– Oh mon Dieu, sanglote Bonnie. Qu'est-ce qui s'est passé ? Mais pourquoi elle ?

Elle secoue la tête entre ses mains, désabusée.

– Ce n'est pas vraiment à moi de t'expliquer ce qu'elle…

– Elle a eu des relations avec Joey, souffle-t-elle comme si le secret lui échappait.

Elle semble remettre en ordre les pièces d'un puzzle qui lui manquait.

– Comment tu le sais ?

Reportant son regard sur moi, elle répond :

– Elle me l'a avoué après mon anniversaire.

Maxine a été honnête avec Bonnie, mais elle n'a jamais trahi mon secret. Elle ne lui a jamais expliqué que je la détestais à cause de son lien avec Joey.

– Je crois qu'il s'est imaginé qu'on était ensemble quand il nous a vus à ta fête… Toujours est-il qu'il s'est servi d'elle pour m'atteindre lorsque j'ai refusé. Il a fait un appel vidéo où elle était attachée…

– Est-ce qu'elle est…

– Non, elle n'est pas morte. Quand il est venu à la maison, il a vu son collier, un jeton, car…

– Un collier ? s'étonne Peter.

– Des Alcooliques Anonymes, complète Bonnie.

Je hoche la tête en me tournant vers mon meilleur ami.

– Alors, hier soir, il l'a fait boire. Ça faisait trois ans qu'elle n'avait pas bu, je vous laisse imaginer le carnage. Elle était au plus mal.

Bonnie s'effondre en larmes.

Je reste interdit, car la voir si altruiste et émotive face au malheur des autres me rappelle les menaces de Joey et le danger qui plane sur elle. Je m'avance jusqu'à ma sœur et la force à se relever. Je tente au mieux de la réconforter dans mes bras. Comme toujours, je suis maladroit. Joey ne m'a jamais appris la douceur.

– Tu l'as protégée cette nuit, alors ? s'inquiète Bonnie.

– Ouais, on peut dire ça…

– Il faut que j'aille la voir.

Elle recule, se reprend et semble déterminée tout à coup à sauver l'âme de son amie.

– Laisse-la d'abord se reposer.

Je pensais devoir me battre davantage pour la convaincre de rester, mais à mon grand soulagement, elle acquiesce.

– Je peux savoir pourquoi tu n'as pas l'air choqué par la situation ? demande-t-elle à Peter.

– Parce que je le savais.

En deux secondes, ses yeux se remplissent de colère.

– Alors toi, tu subis tout ça, tu agis dans mon dos sans que j'en sache jamais rien, mais tu mets Peter au courant ?

– C'est mon meilleur ami, je rétorque calmement.

– Et moi, je suis ta sœur, s'indigne-t-elle.

– Raison de plus.

Elle me frappe le torse.

– T'es un enfoiré.

– Je voulais simplement te protéger, Bonnie. Tu sais mieux que personne que notre enfance a été chaotique. Tu sais ce qu'on a vécu auprès de lui. Je t'ai abandonnée quand j'ai fait de la prison après la mort de Dragan…

À l'époque, j'avais quatorze ans, Dragan venait d'en avoir treize et Bonnie, dix. Joey y a vu l'opportunité de se débarrasser de nous. On ne lui était utiles que pour distraire les gens entre deux combats. Il n'avait pas le business qu'il a aujourd'hui, il l'a développé pendant que j'étais en prison. Quand j'ai tué Dragan, Joey a lui-même appelé la police en hurlant comme un damné que l'un de ses fils avait tué l'autre. Je me souviens qu'il m'a pris entre quatre yeux alors que le cadavre de Dragan gisait à nos pieds pour me prévenir qu'il ferait subir la même chose à Bonnie. Dans mon chagrin et mon désespoir, je lui ai sauté dessus. Il m'a empoigné par la gorge en me disant que si je ne faisais pas ce qu'il voulait, il la mettrait dans ses arènes pour la donner à ses clients afin qu'ils s'amusent avec elle. Dans l'enfer qu'était notre vie, Dragan et Bonnie étaient les seules choses précieuses que j'avais. Je ne pouvais pas la perdre, elle non plus. Alors, j'ai obéi. J'ai tout assumé face à la police et je n'ai jamais parlé de ce qu'on subissait. J'ai supplié Bonnie de jouer le jeu.

– Je sais ce qu'on a vécu et ce que tu as fait pour moi. Mais, Kane, tu ne peux pas affronter Joey tout seul. Je suis grande maintenant, je peux comprendre. Je n'ai pas besoin que tu me protèges constamment.

Je soupire.

– C'est plus fort que moi.

Elle lève les yeux au ciel. Bonnie n'a jamais réellement pu concevoir ce que j'ai ressenti quand je me suis retrouvé en prison pour mineurs pour la mort de Dragan. J'étais seul avec mes démons, espérant chaque jour que Joey ne lui fasse aucun mal… Heureusement, elle était jeune et savait comment se rendre transparente. Plus tard, elle m'a raconté qu'elle dormait parfois des semaines entières chez des amies. L'un des « avantages » à vivre dans les quartiers malfamés, c'est que les gens connaissent la misère et n'appellent pas la police. C'est quand elle a commencé à ressembler à une femme qu'il s'est dit que, comme pour ses fils, il pourrait lui trouver un intérêt. Tout ce qui peut servir Joey de près ou de loin l'intéresse. Toujours est-il que j'étais enfermé loin d'elle et que je n'avais absolument aucun moyen de la protéger. C'est pour ça que je me suis remis à l'entraînement, pour y remédier dès que je sortirais.

– Il faut avertir les autorités, lance Bonnie. Tu ne peux pas continuer de travailler pour lui. Il va faire quoi, ensuite ?

– Continuer de faire du mal aux gens qui m'entourent.

– Il ne me ferait pas de mal.

– Il te donnerait à ses hommes sans le moindre scrupule, Bonnie.

– Pour quoi faire ?

Quand ses yeux s'écarquillent, je devine qu'elle a compris. Je préfère occulter ces images, pour éviter de péter un câble.

– Tu voulais savoir, c'est fait.

– Est-ce que Maxine a… ?

– Elle m'a dit que non, je la rassure aussitôt.

Elle semble soulagée.

– Je vais préparer du café, j'en ai besoin.

Peter et moi la suivons jusqu'à la cuisine.

– Est-ce qu'on peut fuir ?

– Non, il nous retrouverait, je réponds d'un ton las.

– L'idée de la police est si mauvaise que ça ? insiste-t-elle.

– Kane ferait de la prison, moi aussi, et par conséquent, toi aussi.

Je soupire, exaspéré par cette situation et par cette absurdité. Après tout, c'est nous, les victimes.

– Mais pourquoi ?

– Parce qu'étant au courant de ses activités et de son business, on est complices aux yeux de la loi, explique Peter. Ne pas informer la police d'un acte criminel est une forme de culpabilité.

– Il nous a maltraités pendant toute notre enfance, il a tué Dragan, en te faisant porter le chapeau donc c'est toi qui as payé. Et aujourd'hui encore il te fait chanter… c'est injuste, déclare ma sœur, aux bords des larmes.

Je peux me sacrifier.

Je peux continuer de bosser pour lui en faisant ce qu'il me dit comme une vulgaire marionnette sans âme et sans cœur. Ça me crève le cul, mais je sais que pour protéger Bonnie et empêcher que des innocents comme Max souffrent, j'en serais capable.

– En attendant de trouver une solution, je ferai ce qu'il voudra.

– Tu crois que je vais te laisser faire maintenant que je sais tout ? raille Bonnie. Tu te fourres le doigt où je pense.

– Je suis assez d'accord avec elle, la soutient Peter. T'as assez donné. D'autant que ce job te ronge encore plus que les combats en arène.

Je souris, car leur sollicitude à mon égard me fait du bien.

– Je ne vois pas d'autre solution. Même si j'ai envie de le tuer, je sais que je n'y arriverais pas.

– Il faut trouver quelqu'un d'autre pour le faire, dit Bonnie d'une voix grave.

– Il a sûrement des tonnes d'ennemis, enchérit Peter.

Je ricane nerveusement.

– Vous êtes sérieux ?

Soudain, j'ai comme une illumination. Un souvenir que j'avais jusque-là occulté. Il me revient en pleine face comme si je venais de le vivre.

Je me rappelle ce flic avec sa veste en cuir, son ton bourru et son regard compatissant. C'est lui qui a pris ma déposition. Il venait me voir en prison de temps en temps, il était même là pour ma sortie…

Je me souviens qu'il m'a tendu quelque chose et m'a parlé de quelqu'un ce jour-là.

Je me précipite sans un mot dans ma chambre. J'entends Bonnie sur mes talons. Je n'écoute pas, car je me sens habité par ce drôle de souvenir. Je m'agenouille et attrape une vieille boîte à chaussures sous mon lit. Bonnie et Peter sont à la porte et me fixent étrangement.

– Kane, tu fais quoi ?

Je fouille dans le carton, à la recherche d'une carte de visite. Le nom de Hank Briskar est écrit dessus, tandis qu'au verso, un autre prénom est inscrit, accompagné d'un numéro de téléphone.

Jun Wang.

Je l'entends encore me dire :

« C'est dur de grandir dans un univers sauvage et malsain… Certaines personnes ne devraient pas faire d'enfants, mais tu es là et tu n'as pas à te le reprocher. Avec mon métier, j'en ai vu, des monstres et des gosses avec la rage de vaincre au fond des yeux. Comme toi. J'en ai même adopté un, en quelque sorte… Je suis convaincu que tu n'es pas comme ton père, je le lis en toi. Si tu lui ressemblais, tu ne traînerais pas ce boulet de culpabilité à tes chevilles.

Si un jour tu as besoin de quelqu'un pour te débarrasser de ton père, alors compose ce numéro. Dis-lui que tu viens de ma part et tu n'auras plus jamais à t'inquiéter de rien. »

– Kane ? m'appelle Peter.

– J'ai peut-être la solution à notre problème.

CHAPITRE 24

MAXINE

Inspirer. Expirer.

J'y pense, j'ai beau ne pas le vouloir, quand je ferme les yeux, je pense à lui. À ses gestes, son regard, à ce qu'il m'a fait… Pour oublier la douleur de ce que m'a infligé Shelby, je pense à son fils. À ses bras qui m'ont cajolée et protégée, à ses mots… Je me répète en boucle sa promesse d'être là, de m'empêcher de couler et je m'y accroche. J'y crois.

Putain d'ironie.

Je me sens mal au milieu de cette réunion des AA, j'ai l'impression d'être un imposteur. Kane a dit que ça ne comptait pas. Est-ce qu'il a raison ? J'ai envie de le croire, mais… Peu importe ce qu'il s'est passé, moi, je sais que j'ai bu. Je ne me sens plus légitime d'être ici, pourtant, je n'ai rien fait de mal.

Je souffle dans mon coin et pars en pause. J'ai peur de leur parler, de leur dire la vérité et qu'ils me confirment ma culpabilité. Je veux continuer de croire que je suis toujours aussi forte et que ça ne compte pas.

Je serre mon pendentif dans ma paume tandis que je me dirige vers le garage. J'ai besoin de voir Eddie et les autres pour aller mieux. Tout le monde est occupé quand je rentre dans l'atelier. Eddie est avec un client, Josie est penchée sur une moto et Cliff, derrière le bureau de l'accueil, s'occupe d'une cliente. Tout est parfait ici, tout est à sa place.

– Salut ! je lance, avec le plus d'entrain possible.

Ils me répondent en souriant. Je me force à paraître normale, pour ne pas éveiller les soupçons. Il est hors de question que je raconte les derniers événements. De toute façon, quand je suis ici, je me sens bien. Cet endroit sera toujours mon havre de paix, quoi qu'il arrive. Je passe la journée à bricoler, à ranger, à me rendre utile pour ne penser à rien.

***

Je sors à la fermeture du garage.

Il ne reste plus qu'Eddie et moi. D'habitude quand je suis ici, je me sens requinquée. Cet endroit a le don de me rendre heureuse. Mais cette fois, c'est différent. Je suis toujours aussi abattue, déprimée… J'essaie de me remettre, vraiment, mais j'ai l'impression d'être sale, souillée.

– Tu veux qu'on aille boire un soda ? me demande-t-il, un peu inquiet.

– Non, tu as sûrement mieux à faire.

– Arrête un peu, tu es importante pour moi.

Je me sens reconnaissante et même bénie qu'il prenne soin de moi.

– Viens, dit-il en me tenant par les épaules.

Il m'entraîne vers un *diner* non loin du garage. Nous nous installons sur les banquettes rose pétant.

– Tu as l'air fatiguée, remarque-t-il.

– Bah tu sais, les cours de médecine, c'est pas facile. J'ai une amie qui ne va pas très bien en ce moment, alors j'essaie de l'aider.

Eddie plisse les yeux, sans cesser de me fixer. Je lui souris.

– Et l'alcool, tu tiens le coup ?

Je souffle discrètement.

– Oui, toujours.

Eddie n'a jamais été alcoolique, mais il connaît les effets de la boisson par le biais d'autrui, notamment sa femme. Il a tout essayé pour qu'elle arrête, mais on ne peut pas aider quelqu'un qui ne le veut pas. Il m'a raconté que son épouse avait réussi à être sobre quand elle était tombée miraculeusement enceinte. Malheureusement, elle a vite replongé et l'enfant est né très grand prématuré. Il n'a pas survécu longtemps et elle non plus, car elle est décédée dans un accident de voiture alors qu'elle était alcoolisée.

– J'ai emmené Margaret voir la tombe de Lucas. C'était une de ses demandes, après que je lui ai parlé de mon passé. C'est vrai que ça m'a fait du bien de me confier.

Le voir heureux a l'avantage de panser mes plaies.

– Est-ce qu'elle boit ?

– Occasionnellement, mais elle comprend que je ne le fasse pas.

– Je me suis toujours demandé si être avec moi ne te rappelait pas ta femme.

– Jamais. Parce que je suis capable de faire la part des choses et que tu es beaucoup plus forte qu'elle ne l'était, car contrairement à elle, tu voulais être sauvée.

Une serveuse interrompt Eddie au bon moment, je sentais les larmes me monter aux yeux. Je ne veux surtout pas le mêler à Shelby ni qu'il sache ce que j'ai vécu. Le connaissant, il voudrait me venger ou me forcer à aller voir la police…

Nous commandons des boissons et une grosse portion de frites au cheddar.

– Au fait, tu ne vois pas Margaret ce soir ? Tu lui as envoyé des messages durant toute ta pause.

– Je me sens épié, ricane Eddie.

– Légèrement.

Il sourit avec tendresse avant de me prendre la main sur la table.

– Maxine, quoi qu'il se passe, tu sais que je suis là, et si jamais tu as besoin de parler aussi.

– Je sais, mais tout va bien. Je t'assure, là, ça va.

Ce n'est pas évident de sauver la face, mais aujourd'hui, auprès de lui, je me sens un peu mieux.

– J'ai un service à te demander.

Il plisse les yeux.

– Dis-moi.

– J'aimerais savoir si je peux venir au garage après la fermeture pour bosser un peu. J'ai un ami qui a une vieille moto et je voudrais la retaper, je mens.

La vérité, c'est pour m'assurer que je peux venir si jamais je me sens trop mal chez moi. Ça vaut toujours mieux que dormir dans un motel.

– Tout ce que tu veux tant que tu ne détruis pas cet endroit.

– Tu sais bien que je l'aime trop pour ça.

Il fouille alors dans la poche intérieure de sa veste.

– Tiens, c'est mon double de clés, mais avant, promets-moi qu'il n'y a rien d'autre qui te tracasse.

– Rien, je réponds avec un sourire crispé.

Il serre de nouveau ma main et je puise dans ce qu'il me reste de forces pour ne pas craquer émotionnellement.

– J'aimerais te présenter Margaret un de ces soirs, propose Eddie.

Je souris, touchée par cette proposition. Eddie avec une femme, c'est vraiment mon scoop croustillant.

– J'en serais ravie.

– Super, on va programmer ça !

***

Nos chemins se séparent. Je démarre ma moto et prends spontanément la route vers le mobile home de Kane et Bonnie. Cette dernière sort aussitôt qu'elle entend mon moteur, me laissant à peine le temps de retirer mon casque, et me saute dessus.

– Mon Dieu, Maxine… Je suis tellement désolée, pour tout.

Je la serre contre moi en abandonnant cette apparence de bonne humeur, consciente qu'ici je peux tomber le masque. Je soupire et laisse échapper quelques sanglots.

– Kane m'a tout raconté. Absolument tout…

Toujours contre elle, je hoche la tête. Je ne lui en veux pas… Même si je ne m'attendais pas à ce qu'il en parle à Bonnie, lui qui me harcelait pour la préserver des affaires de Shelby. Peut-être qu'il a estimé qu'avec leur père, la situation devenait trop instable.

– Si seulement j'avais pu empêcher ça…

– Tu n'as rien fait, je sanglote, touchée par son inquiétude.

– Je sais, mais… Maxine, comment tu te sens ?

– Souillée, mais en vie.

– Ce qu'il a fait, il le paiera. Tu dois continuer d'être forte et de résister. Promets-moi que tu ne laisseras pas ce monstre ruiner tous tes efforts, insiste-t-elle en serrant mes mains dans les siennes.

– Promis.

Je me raccroche aux mots de Kane, car je veux croire qu'il a raison : ça ne compte pas. C'est ce qui me permet de ne pas sombrer.

– Je suis heureuse que tu sois là. J'allais venir te voir.

– Je n'avais pas envie de rester chez moi.

J'ignore si je suis plus en sécurité ici, mais au moins, je ne suis pas seule.

– Viens, m'invite Bonnie.

Je n'aperçois pas Kane, mais je ne saurais dire pourquoi je suis déçue… Peut-être que j'avais aussi envie de le voir. *Étrange.*

On s'installe sur le canapé, tandis que Bonnie baisse le son de la télé.

– Tu as déjà mangé ? je demande, affamée.

– Non.

– On peut commander quelque chose ?

– Oui, mais il faudra aller à l'entrée du parc pour récupérer, explique Bonnie, un peu gênée. Les livreurs ne rentrent plus, depuis qu'il y en a un qui s'est fait tabasser et racketter ses pizzas…

C'est plus fort que moi, j'éclate de rire, suivie de Bonnie. C'est idiot, mais ça fait du bien.

– Tu veux manger quoi ?

– Des tacos ? Il y a un restaurant qui livre pas trop loin d'ici.

– Ça fait longtemps. Pourquoi pas. Tu crois que ça intéresserait ton frère ?

– Il devrait arriver d'ici minuit, s'il ne fait pas d'heures supplémentaires. Mais tu peux lui prendre quelque chose, il a toujours faim quand il rentre. Je vais payer notre part.

– Non, c'est bon. C'est la moindre des choses que je puisse faire… Il est resté avec moi l'autre soir.

Bonnie sourit en hochant la tête. Je commande sans attendre sur Uber Eats, en prenant assez pour cinq personnes.

Quand Kane rentre du boulot, Bonnie s'est déjà endormie dans le salon, après avoir passé la soirée à regarder des films d'horreur. Idéal pour se changer les idées. Contrairement au premier soir où il m'a surprise avec Bonnie, il ne me saute pas dessus. Il reste à la porte comme pour me demander silencieusement le droit de le rejoindre. Je me lève pour le suivre dehors.

– Il y a des tacos pour toi, je l'informe d'une voix douce.

– Comment tu vas ? me demande-t-il, avec un regard protecteur.

– Bien, je réponds pour qu'il ne s'inquiète pas et qu'il n'ait pas pitié de moi.

Il m'attrape par la nuque pour me forcer à le regarder dans les yeux. Difficile de lui cacher ce que je ressens, quand lui-même est aussi habité par des démons. J'ai l'impression qu'il peut lire dans mon esprit comme dans un livre ouvert. Quand il a pris soin de moi, c'était comme si son âme se reflétait dans la mienne. Il y a bien quelque chose entre nous. Une attirance malsaine, étrange et pourtant, grisante.

Yeux dans les yeux, je remarque ses traits tirés. Il est fatigué, mais pas seulement à cause du boulot, c'est un tout. Il est épuisé par la vie qu'il mène.

– Comment tu vas ? répète Kane.

– Je survis en me rattachant à ce qui me fait du bien pour ne pas sombrer.

– N'oublie pas ce que je t'ai dit. Je serai ton ancre et ton oxygène si tu te sens couler. Il suffira que tu t'accroches à moi.

Je le rassure d'un geste de la tête alors qu'il caresse doucement ma peau, me rendant bien plus fébrile que je ne le devrais. Je voudrais me blottir dans ses bras, mais lui et moi, c'est compliqué. On a une relation tellement… ambiguë. J'aimerais avoir la force de lui demander de m'embrasser et plus encore, pour me perdre dans une étreinte sauvage avec lui. J'ai besoin de chaleur humaine, de ressentir quelque chose de plus primaire, de m'oublier, de ne ressentir que du plaisir.

– Tu travaillais à l'usine ce soir ?

– Non, pour lui.

Un ange passe tandis que nous restons là, dans la nuit, à nous détailler.

– Tant que je fais ce qu'il veut, tout va bien. Tu ne risques plus rien.

Ce n'est pas vrai et il le sait mieux que personne. Rien ne va tant que Shelby est en vie, rien ne va tant qu'il sera à sa merci… Je suis toujours en danger, Bonnie aussi, et lui tout autant. Il obtient juste un sursis en devenant l'un de ses sbires, rien de plus.

– C’est faux…

– Je n’ai pas le choix pour l’instant, rétorque-t-il en soupirant.

– J’imagine, oui.

Il grogne alors que son regard se fait plus noir, plus froid.

– J’essaie de trouver une solution pour régler le problème définitivement.

Définitivement.

Je voudrais lui soumettre l’idée de prendre la fuite et de m’emmener, malgré son dégoût vis-à-vis de mon passif avec son père. Mais les mots ne viennent pas. Sans doute parce qu’inconsciemment, je sais qu’il ne le fera jamais…

– Tu es en danger toi aussi.

Il effleure une nouvelle fois ma nuque, me donnant l’impression de fondre un peu plus sous sa poigne ferme. J’ignore comment réagir à ses mains qui ont encore malmené des gens cette nuit alors qu’elles me caressent délicatement. Je me sens troublée… un peu trop même. Je crois que j’ai besoin de m’en aller.

– Je vais rentrer, il se fait tard.

Je me dérobe en m’éloignant.

– Tu as besoin que je t’accompagne ?

– Non, reste avec Bonnie, je le rassure avant de partir.

CHAPITRE 25

MAXINE

Le garage d'Eddie est drôlement calme la nuit. Presque trop, alors, j'allume sa radio pour écouter ses vieux tubes de rock. En fait, je ne sais pas bien ce que je suis venue faire ici… Je n'avais simplement pas envie de rentrer à la maison et je ne connais pas meilleur endroit où je me sens comme chez moi.

Je tourne en rond au milieu de la pièce quand je repère une moto inconnue sur l'une des tables de levage. En m'approchant, je lis le mot accroché dessus :

« J'ignore pourquoi tu as besoin de venir ici, mais il faudrait retaper ce bijou. Tu trouveras les avaries comme une grande, je t'ai bien formée. Je comptais la réparer et te l'offrir, mais je pense que tu as plutôt besoin de te changer les idées.

Eddie. »

Je refoule mes larmes, bien trop touchée par son attention. Il a dû revenir quand on s'est quittés. Je ne sais même pas quoi penser. J'observe la moto, c'est un ancien modèle, comme les aime Eddie, rien à voir avec l'actuelle. Elle a du charme malgré son état. Je suis convaincue qu'il l'a trouvée à la décharge ou qu'il l'a eue pour une bouchée de pain… Certaines personnes soignent des animaux errants, leur donnent à manger, et d'autres récupèrent des motos.

Alors que je suis occupée à étudier cet engin, la sonnerie de mon téléphone résonne dans l'atelier.

Inconnu : T'es où ?

Même si mon cœur souhaite que ce soit lui, ma raison me réfrène pour m'éviter une fausse joie.

Max : Nom et prénom, peut-être ?

Inconnu : J'ai piqué ton numéro dans le téléphone de Bonnie.

Max : Pourquoi tu veux savoir où je suis ?

Kane : Pour te rejoindre.

Je lui envoie l'adresse du garage.

Max : Passe par la grille de derrière et entre dans le garage.

Absorbée par mes réparations, je ne vois pas le temps passer lorsque Kane arrive.

– Qu'est-ce que tu fiches ici, Princesse ? demande-t-il d'une voix rauque.

– Je m'occupe d'une moto qu'Eddie m'a confiée. Et toi ?

– Pas envie de dormir, alors je me change les idées en venant ici…

Il est encore et toujours vêtu de noir, il ressemble à un protecteur déchu. *Mon protecteur.* S'il n'était pas venu après Shelby, je crois que j'aurais pu faire une très grosse connerie. Ce moment suspendu, dans la baignoire, c'est ce qui me fait tenir. Dans mon malheur, je me suis sentie protégée.

Je remarque que ses cheveux sont humides, peut-être parce qu'il a pris sa douche ou qu'il pleut dehors. Il s'avance alors vers moi d'un pas nonchalant, les mains dans les poches de son pantalon. Il me trouble vraiment. En toutes circonstances, il émane de Kane quelque chose à quoi je suis particulièrement réceptive.

– Alors, tu es vraiment mécanicienne à tes heures perdues ?

Son regard balaye la pièce comme pour inspecter les lieux.

– Oui, ça me passionne.

– Comment t'as découvert ça ?

– C'était juste avant que j'arrête l'alcool et après la mort de ma mère, j'ai foncé dans un mur à moto. Eddie, le propriétaire du garage, m'a prise sous son aile pour m'aider à la réparer. Depuis, cet endroit est devenu une maison pour moi.

– Alors tu ne l'as pas achetée juste pour faire beau ou pour faire fantasmer tous les mecs ? dit-il en me rejoignant.

Je ne me laisse pas impressionner par son ton railleur.

– Non, je ne suis pas ce genre de fille. Et même si je l'ai acquise avant de découvrir la mécanique, c'est avant tout parce qu'un jour, j'ai vu un mirage. Une femme magnifique en train de garer sa moto, comme un ralenti dans les films, presque aussi cliché. Elle est descendue, a mis la béquille et a retiré son casque. Elle avait les cheveux longs et était vêtue de cuir. C'était du jamais-vu pour moi. Elle m'a subjuguée. Alors que ma mère la traitait de catin, moi, je la trouvais sublime. Je voulais lui ressembler, car elle représentait la liberté. Une fois indépendante, j'ai acheté ma première moto, tout simplement.

Il sourit, amusé.

– Pourquoi m'avoir envoyé un message pour me voir ?

Je change de sujet, intriguée par sa présence.

– T'es partie trop vite, me répond-il, sans détour.

– Comment ça ?

– Je ne sais pas, je ne peux pas vraiment te l'expliquer, Princesse. J'ai l'impression que tu fuyais quelque chose.

– Tu te fais des idées. Je ne t'ai pas demandé de venir. Rassure-toi, je ne coule pas, je… Je ne veux pas que tu te sentes obligé de quoi que ce soit à cause de Joey. Je survis peut-être, mais je ne sombre pas pour l'instant…

Menteuse, me dit une voix dans ma tête. *Tu vacilles comme une flamme sur le point de s'éteindre.*

– Je vais bien, j'aurais pu opter pour la facilité, mais je ne l'ai pas fait. Succomber à l'alcool et ne plus me soucier de rien aurait été plus simple sur le coup, mais je préfère affronter la réalité, je reprends de manière plus convaincante.

– Je sais et ça te rend encore plus résistante.

J'ignore pourquoi, mais l'idée de faire pitié, d'être devenue une chose fragile qu'il faut à tout prix protéger me tape sur le système. Je ne veux plus être considérée comme une victime.

– On dirait que tu espères que je m'évanouisse pour jouer les chevaliers servants.

– Toi-même, tu sais que je n'ai rien de serviable ou de vertueux.

– Et alors quoi ? je soupire en lâchant mes outils.

– Alors, si je te dis que je lis en toi, que je sens ton cœur et ton esprit me confier le contraire de ce que tu affirmes ?

– T'as des superpouvoirs, Kane ? C'est ça que tu essaies de me faire comprendre ? T'as le don de voir les gens quand ils sont au fond du trou ?

– Non, seulement celui de sentir ton chaos résonner contre le mien. *Juste le tien*. J'ai l'impression que tu ne voulais pas vraiment partir, mais que tu t'y es forcée alors que tu avais besoin de quelque chose. Même si tu n'as rien dit, j'avais peut-être envie de te donner ce que tu désirais…

Ses mots me coupent le souffle. Je me souviens de la première fois où nous nous sommes embrassés. Il s'est enfui en courant, dégoûté de me toucher, prétextant qu'il ne pourrait jamais passer après son père. Ses raisons, bien que légitimes, étaient frustrantes… Alors, je ne comprends pas bien ce qui pourrait être différent aujourd'hui. Je ne veux pas vivre ça une deuxième fois ni me sentir vide ou seule de nouveau.

– T'es juste imbu de toi-même, non ?

– Si tu veux vraiment savoir, je n'avais pas envie que tu partes, c'est pour ça que je suis là.

– D'accord…

Et maintenant ?

– Tu es ici pour moi ou juste parce que mon chaos t'excite ? je demande, vexée, voire agacée.

Je plisse les yeux.

– Honnêtement, je l'ignore. Je sais juste que tes fêlures sont comme les miennes et que j'aimerais te rendre vivante.

Je reste sans voix quelques secondes, interdite par son aveu.

– C'est bien joli tout ça, mais tu comptes t'y prendre comment ?

J'essaie de ne rien laisser paraître du trouble qu'il suscite en moi.

Il comble l'infime espace entre nous pour m'attirer à lui. Il est délicat malgré son aura inquiétante.

Je sais qu'il ne me fera pas de mal, pas comme son père… Pleinement consciente du désir qui naît en moi, je relève alors les yeux vers lui quand il glisse la main sous mon menton.

– Tu vas te défiler comme l'autre soir ? je demande, le souffle court.

– Non, pas cette fois, affirme Kane, d'un ton assuré.

– Qu'est-ce qui a changé ?

– C'est comme si, en s'en prenant à toi, Joey avait effacé ce que vous avez fait ensemble. Il a ruiné, brisé cette image que j'avais de vous la première fois qu'on s'est embrassés.

Je ne m'attendais pas à cette révélation qui me perturbe un peu trop.

– S'il ne m'avait pas séquestrée pour me faire boire, je te dégoûterais encore, c'est bien ça ? je lui demande en arquant un sourcil.

– Tu ne m'as jamais vraiment dégoûté, c'était plutôt de la jalousie, de l'incompréhension. Tu as été avec lui et ce mec me révulse plus que tout ; par conséquent, toi aussi… C'est compliqué à expliquer, car j'avais l'impression de ressentir des choses contradictoires.

– Je crois que je comprends… je dis d'une voix plus douce.

Je ne lui en ai jamais voulu de penser ça, car après tout… si les rôles avaient été inversés, j'aurais réagi de la même façon.

– Je n'arrive pas à croire qu'une pourriture comme lui ait pu avoir une femme comme toi, Princesse. Il n'a jamais mérité de te toucher…

J'en perds presque le souffle. Le voir si proche de moi, le désir habitant son regard, c'est presque un supplice.

– Je ne suis pas une sainte, Kane. Loin de là. Mais maintenant, je suis à toi, si tu le veux, je lâche, le cœur battant.

Mes mots paraissent le perturber tandis que sa façon de me regarder me fait trembler. Sa main qui saisit ma nuque semble exprimer, à sa place, ses sentiments silencieux.

– Je sais, Princesse.

– Je suis à toi non pas pour l'alcool ni pour l'adrénaline, mais juste… tout entière.

À ces mots, il m'embrasse sauvagement, puis plus lentement et passionnément. Kane reprend son souffle et pose son front contre le mien.

– Répète-moi ça.

– Tout entière ?

Il confirme d'un geste de la tête, alors je m'exécute.

– Je suis ici, avec toi, entièrement tienne.

Ce sourire si rare qu'il m'offre à ce moment est magnifique. Notre attirance semble à son paroxysme. En symbiose, nous nous embrassons encore. Je lui rends son étreinte avec la même fougue, le même désir. Je promène mes mains sur son torse et m'enivre de son odeur.

– Merde, Maxine, si tu veux que je m'éloigne, c'est maintenant. Parce qu'après, je ne te laisserai aucun répit, pas même le temps de respirer.

– Je pensais que tu voulais me rendre vivante, ce n'est pas ce que tu m'as promis ? Il faut savoir.

– Fais-moi confiance, Princesse.

Je hoche la tête alors qu'il se penche et m'embrasse encore. Je me colle contre lui en savourant son désir et le mien. Contre ses lèvres, je me sens vivre, j'oublie tout le reste. Lorsqu'il me porte dans ses bras, je sens l'excitation monter d'un cran. Il me pose sur une autre table de levage et j'écarte les jambes pour l'accueillir plus près. Sans un mot, il se penche vers mon cou qu'il lèche et mordille. Je pose mes mains sur la surface froide et m'étends pour lui laisser accès à ma peau. Il enlève mon débardeur pour libérer ma poitrine, avant d'y goûter sans complexe. De ses mains expertes, il la malaxe puis mord mes tétons et les suce. Le plaisir qui me traverse est intense, délicieux. J'ai envie qu'il m'en délivre, alors, lorsqu'il me retire mon jean, je soupire d'impatience.

– C'est ta mère, ça aussi ? demande-t-il en caressant mon ventre.

– Oui. Toutes les marques sur mon corps sont son œuvre.

– Les gens comme nos parents ne devraient pas avoir le droit de procréer.

– Non, mais ils l'ont fait…

– Ce qui nous a conduits à cet instant, ricane-t-il d'un air implacable.

Avec une douceur que je ne lui connais pas, il me caresse le clitoris, avant de glisser ses doigts en moi.

– Quel instant ? je demande, d'une voix suave.

– Celui où, toi et moi, on va basculer vers une luxure malsaine.

Sa main s'active dans mon intimité tandis qu'il s'agenouille entre mes jambes. Le souffle court, je me délecte de ces sensations que je n'ai pas ressenties depuis très longtemps. Sa langue se pose sur le point névralgique de mon plaisir et le lèche, tandis qu'il accélère ses va-et-vient, mes hanches suivent le même rythme pour accentuer ma jouissance. Ses lèvres explorent mon sexe, sa langue s'enfonçant dans ma chair humide. Je continue à bouger contre lui, jusqu'à jouir dans un gémissement rauque.

Kane trouve un chiffon propre près de l'établi, puis revient vers moi. On s'embrasse à nouveau, profondément, langoureusement, tout en se pressant l'un contre l'autre. Je me sens vivante, c'est vrai.

En silence, je retire son tee-shirt pour sentir son torse contre moi. Les combats qu'il a endurés ont laissé des cicatrices sur sa peau, mais ont façonné son corps. J'érafle avec mes ongles ses pectoraux, puis ses abdos, laissant une traînée de frissons derrière moi. C'est étrange de trouver du réconfort dans ses bras à *lui*, mais je ne me sens pas coupable pour autant.

– T'as des capotes ? je demande, haletante.

– Ouais.

Aussitôt, il en prend une dans son portefeuille qui rejoint son tee-shirt par terre et qu'il éloigne du pied. Une fois qu'il est entièrement nu, je me délecte sans vergogne du spectacle. Il est vraiment sexy.

– T'es belle, putain, s'exclame-t-il.

Son aveu me fait rougir, alors que je viens juste de penser la même chose.

– Vraiment ?

– Absolument, affirme Kane. Ton sourire atypique, tes cheveux, tes taches de rousseur, tout ce qui fait toi… Pour ce que ça vaut, à mes yeux, tu es magnifique.

– Ça compte pour moi.

Kane glisse sa main sur ma nuque pour m'embrasser. Je n'en reviens pas, il aime tout ce que ma mère ne pouvait pas supporter chez moi… Pendant notre baiser, j'en profite pour attraper son sexe dur et le branler.

– Même si j'adore ce que tu fais, Princesse. Je veux te baiser.

– Comment ?

– Attends et ne bouge surtout pas, ordonne-t-il, en m'adressant un regard fiévreux.

Je l'observe mettre le préservatif et revenir vers moi. Il s'enfonce entièrement puis m'attrape par les fesses pour me prendre sauvagement sur la table. Je m'accroche à ses rebords alors que, dans un grognement, Kane se penche pour m'embrasser. D'abord les lèvres, doucement, puis le cou et les seins. Je me sens comblée par son sexe et sa bouche. Alanguie par l'ultime plaisir qui me consume, je m'allonge pour le laisser me dévorer. Il lâche mes fesses pour croiser nos doigts au-dessus de ma tête.

Son regard troublé se perd dans le mien. C'est vrai, nous n'avons pas l'air de deux amants classiques qui se découvrent pour la première fois, mais nous sommes nous… et ça me va, j'aime ça.

– Dis-moi d'arrêter.

Je lèche sa gorge avant de grogner :

– Dans tes rêves.

Puis je referme mes jambes autour de sa taille pour le sentir davantage contre moi.

– Je veux plonger mille fois dans cette luxure, Kane. J'ai baisé si souvent en étant ivre, mais cette fois, je ressens tout. Toi, ta peau, tes muscles, ton désir et… Ça me prend au corps, à l'âme. Ça me ravage de toutes parts.

Son coup de reins est plus vif, plus profond. Je crie contre ses lèvres. Les grincements de la table mêlés au bruit de nos corps qui fusionnent et nos respirations haletantes sont un hymne au désir qui me dévore. Soumise à ses mouvements, je ne peux que recevoir ce qu'il me donne sans compter. Je le laisse me faire sienne jusqu'à ce que le plaisir me consume.

– T'es vivante ? demande-t-il après quelques minutes, essoufflé.

Il m'aide à me redresser.

– Plus que jamais.

J'aperçois de nouveau son sourire avant qu'il ne me prenne dans ses bras, puis se penche vers mon cou.

– Et toi ? je le questionne.

– Oui…

Je ferme les yeux, mon cœur battant à toute vitesse dans ma poitrine.

– Je sais qu'il est tard et qu'il faut que tu rejoignes Bonnie, mais… tu ne veux pas rester encore ?

Il m'embrasse près de l'oreille avant de répondre :

– Je ne bouge pas.

CHAPITRE 26

MAXINE

Kane : Comment tu vas ?

Max : Je vais bien, et toi ?

Kane : J'ai dû me tromper
de destinataire, car Bonnie s'inquiète.
Elle dit que ça fait quelques jours
que tu ne viens pas sur le campus.

Je souris à cette attention adorable. Ça me touche qu'ils s'inquiètent tous les deux pour moi.

Max : C'est difficile.

Kane : J'arrive. Tu es où ?

Je lui envoie l'adresse.

Max : Chambre 24.

Je ne suis ni à l'université, ni chez moi. Je n'arrive pas à dormir depuis plusieurs nuits et je n'avais pas envie d'embêter Eddie avec mes problèmes. Cette fois, il aurait vraiment essayé d'en savoir plus. Je ne souhaitais pas le mettre en danger ni lui mentir encore. Finalement, Kane frappe à la porte et je lui ouvre aussitôt. Comme à son habitude, il est encore vêtu de noir alors que ses yeux verts, perçants, se braquent sur moi. Il semble observer la chambre derrière moi, comme s'il cherchait à savoir si je suis seule ou avec de l'alcool.

– Salut, lâche-t-il. Qu'est-ce que tu fais ici ?

Son ton est direct, presque bourru. Après tout, il reste lui-même.

– Je n'arrive pas à dormir chez moi et toi pourquoi tu es là ?

Il oublie de me répondre, trop occupé par sa tentative d'inspection. Je claque des doigts pour le ramener à l'instant présent.

– Il n'y a ni homme ni alcool dans ma chambre.

– Ravi de l'apprendre, lâche-t-il en haussant les épaules.

– Ça t'aurait fait quelque chose ?

J'ignore pourquoi je lui demande ça, mais j'ai besoin de savoir. Le regard qu'il me lance est assez équivoque, mais il ajoute :

– Sans l'ombre d'un doute. S'il y avait un mec avec toi, je l'aurais massacré.

Je ne devrais pas, mais j'aime cette révélation.

– Quelle brutalité, je soupire, avec un sourire. Alors, dis-moi, pourquoi tu es là ?

– Je voulais juste savoir si t'aimerais te balader…

– Tu sais que c'est la chose la plus gentille et la plus flippante que tu m'aies dite ? T'en as conscience ?

Il me toise, d'un air amusé. La haine qu'il avait à mon égard auparavant a disparu… Ces derniers jours, ces derniers moments partagés nous ont incontestablement rapprochés.

– Possible.

– Tu m'as habituée à t'entendre crier, râler, mais pas à te voir sortir avec toi.

– Je peux trouver l'inspiration si tu veux. Ou alors tu veux qu'on aille quelque part ? N'importe où pour se changer les idées.

– Oui, pourquoi pas.

Il sourit avant de me tendre la main, j'attrape mon sac et le suis hors du motel. La chaleur des rayons du soleil m'apaise tout de suite.

Nous montons dans la voiture de Kane et il démarre. Nous restons silencieux tandis que la ville défile sous mes yeux. Finalement, la fatigue accumulée devient de plus en plus dure à combattre et je sombre.

Lorsque je me réveille, nous sommes garés sur un parking. Je devine que nous sommes dans le Grand Canyon, simplement parce que cet endroit est unique en son genre et qu'il est facilement reconnaissable.

– Combien de temps tu as roulé ?

– Un tout petit peu plus de trois heures.

Je suis surprise, mais heureuse.

– Tu dormais, tu avais besoin de sommeil, alors j'ai continué à rouler, tout simplement.

Ce *tout simplement* est la plus jolie chose que quelqu'un ait faite pour moi. Cette attention me met du baume au cœur. Ça me touche vraiment.

– Il y a les chutes d'Havasu pas loin, tu veux qu'on y aille ?

Je hoche la tête en plantant mon regard dans le sien. Je ne suis pas vraiment apprêtée pour la randonnée, mais pour échapper à mes démons, je le suivrais n'importe où. Je ne sais pas comment qualifier notre relation et je ne sais pas s'il faut que nous le fassions…

Nous sortons de la voiture, direction le sentier juste devant nous.

– Tu ne travailles pas aujourd'hui ?

– C'est mon jour de repos à l'usine.

– C'est difficile ? je demande, curieuse d'en savoir plus sur lui.

– Comme tout boulot de ce genre, c'est usant et redondant, mais ça paie.

– Ce n'était pas une vocation, j'imagine ?

– Avec Joey, je ne me suis jamais projeté dans un métier. Je me sens déjà chanceux d'avoir trouvé un travail qui me rende humain.

Contrairement à ce qu'il fait pour ce dernier.

– En dehors de tout ça, tu te verrais où ?

– Il obscurcit trop l'horizon pour que je puisse réfléchir à l'avenir.

Je comprends, Shelby a suspendu une épée de Damoclès au-dessus de sa tête. Je voudrais tellement qu'il disparaisse, il fait bien trop de mal aux gens… J'imagine à quel point Kane doit le haïr.

– Et toi, tu veux devenir médecin ?

– Médecin légiste. Ça m'a toujours fascinée. J'avoue avoir peut-être été influencée par Abby dans *NCIS*, elle était tellement *badass*. Je me vois bien comme elle plus tard, mais avec mes propres robes.

Je tourne sur moi-même, pour illustrer mes propos.

– Une médecin légiste avec des tenues de princesse, alors ?

– Oui.

Il ne dit rien et se contente d'avancer.

– Quoi, t'as un problème ? je dis d'une grosse voix, pour l'embêter, le provoquer.

– Aucun.

C'est dingue comme je me sens légère à cet instant, perdue au milieu de la nature. Aussi, j'attrape son bras et le secoue.

– Il est où, ton problème ? On peut se battre si tu veux, tu sais que j'en suis capable.

Il sourit en tournant la tête vers moi et me couve d'un regard étrange.

– Je sais, c'est probablement ce qui me plaît le plus chez toi.

– Autre chose ?

Je ne devrais pas jouer à ça avec lui. Ce n'est pas son genre, nous n'entretenons même pas ce type de relation. Mais c'est plus fort que moi, c'était son idée, cette balade, alors, j'imagine que je peux me le permettre.

– Tes robes de princesse, avoue-t-il d'une voix grave.

Ses mots font palpiter mon cœur, déjà mis à rude épreuve.

– Vraiment ?

– Irrévocablement.

Lorsque nous arrivons sur place, j'ai la sensation d'être dans un autre monde : le bruit de la cascade, la couleur bleu-vert de l'eau qui contraste avec la roche du canyon. C'est presque irréel, mais dans le chaos qu'est ma vie, ça ressemble à un havre de paix.

– C'est magnifique, je m'extasie face à tant de beauté.

– Ouais.

Guidée par une envie irrésistible, je retire mes chaussures et avance dans l'eau. Kane, derrière moi, reste silencieux. Il est étrange de constater qu'il est le fils de celui qui m'a blessée, mais qu'il me soigne aussi.

J'inspire.

J'expire.

Puis, je plonge.

L'eau est fraîche, mais ça fait du bien. Je retiens ma respiration puis me déconnecte de mon corps, ce temple devenu maudit parce que Shelby l'a foulé et saccagé sans autorisation… Je m'évade de la bombe à retardement que je crains de devenir.

Soudain, quelque chose s'enroule autour de moi et je ne me débats pas. Je me laisse happer par les bras de mon protecteur déchu, torse nu, qui m'a rejointe dans l'eau. Le tissu fluide de ma robe danse autour de nous pendant qu'il m'attire contre son torse. On se regarde silencieusement, on se sourit, on se comprend, c'est pourquoi, lentement, on s'embrasse. Je voudrais ne jamais partir d'ici, je voudrais que le temps s'arrête et que cette pulsation qui vibre dans ma poitrine et mes entrailles ne disparaisse jamais. Ce frisson qui naît d'abord sur la peau pour ensuite s'immiscer jusqu'au cœur et l'âme, je le ressens pour la première fois. Il me promet la vie et la mort, le soleil et la nuit, la lumière et l'ombre… Pourtant, il me semble irrésistiblement attirant. Je m'accroche davantage à Kane, alors qu'il resserre ses bras autour de moi et, perdus au milieu de notre chaos, on reste là.

CHAPITRE 27

KANE

J'ai la peur au ventre.

Je ne sais pas pourquoi, enfin, peut-être parce que je compose le numéro d'un assassin ?

– Merci de ne plus appeler ce numéro, déclare une voix grave en décrochant.

– Je… excusez-moi de vous déranger, je cherche à joindre Jun. J'aimerais lui parler.

Silence. Respiration.

– Jun n'est plus disponible, ajoute la voix inconnue.

– Mais vous êtes là, enfin, si c'est vous… C'est très important.

– Je ne travaille plus, j'ai pris ma retraite.

J'ai les mains moites et suis déçu par ses mots. Je ne m'attendais pas à ça, en même temps, c'est la première fois que je contacte un tueur à gages. Cette carte traîne depuis que j'ai dix-sept ans, ça fait plus de sept ans… Mais il semble être la personne que je cherche alors, autant tenter ma chance.

– J'ai eu votre numéro il y a longtemps par un flic lorsque je suis sorti de prison… J'étais jeune et il pensait que j'en aurais besoin. Honnêtement, j'avais oublié son existence, mais récemment, j'ai…

Je l'entends soupirer de l'autre côté du combiné. *Est-ce que je l'ennuie ?*

– Je vais vous laisser une minute pour me dire ce que vous me voulez. Si j'estime que votre demande mérite mon attention, je vous enverrai un SMS avec une adresse et une heure de rendez-vous.

Il y a un blanc.

– Le chrono tourne, me prévient-il.

Putain, la voix du gars me fait froid dans le dos. Pas le temps de réfléchir correctement, je balance :

– Je pense que vous vous foutez de mon enfance pourrie, alors je dirais juste que mon père est… un homme cruel. Avec ma sœur, je vis sous sa menace depuis toujours… Je suis convaincu qu'il serait capable du pire pour me garder sous ses ordres. Il s'appelle Joey Shelby et…

Le gars raccroche sans dire un mot.

Putain. J'ai échoué…

Je me sens horriblement perdu, perplexe et frustré. Je ne sais pas quoi penser de cet appel, car c'était flippant… Assis sur mon lit, je stresse comme un malade. Je ne sais pas ce que j'espérais en composant ce numéro, ni ce que je désire réellement… En ordonnant l'exécution de quelqu'un, je suis tout aussi responsable que celui qui ôte la vie et je ne suis pas certain d'avoir les épaules pour l'assumer. En plus, je n'ai pas un rond pour le payer. J'ai bien l'argent de Joey, mais combien coûte un assassinat ?

De toute façon, ce n'est pas la peine de compter dessus, il ne voudra jamais m'aider. Il avait l'air décidé à refuser avant même de me donner une chance. Je me redresse, dépité. Cette solution était sans doute trop belle pour être vraie.

Je me sers un verre d'eau alors qu'à travers la fenêtre de ma cuisine, j'observe mes voisins se battre. J'ai déjà tenté de les séparer une fois, j'ai même appelé les flics, mais ils recommencent tout le temps, elle comme lui…

Quand mon téléphone vibre sur l'évier, mon cœur bat la chamade, je déverrouille l'écran, mais soupire en voyant une notification de Peter. *Putain*. J'appuie pour répondre quand mon portable s'allume de nouveau. Cette fois, un frisson glisse le long de mon échine.

Il y a une adresse et un horaire.

Rien de plus.

***

Le bar est miteux, la devanture comme l'intérieur. Étant dans une ruelle, il n'est éclairé par aucune lumière. J'y entre à la recherche d'un homme que je ne connais pas. Il aurait pu me donner une indication quand même… Plusieurs tables sont prises, des gens seuls et en groupe. Je scrute la salle d'un rapide coup d'œil puis le repère.

Bien que je ne l'aie jamais vu, je mettrais ma main à couper que c'est lui. Il dégage quelque chose d'inquiétant et de dangereux. Comme si le simple fait de respirer le rendait menaçant et dissuadait quiconque de l'importuner… Je m'avance, incapable de le quitter des yeux. De ses cheveux de jais à ses boots compensées, qui sont une arme à elles seules, il n'est vêtu que de noir, comme moi. Il porte même un masque chirurgical sur la bouche, ne laissant apparents que ses yeux en amande. Noirs eux aussi.

– Vous êtes Jun ? je demande d'une voix peu assurée.

Il relève la tête vers moi avant de me désigner du menton la banquette en face de lui. Je m'assieds sans discuter, ne sachant comment m'y prendre.

– Vide tes poches et donne-moi ton téléphone, exige-t-il d'un ton autoritaire.

– Pourquoi ?

Il me toise d'un air mauvais avant de répondre :

– Pas de conversation sans ça.

Alors je comprends et obéis. Je soulève mon tee-shirt pour lui montrer que je ne porte pas de micro et lui tends mon portable.

– Je ne sais pas comment fonctionne la suite.

– Comme une conversation normale, avec des questions et des réponses.

– D’accord, mais… par quoi commencer ? Je dois vous avouer que je n’ai pas d’argent. En revanche, j’en aurai si ce connard meurt.

Il arque un sourcil.

– Je me fiche de l’argent pour le moment.

– Alors qu’est-ce qui vous a convaincu de me rencontrer ? je demande, perplexe.

– Le nom de l’homme que vous avez mentionné.

Si ça se trouve, il le connaît et c’est à moi qu’il va faire la peau.

– J’ai souvent loué ses services.

– Ça signifie que vous allez me tuer ?

– Je ne suis pas un cinglé, je ne tue pas les gens au hasard. Mes cibles sont toujours choisies en fonction des actes qu’elles ont commis : meurtres, viols, agressions… Je n’ai jamais tué d’innocents, alors ce n’est pas parce que tu veux assassiner un de mes partenaires, dit-il en mimant des guillemets, que tu es la prochaine. Je me plie aux désirs de celui qui me propose un boulot que j’estime digne de mes compétences.

Je ne sais pas si ça doit me rassurer ou m’effrayer.

– Il a travaillé pour vous dans quel sens ?

– Jusqu’à quel point connais-tu le business de Shelby ? me questionne-t-il en retour.

– J’imagine que le pire que j’aie vu, c’est son armée de cochons qui dissimule probablement ses meurtres.

Il hoche la tête, pas le moins étonné.

– Alors, disons que ces sales bêtes ont souvent mangé grâce à mes services.

Un frisson désagréable me parcourt l'échine. Il a dit ça d'une voix si détachée que c'est à se demander s'il éprouve des sentiments à ce sujet…

– D'accord, mais pourquoi avez-vous accepté ce rendez-vous ?

– Deux choses, soupire-t-il, comme agacé par ma question. Pour la personne qui doit disparaître et pour l'homme qui vous a donné mon numéro. Racontez-moi comment vous avez rencontré ce flic.

Je perçois de la curiosité dans sa dernière phrase tandis que son regard noir se rive au mien.

– J'ai fait de la prison, après avoir tué mon frère, Dragan, lors d'un combat organisé par Shelby. Il ne nous laissait pas le choix, sinon il nous battait. Alors on se disait que ce serait moins douloureux si on jouait le jeu. Ce n'était pas notre premier affrontement, mais il a suffi d'un mauvais coup pour qu'il s'effondre raide mort. À l'époque, pas de cochons ni l'argent qu'il a aujourd'hui. Il m'a donc dénoncé aux autorités et j'ai été condamné. Le flic a bien essayé de me faire avouer pour Shelby, mais je n'ai jamais rien dit. Ma petite sœur était encore là-bas et je sais qu'il s'en serait pris à elle pour se venger. Ma peine purgée, le flic était là, à ma sortie. Il m'a escorté jusque chez moi et m'a donné sa carte de visite avec un numéro supplémentaire. Il m'a dit que si un jour j'avais besoin de me débarrasser de Shelby, ceci pouvait m'aider.

– Pourquoi ne pas l'avoir composé à ce moment-là ? Pourquoi avoir attendu ?

– Vous auriez perdu votre partenaire, non ? je réplique sur le même ton que lui.

Ses yeux se plissent légèrement, ce qui me laisse penser qu'il esquisse un sourire. On se jauge bizarrement quelques secondes. Difficile de le cerner, voire impossible. Je ne m'attends pas à ce que mon histoire le touche, je veux juste son aide pour éradiquer définitivement mon problème.

– Je voulais passer à autre chose et reprendre une vie normale, mais c'est difficile de lui échapper. Récemment, pour me mettre la pression, il s'en est pris à une amie en la séquestrant pour la faire boire. C'est une ancienne alcoolique, ça faisait trois ans qu'elle était sobre. Peut-être que vous n'en avez rien à foutre, mais est-ce qu'il rentre dans vos critères de sélection ?

– Oui, répond-il simplement.

– Vous allez le faire ?

– Je ne sais pas encore.

– Qu'est-ce qu'il faut de plus pour vous convaincre ?

Il hausse les épaules tout en m'observant. Puis d'un geste de la main, il interpelle un serveur et commande un whisky avant de me demander ce que je veux. J'opte pour une bière.

– Rien, conclut-il. D'ici la fin de notre entrevue, j'aurai pris ma décision.

Pas moyen de deviner ce qu'il pense, ni ce que je dois faire. Ça m'agace déjà de dépendre de ce mec. J'ai envie de lui dire d'aller se faire foutre avec son ton condescendant, mais je me retiens.

– Comment ça fonctionne, vos…

– Prestations ? propose-t-il devant mon manque de mots.

Je hoche la tête.

– Il en existe deux sortes. La liquidation rapide et la lente. La première, comme son nom l'indique, c'est un assassinat simple et efficace. La lente, c'est souvent une mise en scène où la personne souffre avant d'être achevée.

– Vous décidez de la forme de la torture ?

– Mes clients, en général. Quand ils choisissent la méthode lente, mais qu'ils n'ont pas d'imagination sur la manière, c'est moi qui détermine les souffrances. Autrement, je suis les consignes qu'on me donne.

– Je suppose que vos tarifs varient en fonction du temps passé.

– Exactement.

– C'est combien ?

– 5 000 dollars pour l'option rapide, entre 15 000 et 20 000 pour la version longue avec torture.

C'est glaçant.

L'aura qu'il dégage est angoissante, comme s'il était vêtu d'une cape.

Il n'a pas encore accepté, mais notre discussion au sujet de ses tarifs est plutôt bon signe. Le serveur nous apporte nos boissons. Jun attrape son verre pour faire tournoyer le liquide sans un mot.

– Je ne sais pas pourquoi je fais ça, je suis… perdu. Mais entre Joey et moi, mon choix est fait. C'est lui qui a opté pour cette vie de débauche et de criminalité, je subis seulement ce qu'il m'a donné en tant que géniteur. Sa mort sera ma renaissance, je déclare pour me donner la force d'aller jusqu'au bout.

Lentement et silencieusement, il retire son masque pour boire son whisky. Alors, je bois aussi.

– Je voudrais aller voir le flic qui m'a donné la carte pour lui raconter tout ce que je sais, mais je ne peux pas…

– Il est mort il y a quelques semaines, m'informe douloureusement Jun.

– Je suis désolé de l'apprendre.

À son air sombre, j'hésite à lui faire part des paroles du flic lorsqu'il m'a donné son numéro. Finalement, je me lance et les lui répète mot pour mot.

– C'est ce qu'il m'a dit avant de me déposer chez moi. Personne n'avait été aussi gentil avec moi, alors je lève mon verre à sa mémoire.

Étonnamment, il m'imite.

J'ignore quel lien il avait avec lui, car leur collaboration est fortement improbable, mais il faut croire qu'elle était réelle. Peut-être est-il l'enfant adopté dont il parlait à l'époque.

– Avant toute chose, j'ai besoin de temps, déclare Jun après avoir repris son expression indéchiffrable.

– Pour ?

– Analyser le terrain et déterminer comment procéder, développe-t-il, plus sèchement.

Note pour moi-même : ne pas le couper.

– Ça veut dire que vous acceptez ?

– Oui.

Je tente tant bien que mal de masquer ma joie et mon trouble.

– J'ai besoin d'étudier la question pour établir un plan viable. Je connais Shelby, mais je l'ai toujours côtoyé en tant que « partenaire » lorsque j'avais besoin de ses services, jamais en tant que cible. Je ne tue pas les gens sans méthode ni informations.

– Je comprends.

– J'ai besoin de tout savoir, vos relations et ce que tu fais avec lui…

– Je me battais pour son compte encore récemment pour régler une dette. Depuis, il m'envoie tabasser ceux qui lui doivent de l'argent.

– Dans ce cas, tu vas devoir continuer de bosser pour lui.

– Pourquoi ?

– En attendant que j'aie terminé mes observations, vos rapports ne doivent pas changer pour éviter d'éveiller ses soupçons.

Je hoche la tête, car j'admets qu'il a raison.

– Et pour… l'argent ? je demande, un peu inquiet que l'opération tombe à l'eau.

– Je n'en ai pas besoin, m'assure-t-il en buvant une gorgée.

– Pourquoi ?

– Je prends ma retraite et il connaît mes activités. Disons que ça fait d'une pierre deux coups.

Jun vide son verre.

– Shelby n'est pas une cible comme les autres. S'il l'avait été, je vous aurais demandé de choisir entre la manière lente et la rapide, mais au vu de la situation, je pense que plus vite je m'en occuperai, mieux ce sera.

– Je vous fais confiance.

– Je vous confirmerai ça quand j'aurai fini la première étape.

– Combien de temps ça peut durer ?

– Le temps nécessaire pour mener à bien ma mission.

OK… Décidément, la communication n'est pas le point fort de ce mec.

CHAPITRE 28

KANE

Maxine.

Plus je connais ses démons et les choses qui la hantent, plus j'ai envie d'être près d'elle. Plus je la vois et l'écoute, plus je la comprends. Plus je la fais mienne et moins je résiste à son attrait, à ses charmes.

Elle éveille chez moi des sentiments ambigus, puissants, presque sauvages parfois. C'est vrai que je l'ai détestée quand elle a débarqué chez nous, elle m'a dégoûté quand je me suis rendu compte qu'elle avait couché avec Joey, mais maintenant elle m'attire, m'émeut et m'excite.

Je succombe.

Je *lui* succombe.

Elle est pourtant la dernière personne que la vie aurait dû mettre sur ma route. Son histoire est tragique, la mienne, terrible. Son âme est brisée, la mienne, ravagée. Cependant, je prends conscience que mon besoin de la protéger est de plus en plus présent. Depuis que Joey lui a fait du mal à cause de moi, j'ai la sensation de ne pas pouvoir faire autrement. Ce n'est pas de la pitié ni de la culpabilité, non, c'est autre chose. Depuis ce moment chez elle, ça a changé. Quand je la regarde, un sentiment étrange ne me quitte plus.

Le soleil qui m'éblouit à travers le pare-brise me ramène à la réalité. Pour le coup, je continuerais bien de m'évader en pensant à Maxine parce qu'aujourd'hui, je joue un rôle. Je me gare devant la villa de Joey avec l'envie que cet endroit crame pour de bon. J'aimerais qu'il m'envoie ses ordres par message ou qu'il m'appelle, mais non, il préfère me faire venir ici juste parce que ça le fait kiffer d'être un vrai con.

Je sors de ma voiture et me présente à l'entrée. Comme à chaque fois, on me fouille pour voir si je n'ai pas d'arme avec moi.

C'est dur de faire semblant d'être une marionnette qui a fini par admettre que son maître sera toujours plus fort qu'elle… alors qu'en vrai, j'ai contacté un assassin pour planifier sa mort.

– Je te trouve bien docile, lance Joey en me voyant arriver.

Je me rembrunis, une boule au ventre.

– Je te rappelle que t'as menacé Bonnie, ta propre fille, si je refusais, alors est-ce que j'ai le choix ? je rétorque sarcastiquement.

Joey éclate de rire. Il ne comprend pas ce que signifie le mot « famille », et ne le comprendra jamais. Il ne s'attache à personne, car il n'aime que lui.

Je prends sur moi, en me répétant que ce n'est plus qu'une question de temps. Ce que je dois faire est simple : subir jusqu'à ce que Jun me dise qu'il a trouvé comment le tuer. En apparence, ça semble facile, alors qu'en réalité, je dois puiser dans mes forces vitales.

– Je préférerais faire autrement et tu le sais… Tu m'as obligé à m'amuser avec la rousse, car tu avais besoin de motivation pour faire le boulot demandé. Tu ne peux t'en prendre qu'à toi. Si tu avais obéi dès le début, il n'y aurait eu aucun problème.

Mes muscles se contractent sous la colère. Ça me fait mal de feindre et de réfréner ma rage alors qu'au fond de moi, je ne souhaite qu'une chose ; la laisser s'exprimer. Je n'en peux plus. Je crois que j'ai atteint le point de non-retour en ce qui le concerne. Pire que tout, je hais qu'il parle de Maxine comme ça, et qu'il me rende responsable de ce qui la ronge en ce moment.

– Comment elle va, au fait ? Je me souviens qu'avant, si je vidais une bouteille d'alcool par terre, elle léchait le sol comme un chien bien docile.

Cette image me révulse. Je ne supporte pas qu'il parle d'elle ainsi.

– J'en sais rien, si elle va bien, c'est pas ma meuf.

Joey esquisse un sourire dégoûtant. J'ignore si ma tentative de protéger Maxine en prouvant mon désintérêt le convainc.

– Qu'est-ce que je dois faire la prochaine fois ?

J'essaie d'oublier cette douleur qui me crispe les muscles et fait vriller mon cerveau. Il faut que je me calme, que je prenne sur moi pour tenir le temps nécessaire.

– J'ai un combat d'arène et de l'argent à collecter, je te veux pour les deux.

Rien de trop tordu, du moins, rien de nouveau.

– C'est un combat normal ? je demande, d'une voix lasse.

– Ouais, mais à la différence que ton adversaire, ce sera moi.

Ses derniers mots me laissent perplexe.

Je ne sais pas quoi dire.

Je suis sans voix.

Il repousse les limites de la folie à chaque fois. Plus le temps passe, plus il devient cinglé. Lui et moi dans une arène, c'est… comme m'offrir la possibilité de lui donner enfin ce qu'il mérite. Mais s'il me propose ça, c'est qu'il y voit un avantage pour lui.

– T'es sérieux ou tu te fous de ma gueule ?

Il éclate de rire.

– J'ai envie de m'amuser. Le problème, Kane, c'est que tu es trop bon. Les gens qui viennent assister aux combats en ont marre de te voir gagner. Imagine le délire quand ils apprendront que c'est moi, leur idole, leur messie, le maître de cérémonie, qui descends dans l'arène pour mettre fin à ta domination.

Mettre fin ?

S'il pense avoir la moindre chance de me battre, il… à moins qu'il ne triche. Ça serait complètement son genre.

– Tout ce que tu as à faire, c'est de me laisser gagner. Tu me laisses te ridiculiser en agonisant. Les paris vont flamber et je vais avoir un paquet de fric.

C'était sûr, il sait qu'il n'a pas la moindre chance contre moi. Il craint le monstre qu'il a lui-même créé.

– Je ne me suis jamais couché, je ne vais pas commencer maintenant. T'as peur d'essayer et d'échouer ?

– Tu te coucheras et c'est tout. Sinon, tu n'as qu'à m'envoyer la rousse. La revoir m'a donné envie de reprendre nos jeux d'avant.

Je sens que ma paupière est prise d'un tic nerveux. Quand il parle d'elle, j'ai envie de lui éclater la gueule sur le macadam. J'ai cette image d'elle, la première fois, dans sa foutue robe de princesse rose. Je sais comment elle l'a rencontré et pourquoi elle a fait ça, mais ça ne veut pas rentrer dans mon crâne. Savoir qu'elle a été intime avec lui me touche bien plus que je ne suis prêt à l'admettre. C'est inconcevable de désirer une femme qu'il a possédée, mais, bordel, c'est plus fort que moi. Je me dirige petit à petit vers la folie.

Je suis au bord de l'implosion. Peut-être que c'est ce qu'il cherche, après tout. Pourtant, je continue à refouler aussi loin que possible mes émotions. Si je faisais le moindre écart, il s'en prendrait à Bonnie ou à Maxine, voire à Peter. Je ne peux rien faire avant d'être certain qu'il crève sinon j'en paierai le prix fort. Dans tous les cas, je suis coincé. Il ne me reste plus qu'à obéir sagement et attendre.

La rousse de l'autre jour s'allonge sur l'un des transats. Je me demande si Maxine était ainsi à l'époque. Peu importe, elle est partie et c'est tout ce qui compte.

Putain, mais oui, elle lui a tourné le dos sans son autorisation.

Je ne sais même pas comment d'ailleurs, mais d'une manière ou d'une autre, Maxine s'est extirpée de cet endroit. Finalement, le destin est un bel enfoiré de l'avoir envoyée vers Bonnie, vers moi et donc vers Joey. La différence, c'est qu'elle est plus forte que moi, car je suis toujours coincé.

– Et qu'est-ce que j'y gagne ?

– De l'argent, le cul de n'importe quelle fille qui traîne dans la villa et la sécurité de ta sœur, m'assure-t-il en se servant un verre de whisky. Je vais gagner un paquet de fric avec ce combat. Tout ce que tu auras à faire, c'est bouffer le sol comme le déchet que t'es depuis ta naissance.

Et lorsque tu réclameras ta revanche, je te dirai que t'es qu'un microbe que j'ai déjà écrasé une fois et que je ne perdrai plus mon temps avec toi.

Est-ce qu'il est en train de me congédier pour de bon ?

– Tu t'es trouvé un nouveau champion ? je me renseigne.

– Pas besoin, parce que tu reviendras sous les huées des spectateurs pour me supplier de te reprendre lors d'un *survival*.

Il est fou. Complètement fou. Nous affronter en face à face, c'est l'opportunité de lui faire payer tout ce qu'il m'a fait subir. Mais me coucher et le laisser gagner, c'est entrer dans son jeu sadique, en lui permettant de m'humilier comme il sait si bien le faire.

Mais quel choix j'ai ? Est-ce que je peux refuser ?

Je quitte Joey, la mort dans l'âme. Une fois sorti de cet endroit, je respire pleinement l'air de la ville. Il vente, mais il fait toujours chaud. Heureusement que je ne bosse pas aujourd'hui, car j'ai besoin de faire quelque chose pour me changer les idées. Je démarre la voiture sans idée de destination précise. Je devrais rentrer à la maison pour m'assurer que Bonnie va bien, mais j'ai besoin de souffler un peu. Jusqu'à présent, je me suis toujours montré protecteur envers elle, et rien n'a changé. Si ce n'est que depuis peu, je me divise en deux. Une part de moi veille sur Bonnie, mais l'autre réclame Maxine.

Je suis vraiment perdu, je ne comprends même pas les émotions qui m'assaillent. Car lorsque je pense à elle, tout devient chaotique dans mon esprit. Je ne devrais pas négliger la sécurité de Bonnie pour Maxine. Ma sœur a toujours été ma priorité et rien ne doit altérer ça. Pourtant, c'est viscéral, je l'ai dans la peau et je ne peux pas m'en défaire aussi facilement.

Je me demande parfois s'il y a une chance pour que cette histoire finisse bien. Je me demande si j'ai une chance de survivre tant que lui est en vie. C'est la sienne contre la mienne. Ça se finira dans le sang, à la différence que ma rage a eu le temps de mijoter toutes ces années et que quand elle explosera, il en sera la première victime.

Lorsque je gare ma voiture, je constate que je ne suis pas chez moi. Je sors et sonne à l'appartement de Maxine, pas de réponse.

CHAPITRE 29

MAXINE

Alors que je m'apprête à entrer en cours, mon téléphone sonne. C'est Josie. Étrange, elle ne m'appelle jamais, la plupart du temps on s'envoie des messages sur Snapchat. Je décroche, inquiète.

– Allô ?

– Je viens d'effacer la vidéo, m'informe-t-elle avec un soupçon de malice.

Je m'arrête au milieu du couloir, fixant un point invisible devant moi, en tentant de déchiffrer cette phrase.

– Pardon ?

Elle ricane à l'autre bout du téléphone.

– La sextape avec le beau mec dont je n'ai jamais eu vent. Eh bien, je l'ai effacée. Histoire que le boss et Cliff ne fassent pas un arrêt cardiaque en tombant dessus.

– Oh putain ! je m'exclame, morte de honte.

Les mots m'échappent alors que mes joues s'empourprent.

– Tu m'étonnes, ricane-t-elle. J'ai déjà eu l'idée de le faire sur une table de levage, moi aussi, mais ça s'est arrêté là. Certaines sont plus vilaines qu'il n'y paraît…

– Josie, tu…

Je bégaie carrément. Je ne sais même pas quoi dire pour ma défense. J'avais complètement oublié qu'Eddie avait installé une caméra de sécurité dans le garage après un vol.

– Je ne suis pas allée plus loin que le cunnilingus, mais pour un film amateur, la suite m'a eu l'air torride.

Elle va m'achever. Je suis toujours immobilisée dans le couloir.

– Oh non, la honte !

– Il ne faut pas, me taquine-t-elle. Il n'y a pas de mal à se faire du bien. Mais au cas où tu t'en inquiétais, je voulais te rassurer en te prévenant que c'était effacé.

– T'es un amour, je souffle, soulagée.

Josie éclate de rire.

– Il s'appelle comment, le beau gosse qui a réussi l'exploit de franchir ton imprenable forteresse ?

Je manque de m'étouffer à sa question.

– Kane…

– Ah, soupire-t-elle. Même son prénom est sexy.

– Faut que je te laisse, je vais être en retard en cours.

– Vas-y, petite coquine. Mais on discutera, toi et moi.

Et elle raccroche sans que je puisse répondre.

***

Je n'ai pas bu d'alcool.

Je résiste, car je touche mon jeton à longueur de temps. Chaque jour sans boire est une victoire que je célèbre fièrement. Je me raccroche aux mots de Kane pour ne rien lâcher.

Je rêve de dépecer Shelby vivant. Je rêve de l'attacher à mon tour pour lui faire subir une torture à la Ramsay Bolton[10]. C'est tout ce qu'il mérite…

J'ignore pourquoi j'ai atterri ici. Peut-être parce que j'ai beaucoup pensé à ma mère ces derniers jours. Ses insultes, ses coups, son fouet, sa foi… Me voici donc devant le portillon de mon ancienne maison. Celle où j'ai grandi.

Presque deux ans que je n'ai pas mis un pied dans cette rue, que je n'ai pas regardé cette bâtisse blanche aux volets bleus. Paradoxalement, je ne me suis jamais débarrassée de tout ça… Je me dis que j'aurais peut-être dû le faire en voyant les tuiles couvertes de mousse et le jardin dans cet état déplorable. Les poutres du porche sont noires de poussière, tout comme certains endroits de la façade.

10. Personnage issu de l'univers de *Game of Thrones*, ayant une passion et beaucoup d'inspiration en matière de torture.

Est-ce que je veux vraiment entrer ?

En même temps, je n'ai pas tellement envie de retourner dans mon appartement. J'ai beau résister à l'attrait de l'alcool, quand j'y suis, je revois Shelby et ça me fait paniquer. Je repense à la peur, le désarroi, l'impuissance de cette soirée…

Lentement, je pousse le portillon et m'avance sur l'allée pavée. Entre les dalles, la nature a repris ses droits puisque de mauvaises herbes dépassent. Ma mère avait une passion pour le jardinage. Quand elle ne passait pas son temps à me pourrir la vie, elle binait, arrachait, plantait… Bref, elle jardinait avec entrain.

J'arrive jusqu'à la maison, enfonce ma clé dans la serrure puis entre. Un pas sur le tapis poussiéreux suffit à me replonger dans mes souvenirs. Tout est figé dans le temps ici, même la pendule s'est arrêtée le jour de sa mort. Je m'avance jusqu'au salon, à l'exact endroit où cela s'est produit. C'est simple, une trace légèrement marron marque l'emplacement. Je me souviens de notre dispute, de la haine sur son visage et de celle qu'il y avait probablement sur le mien. Je me souviens de ses cris, de ses insultes puis, juste avant qu'elle ne tombe, elle est partie chercher son fouet pour me corriger. Dans son élan, elle s'est pris les pieds dans le tapis et s'est cognée contre la table. Je suis partie sans vérifier qu'elle était en vie. Quand je suis rentrée, je n'ai pas pleuré, j'ai juste appelé les flics.

L'autopsie, mon avocat et la présence sur mon corps des sévices qu'elle m'infligeait m'ont innocentée.

Je n'ai jamais regretté sa mort, je n'ai jamais réussi… Enfin, est-ce que j'ai essayé ?

Je tourne sur moi-même. Des particules de poussière dansent de part et d'autre de la pièce sous les rais de lumière qui filtrent des volets. Je repère une photo d'elle et moi sur le piano. Elle ne sourit pas, mais moi, si. J'étais jeune à cette époque. Je caresse la surface du cadre pour mieux détailler le cliché. Elle était belle malgré ce visage morne. Une beauté glaçante et saisissante. Les hommes la regardaient souvent, pourtant après mon père, je n'ai pas le moindre souvenir qu'elle ait côtoyé quelqu'un. Peut-être que ça aurait été différent, mais je ne le saurai jamais. Elle aurait pu devenir mannequin si elle n'avait pas décidé de se dévouer corps et âme à un culte…

Finalement, rien n'a changé ici, son lit est toujours fait au carré et sa bible est sur la table de chevet avec un verre d'eau. Même sa robe de chambre est posée au pied du matelas.

Je me suis déjà demandé si, parce que je l'avais déçue, elle n'avait jamais voulu d'autres enfants…

Puis je me dirige vers ma chambre et pousse la porte du pied. Je l'observais souvent du chambranle, se maquiller pour la messe chaque dimanche. Petite, je rêvais de lui ressembler, qu'elle me maquille et qu'elle me dise que j'étais la plus belle. La première fois qu'elle m'a vue maquillée, sa remarque a été : « On dirait une catin qui se prépare pour un acte oral. »

Ma chambre, comme les autres pièces de la maison, est restée figée dans le temps. Pas de posters, pas de photos de moi, de mes amis, pas de frivolités. Juste une croix pour que Jésus veille sur moi. Je me penche vers l'une des lattes du plancher et la soulève. Dessous, une boîte. Je l'ouvre et redécouvre tous mes produits de beauté, maintenant périmés. Des vernis à ongles, des rouges à lèvres, des fards à paupières… Des choses banales, cachées sous le parquet, car c'était proscrit. Alors que je contemple mes trésors de l'époque, la sonnerie de mon portable me fait sursauter. Le prénom de l'expéditeur m'arrache un sourire, malgré moi.

Kane : T'es où ?

Max : Tu ne salues jamais les gens ?

Kane : Salut, Princesse. T'es où ?

Max : Dans le passé. Pourquoi ?

Kane : J'ai du temps à tuer
et tu n'es pas chez toi.

Max : Je voyage dans le passé.

Kane : Explication ? Je ne pige rien.

Comme d'habitude, je lui envoie l'adresse et range mon téléphone dans ma poche. Je continue mon exploration sous deux autres lattes. J'y trouve un sac en tissu, dedans : des minijupes, des bijoux, des tee-shirts courts… Tout ce que je n'avais pas le droit de porter.

Puis, je tombe sur un journal en cuir noir. J'avais oublié son existence pourtant, quand je le feuillette, je me revois, le soir, écrire.

« Aujourd'hui, elle m'a fouettée parce qu'un garçon m'a regardée à la caisse du supermarché. Il m'a souri et moi aussi. Je me suis pris trois coups pour chasser mes pensées impures de dévergondée. »

« Aujourd'hui, pour mon anniversaire, elle m'a offert une version de la Bible reliée avec un nouvel ensemble pour la messe. Je voulais du maquillage, des livres, des vêtements… N'importe quoi de mon choix, pas ce qu'elle voulait. »

« Aujourd'hui, je suis arrivée en retard à la maison et j'ai raté son premier appel. Elle m'a fouettée trois fois. Quand je lui ai dit que j'avais eu un B en histoire, elle m'a giflée et m'a demandé de me repentir auprès de Jésus. »

Des bouts de vie griffonnés à l'arrache sur les pages d'un carnet, comme une façon d'extérioriser les douleurs de l'époque. J'avais oublié que pendant un temps, j'écrivais toutes les fois où elle me maltraitait. Je replonge dans la lecture, mais certains souvenirs sont plus violents que d'autres. Revivre mon passé me fait perdre la notion du temps, car lorsque je relève la tête, je croise le regard de Kane. Il est appuyé contre le chambranle de la porte et m'observe en silence. Bien trop absorbée par ce carnet, je n'ai ni remarqué sa présence, ni entendu ses pas. Le voir fait gonfler mon cœur, m'apporte une espèce d'espoir qui me donne envie de vivre. Étrange quand on pense aux démons qu'il traîne derrière lui.

– Bonne lecture ? me demande-t-il.

– Glaçante, ancienne, tu vois le genre.

– Tu m'en lis un passage ?

– Tu aimes les histoires qui font peur, Kane ?

Il sourit et me couve d'un regard compatissant.

– Ton histoire, ton passé, tes angoisses ne me font pas peur. Je n'ai pas peur de toi, Maxine, répète-t-il d'une voix grave. Et je ne te jugerai jamais.

Je devrais craindre de lui lire ces passages de ma vie, mais je me lance parce que je sais qu'il ne se moquera jamais et que je n'ai pas de raisons d'en avoir honte. *Pas avec lui*.

– « Aujourd'hui, je suis restée une heure dans le placard, pour prier, pour expier mes fautes et peut-être simplement mon existence. Ces quatre murs me glacent le sang, ils me donnent envie de gerber. Je n'en peux plus de la peinture de ce barbu et de cette croix… L'idée machiavélique de la retirer pour me masturber avec comme dans le film *L'Exorciste*, histoire de l'achever pour de bon, est de plus en plus tentante… Je déteste cette maison, je déteste ce placard, je déteste cette bonne femme. »

Il me regarde intensément.

Pas de jugement, pas de moquerie.

Partager avec lui une partie de mes pensées intimes me semble naturel. Je crois que je me sens heureuse d'avoir rencontré quelqu'un capable de me comprendre vraiment. Le monde entier se permettrait de me critiquer, mais pas lui. Parce qu'il a fait des choses aussi répréhensibles que moi.

– Si les voies du Seigneur sont impénétrables, pas les tiennes, visiblement, commente-t-il, avec légèreté.

Je glousse même si sa blague est dégoûtante. Je crois que dédramatiser un peu mon passé avec l'humour me fait du bien.

– Je ne l'ai jamais fait, cela dit.

– Combien de coups de fouet tu aurais eu pour ça ?

– D'abord, l'étranglement jusqu'à l'asphyxie, mais sans la délivrance de la mort. Ensuite, au moins une quinzaine pour avoir osé profaner la croix, le confessionnal et Jésus.

Il ne dit rien, mais je vois ses traits se durcir et son regard s'assombrir. Je crois que j'aurais aimé le connaître avant de rencontrer Shelby. Ma mère l'aurait haï, elle m'aurait empêchée de le voir, mais auprès de lui, je suis certaine que j'aurais trouvé une forme de paix. Comme celle que je ressens maintenant, à le voir ici.

– C’est là que tu as grandi ? demande Kane en observant la pièce.

– Oui. J’ai pas mal pensé à elle ces derniers jours et je me suis sentie nostalgique.

Il me rejoint à l’intérieur.

– Jamais je n’aurais cru qu’un garçon entrerait dans ma chambre un jour.

– Ce qu’elle ne sait pas ne peut lui faire de mal. Pourquoi venir ici ?

– J’ai toujours des difficultés à rester dans mon appartement. Il me rappelle trop Shelby. Étrangement, je me sens un peu mieux dans cet endroit, c’est risible, tu ne crois pas ?

– La vie se fout souvent de notre gueule, alors ça ne me choque pas vraiment.

Il a raison. Fidèle à lui-même, Kane est vêtu d’un jean noir, d’un tee-shirt usé et a ses éternels cheveux en bataille. Une envie soudaine me dicte de me jeter dans ses bras, tandis que ma raison me somme de ne pas avoir ce genre de relation avec lui.

– Tu cachais des choses sous le plancher, remarque-t-il en se penchant.

– Évidemment, des fringues, du maquillage, des bijoux, tout ce qu’elle détestait. Un téléphone aussi, de ceux dont le forfait s’achète facilement. Et quelques livres.

– Des livres ? s’étonne Kane.

– Romance, fantasy… Tout ce qui selon elle pouvait dévergonder l’esprit d’une jeune fille.

La seule lecture autorisée devait être chrétienne ou bien approuvée par elle.

Il soupire, comme dépassé par ces règles. Nous n'avons pas eu la même enfance. Elles étaient toutes les deux misérables, mais à leur manière.

– Tu n'avais pas le droit d'écrire un journal ?

– Je ne sais pas, car elle n'a jamais su pour celui-là.

– Il contient d'autres pensées impures ? demande-t-il, curieux.

– Oh que oui. Beaucoup. Pendant des mois, j'ai répertorié ce qu'elle m'infligeait. Encore aujourd'hui, je rêve la nuit que tout ça n'a jamais existé, que ma mère m'aimait et qu'elle comprenait ma détresse, et je me promets que ça ira mieux.

– Je suis désolé, Princesse. Tu veux m'en lire d'autres ?

Je feuillette de nouveau le carnet.

– « Aujourd'hui, j'ai séché les cours puis j'ai baisé avec un inconnu dans les toilettes d'un bar. Il a craché sur mon sexe avant de me retourner contre la paroi de la cabine pour me prendre. Plus je repousse mes limites et plus je me sens vivante. Plus je brave ses interdits et plus je lui rends la douleur qu'elle m'inflige depuis tout ce temps. »

– Elle l'a su ?

– Pour les cours, oui. Quand elle m'a enfermée dans le placard pour expier mes fautes, j'ai fait exprès de raconter en détail l'épisode du bar, car je savais qu'elle écoutait derrière la porte. Sa punition était exemplaire, d'ordinaire, elle annonçait le nombre de coups, mais pas là. Je n'ai pas pu aller à l'école le lendemain tant j'avais mal, j'étais aussi fiévreuse. Quand elle s'est rendu compte de mon état, elle m'a soignée puis est partie se flageller pour se punir.

– Est-ce que tu as au moins un souvenir heureux avec elle ?

Je réfléchis en fouillant dans ma mémoire.

– Quand j'étais petite et que je lui obéissais encore, elle avait des regards aimants à mon égard. Mais à partir de l'adolescence, ils ont disparu et ont été remplacés par des insultes. Et toi ? Tu en as eu, des moments heureux ?

– Ouais, avec Dragan et Bonnie. Toujours soudés envers et contre tout.

Même si j'ignore à quoi ressemblait son frère, j'imagine trois gamins avec des cheveux noirs et des yeux verts souriants et contents d'être ensemble malgré leur vie de merde…

– J'aurais aimé le rencontrer.

Kane sourit.

– Il était gentil, loyal, sans une once de méchanceté. C'était mon exact opposé. Il haïssait la violence et, manque de chance, il est né au mauvais endroit…

Il fixe ses mains, celles qui l'ont tué, alors je m'avance vers lui pour les prendre dans les miennes. Il sursaute légèrement à mon contact et sort de ses pensées.

– C'était quoi, ces moments heureux, alors ?

Il crochète nos doigts et me rapproche de lui.

– Quand on dormait tous les trois. On vivait misérablement, mais chaque nuit, on refaisait le monde jusqu'à tomber de fatigue. Quand il n'y avait que nous, c'était plus facile de supporter la maison. J'aurais tellement voulu les extirper tous les deux de ce monde, avoue-t-il d'une voix triste.

– Je sais.

Je n'imagine pas à quel point ça doit être dur d'avancer avec cette culpabilité, ça me serre le cœur pour lui.

Il dépose un baiser sur mon front, je ferme les yeux pour savourer ce sentiment et la douceur de ce geste qui se fraye un chemin vers mon âme sans que je puisse l'empêcher.

– Dis-moi, il est où, ce placard ? m'interroge Kane.

– En bas.

– Tu me le montres ?

Je hoche la tête.

– Si tu veux.

Nous descendons en silence jusqu'à la cuisine et une porte blanche. Le confessionnal. Un bout d'enfer.

– C'est ici ?

– Oui.

Kane ouvre la porte et s'y engouffre. Tout est comme dans mon souvenir. La peinture de Jésus, la croix, la Bible, le petit coussin pour les genoux, les bougies…

– C'est flippant.

– M'en parle pas. Au fait, tu ne m'as pas dit pourquoi tu voulais qu'on se voie ?

– Il me faut une raison ? demande-t-il, en se tournant vers moi.

– Ne pas en avoir en est une aussi, en quelque sorte. Une raison nommée « envie ».

Il sourit.

– Je voulais simplement te voir, m'assurer que tu allais bien. Ne me force pas à reconnaître que je ne suis pas le parfait connard que je laisse paraître.

Je lui souris à mon tour.

– J'ai fait quelque chose de particulier… et je ne sais pas comment je me sens à ce sujet, reprend-il plus sérieusement.

Il ne me dit pas tout, voire rien, mais je n'insiste pas. Il me tend sa main que j'accepte, alors que la mienne tremble. Il me ramène contre lui et des frissons inexplicables parcourent mon être.

Je hais tellement cet endroit.

– Si jamais tu veux en parler, je peux écouter.

– Je veux que tu fasses attention, Princesse.

– Attention ?

– À Joey, précise Kane.

– Pourquoi ?

– Parce que je n'ai pas confiance en lui. Est-ce qu'il connaît cet endroit ?

– Non, je ne crois pas lui en avoir déjà parlé. Pourquoi, dis-moi ?

– Je n'en sais rien, je me sentirais plus rassuré si tu vivais ici…

– Tu ne veux pas m'expliquer ? Tu comptes faire quelque chose contre lui ?

– Peut-être, oui, car c'est ma vie contre la sienne. Il ne me laissera jamais tranquille et s'en prendra toujours à mon entourage. Tu en fais partie, au même titre que Bonnie ou Peter. Ça serait plus raisonnable de ne plus se voir, mais…

– Mais ?

– Ce n'est pas si facile, avoue-t-il.

Kane attrape mon menton et rapproche son visage du mien. Front contre front, on se regarde. Il me trouble tant, qu'il est difficile de rester insensible à son charme. Je ne sais pas ce qu'on est réellement l'un pour l'autre, mais il y a quelque chose qui vibre entre nous.

– Si tu fais quelque chose, je veux t'aider et me venger.

Il secoue la tête.

– Je ne souhaite impliquer personne là-dedans.

– Je m'implique toute seule. Je suis une grande fille.

– Alors on en reparlera en temps voulu.

– Promis ?

– Oui, promis, dit-il en caressant ma joue. C'est vraiment très compliqué de résister, de *te* résister.

Je souffle, haletante.

Dans une symbiose irréelle, nos lèvres se trouvent et s'entraînent dans un baiser, sauvage, passionnel, ravageur. Il puise toute mon énergie, me consume entièrement… Ses lèvres sont autoritaires, sa langue, joueuse, son corps, impatient. Je suis essoufflée, ravagée. Pour la première fois de ma vie dans ce placard, j'ai l'impression de vivre, j'ai l'impression de respirer.

– Tu es sans équivoque le Diable, je murmure.

– Et toi ? demande-t-il, à bout de souffle. Qui es-tu ?

– Maxine, mais si je succombe au Diable, c'est uniquement de mon plein gré.

Il m'embrasse le front, le nez, les lèvres, avec la même fougue et le même désir. Il me plaque contre le mur, sur la peinture. Si ma mère savait ça… Soudain, la croix tombe au sol. Je grimace, ne pouvant m'empêcher d'y voir un signe.

– Même morte, elle vient me hanter. On ferait mieux d'aller ailleurs, au cas où l'endroit serait maudit.

– On ne peut pas nous maudire deux fois, toi et moi, on l'a déjà été par nos briseurs d'âmes de parents.

Je ferme les yeux, me laissant transporter par ses paroles, car elles me font du bien.

– J'ai envie de te rendre vivante dans cet endroit qui t'a si souvent donné l'impression de mourir.

Sa promesse sonne comme une prière. Je la laisse s'infiltrer dans mon esprit avant de plonger mon regard dans le sien. Dans ses yeux il n'y a plus le dégoût d'autrefois, c'est différent. Cependant, il y a cette même intensité, car dans la haine ou dans l'attirance, il ressent chaque émotion à fond.

– J'ai la sensation de n'attendre que ça, je soupire.

À mes mots, son sourire ressemble vraiment à celui du Diable…

CHAPITRE 30

KANE

Je hais cet endroit.

Silencieusement, je prie pour que ce soit la dernière fois, pour que je n'aie plus jamais besoin de mettre les pieds ici.

J'ai toujours eu la sensation qu'à chaque visite ce lieu me dévorait l'âme un peu plus. Mais l'espoir de réduire cette maison en cendres ne m'a jamais quitté pour autant.

Joey est fou.

Mais puisque j'accepte de jouer à ses petits jeux, ne le suis-je pas, moi aussi ? Comment peut-il échapper aux flics ? Comment peut-il continuer de faire tout ça, sans inquiéter personne ? Et moi, qu'est-ce que je fais là ?

Finalement, je suis peut-être un putain de faible qui n'ose pas affronter son vilain monstre. Je prends l'excuse de Bonnie pour entretenir ma peur de la perdre et reste coincé sans avancer. Je ne cesse de lui donner de l'importance, de lui permettre cette emprise sur moi. Je devrais l'affronter, après tout, j'ai mille raisons de le faire.

Mais t'es faible, t'es un déchet.

Plusieurs jours sont passés et je n'ai toujours pas de nouvelles de Jun, si bien que je me demande si je n'ai pas rêvé ma rencontre avec lui. Je dois donc m'en tenir au plan, poursuivre les jeux sadiques de Joey. Autrement dit ; le laisser me défoncer.

Je me renie, j'ai honte de moi.

– Tu vas bien ? me demande Peter.

– Bien sûr, ce n'est qu'un combat, j'en ai fait des centaines.

– Mais celui-là est différent, parce que tu dois tricher et que tu es face à lui.

– Je sais, je soupire.

Je secoue la tête pour me sortir de ma léthargie. Pas le temps de divaguer ni même de rêvasser. Cette fois, je ne voulais pas que Peter vienne, même s'il m'accompagne à chaque fois. Mais pour sa sécurité, j'aurais préféré qu'il reste chez lui, car c'est devenu beaucoup plus dangereux qu'avant. Ensuite, j'ai repensé aux consignes de Jun : ne pas changer mes habitudes pour ne pas éveiller les soupçons… En même temps, savoir que mon meilleur pote est avec moi me donne de la foi et le courage d'aller jusqu'au bout.

– T'as juste à te coucher et après il te fout la paix. Il veut son moment de gloire pour leur faire croire qu'il est le seul capable de te mettre au tapis.

Il ne se rend même pas compte que si tu te laisses aller, tu vas le défoncer.

– Je crois au contraire qu'il le sait, c'est pour ça qu'il veut à tout prix que j'abandonne. C'est une façon de plus d'avoir l'ascendant sur moi, de m'humilier.

– Toi et moi, on sait ce que tu vaux.

Je hoche la tête.

Peter bande mes mains.

Ça devrait aller vite. Il me met quelques coups, il gagne et empoche le fric. Au moins, Bonnie et Maxine seront à l'abri du moindre danger. C'est bien pour ça que je le fais, de toute façon…

– C'est assez serré ?

Je bouge les poings, tout est OK.

C'est l'heure.

Il y a deux fois plus de monde que d'habitude. Hommes comme femmes, venus dans l'espoir de me voir manger la poussière. Ils sont tous ici parce que Shelby leur a promis un combat mémorable au cours duquel il fera tomber son champion incontesté. J'entre sur le ring, accompagné d'un mélange de cris et de huées. Ses supporters, ceux qui viennent à toutes ses fêtes, ont misé énormément d'argent. Je me place dans la cage et repère Peter dans un coin. Je sais qu'il est là, c'est tout ce qui compte pour moi.

Ma respiration est calme. Plus que je ne l'aurais cru. Je n'ai pas peur de me prendre des coups, je suis rodé.

Lorsque Joey me rejoint. La foule hurle d'une seule voix. Des cris de joie puis son nom :

– Shelby ! Shelby ! Shelby !

C'est l'euphorie, mais cette mascarade est ridicule. Il est ridicule. Que penseraient-ils s'ils savaient qu'il a besoin de tricher pour gagner ? Il porte un marcel et un pantalon de jogging comme moi, à la différence que « Shelby » est écrit dessus en lettres dorées. Même les bandes de ses mains sont dorées. À part ça, il est plutôt bien foutu, mais pas autant que moi.

Je reste concentré.

Comme toujours, je suis impassible et silencieux. Lui, il fait le show.

J'ai hâte d'en finir et de me barrer.

Enfin, le combat commence.

Joey m'a imposé ses conditions, l'une d'elles ; il doit impérativement me frapper le premier. Rien à foutre, je le prive de ce privilège en une fraction de seconde. Sans lui donner le temps de m'atteindre, mon poing le percute en pleine face et il titube. Dans son regard, je perçois déjà la haine, la vengeance et la peur.

Il se jette furieusement sur moi. Je le laisse m'asséner quelques coups, mais je me rends compte qu'il s'est ramolli avec le temps… J'ai tellement encaissé depuis, que j'ai l'impression d'être immunisé.

– Si tu espères me foutre au tapis avec tes caresses, ça va pas le faire.

Il m'insulte, mais je fais un pas de côté pour l'esquiver. Si seulement je pouvais, je lui donnerais la raclée de sa vie.

Si seulement je pouvais...

Le combat continue et les coups aussi. Pourtant, ça ressemble davantage à une comédie bien que le public hurle et scande le nom de Joey comme s'il avait une chance, comme s'il était doué. Il est tellement ridicule que c'en est risible. Ce soir, pour la première fois, il ne m'apparaît pas comme une menace.

Il est rapidement essoufflé alors que je n'ai même pas donné dix pour cent de mes capacités. Notre différence me saute aux yeux. Il retire son haut et affole la foule. Les femmes crient comme des hystériques. Ce spectacle me donne envie de gerber.

Si seulement je pouvais...

– Couche-toi maintenant ! ordonne-t-il.

– Ton public ne croira jamais à cette mascarade, je conteste.

Je le frappe encore. Il recule en se tenant le ventre. Il rage, il hurle, il est furieux. Je vais le payer, je le sais, mais avant de lui offrir la victoire, je veux jouer un peu moi aussi. On se tourne autour, on se bat. Je finis par m'écrouler lorsque je le laisse me mettre une droite.

Il se penche alors vers moi avec un sourire sadique.

– Tu vas le regretter.

Il me donne un coup de pied dans le flanc, puis un deuxième. Ça fait un mal de chien !

– T'es qu'une merde, Kane. Un putain de déchet que j'aurais dû crever il y a bien longtemps.

Si seulement...

Il revient pour me frapper, mais c'est plus fort que moi, mon instinct de survie s'active, guidé par ma rage. Je réplique par un coup de boule qui le fait reculer et tomber par terre. Le sang coule sur son visage tandis qu'il me regarde avec effroi quand je me redresse et m'avance vers lui, habité par une colère incontrôlable. La bête en moi s'est réveillée, le bruit autour de nous passe en second plan. Mes muscles tressautent nerveusement, gonflés à bloc. Mon corps veut en découdre, mon être tout entier veut en finir. Alors, je me jette sur lui. Assis sur son torse, je le roue de coups de poing.

Il est dominé par son propre fils, dépassé par sa propre création, humilié par son champion. Il ne peut rien faire pour arrêter le massacre. Il ne se défend pas parce que je le punis et qu'il ne peut s'y soustraire.

Plus je le frappe, plus je vis.

Plus je le frappe, plus je me libère.

Plus je le frappe, moins j'ai envie d'arrêter.

J'ai conscience de ma chance ; je peux le tuer ce soir. Je peux le réduire en bouillie, je peux en finir avec tout ça, mais soudain, on m'éloigne de lui.

La bête est toujours en moi, mais je me reconnecte à la réalité. Je comprends que les hommes de Joey sont autour de lui pour le protéger et que deux autres me retiennent. Dans le public, c'est l'affolement. Comme s'ils n'avaient jamais rien vu de pire que le grand Shelby se prendre une raclée. Ses gars me tirent hors du ring, me donnant des coups pour me calmer, mais pas facile de dompter une bête. Je ne repère pas Peter, j'espère qu'il s'est barré. Je me débats pour donner le change, tandis que je les laisse m'entraîner loin de la foule. Ils veulent m'emmener dans un coin et m'enfermer le temps que Joey se réveille. Malheureusement, je sens que je ne l'ai pas achevé.

On arrive dans la cour, non loin des cochons ; il y a Jam qui attend, une batte de base-ball dans les mains, en train de jouer avec comme un gosse. Je remarque les cages qui servaient pour ses chiens quand il faisait des combats. Les voyant vides, je devine qu'ils veulent me mettre dedans. Ils me gardent en vie pour Joey.

– Salut, petite merde ! me lance-t-il, en s'avançant vers moi.

Je me débats, mais ils ont de la poigne. Je n'ai pas encore récupéré depuis que j'ai défoncé leur boss. Alors que les deux autres gars me maintiennent toujours en place, Jam me frappe quatre fois avec sa batte. Deux fois dans les côtes, deux fois dans les tibias. La douleur est vive et mordante.

– Tu ouvres moins ta gueule maintenant. Tu vas payer pour ce que tu viens de faire.

Je n'ai pas le temps pour ça, je dois me barrer fissa. Retrouver Bonnie, Maxine…

Soudain, je sens qu'on me libère. Peter vient de taser un mec qui s'effondre à mes pieds. Il cogne le deuxième pendant que je me jette sur Jam. Il esquive mon premier coup et se protège en agitant sa batte devant lui. Je parviens à m'approcher en esquivant l'objet. J'en profite pour enchaîner les frappes. Il recule à chaque coup. Comme Joey, je vois dans ses yeux le moment où il comprend qu'il n'a aucune chance face à moi. Personne ne m'infligera jamais pire que la douleur d'avoir ôté la vie à Dragan. Car c'est ça qui me rend si dangereux.

– Tu vas…

Je le frappe encore et encore.

Je suis déchaîné, ravagé.

Je suis le champion de l'arène après tout. Je n'ai aucun scrupule pour les merdes dans son genre.

Jam fini par s'écrouler contre une barrière.

– Arrête, gémit-il.

– Toi, tu n'aurais aucune pitié pour moi, je rétorque avec un dernier coup.

Il tombe la tête la première, inconscient, dans l'enclos à cochons. Au milieu de la boue, de la merde, les porcs s'agitent et s'avancent vers lui.

– Viens ! hurle mon meilleur pote.

Peter m'arrache à ce spectacle et me tire vers la sortie en courant. Aussitôt au volant de sa voiture, il démarre en trombe.

– Je dois aller voir Max. Elle m'a envoyé un message dans la journée.

– OK.

– Merci pour les gars, au fait.

– Comme si j'allais partir et les laisser te défoncer. Je savais que tu ne pourrais pas t'en empêcher.

– J'ai…

Soudain, je pense aux répercussions de cette soirée et ça me glace le sang. On est en danger. Il va me le faire payer, très cher…

– Assure-toi que Bonnie va bien, le temps que j'aille voir Max. Protège-la, mec. Il va se venger, c'est certain, je ne sais pas quand, mais on ne sait jamais. Je n'en ai pas pour longtemps.

– Ne t'en fais pas, je prendrai soin d'elle. Je vais lui expliquer, elle comprendra.

– On va partir et déménager. On n'est plus en sécurité au mobile home, toi non plus. Surtout après avoir tabassé deux de ses hommes.

– Chaque chose en son temps, occupe-toi de Max et on en parle quand tu reviens.

CHAPITRE 31

MAXINE

Quelques heures avant le combat de Kane

J'ignore pourquoi à cet instant, en plein milieu de mon cours de médecine, je me souviens de lui. Kane, au centre d'une arène avec d'autres combattants. J'étais sur les genoux de Joey pendant qu'ils s'affrontaient dans une piscine abandonnée. Kane était torse nu, seulement vêtu d'un bas de jogging noir et de bandes sur les mains. Une vraie bête de scène. Il était redoutable et redouté. L'ambiance autour de lui était survoltée. Ce soir-là, je n'avais pas particulièrement bu, je suivais le combat attentivement. C'est dingue de ne m'en souvenir que maintenant… Je me gifle mentalement, pour tenter de me concentrer sur le moment présent. En vain. Fiona, à côté de moi, semble passionnée par le cours. Enfin, je me demande si c'est vraiment le cours ou bien l'intervenant en médecine qui la fascine à ce point. Je sors de classe sans avoir retenu quoi que ce soit.

Max : Hello !

Kane : Je ne peux pas venir,
je bosse pour Joey aujourd'hui.
Il y a un problème ?

Max : Non. Je voudrais juste
te demander un service quand
tu auras le temps.

Kane : Dis-moi.

Max : J'aimerais que tu m'apprennes
à me battre.

Kane : D'accord.
Dis-moi quand et où, je viendrai.
Est-ce que tu as de quoi t'entraîner ?

Max : Je l'aurai. Dans mon ancienne
maison, il y a un grand jardin,
ça peut le faire. Tu es occupé ce soir ?

Kane : Je te rejoins après le boulot,
dès que je peux.

Je souris comme une ado… *pathétique.*

J'aime qu'il n'y aille pas par quatre chemins, il ne me protège pas avec de beaux discours : « Pas besoin de te battre, je suis là pour ça », et autres niaiseries. Il m'aide sans avoir besoin de mentir ou de me ménager. Je range mon téléphone dans mon sac.

Je suis allée au garage hier pour bosser sur la moto avec Eddie. C'était bien, mais pas suffisant pour me faire oublier l'agression. J'ai besoin d'autres choses pour m'occuper l'esprit. J'aimerais en parler à Eddie, lui expliquer pourquoi j'ai l'air aussi détraqué, mais je n'ose pas. Et comme j'ai peur qu'il lui arrive quoi que ce soit à cause de ça, je ne dis rien.

Pendant les cours, bien que je les adore, je ne suis pas très consciencieuse, je me laisse distraire par n'importe quoi. La seule chose qui me canalise, c'est… Kane. C'est quand même incroyable que je me sente à ce point vivante avec lui. C'est complètement débile, il y a quelques semaines, je vomissais son prénom et il me sortait par les yeux. Et maintenant, j'ai l'impression de n'être entière qu'avec lui.

C'est même un fait. Kane sait ce que je suis, il connaît le pire de moi. Il est d'ailleurs la première personne à tout savoir. L'autre jour, j'aurais dû être morte de honte en lui lisant mon journal intime, pourtant, c'était comme une évidence. Ma mère voulait que je fasse amende honorable devant son Dieu, mais ce n'était pas pour moi. J'avais besoin d'un être aussi détruit que moi pour qu'on me comprenne enfin.

Grâce à des cours annulés, je quitte le campus dans l'après-midi. J'enfourche ma moto pour rentrer chez moi. Je ne reste pas, je change juste de sac et de véhicule. Il faut que je fasse des courses. En me garant au centre commercial, je suis étonnée de voir autant de monde, pour un jour en semaine. Je m'occupe déjà de l'alimentaire puis dévalise presque le rayon des produits d'entretien.

Par hasard, je passe devant celui des alcools et boissons. Il n'y a personne, juste un homme qui fixe les whiskys. J'avance comme si je ne contrôlais plus mon corps ou qu'une ficelle invisible me tirait volontairement dans ce rayon pour me torturer. Une ficelle nommée « tentation ». La plus cruelle, la plus vile, la plus perfide de toutes. Elle attend le bon moment pour faire tomber les gens dans leurs travers. Je regarde les rangées qui semblent s'étendre à l'infini. Je veux fuir, pourtant je reste là, hypnotisée, perdue. Armagnac, cognac, schnaps, vodka, rhum, whisky, tequila, gin, liqueur… Tant de liquides, tant de goûts différents, tant de choses délicieuses que je n'avais pas goûtées depuis longtemps avant que Joey n'en décide autrement. Je caresse une bouteille du bout du doigt avant de serrer plus fort mon jeton autour de mon cou.

– « Mon Dieu, donnez-moi la sérénité d'accepter

Les choses que je ne peux changer,

Le courage de changer les choses que je peux,

Et la sagesse d'en connaître la différence. »

Paradoxalement, je récite plusieurs fois la *Prière de sérénité* dans ma tête. Je ne dois pas craquer, je n'en ai pas besoin. Je dois juste retrouver mon courage et ma détermination, retrouver…

J'attrape une bouteille et touche l'étiquette. Est-ce que ce serait mal de la prendre ? D'en boire, rien qu'un tout petit peu ? Personne n'en saurait rien, juste moi et…

Si tu craques maintenant, tu te détesteras pour toujours, souffle une voix dans ma tête. *Si tu craques maintenant, c'est fini. Tous tes efforts seront à jamais détruits. Maxine, tu vaux mieux que ça.*

Je vaux mieux que ça ? Je l'espère.

Je repose la bouteille sur l'étagère, serre encore mon jeton avant de m'enfuir en courant loin d'ici.

Je me sens encore fébrile d'être passée dans le rayon des spiritueux… Nouvelle cible : la boutique de sport. Je ne savais pas trop quoi prendre pour apprendre à frapper alors j'ai regardé sur Internet. Je commence par choisir des vêtements adaptés : quelques brassières, des tee-shirts puis des leggings. Je prends ensuite des bandes de boxe, des pattes d'ours, un pao de boxe puis j'interpelle un vendeur pour acheter un sac de frappes. Celui-ci me l'apporte jusqu'à la caisse.

***

J'ai remis l'eau et l'électricité dans mon ancienne maison. Depuis quelques jours, je réfléchis à revenir y vivre le temps de trouver un autre appartement. Alors, sans attendre, je décharge les courses sur le porche avant de tout ranger à l'intérieur. Une fois le frigo rempli, je m'attaque au ménage. Je mets mes écouteurs Bluetooth pour écouter de la musique. Rien de tel qu'Eminem pour me donner de la motivation. J'aère la maison, range, dépoussière, nettoie. Je travaille comme une forcenée sans regarder l'heure. Je décide de me débarrasser dans un carton de tout objet religieux : croix, bougies, cadres photo, livres, puis les dépose dans le garage. Sans oublier sa mallette contenant ses tiges, martinets et autres réjouissances avec lesquelles elle me corrigeait. Peut-être que plus tard, je revendrai les meubles ou les donnerai à des œuvres de charité.

Épuisée par le ménage, je m'écroule sur le canapé. Je navigue sur mon téléphone avant de me servir un verre d'eau dans la cuisine. Soudain, des coups retentissent contre la porte.

– Salut ! lance Kane, à bout de souffle lorsque je lui ouvre.

Il est couvert de sang.

– À qui est-ce ? je demande en désignant les taches, la peur au ventre.

– À Joey, avoue-t-il dans un râle.

Des frissons glissent le long de mon échine. Avant même que je ne réponde, il se blottit contre moi.

– Kane…

Ses bras m'enserrent la taille et il enfouit son nez dans mes cheveux. Il paraît complètement exténué, préoccupé.

– T'as l'air éreinté, remarque-t-il, lorsqu'il redresse la tête.

Un ricanement nerveux m'échappe.

– Tu te soucies de moi alors que… Viens, entre, je dis en lui prenant la main.

Il me suit jusqu'au salon.

– Qu'est-ce qui s'est passé ? Explique-moi.

Je ne sais pas quoi penser ni à quoi m'attendre, mais je commence à flipper. Il est encore debout avec cette même lueur terrible au fond des yeux. Il l'aura toujours, tant qu'il n'affrontera pas son monstre. Même si cette pensée est effrayante, j'espère qu'un jour son regard sera différent.

– J'ai fait une connerie…

Il a l'air vulnérable. Je le fixe, consciente qu'il me fait de l'effet, mais qu'il est trop tard pour le cacher. Ce n'est pas seulement physique, c'est tellement plus.

– Quoi donc ?

– Il a organisé un combat. Avec lui cette fois.

– Dans l'arène ?

– Oui, confirme-t-il en hochant la tête. Il m'a dit que je devais me coucher. Il avait organisé des paris, avec des cotes annonçant sa victoire pour se faire un paquet de fric. J'étais prêt à me rendre, mais…

– Mais ?

Je caresse son visage.

– Mais je n'ai pas pu. J'ai senti ma force, ma supériorité… J'avais l'occasion de le défoncer, alors je l'ai saisie.

– T'as pu t'échapper à temps ?

– Ouais, ses hommes m'ont éloigné de lui avant que je le tue. Ensuite, un autre a voulu me retenir pour m'empêcher de partir, mais je l'ai mis K.-O. J'ai déconné et les conséquences vont être terribles.

Il parle de Bonnie, de moi peut-être aussi et de Peter. Il a déjà perdu son frère et il en souffre encore aujourd'hui. Si Bonnie disparaissait, ce serait épouvantable, il ne s'en remettrait probablement pas, devenant le monstre qu'il redoute. Ce que je prenais pour de la parano malsaine au début est en fait une peur viscérale de perdre sa seule famille. S'il arrivait malheur à sa sœur, il n'aurait plus rien à perdre. Ce qui retient depuis toujours Kane de s'en prendre à Joey, c'est Bonnie, car elle est une proie facile. Tout comme je l'ai été et le suis encore.

– Pourquoi es-tu venu ici ? Bonnie est…

– Je sais, mais toi aussi…

Bien que je devine la fin de sa phrase, j'ai quand même besoin de l'entendre.

– Tu es importante, c'est quelque chose d'instinctif, que je ne contrôle pas. Je veux m'assurer que tu vas bien, tout comme Bonnie. Peter est avec elle, je compte les rejoindre. Je voulais juste passer et reprendre des forces auprès de toi…

Je vois bien qu'il est troublé par sa propre révélation, je reste stoïque en façade, mais ses mots me rendent fébrile.

– Il va se venger, tu dois faire attention, je le préviens, inquiète rien que d'y penser.

– Oui, je sais. Il se vengera au centuple. Je l'ai humilié devant ses hommes et ses supporters. Il va avoir le visage tuméfié pendant plusieurs jours…

– Tu regrettes de ne pas l'avoir…

– Achevé ? termine-t-il à ma place.

Je hoche la tête, consciente que cette pensée hante son esprit.

– Oui. Plus je le frappais et plus je me libérais de la douleur, tout ce que je voulais, c'était ne plus m'arrêter…

– Tu devrais rentrer voir Bonnie. Il avait dit qu'il s'en prendrait à elle, je poursuis, préoccupée par sa sécurité.

– Je sais, je vais y aller. Je voulais juste te prévenir aussi… et j'espérais prendre une douche. Je préfère qu'elle ne me voie pas dans cet état. Même si elle est au courant, je ne veux pas lui infliger ce spectacle.

– Tandis que moi, j'y ai droit ?

– Toi, tu n'as pas peur de moi, parce que tu es comme moi. Bonnie, je l'ai protégée de tout…

– Je te taquine, Kane, je dis pour le rassurer, en me rapprochant de lui.

Il grogne, ce qui le rend, pour le coup, assez mignon.

– Va te laver, je me charge de te trouver un tee-shirt de rechange.

– Est-ce qu'on peut venir ici, quelques jours ? Le temps que je trouve une solution ? Je pense qu'on serait plus en sécurité que chez nous.

– Bien sûr.

Il hoche la tête, un peu plus détendu.

– Merci, Princesse.

Il tourne sur lui-même, l'air étonné.

– Je vois que tu t'es débarrassée de Jésus, commente Kane.

– Oui, il ne se plaisait plus ici. Il avait besoin d'air.

– D'ailleurs, pourquoi cette soudaine envie d'essayer la boxe ?

– Peut-être qu'en sachant me défendre, je n'aurai plus l'impression d'être aussi vulnérable. C'est toujours utile, je pense.

– Pourquoi t'adresser à moi ? Tu pourrais trouver un club et un entraîneur pour apprendre les bases.

– Parce que je me souviens de toi quand tu as débarqué en sang dans mon appartement, quand on s'est battus dans les poubelles, et parce que je me suis souvenue de toi là-bas.

– C'est-à-dire ?

Je lui raconte le flash que j'ai eu un petit plus tôt dans la journée.

– J'étais hypnotisée par ta façon de dominer le monde. Je n'y connaissais rien, mais n'importe qui regardant le combat avait compris que les autres n'avaient aucune chance. Dans ce chaos, tu étais beau.

– Parce que je suis une bête quand je joue aux jeux de Joey. C'est une question de survie.

– J'imagine, mais je crois que c'est ça que j'aimerais que tu m'apprennes. Cette rage dans ton cœur, je veux que tu me la transmettes pour pouvoir me défendre, au cas où. Je ne trouverais pas meilleur prof que toi pour ça.

– Je peux essayer, c'est même une bonne idée.

Je souris, contente qu'il accepte.

– Maintenant, va te doucher, la salle de bains est en haut.

Comme je le pensais, il y a tout ce qu'il faut dans le garage : chemises, pantalons, tee-shirts de mon père… Un noir sera parfait.

Kane débarque dans la cuisine comme un fou. Son torse est encore mouillé et ses cheveux dégoulinent.

Son visage est crispé, défiguré par des sentiments dévastateurs.

– Kane ?

Je lui donne le tee-shirt qu'il enfile sans un mot. Son buste se soulève difficilement, comme s'il était essoufflé ou juste… enragé.

– Il est déjà passé à l'acte, éructe-t-il d'une voix meurtrière.

CHAPITRE 32

KANE

– Qu'est-ce qui s'est passé ? demande Max.

– Je ne sais pas encore. Peter m'a dit de rappliquer, car le mobile home était en feu…

Mon cœur est sur le point de lâcher quand j'ouvre la portière de la voiture. Il bat tellement fort que je frôle probablement la crise cardiaque. Maxine, à mes côtés, a le visage sévère, triste. Elle reste silencieuse et s'installe près de moi.

Les mots de Peter se répètent en boucle dans ma tête. J'imagine un million de scénarios. Si Bonnie meurt, je n'aurai plus aucune limite, plus aucune retenue. Je deviendrai comme Joey : sans foi ni loi. Plus de peur, de remords ou de pitié.

Je roule comme un fou. Je double n'importe comment, rate des priorités, ne fais attention ni à ma sécurité, ni à celle de Max. J'ai besoin d'arriver à la maison, et vite… Même si je crains le pire.

L'accès au parc des mobile homes est interdit quand on arrive. Des voitures de flics barrent le passage.

– Putain !

– Vous ne pouvez pas passer, Monsieur.

– J'habite ici, j'aboie.

Il secoue la tête.

– Impossible d'entrer en voiture maintenant.

Je me gare à l'arrache sur le côté, descends en trombe, Maxine à ma suite.

– Vous ne pouvez pas y aller, c'est dangereux, répète-t-il, en tentant de s'interposer.

S'il croit qu'il va m'arrêter, il se fout le doigt dans l'œil, ce connard.

– C'est ma putain de maison qui brûle, alors je vais me gêner.

J'attrape la main de Max et me glisse sous la bande de sécurité. Je ne sais pas si le mec nous suit, mais je cours comme un fou jusqu'aux… ruines. Le bâtiment est encore en feu, les pompiers s'évertuent à l'éteindre, alors que le toit s'est effondré et que le reste est noirci par les flammes. Il ne reste rien. Mais ce n'est pas le plus important. Dans la foule amassée, je cherche Peter. Il est un peu en retrait, le visage fermé. Quand il me voit, il semble se ranimer. Je me précipite vers lui aussitôt.

– Bonnie ! je crie. Où est Bonnie ?

– Elle…

– Elle quoi ? je m'impatiente.

– Elle est partie avec l'ambulance, ils l'ont emmenée en urgence.

– Elle va bien ? s'inquiète Maxine, à mes côtés.

– Je n'en sais rien, répond mon meilleur ami.

– Comment ça ?

– Elle était inconsciente, elle saignait… Ils n'ont pas voulu que je monte avec elle. Alors, je n'en sais pas plus, je suis désolé, Kane.

Inconsciente. En sang.

Ces deux informations me font bouillir de colère, de tristesse. Mon corps tremble de rage. Je hurle à m'en arracher les cordes vocales. Les gens se tournent vers nous, sans oser s'approcher. Alors que je m'apprête à me frotter le visage, je me rends compte que je tiens encore la main de Maxine.

– On y va, je grogne. On va à l'hôpital.

Tous les deux m'emboîtent le pas. Je me fiche du feu et du mobile home, tout ce qui compte, c'est Bonnie, et d'être auprès d'elle.

– Tu ne veux pas que je conduise ? propose Peter. T'es pas en état.

J'ai perdu Dragan, je ne peux pas perdre Bonnie…

Joey n'a voulu aucun de nous et j'imagine que notre mère non plus, sinon elle n'aurait pas passé son temps à se droguer au point de mourir d'une overdose. Je ne sais même pas pourquoi il ne nous a jamais abandonnés. Ça n'aurait pas pu être pire… Peut-être même que Dragan serait encore en vie.

Je savais qu'il allait riposter, qu'il se vengerait à la seconde où il se réveillerait. Comme j'ai malheureusement échoué à le tuer, ce qui arrive est entièrement ma faute. Il n'a pas perdu de temps ou bien, au vu de sa réactivité, il avait peut-être déjà prévu son coup.

J'ai laissé mes instincts les plus primitifs prendre le contrôle de mon corps. Et si c'était à refaire, je recommencerais, juste pour éprouver à nouveau ce sentiment de puissance et cette peur qui émanait de lui. Je n'avais pas imaginé qu'il se remettrait si vite, je pensais avoir le temps de prévenir Maxine et de mettre Bonnie à l'abri.

– Kane ? m'interpelle Peter.

– Crois-moi, je suis parfaitement en état, je réponds. Tu montes ou je pars sans toi.

Il grimpe à l'arrière et je démarre en trombe. J'ai les idées tellement claires que c'en est flippant. J'imagine des tas de scénarios et, dans chacun d'eux, Joey crève dans d'atroces souffrances. Je crains de ne plus attendre Jun et de m'en charger moi-même. Je conviens que l'assassinat d'un homme comme Joey, ça se prépare, mais j'ai atteint mes limites.

– Kane…

La voix de Maxine ne m'apaise pas, mais elle me ramène à la réalité.

– Tu vas nous tuer si tu continues de rouler aussi vite !

Elle a raison, alors je ralentis. Je veux être en pleine forme le jour où Joey me suppliera de l'épargner.

Bonnie était inconsciente, en sang... Je n'arrive pas à penser à autre chose.

Nous arrivons enfin à l'hôpital avant de nous précipiter vers l'entrée des urgences. Heureusement, un guichet à l'accueil est libre.

– Je voudrais voir ma sœur, elle a probablement été admise ici, je demande sans préambule.

– Bonsoir, répond la personne à l'accueil.

– Ouais, bonsoir.

– Quel est son nom ?

– Bonnie Shelby.

– Je n'ai personne.

– Elle est forcément ici, je râle. Vérifiez.

La femme secoue la tête.

– Une jeune personne a été admise, inconsciente. Elle n'avait pas de papiers sur elle donc nous n'avons pas son nom. Je ne peux pas vous aider.

Je fulmine, mais Maxine me dépasse puis se positionne face à la secrétaire.

– Bonsoir, est-ce que vous pourriez juste vous renseigner s'il vous plaît, sur une patiente qui aurait été admise à cause de brûlures ou quelque chose comme ça ? Elle a été victime d'une explosion ou d'un incendie. On a besoin de savoir s'il s'agit du bon hôpital.

Mon corps tendu se calme un peu à son contact. Subtilement, elle se laisse aller contre moi, comme pour me faire comprendre que je ne suis pas seul et qu'elle prend le relais.

– En effet, une patiente a bien été admise il y a quelques minutes pour brûlures. Mince, brune, une vingtaine d'années.

Je souffle de soulagement dans les cheveux de Maxine. C'est forcément elle. Je veux être à ses côtés, j'en ai besoin. La peur de la perdre me tord le ventre, comme lorsque Dragan est décédé. La même douleur que celle de perdre une partie de soi. Ce jour-là, quand il est tombé raide mort, j'ai compris que je ne serais plus jamais complet. Je ne veux pas qu'on me prenne aussi Bonnie.

– C'est elle, confirme Maxine. Merci.

– Vous êtes de la famille ?

– Son frère, je dis. Je peux la voir ?

– Je notifie qu'un membre de la famille est là, un médecin viendra donc vous voir dès qu'il aura fini de s'occuper d'elle. J'ignore par contre le temps que ça va prendre.

On s'éloigne du guichet avant de s'asseoir tous les trois près d'une machine à café.

– Elle va bien, lance Peter. Je suis sûr qu'elle va s'en sortir.

L'optimisme n'a jamais été une de mes qualités. J'ai grandi dans un univers où ce mot n'avait pas sa place.

– Tant qu'on ne me confirmera pas qu'elle est hors de danger, j'attendrai.

Maxine pose sa main sur ma cuisse sans que Peter commente.

– Tu as vu quelqu'un ? Un des hommes de Joey ? je demande.

– Non, personne…

– Qu'est-ce qui s'est passé ?

– Je ne sais pas, c'était comme ça quand je suis arrivé sur place. Le passage était bloqué, mais j'ai réussi à me faufiler dans la foule. Je t'ai appelé dès que j'ai vu les pompiers autour de chez toi. J'ai juste eu le temps d'apercevoir que Bonnie était inconsciente sur un brancard. J'ai dit que je la connaissais, que je voulais l'accompagner, mais ils n'ont pas voulu de moi.

– C'est Joey, tu crois ? chuchote Maxine comme s'il s'agissait d'un secret. Il avait peut-être orchestré une riposte dans le cas où tu te rebellerais.

– Absolument. Je n'ai pas le moindre doute là-dessus.

– Quand je t'attendais, j'ai entendu les voisins qui parlaient d'un gros bruit. Il y aurait eu deux détonations.

Je passe une main dans mes cheveux.

– Des coups de feu ? lance Max.

– Des grenades plutôt, réponds Peter. Mais je n'en suis pas certain. Tu sais combien les gens sont cons…

Il faut à tout prix que Jun se bouge et qu'il m'aide. S'il ne donne pas signe de vie, je m'en occuperai moi-même. J'enverrai Bonnie et Maxine à Tombouctou. Le temps qu'il les retrouve, je pourrai le buter. Mais bordel, s'il surveille Joey, pourquoi n'a-t-il pas su pour l'incendie ? Peut-être qu'il savait, mais que m'en informer aurait mis la puce à l'oreille de Joey ? Je deviens barjot, je ne donne plus très cher de ma santé mentale.

– Pourquoi tu ne contactes pas ce type ? demande Peter. Il est temps. J'ignore si c'est moral ou pas de faire appel à ce genre de personne, mais… Joey n'a rien de moral.

Aucun d'eux ne sait que j'ai déjà rencontré Jun. J'attendais que ça soit plus concret et je ne voulais pas qu'ils risquent quoi que ce soit si jamais le plan était venu à foirer.

– Quel type ? questionne Maxine.

– Ce n'est pas le lieu, je grogne. Il y a du monde, on en parlera quand on sortira d'ici.

– Tu l'as appelé ! devine mon meilleur ami avec les yeux ronds.

– Ce n'est pas l'endroit, je répète, d'un ton sévère.

– Qui ça ? poursuit Maxine.

Je passe une nouvelle fois une main dans mes cheveux. *Ils vont me rendre dingue, les deux !* Lentement, je me penche vers Maxine et chuchote à son oreille :

– Un tueur à gages.

Son expression traduit sa surprise, mais elle reste silencieuse. Je voudrais connaître ses pensées. A-t-elle peur ? Me prend-elle pour un fou ? Va-t-elle m'en empêcher ou s'enfuir ? Je l'ignore et c'est frustrant. Elle fait partie de ma vie et de celle de

Bonnie. Elle fait partie des dommages collatéraux de Joey, alors je ne crains pas de lui avouer la chose, car je sais qu'elle me comprend. J'étais sincère tout à l'heure, quand je lui ai dit qu'elle était comme moi. C'est vrai, elle est solide, elle sait encaisser. Même les choses immorales…

– Plus tard, j'insiste. On en reparle, mais pas ici.

– Vous allez dormir où ? demande Peter.

– Chez moi, et tu es le bienvenu, toi aussi.

Je plonge mon regard dans celui de Maxine. Joey va vouloir ma mort maintenant, c'est certain. Il ne pardonnera jamais ma trahison ni son humiliation. Rester chez Maxine, c'est la mettre encore plus en danger. Quand je lui ai demandé ce service, ça me semblait une bonne idée, mais maintenant…

– Avec ce qui vient de se passer, je ne suis plus très sûr.

– Tu refuses de t'enfuir et tu n'as nulle part où aller. Ensemble, on sera plus forts, non ?

C'est vrai, à l'exception de sa dernière phrase. Ensemble, on est également plus vulnérables. Mais pour le moment, je n'ai pas trop le choix. Je ne peux pas partir tant que Bonnie est à l'hôpital.

La chose la plus raisonnable serait de lui faire comprendre qu'il est plus judicieux qu'elle s'éloigne de moi, qu'elle parte loin avec Bonnie, mais j'en suis incapable. Je n'ai pas l'énergie ni l'envie de la repousser. De toute façon, la fin est proche, je le sens dans mes tripes.

Pas pour elles, mais pour moi.

– Bonjour, je suis le docteur Scott.

Je me redresse face à la femme brune d'un certain âge qui nous dévisage tous les trois.

– Est-ce que vous êtes Kane Shelby ?

– Oui.

– Bien. Dans un premier temps, sachez que Bonnie s'est réveillée. Elle est encore un peu confuse, mais elle communique avec nous, ce qui est très encourageant.

Mon soulagement est indescriptible.

– Elle va bien ?

– Elle ira bien, corrige le médecin. Elle a besoin de repos, de soins, et a quelques blessures, mais elles sont sans gravité.

Je souffle.

– Elle a reçu un choc à la tête, mais n'a pas de commotion, le scanner n'a rien révélé. Elle a quelques brûlures au deuxième degré sur les bras, qu'il faudra traiter pour qu'elles ne s'infectent pas.

Je hoche la tête.

– Je peux la voir ? je demande, impatient de m'assurer qu'elle est saine et sauve.

– Oui, mais pas longtemps, et vous uniquement. Je veux la garder en observation cette nuit pour qu'elle se repose.

– Je n'aime pas cette idée.

– Suivez-moi, insiste la médecin en ignorant ma remarque.

Elle me conduit jusqu'à Bonnie. La première chose qui me frappe, c'est ses bras bandés. Elle pleure en me voyant. Je me précipite pour la serrer délicatement dans mes bras, sans trop la brusquer. Son corps chaud et en vie soulage un peu l'anxiété que je ressentais il y a encore quelques minutes.

– J'ai eu si peur… dit-elle dans un sanglot.

– Moi aussi.

– Je vais bien.

C'est elle qui me rassure, alors qu'elle a failli mourir. C'est moi qui devrais lui certifier que tout va s'arranger… Cependant, ce serait lui mentir, car je ne peux pas lui promettre quelque chose que je ne sais pas. Je l'ai fait avec Dragan, avant notre combat, et il est mort. Je l'embrasse sur le front. Elle se recouche, le visage défiguré par une grimace douloureuse. La voir mal comme ça me fout la haine, elle est en vie, *c'est vrai*, mais putain, jamais elle n'aurait dû avoir la moindre blessure.

– Tu sais ce qui s'est passé ?

– Pas vraiment.

– Tant pis. Tu es en vie et quand on voit l'état de la maison, ça relève du miracle…

Bonnie se redresse, comme si elle voulait me confier un secret.

– On m'a appelée, c'était un homme.

– Comment ça ?

– Au téléphone, il m'a dit de me cacher dans la baignoire, je lui ai répondu qu'on n'en avait pas alors il m'a dit de me glisser dans le frigo. Je ne devais pas bouger ni poser de questions…

– Qui ça ?

Jun ?

Je ne vois que lui.

Est-ce qu'il aurait prévenu Bonnie pour lui sauver la vie ?

– Il ne m'a pas dit qui il était, juste de lui faire confiance, que c'était un ami à toi et que c'était une question de vie ou de mort.

– Je suis désolé de t'avoir laissée seule et de ne pas avoir été présent pour toi.

Ma petite sœur secoue la tête, pour me rassurer.

– Si tu avais été là, tu te serais sacrifié en me laissant le frigo, c'est toi qui aurais pu mourir.

– Je sais, mais Bonnie…

Son rire doux interrompt ma phrase.

– Après, j'ai eu mal à la tête et puis plus rien… Je me souviens d'avoir senti une odeur de brûlé et d'essence.

Putain.

– Et je me suis réveillée ici.

– C'est le principal, je souffle, soulagé.

Elle me prend la main et la serre.

– Je te promets que c'est bientôt fini. Bientôt, tu ne craindras plus rien, j'ajoute, sérieusement.

– Kane, je ne veux pas être en sécurité au prix de ta vie. Je sais que tu t'en veux pour Dragan, je sais que tu me surprotèges pour ça, mais ce n'est pas ta faute, on était des gosses.

– C'est plus fort que moi.

CHAPITRE 33

MAXINE

Nous sommes rentrés depuis quelques heures, mais je n'arrive pas à dormir. Je m'inquiète pour Bonnie. Je me redresse dans la pénombre de ma chambre, l'esprit tourmenté. Kane est revenu avec moi, après avoir tenté de rester avec Bonnie, mais il n'en a pas eu le droit. Tandis que j'ouvre la porte de ma chambre pour chercher quelque chose à manger, la silhouette de Kane apparaît devant moi. Je sursaute de peur. Il est torse nu, juste vêtu d'un pantalon de jogging.

– Désolé, gronde-t-il. Je n'arrive pas à dormir…

Est-ce qu'il comptait frapper à ma porte ?

– Moi non plus, je réponds.

– Je peux entrer ?

Cette demande douce contraste avec son ton grave.

– Viens.

Il s'assied sur mon lit et m'attire entre ses jambes face à lui. Sa proximité me rend fébrile et m'affole. Et pour être tout à fait honnête, elle me trouble.

– Tu vas bien ? je demande. Est-ce que tu as mal quelque part ?

– J'ai connu pire.

– Quand même, tu t'es regardé dans le miroir ?

Il a des bleus partout sur le torse et les côtes, sans parler de son visage. Je caresse la ligne de sa mâchoire sans craindre qu'il me rejette. Mon instinct me dit qu'il a besoin que je prenne soin de lui.

– C'est inutile puisque tu te charges de faire l'inspection.

Je souris avant de l'embrasser à la commissure des lèvres, là où se dessine une marque rouge.

– Tes patients auront ce genre de traitement ?

– Si je reste dans ma voie, ils seront morts, donc non. C'est juste pour toi.

Je crois que je craque de plus en plus pour lui.

– Je suis désolée pour Bonnie, si je ne t'avais pas envoyé ce message, tu…

– J'aurais été avec elle et ça aurait pu être encore pire.

Je hoche la tête quand il me sourit.

– Ça m'a fait du bien de le frapper, tu sais. Je sentais que j'avais le pouvoir de lui faire mal et même de le tuer. Pour une fois, c'était moi qui dominais. Je me fichais des conséquences, car j'étais habité par ma colère. Pourtant, je n'avais qu'à me coucher. Le laisser m'humilier comme toujours et…

– Il y a des moments dans la vie où on n'en peut plus. Tu pouvais renoncer, mais tu sais au fond de toi que ce n'était pas possible… Tu es dans ce cercle vicieux depuis bien trop longtemps. Tu satures, Kane. Cette spirale dangereuse t'épuise. Tes plaies suppurent et toi, tu es à bout. Hier soir, c'était une question de survie.

– J'ai déclaré la guerre.

– Tu sais, quitte à souffrir et à mourir, autant essayer de me battre à tes côtés. Pour Bonnie, pour toi et peut-être un peu pour… moi aussi, j'ose d'une voix moins assurée.

– Toi, murmure-t-il comme si j'étais un vilain secret.

Je retiens mon souffle.

– Ma princesse déchue qui abrite une âme brisée… Je me battrai aussi pour toi, pour te venger.

Ses bras se resserrent autour de ma taille et il pose son front contre mon ventre. Cet acte anodin me donne des frissons. Sa proximité, cette intimité et sa vulnérabilité me font tourner la tête. Je n'ai jamais connu ça, je n'ai jamais eu de relation si profonde, si entière, et c'est troublant. J'ai connu le sexe sale, souvent, mais avec lui, c'est autre chose. C'est comme deux partitions de musiques inachevées qui se complètent. À chaque fois qu'on se rapproche de façon charnelle, la mélodie devient plus belle, plus harmonieuse. J'aime quand il me touche, car il me rend vivante. Les mots ne sont pas toujours obligatoires quand les gestes parlent à leur place.

– Est-ce que tu as vraiment fait appel à un assassin ?

– Oui.

Sa réponse est laconique. Ça me fait froid dans le dos.

– C'est… terrifiant.

Après mon agression, j'ai souhaité la mort de Shelby et je crois que je la désire encore, mais cette froide vérité dans la bouche de Kane est létale, réelle.

– Je sais. Mais au jeu du « qui survivra », j'ai décidé de mettre toutes les chances de mon côté. Son règne a trop duré, son emprise sur moi aussi.

– Est-ce qu'il va juste l'éliminer ou…

Je ne sais pas bien si j'ai envie de connaître les détails, ni même si j'en ai la force, malgré tout ce qu'il a fait.

– Rien n'a été décidé, j'attends de ses nouvelles. Mais je veux être aux premières loges quand il souffrira. Je veux participer à son exécution. Je veux voir de mes propres yeux l'étincelle de vie quitter son corps.

– Kane…

– Je suis responsable du merdier dans lequel je me trouve, je n'aurais jamais dû lui demander cet argent. Personne ne m'a forcé à entrer dans la gueule du loup. Mais après tout ce qu'il a fait quand on était gosses, puis à toi et à Bonnie… Pour tout ça, il doit payer. J'imagine que je suis en partie condamnable, mais…

– C'est lui le monstre, pas toi. T'es qu'un dommage collatéral. Tu sais, aujourd'hui, j'ai failli acheter de l'alcool, j'avoue.

Il relève la tête pour me sonder. Il ne me juge pas, il veut juste savoir et que je lui raconte.

– Princesse…

– Je ne l'ai pas fait, mais ça a été dur. Très dur. Il y avait longtemps que je n'avais pas été tentée comme ça…

– Alors tu as…

Il tire sur mon médaillon.

– … serré ton jeton dans ta paume ?

C'est décidément troublant d'être si proche de quelqu'un qui vous connaît sur le bout des doigts.

– Oui, et je me suis dit que si je cédais, je perdrais définitivement l'espoir de retrouver l'estime de moi.

– Tu es forte, conclut-il. Tu as résisté toute seule. Sans moi, sans personne.

Je hoche la tête.

– Toujours est-il que je le déteste pour ça. De m'infliger ça. Alors je peux te comprendre. Il nourrit ta haine depuis si longtemps.

– J'ai ôté la vie de mon frère et ça me fait encore mal quand j'y pense, ça me terrifie même. Cette douleur ne me quitte pas, surtout quand je regarde mes poings. Pourtant, lorsque j'imagine la mort de

Joey de la même manière, je ressens de la joie, du soulagement, même du plaisir…

– Ce n'est pas comparable. Je crois que toutes les vies ont la même valeur à notre naissance, mais qu'en fonction de ce que certaines personnes en font, elle peut disparaître. Comme ceux qui tuent, qui violent, qui font du mal… Celle de Joey n'a pas de valeur, il l'a perdue en commettant des choses horribles.

– Tu penses que la mienne n'en a pas non plus ?

Je secoue la tête en plongeant mon regard dans le sien.

– Il y a un monde entre l'accident de ton frère et ton père qui bande comme un taré en faisant souffrir les gens. Ta vie est précieuse, tu n'es pas un déchet, contrairement à ce qu'il essaie de te faire croire.

Une étrange étincelle éclaire ses yeux.

Je continuerai de dire que ce n'était pas sa faute, car Kane a été manipulé et forcé par son père. Je me souviens de l'apaisement qu'il a ressenti quand il m'a parlé de son enfance avec son frère et sa sœur, la seule chose qui le rendait heureux. Je sais qu'il a tout essayé pour les protéger, alors qu'il n'était qu'un enfant.

– Si je suis *ta* princesse, alors tu es *mon* guerrier.

Il sourit, un peu plus détendu que tout à l'heure.

– On en a l'allure.

Tous les deux déchus, mais pas vaincus.

Entre ma robe de nuit brodée de dentelle, l'aura inquiétante qu'il dégage et ses blessures, nous ressemblons à deux êtres diamétralement opposés que le destin a décidé de réunir, envers et contre tout. Nous sommes comme deux aimants.

– Ça me plaît, ajoute Kane.

Il se redresse légèrement, je me penche vers lui et nos lèvres se caressent avant que l'on s'embrasse. Encerclée par ses bras, je me sens bien, je me sens à ma place. Notre baiser se prolonge pour mon plus grand bonheur. Il creuse un sillon sur mon corps, perce ma peau pour s'infiltrer dans mes veines et, lentement, se fraye un chemin jusque dans mon cœur.

Boum, boum. Boum, boum.

Chaque seconde me semble durer une éternité. Je ressens une chaleur inconnue se propager et c'est délicieux. Mon guerrier s'écarte légèrement, tandis que sa main caresse ma joue, avant d'empoigner ma nuque pour guider mon visage vers le sien. Ça suffit à me rendre dingue.

– J'ai envie de toi, avoue-t-il.

– Envie partagée, je glousse.

Il resserre sa prise, intensifiant le feu en moi.

– Je veux te faire jouir, je veux que tu regardes mes mains te caresser et mes doigts s'enfoncer en toi.

– Regarder ? Comment ?

Je comprends lorsqu'il me fait asseoir sur ses genoux, dos à lui. Le miroir en pied, face à nous, reflète nos deux silhouettes.

– Comme ça, murmure-t-il en remontant les plis de ma robe de nuit.

Une vague de frissons déferle sur ma peau en même temps que le désir qui naît au creux de mon ventre. Lentement, je m'alanguis en m'adossant contre son torse. Notre reflet est étrange, scandaleux tout en étant exaltant, excitant. J'aime me voir dans ses bras, j'aime son corps plus grand et plus large que le mien, j'aime que mes cheveux de feu contrastent avec son aura noire et son allure de combattant.

– Plus somptueuse que jamais…

Je halète, le souffle coupé par ses mots.

– Je ne me suis jamais regardée pendant un acte sexuel.

Kane écarte mes cheveux pour embrasser mon cou, faisant déferler des frissons sur ma colonne vertébrale.

– Moi non plus, mais c'est comme s'il était posé là dans cet ultime but.

J'écarte les cuisses pour me dévoiler et m'offrir à lui. Il porte ses doigts à sa bouche, les humidifie, puis caresse mon sexe en passant sur mon clitoris avant de s'enfoncer lentement en moi. Je meurs d'envie qu'il m'embrasse, mais je ne parviens pas à dévier mon regard de notre reflet. Ses yeux flamboyants qui me fixent avec désir et ses mains qui me baisent avec volupté et douceur me maintiennent captive. À chaque pression, à chaque mouvement, je me rapproche du plaisir suprême.

Je nous observe toujours, alors que mon corps lui répond et réclame la délivrance dont j'ai besoin. Tandis que j'ondule des hanches, Kane embrasse mon cou et me murmure que je suis belle. Je ne sais pas si ce sont ses mots, ses gestes ou alors ses yeux verts qui me contemplent en train de gémir, mais l'orgasme est si brutal qu'il m'étourdit.

Mes jambes tremblent quand je me redresse pour descendre de ses genoux. Kane me ramène contre lui, comme s'il n'en avait pas fini avec moi. Je me retrouve alors debout entre ses jambes.

– J'aimerais que toutes mes insomnies soient aussi douces que celle-ci. Je n'avais pas remarqué depuis longtemps qu'on était un vendredi, je déclare, les yeux luisant encore de désir.

– Vendredi ?

– Ma mère est morte un vendredi… Même si c'est le chaos avec Shelby et Bonnie, cette nuit est douce. C'est mal de le penser ? Je m'en veux un peu, mais ça…

Incapable de qualifier notre relation, je nous désigne de la main.

– Comme ta peau, murmure-t-il, elle est douce aussi. Et pour te répondre, j'ignore si c'est mal, parce que je me disais la même chose.

Je souris alors qu'il plante son regard dans le mien.

– Tu crois que mon intérêt pour toi est biaisé à cause du chaos ambiant ?

– Je ne sais pas.

Je pense que je n'avais jamais réfléchi à ça. Bien que je comprenne sa question, elle me fait un peu mal.

– On verra quand tout sera terminé. Lorsqu'il aura disparu, pense à moi et demande-toi si tu veux que je fasse partie de ta vie. Tout simplement.

– Là maintenant, quand je me projette, tu es indéniablement à mes côtés. Je n'ai pas l'envie ni la force de te repousser. Je n'ai pas envie de t'imaginer ailleurs, avec quelqu'un d'autre.

– Parce que pour l'instant, tu n'as que moi à qui parler et pour lâcher prise. Peut-être que je suis la seule fille avec laquelle tu peux être toi, *vraiment toi*. Le Kane qui a des angoisses et la rage au bout des poings ne m'effraie pas. C'est peut-être ça qui te fait du bien.

– Non, parce que je n'ai jamais eu de scrupules à repousser les filles qui m'approchaient. Même quand elles cherchaient à me comprendre. Toi, c'est différent. On était au même endroit au même moment sans se connaître. Chacun était en proie à ses démons sans le savoir.

– Et on s'est retrouvés, finalement, je conclus avec un sourire sincère.

– Exactement.

Je ferme les yeux.

– Dis-moi une chose, Princesse. Comment tu as fait pour échapper au joug de Joey ?

– Il m'a proposé de sortir plusieurs fois, mais après la mort de ma mère, l'alcool n'avait plus le même goût et Joey, plus le même attrait. Les filles déprimantes, ce n'est pas marrant, c'est moins beau à exhiber… Un soir, lors d'une de ces soirées, j'ai fondu en larmes, je ne me souviens plus pourquoi, mais il n'a pas aimé ça.

Kane plisse le front.

– Je n'étais rien de plus qu'un vulgaire jouet avec lequel il s'amusait. Toi, c'est différent. Tu réussiras à mettre fin à tout ça, j'en suis certaine.

Il me caresse les cheveux délicatement.

– Et à la fin de ce chaos, on cherchera s'il y a une place pour nous, avoue-t-il en relevant la tête.

Dans son regard : une tempête, à la fois douce et destructrice. Puis, il m'embrasse à nouveau. Cachée dans ma chambre d'enfant, à l'abri de reste du monde, blottie dans ses bras, j'ai la sensation pour la première fois de ma vie, d'être à ma véritable place. C'est d'autant plus étrange de ressentir ça dans cette maison de fous.

– S'il n'y en a pas, j'en créerai une, ajoute-t-il d'une voix grave.

Mon cœur bat plus fort.

– Je suis curieuse de te voir faire.

Son sourire est déterminé, envoûtant et, guidée par cette étincelle de vie qui vibre en lui, je l'embrasse. J'ai encore envie de Kane, je n'en ai jamais assez.

– Tu veux connaître un secret que je garde pour moi depuis un moment ?

J'acquiesce, prisonnière de son regard, suspendue à ses lèvres.

– Tu te souviens, quand on s'est battus parmi les poubelles devant le mobile home et que tu étais au-dessus de moi comme une folle furieuse ? Depuis, je rêve de te revoir ainsi sur moi.

Je ne devrais sans doute pas me sentir excitée, mais c'est plus fort que moi.

– Ce n'est pas douloureux de me désirer plus qu'une autre ?

– C'est plus douloureux de te résister, répond-il en attrapant ma nuque.

On s'embrasse encore, mais cette fois plus langoureusement, plus sensuellement. Mes hanches rencontrent les siennes dès lors que je me frotte à lui.

– Je n'ai pas de capotes ici… je murmure contre ses lèvres.

Il sourit et se redresse.

– Ne bouge pas.

Le temps qu'il revienne, j'ai l'impression de crever pour lui, de crever d'envie. Je l'observe quand il se rassied exactement à la même place.

– C'est étonnant que tu te remettes dans cette position…

Il sourit et malgré les blessures qu'il porte au visage, je le trouve beau.

– Il paraît que tu souhaites que je vienne sur toi, c'est ça ?

– Je te l'ai dit ; j'en rêve.

– Et tu veux que je le réalise ?

– S'il te plaît, Princesse.

Ses mots achèvent de me convaincre alors qu'un désir brûlant commence à me consumer de l'intérieur. Il retire son pantalon rapidement, mais avant d'assouvir son fantasme, je m'agenouille devant lui. Les yeux plissés, il me fixe. Soudain, sous son regard de braise, j'approche la bouche de son sexe et le suce lentement, profondément. Je me délecte de lui, mais surtout de l'idée de le rendre fou. Kane grogne, tentant de résister aux vagues du plaisir. Ses mains se perdent dans mes cheveux, preuve qu'il lâche enfin prise. C'est grisant de voir le désir se dessiner sur son visage. Je continue de le rendre fou tandis qu'il me guide plus ou moins profondément. Je le laisse faire, excitée à l'idée qu'il me dicte ce qu'il aime. Il jouit dans ma bouche en poussant un long soupir.

Nous prenons quelques secondes pour respirer avant de poursuivre. Je retourne vers lui, assis sur le lit, déroule le préservatif sur son membre et m'installe selon sa vision de rêve. Je le fais languir un instant pour mieux savourer son sexe en moi. Il a des yeux et un sourire à se damner. Pour une fois dans son regard, il n'y a pas de démons.

– T'es somptueuse, Princesse. Tellement belle quand tu es à moi, sur moi.

– Même si on ne se bat pas ?

– C'est une autre forme de combat. Est-ce que tu as conscience, des ravages que tu laisses en moi ? Des dégâts que tu causes ?

Je caresse son torse, ses muscles, ses blessures, stimulée par ses mots tout en le chevauchant. Je n'ai jamais été aussi excitée et ravagée, corps et âme. Tout est en parfaite symbiose. Ses paroles associées à nos corps emmêlés créent en moi la sensation la plus incroyable de toute ma vie. J'aimerais que ça dure pour toujours ou du moins ne jamais oublier comme c'est bon d'être avec lui. Tendrement, il m'attrape les fesses tandis que ses hanches rencontrent les miennes, plus fort, plus profondément.

– Je ne fais pas exprès, je reprends enfin dans un souffle.

– C'est bien pour ça que j'aime ça et que je te laisse faire.

Nos lèvres se cherchent à nouveau. Nos corps en sueur glissent l'un contre l'autre et nos respirations sont la seule mélodie qui emplit la pièce. Je finis par l'allonger sur le lit, retirer ma nuisette et danser sur lui, l'entraînant vers l'orgasme. Son sourire est immédiat, ses yeux habités d'un sentiment inconnu… *Il est heureux, cet idiot.*

– Comme dans un rêve, susurre-t-il.

Il attrape mes seins, les caresse. Je me penche vers lui, lui vole un baiser et laisse le désir me guider vers le plaisir. Jusqu'à la délivrance.

CHAPITRE 34

KANE

Il me faut plusieurs secondes pour comprendre que mon téléphone vibre dans la poche de mon pantalon.

Je décroche sans dire un mot.

– Comment va ta salope de sœur ? rage Joey de l'autre côté du combiné.

Je ne dis rien, je me contente de respirer pour lui prouver que je n'ai pas raccroché.

– J'espère qu'elle a explosé. Tu m'enverras un morceau par la poste, je le garderai comme trophée dans un bocal.

Il rit comme un démon. Elle serait morte si Jun n'avait pas été là. Je lui dois une fière chandelle… Je reste silencieux et me redresse pour quitter la chambre. Pour ne pas réveiller Maxine, je m'appuie contre le mur du couloir, encore dans la pénombre. Le fait que je ne réponde pas l'emmerde, je le sais. Il voudrait que je hurle ou que je l'insulte. Il voudrait me voir péter un plomb, mais je suis calme. Très calme. Parce que je sais maintenant.

Je sais ce que je veux faire.

Je sais ce que je dois faire.

Et désormais, rien ne m'arrêtera.

– C'est la tristesse ou la peur qui t'empêche de parler ? beugle Joey. J'espère que c'était douloureux ! Je vais te détruire, ainsi que tout ce que tu aimes, juste sous tes yeux. Et quand il ne te restera plus rien, je te démolirai pour de bon.

Plus personne ne souffrira.

J'en fais la promesse.

– Tu vas parler, espèce de connard ?

Il commence à péter un câble.

– T'es une mauvaise graine, j'aurais dû t'exterminer il y a longtemps.

Mais tu ne l'as pas fait et je suis toujours là.

Vengeur et redoutable.

– T'as une idée du fric que j'ai perdu à cause de toi ? T'as une idée de la réputation que tu viens de me créer, espèce de petite merde ? J'espère que tu as pris ton pied, car je vais prendre plaisir à te faire vivre un véritable enfer.

– Je vais te faire la peau, *papa*.

Il y a un blanc.

Parce que je viens de l'appeler « papa » et que ça le fait flipper. Et il a tout à fait raison d'avoir peur, car je me suis résigné : je ne m'arrêterai pas, jamais, tant qu'il ne sera pas mort. C'est ma vie ou la sienne.

– Et tu me supplieras de t'achever ou de t'épargner, mais je n'aurai aucun scrupule pour toi.

PARTIE 4

Ta vie ou la mienne

Live Forever, Kotomi, Ryan Elder

CHAPITRE 35

KANE

Il ne reste que des cendres.

Je ne possédais rien de bien important, mais Bonnie avait plus de choses. Malheureusement, je ne peux rien récupérer. Pas de vêtements, pas d'affaires de cours ni de livres… Elle m'a assuré que ce n'était pas grave. En un sens, je sais qu'elle le pense, mais en un autre, ça me désole pour elle. Je suis allé la chercher à l'hôpital ce matin pour la ramener chez Maxine. On est tous ensemble.

Bonnie, Maxine, Peter et moi.

Les seules personnes pour qui je donnerais ma vie. *Celles qui comptent par-dessus tout.* J'ignore ce que font les filles dans la maison, moi, je tonds la pelouse en attendant des nouvelles de Jun. Ça ne devrait pas tarder. C'est inévitable. Reste à savoir s'il va le faire avec moi ou non… Le jardin de Maxine avait besoin d'un sacré nettoyage et moi, de m'occuper. Peter est en charge des mauvaises herbes même si cette activité semble le gonfler. Mais on ne peut pas sortir, du moins pas comme on veut. On doit faire profil bas. Joey souhaite me tuer et j'ignore s'il a appris la vérité au sujet de Bonnie ; qu'elle est toujours en vie, mais dans le doute, je préfère rester prudent.

– J'ai soif, soupire-t-il, en posant ses mains sur ses hanches.

– Moi aussi, j'ai presque fini de mon côté.

– Je me tape le jardinage, tout ça pour que tu te fasses bien voir par ta princesse. C'est scandaleux, se lamente-t-il.

Je réprime une grimace.

– Ce n'est pas *ma* princesse.

– Tu essaies de te convaincre ou de me convaincre, là ? ricane-t-il en essuyant son front avec le bas de son tee-shirt. La main sur la cuisse, la façon dont tu la regardes, dont elle te regarde…

– Le soleil tape trop fort, tu ferais mieux de faire une pause.

Il ricane.

– Face à la mauvaise foi, il n'y a que le mépris.

Je souris.

Je n'ai pas envie de parler de Maxine, même s'il a sans doute raison. Il y a quelque chose entre elle et moi. Un truc que je ne m'explique pas. Quelque chose qui n'aurait jamais dû naître au vu de nos liens, de nos passés, mais qui est bel et bien réel. Fort, solide, envoûtant et incompréhensible, elle a été à *lui*, ce qui aurait dû me repousser à jamais… Qui aurait cru que je la désirerais comme ça ? J'aurais pu me servir de mes sentiments pour elle afin de me venger et continuer de la mépriser. Pourtant, je le sais, ça a changé quand j'ai compris qu'elle n'était pas juste une poupée de Joey, mais qu'elle avait une histoire. Dès lors, cette attirance évidente et malsaine que j'éprouvais pour elle s'est transformée, a évolué.

– Pour ce que ça vaut, je l'aime bien.

Peter me sort de mes pensées.

– Moi aussi.

On se remet au boulot en silence. Cet aveu semble le ravir et je me dis que ça doit ressembler à ça, une vie normale. Faire des tâches lambda dans sa maison, se confier à son meilleur ami sur la fille qui habite nos pensées. Je crois que j'aimerais vivre ce genre de choses.

Je viens finalement à bout de la pelouse, vide le bac de la tondeuse dans la poubelle des herbes avant de ranger le matériel dans le cabanon du jardin. Je ne suis pas un expert, mais c'est toujours mieux qu'avant. *Et puis, je pense à autre chose.* Maxine voulait que je lui montre comment frapper, se défendre, et je trouve que c'est une excellente idée. Ça ne peut pas lui faire de mal de connaître deux ou trois mouvements. En attendant d'avoir un retour de Jun, je peux au moins lui apprendre quelques techniques de self-défense. On ne sait jamais, d'autant que Joey est imprévisible.

– Vous voulez boire quelque chose ? demande Maxine.

Elle apparaît dans le jardin, vêtue d'une robe vaporeuse, un peu vintage. Elle a remonté ses longs cheveux roux en une queue haute et je dois bien avouer qu'elle est magnifique. Comme la première fois que je l'ai vue. J'avais une forme de subjugation, je la trouvais hypnotique, mais je me demandais ce qu'elle foutait avec Joey… Aujourd'hui, je suis toujours aussi fasciné, à la différence qu'elle est avec moi.

– Je veux bien une bière, s'empresse de répondre Peter.

Il en a rapporté hier soir. Il était moins dangereux que ce soit lui qui fasse les courses. Maxine est trop reconnaissable, si les gars de Joey me repèrent, je suis mort, et Bonnie… Bien qu'ils connaissent aussi Peter, ça reste la solution la moins risquée. Maxine n'a rien dit en voyant l'alcool, mais je me souviens de notre conversation.

– Moi aussi, mais ça ne t'ennuie pas qu'on boive à côté de toi ? je lui demande pour m'assurer que tout va bien.

Elle me sourit, alors, je me rapproche et elle retire quelques brins d'herbe de mes cheveux.

– Pas du tout. Je ne prive aucune personne de ce qu'elle veut. C'est mon problème, c'est à moi de le gérer. La vie est faite d'épreuves, disons que c'en est une et que je dois simplement la réussir.

Je résiste à l'envie de l'embrasser, parce que Peter et Bonnie sont présents et que je veux préserver les attentions que je lui porte. Elle retourne dans la maison et Peter me jette mon tee-shirt.

– Enfile ça avant que vous vous sautiez dessus comme des animaux.

Je m'exécute en ricanant.

Maxine revient avec Bonnie. Ma sœur, encore crevée et fragilisée par l'explosion, se pose sur une chaise sur la terrasse, Maxine à ses côtés. Nous les rejoignons. Bonnie a les bras bandés, elle évite de sortir dans le jardin à cause du soleil qui n'est pas conseillé pour sa guérison.

– Est-ce qu'on va parler du fait que tu as engagé un assassin ou pas ? balance Bonnie de but en blanc.

Tous les regards se braquent sur moi.

– S'il m'a appelée pour me dire de me cacher avant que le mobile home explose, c'est que tu as été en contact avec lui, ajoute-t-elle.

– C'est vrai, je l'ai vu.

– Mais raconte ! insiste ma sœur.

Tout le monde semble suspendu à mes lèvres. Je hoche la tête. Il est temps qu'on ait cette conversation de toute façon.

– Je l'ai rencontré il y a plusieurs jours déjà.

– Pourquoi tu ne nous as rien dit ? s'indigne Peter.

– Il est… très charismatique, très froid, plutôt spécial. J'attendais simplement qu'il me donne de ses nouvelles. On a juste pris contact. Il doit préparer le terrain et établir un plan pour s'occuper de Joey, mais je n'en sais pas plus.

– Je ne comprends pas, qu'est-ce qu'il fait ? demande Bonnie. Comment ça s'est passé ?

– Il était assez énigmatique, pas causant. J'ai posé des questions, lui aussi. Au début, il ne savait pas s'il allait m'aider. Il m'a clairement dit qu'il me donnerait sa réponse à la fin de notre rendez-vous. J'ai parlé de Joey, de notre lien de parenté et aussi comment j'ai eu son numéro. Je crois que c'est ça qui l'a convaincu. Apparemment, on aurait des intérêts communs.

– Quels intérêts ? lance Maxine.

– Il travaillait en collaboration avec Joey. En gros, il faisait appel à lui pour ses cochons…

– Des cochons ?

Maxine me regarde étrangement, perplexe. Bonnie aussi. J'avais oublié qu'elles n'étaient peut-être pas forcément au courant de tous ces détails concernant Joey. Je n'aurais sans doute pas dû parler de ça.

– Euh… pour faire simple, les cochons de Joey lui permettent de dissimuler facilement ses crimes. C'est diablement efficace.

– Je ne comprends pas, commente Bonnie, de plus en plus perdue.

Maxine, quant à elle, secoue la tête avec une mine de dégoût.

– Le cochon est très utile quand on souhaite faire disparaître toutes les preuves, et notamment des morceaux de cadavres. En un quart d'heure, c'est comme si rien ne s'était passé.

– Mais c'est… monstrueux, s'exclame ma sœur, les yeux exorbités.

– Je sais.

– Et donc, il bossait avec lui, me relance Peter.

– Oui, mais de ce qu'il m'a dit, il prend sa retraite. Raison pour laquelle il veut se débarrasser de Joey qui sait des choses sur lui.

– Il fait quoi alors ? Pourquoi le mobile home a explosé ? demande Bonnie. Et pourquoi tu bosses toujours pour Joey ?

– Il doit enquêter sur lui.

– Mais il le connaît, proteste-t-elle.

– En tant que partenaire, pas en tant que cible, je lui explique en reprenant les mots de Jun. Il a besoin d'enquêter sur lui, de préparer le terrain, de tout peaufiner et de ne rien laisser au hasard… J'ignore combien de temps ça va lui prendre. Il ne me l'a pas dit, à part que je devais continuer comme avant. Ne pas changer mes habitudes pour ne pas éveiller les soupçons.

Je me penche sur mon siège et passe une main dans mes cheveux.

– Il semblait au courant pour la riposte de Joey, donc pourquoi il ne m'a pas mis à l'abri ?

– Parce qu'on devait croire que tu étais là, intervient Maxine. Les hommes de Joey devaient te voir à l'intérieur pour lancer l'attaque. Si tu étais partie en courant, ils auraient compris qu'il y avait quelqu'un qui le surveillait.

Bonnie me regarde. Je hoche la tête pour approuver l'hypothèse de Maxine :

– Elle a raison.

– Il t'a sauvé la vie, ajoute-t-elle.

Ma sœur observe ses bras avant qu'un air renfrogné s'affiche sur son visage.

– Alors c'est décidé ? On va vraiment le tuer ? chuchote-t-elle.

– Si je suis sûr d'une chose, maintenant, c'est que ça sera nos vies contre la sienne. J'ai pris une décision et je l'assumerai jusqu'au bout.

– C'est… étrange de planifier ça. Il le mérite après tout ce qu'il nous a fait, mais…

– Je ne te demande pas de participer, Bonnie. Je le fais de mon plein gré et je n'oblige personne à me suivre. Je fais mes choix, tu es libre de ne pas les accepter, mais ne cherche pas à me faire changer d'avis.

– Je sais, je sais, c'est juste que c'est différent d'en parler et… de le concrétiser. On ne peut plus continuer comme ça. On ne peut pas se cacher ni vivre en ayant toujours peur.

Le silence règne de longues secondes. Je n'aurais jamais imaginé avoir ce genre de conversation un jour : commanditer un meurtre en toute impunité… Joey est une véritable crevure, il ne mérite aucune pitié. Je sais le sort qu'il nous réserve si nous tombons entre ses mains. Pourtant, parler de ça me donne l'impression d'être comme lui. J'aurais dû m'enfuir avec Bonnie, Maxine et même Peter le jour où il a agressé cette dernière. Peut-être qu'il ne nous aurait jamais retrouvés.

– Il va bientôt te contacter, je pense, lance Peter. Joey doit être enragé après la raclée que tu lui as mise, les prochains jours vont sans doute être décisifs… Je ne crois pas qu'il y ait vraiment de bons moments pour tuer quelqu'un… mais pour Joey si. Avant qu'il ne fasse plus de mal.

– C'est flippant, dit ainsi, marmonne Bonnie.

– Il a raison, je renchéris. Il faut rester en alerte.

– Dans ce cas, je suis toujours partante pour l'entraînement.

Mon regard croise celui de Maxine. Elle est résignée. Princesse déchue, mais princesse guerrière.

– On va mettre le temps qu'on a à profit.

– De quoi vous parlez ? questionne Bonnie.

– De comment riposter, répond Max en mimant des coups de poing.

– On pourrait se procurer des armes de défense, ça peut toujours servir. Du spray au poivre, des poings américains, même des flingues, propose Peter.

J'avoue que j'y ai déjà pensé. J'ai tellement peur que Joey m'enlève tous ceux que j'aime que je suis prêt à tout pour m'assurer de leur survie.

***

Il est tard et tandis que tout le monde dort, le sommeil me fuit encore. Je me suis installé sur l'un des fauteuils de la terrasse avec le carnet de Maxine. Elle me l'a donné sans que je le lui demande. « *Parce que tu es mon seul et unique lecteur* », a-t-elle dit. Cette plongée dans ses pensées me donne encore envie de sauver son âme brisée, de la posséder et la chérir. Peu importe qu'elles soient sales, tristes, ravagées, ça ne fait que renforcer ce que je ressens au fond de moi. Pire que tout, ça nous lie davantage. Parce que nous sommes pareils. Tandis qu'elle raconte sa vision d'un combattant ressemblant à un démon dans l'arène, je comprends qu'elle parle de moi. Je froisse maladroitement la page entre mes doigts lorsqu'elle décrit qu'elle pensait à cet homme en baisant avec Shelby.

Alors que je suis partagé entre la rage et une excitation malsaine, mon téléphone sonne. Je décroche.

– On peut se voir ? lance aussitôt Jun.

– Oui.

Il est cash comme à chaque fois. J'imagine que c'est sa façon d'être. En même temps, avec son boulot…

– Le mieux est que je vienne chez toi.

– Qu'est-ce qui me dit que tu ne vas pas amener Shelby ?

C'est sorti tout seul. J'ai besoin de m'assurer que tout le monde est en sécurité, tant que Joey ignore encore où on se trouve.

– Hazel Dash, répond-il avec gravité.

– Pardon ?

– Je viens de te dévoiler le nom de la femme que j'aime. Mon unique rêve aujourd'hui, c'est de la rejoindre. C'est la chose la plus intime que je peux te dire sur moi. Bien plus que mon métier ou le nom des gens qui m'ont employé. Si je mets en jeu la vie de cette femme, c'est parce que je suis sérieux. Et s'il lui arrive la moindre chose, je saurai que c'est toi.

– D'accord, dis-je, lui faisant confiance.

Je lui donne l'adresse et il raccroche.

Je l'attends patiemment quand Jun entre sans frapper et referme la porte derrière lui. Tout le monde dort dans la maison. Il est toujours aussi charismatique, vêtu entièrement de noir. C'est un homme difficile à décrire et à cerner, on dirait qu'il côtoie les ténèbres. J'aperçois pour la première fois les nombreux tatouages qu'il a sur les bras.

– Ta sœur va bien ?

– Elle est en vie, grâce à toi… Merci de l'avoir prévenue.

– Pas besoin de me remercier, rétorque-t-il.

Nous sortons sur la terrasse. Comme toujours la nuit à Phoenix, il fait encore chaud. Aussi étonnant que ça puisse paraître, je me sens en sécurité avec lui, malgré son aura mystérieuse et dangereuse. Il pose un sac de sport sur la table.

– Qu'est-ce que c'est ?

– Ce sont des armes de défense. Taser, poing américain, couteaux, bombes lacrymo…

– C'est pour moi ?

– Oui, je pense qu'il est utile que vous soyez équipés vu dans quel état est Shelby. Il est vraiment remonté depuis que tu l'as massacré dans l'arène. C'était un combat mémorable, raille-t-il.

– Je sais, mais tu étais là ? je lui demande, en arquant un sourcil.

– Bien sûr. Tu étais à deux doigts de remplir la mission à ma place. C'est dommage.

Je ne sais pas si c'est moi qui hallucine, mais il a l'air impressionné.

– Crois-moi que je le regrette.

Jun hoche la tête.

– Il veut te tuer ainsi que ta sœur, ton pote et ta copine. Il veut tous vous éliminer et il ne s'arrêtera pas tant que ce ne sera pas fait. Il ne supporte pas d'avoir été humilié devant son public et ses fans. L'argent, passe encore, il en a tellement, de toute façon, mais la réputation, l'admiration, c'est quelque chose que Shelby adore.

– Je sais.

– Sa colère le rend instable et vulnérable. Je pense infiltrer sa maison, buter ses hommes et finir par lui d'ici quelques jours. Pour l'instant, ils sont trop sur le qui-vive. Le moindre oiseau qui se pose sur la pelouse met tout le monde en alerte.

– Je veux y aller avec toi. Je veux t'accompagner pour être là lors de son exécution.

– C'est dangereux, objecte-t-il.

La main posée sur la lame dans sa poche, Jun se retourne vers Maxine qui débarque comme une fleur dans sa foutue nuisette blanche. Il la jauge de haut en bas sans rien laisser transparaître.

– Je ne voulais pas vous faire peur, s'excuse-t-elle en posant une main sur sa poitrine, légèrement anxieuse.

– Bonsoir, lance-t-il d'une voix bourrue.

Maxine s'avance dehors, jusqu'à moi.

– Je travaille seul. Toujours. C'est sans condition.

– Je veux être là, je répète. Je veux voir cette putain d'étincelle de vie quitter son regard. Je sais que pour toi, ça ne compte pas, mais pour moi, si.

– C'est comme ça, j'ai mes méthodes, je ne veux pas d'un poids durant ma mission.

– Un poids ?

– Je ne veux pas me soucier d'une autre vie que la mienne. C'est une source de distraction que d'avoir quelqu'un de non entraîné à mes côtés.

– Je sais me battre et me défendre, je lui rappelle.

– C'est non.

– Tu pourrais peut-être retrouver plus rapidement Hazel si je venais.

Il me lance un regard noir.

– Ça ne fonctionne pas comme ça. Je ne cède pas au chantage, d'autant plus lorsqu'on mentionne ce prénom.

Maxine frissonne. Je vois la chair de poule sur ses bras. Pour cause, le ton de Jun est glaçant. Il était honnête quand il parlait d'elle au téléphone, mais ça semble encore plus sérieux maintenant qu'il est là. Elle est son point faible, comme Maxine est le mien.

– Qui ne tente rien n'a rien. Comment je peux te convaincre de me laisser t'aider ?

– Tu crois que la mort, c'est un jeu ? Tu crois que je m'amuse ? Tu crois que je trouve ça excitant ? C'est très sérieux.

– J'ai vu la mort de mes propres yeux, je réplique, en la donnant moi-même à l'une des personnes que j'aimais le plus au monde. Ça me ronge tout comme le rire hystérique de mon père qui insultait mon frère décédé alors que je pleurais.

Maxine se colle à moi, comme un aimant. Elle ressent mon chagrin et sait que sa proximité permet de m'apaiser.

– Tu as travaillé avec lui, du moins fait appel à ses services, tu sais quel genre d'homme il est et de quoi il est capable. Tu sais qu'il est dangereux, malhonnête… C'est pour ça que tu as accepté de le tuer, alors imagine grandir auprès de lui.

– Ça ne change rien au fait que tu n'es pas entraîné et que c'est trop risqué.

– Le risque, je l'accepte. Je n'ai pas peur, je suis conscient de ce que je fais. Je ne décide pas ça sur un coup de tête… Ça fait des années que je souhaite sa mort, des années que je tente de trouver un moyen d'en finir avec lui. Je ne vais pas reculer maintenant !

Max tremble contre moi, je sens que tout ça lui fait peur…

– Je vais attendre quelques jours, et si tu es toujours aussi résigné, alors d'accord. Mais tu devras te charger de ta propre protection.

– Tu vas faire quoi ? je demande, satisfait de sa réponse.

– Chercher les armes dont j'ai besoin. Je te recontacte ensuite. Reste en alerte, je n'appellerai qu'une fois.

– Tu peux compter sur moi.

Il hoche la tête et part aussi vite qu'il est arrivé.

– Il est intense, commente Maxine, toujours près de moi.

OK, je déteste ce type.

– Il dégage quelque chose d'effrayant.

Elle se tourne vers moi tandis que je l'observe.

– Un problème ? demande-t-elle, le nez plissé.

– Je ne suis pas certain d'aimer que tu trouves un homme intense.

– Ah, c'est juste un peu de jalousie, se moque-t-elle.

Elle se hisse sur la pointe des pieds et m'embrasse la joue avant de jouer avec la lanière du sac de Jun. Je la laisse l'ouvrir. Elle ne dit rien, mais en inspecte le contenu. Je la regarde en me demandant quelle relation nous sommes en train de construire, elle et moi. On devrait parler de nos passions et pas trier des armes.

– C’est pour bientôt, alors, l’assassinat de Joey Shelby…

– Ouais.

Elle a le même tremblement que tout à l’heure.

– Au moins, avec ce type, je pense que tu ne risques rien. Il a l’air de savoir ce qu’il fait.

– C’est vrai. Après tout, je ne compte pas me laisser tuer aussi facilement, Princesse.

Je m’approche d’elle, agrippe sa taille et passe la tête par-dessus son épaule.

– Je sais, soupire-t-elle. Tu faisais quoi avant qu’il arrive ?

– Je lisais ton journal, j’avoue.

Elle ne tremble pas, ne recule pas, n’amorce aucun geste réprobateur, signe qu’elle assume le fait que je connaisse tous les propos qu’elle a pu avoir dans les moments les plus glauques et durs de sa vie.

– Merci de me confier tes plus sombres pensées.

– Merci de ne jamais me juger malgré ce que je suis.

Je la serre plus fort.

– Princesse, il faut que je sache quelque chose concernant un truc dans ton carnet.

– Oui ?

Je la lâche et vais le chercher. Je retrouve la page facilement, car je l’ai un peu cornée. Elle la regarde puis lève les yeux vers moi, les joues rouges.

– Tu parlais de moi ?

– J’avais complètement oublié ça, mais… oui.

Ça me rend fou, mais pour des raisons malsaines, bordel. Une forme étrange de possessivité me tiraille. Je ne peux m'empêcher de me dire que c'était à moi qu'elle pensait alors qu'elle était avec lui.

Je repose le carnet et remarque qu'elle me regarde avec crainte.

– Tu ne me trouves pas répugnante ?

– Jamais, je lui assure en l'attirant dans mes bras. Ça m'honore, Princesse. On était destinés, je crois, à se rencontrer.

Elle hoche la tête, en souriant doucement.

– Pourquoi tu ne dors pas, au fait ? Tu étais réveillé avant qu'il arrive, je t'ai entendu.

– Je n'y arrive pas quand je sais que tu es à la fois proche et loin de moi. D'ailleurs, toi non plus tu ne dormais pas…

Elle sourit, se laissant aller contre moi tandis que je respire son odeur et ferme les yeux.

– Bientôt, les insomnies seront loin, enfin, j'espère.

– Je te le promets, je murmure à son oreille.

CHAPITRE 36

MAXINE

Mes poings me font un mal de chien. Mes bras aussi. La sueur ruisselle sur mon corps. En face de moi, Kane me nargue avec un sourire taquin. Ça fait plus d'une heure qu'on s'entraîne, peut-être même deux. J'ai perdu la notion du temps.

Je suis usée, mais je trouve gratifiant et plutôt salvateur de se dépenser de la sorte. C'est assez sain en fin de compte.

– Je t'ai demandé de me toucher, argue Kane.

Il m'a appris plusieurs sortes de coups de poing, de coups de pied ainsi que des techniques de défense. Bonnie nous observe depuis le patio. Elle semble préoccupée. Être tous confinés au même endroit commence à devenir pesant. Après tout, elle a quand même reçu un choc à la tête et hérité de brûlures sur les bras. Elle doit encore se reposer bien qu'elle reste fidèle à elle-même, souriante et bienveillante. Je ne sais pas comment elle s'y prend pour apporter autant de soleil dans nos vies en ce moment mais ça fait du bien.

Je balance mes poings dans la direction de Kane mais il esquive à chaque fois. Je me sens malgré tout plus à l'aise. Je frappe avec plus de conviction et finis par le toucher au flanc. Il me sourit.

– Si jamais tu te retrouves à te battre au corps-à-corps, vise les points sensibles.

– Qui sont ?

– Yeux, gorge, genoux, parties génitales. Un doigt dans l'œil peut faire très mal et gêner ton adversaire. Un coup dans la gorge peut l'empêcher de respirer, un bien placé dans les genoux peut l'immobiliser et, pour les parties génitales, pas besoin de faire un dessin. Il faut que tu frappes en rafales, que tu enchaînes pour que l'un d'eux fasse mal. Mais si vraiment tu es dominée et que tu crains pour ta vie, essaie de fuir.

– D'accord.

– Repose-toi, on travaille depuis deux heures, tu as besoin de faire une pause.

Je ne m'y oppose pas et me laisse tomber sur la pelouse, essoufflée. Je crois que je pourrais dormir ici, bercée par la douceur des rayons du soleil. Kane s'assied à côté de moi.

– Dans quelques jours, tu n'auras plus besoin de tout ça, dans quelques jours on aura une vie normale.

– Ça me semble utopique. Je n'arrive pas à l'imaginer.

– Honnêtement, je ressens la même chose.

– Je crois que c'est plus facile de se préparer à être déçu en envisageant le pire. Car dans le cas contraire, on est forcément plus heureux.

– C'est vrai.

Il inspire profondément, le regard s'égarant au loin.

J'observe le ciel, perdue aussi dans mes pensées. Si j'avais su qu'un jour, je reviendrais dans cette maison avec des gens que j'aime, des gens au courant de mes démons… La vie est parfois imprévisible. Leur présence ici panse mes plaies, apaise mes souffrances. Ça me fait du bien même si actuellement, c'est le chaos.

***

Bonnie dort avec moi cette nuit dans ma chambre. Je dois avouer que je suis inlassablement attirée par celle de Kane. Je veux me blottir contre lui, poser ma tête contre son cœur, sentir ses bras m'enlacer… C'est presque un besoin vital d'être auprès de lui. Je n'avais jamais voulu autant être avec une personne qu'avec Kane, à part Eddie et ceux du garage, mais ce n'est pas la même chose. Je ne le ressens pas dans mes tripes.

– Tu n'arrives pas à dormir ? murmure Bonnie.

Mon cœur fait un bond dans ma poitrine, je la pensais endormie. Je me redresse légèrement dans la pénombre.

– Non.

– Tu es inquiète ?

– Toute cette situation est inquiétante. J'ai hâte qu'on en finisse.

Même si je suis absolument terrifiée.

– Moi aussi, soupire mon amie. D'un côté, j'ai envie que Shelby disparaisse, et de l'autre, j'ai peur pour Kane. Je ne veux pas le perdre.

– Je te comprends, je ressens la même chose, j'avoue.

Il y a un silence, lourd de sens.

– Tu es tombée amoureuse de lui finalement, ajoute Bonnie, d'une voix douce.

Elle l'a dit.

– Je… non, je m'empresse de répondre.

Peut-être. Oui…

– Tu n'as pas l'air très convaincue ni très convaincante.

Je sais.

– Comment s'assurer que c'est réel quand un sentiment est né dans la violence ?

– Je l'ignore, soupire Bonnie. Je ne suis jamais tombée amoureuse.

Je réfléchis et je me rends compte que moi non plus.

Ce que j'éprouve pour Kane, je ne l'ai jamais ressenti pour personne. Je me souviens que c'était agréable d'être choyée par Eddie, que je n'avais jamais expérimenté tant de tendresse auparavant de la part de ma mère. Cette fois, c'est différent, c'est plus intense, plus sauvage, plus viscéral. Comme une évidence qui s'installe au creux de moi. Comme la sensation que s'il disparaissait, je perdrais une part de moi.

– Ce que je peux te dire, c'est que mon frère semble ressentir la même chose. Je ne l'avais jamais vu aussi protecteur qu'avec quelqu'un d'autre que moi.

– Je n'ai jamais voulu qu'il s'inquiète pour moi.

– C'est plus fort que lui, je crois. Je ne pense pas que ça s'explique.

– Je me dis parfois que si je n'étais pas venue à ton anniversaire, rien de tout ça n'aurait eu lieu…

– Peu importe que tu sois là ou pas, Kane aurait fini par affronter Shelby, c'est certain. Je ne comprends pas pourquoi il s'acharne à ce point alors qu'il ne nous aime pas et qu'on veut juste vivre tranquillement… Il lui suffirait de faire comme si on n'existait pas.

– Je ne sais pas, c'est comme le fait que je n'ai jamais compris pourquoi ma mère me maltraitait et préférait son Dieu à moi. Ils se ressemblent, tous les deux, d'une certaine façon. Kane m'a dit une fois que nos parents étaient des briseurs d'âmes. Il avait raison, ma mère a brisé la mienne tant de fois, mais peut-être que vous aurez votre réponse. Moi, je ne l'ai jamais eue.

– Tout ce que je veux, c'est que mon frère arrête de mettre sa vie en danger et entre parenthèses pour moi. Je veux que tout le monde mène une vie normale, sans avoir peur de sortir. J'aimerais qu'on soit enfin heureux.

– Je sais…

Bonnie se tourne dans le lit et s'endort. Je fixe le plafond, sentant de plus en plus la fin approcher, d'autant plus lorsque je repense aux paroles de Kane : c'est sa vie ou celle de Shelby. Quelques larmes coulent sur mes joues. Je les essuie, priant pour l'homme qui fait battre mon cœur.

CHAPITRE 37

JUN

Quelques jours auparavant
Jour de l'explosion du mobile home

Kane a les yeux de Shelby.

Ça m'a tout de suite frappé quand je l'ai vu la première fois. Je fais toujours attention aux détails physiques, déformation professionnelle.

Je savais qu'il avait des enfants même s'il n'en parle jamais. J'ignorais en revanche tous les aspects de leur passé glauque. Shelby était un atout certain dans mon métier, mais je n'ai jamais eu besoin d'en savoir trop sur lui, tant qu'il faisait correctement ce pour quoi je le payais. *Chose qu'il a toujours faite.* Quand Kane m'a raconté les bribes de son histoire, ça ne m'a pas étonné plus que ça, excepté lorsqu'il a parlé de la mort de son frère, de son séjour en prison et *surtout* de sa rencontre avec Hank. L'entendre parler de mon père de substitution a été décisif dans ma prise de décision.

Kane a soif de vengeance et je le comprends. Il a subi toute sa vie, et aujourd'hui il a besoin d'être libre. La seule chose qui se dresse entre lui et son désir d'une vie normale, c'est Shelby. Même si j'ai fait appel à ses services plus d'une fois, il est loin d'être un enfant de chœur. Sur la liste des gens à tuer, son nom mérite largement d'y figurer.

Ma décision de raccrocher de ce métier est ferme et définitive et rien ne m'aurait fait changer d'avis. Parce que sans Hank, ce métier n'a plus de sens. Et puisque je me suis épris de Hazel, pas moyen de continuer. Je ne veux surtout pas qu'elle soit prise dans l'engrenage de la mort comme elle a pu l'être quand on traquait le meurtrier de Hank. Mettre fin à ma carrière d'assassin est d'une logique implacable. Et l'appel de Kane ne fait que renforcer ma décision. Hazel et moi ne pourrions jamais vivre notre histoire tant qu'il reste des gens au courant de mes activités. Tuer Shelby est donc devenu nécessaire et puisque Hank avait donné sa carte avec mon numéro à Kane… mon éthique a voulu que j'accepte sa proposition.

Je l'aide tout en assurant mes arrières. N'empêche, je ne suis pas facilement impressionnable, mais de ce que j'ai vu sur le ring ce soir, c'est une machine de guerre.

Après des jours d'observation nécessaires à la mise en place de mon plan, j'ai relevé que Shelby est protégé par dix hommes, toujours armés, qui traînent notamment autour de la piscine et surveillent l'accès arrière de la maison. Celle par laquelle je suis passé avec Hazel, il y a quelques semaines.

D'habitude, ça grouille de nanas, mais Joey a foutu tout le monde à la porte ce soir. Ne reste que ses gardes du corps. La dernière fois que j'ai tué autant de personnes, c'était pour décimer tous les porcs qui étaient au Wonderland. À la différence, qu'ici ils ne se feront pas surprendre, car ils sont parés pour une attaque. On pourrait créer un effet de surprise, mais il y a moins de chances pour que ça se passe aussi facilement que là-bas.

Quand Shelby sort dans le jardin pour retrouver ses hommes près de la piscine, j'allume mon microphone parabolique. Je peux suivre directement la conversation dans le casque.

– Je veux que vous la butiez.

– Bien, patron, mais comment ?

– Foutez-moi le feu à ce mobile home, faites-le cramer. Je veux que ce tas de ferraille qui leur sert de maison devienne son tombeau. Assurez-vous qu'elle soit dedans pour faire péter tout ça.

Il parle de sa fille, j'en suis certain.

– Patron, si on fait ça, Kane va vouloir se venger et déclarer la guerre.

Shelby le fait taire d'un crochet du droit.

– On est déjà en guerre, connard. T'as vu ma gueule ? Il voulait me foutre en rogne, il va voir ce que ça fait.

Il est remonté et très dangereux. Ce ne sont pas mes affaires, ni mon rôle d'intervenir dans cette vendetta. Je ne suis pas là pour ça, mais mon cerveau semble être piraté. Je vois *ses* yeux vairons expressifs, qui me scrutent et me hantent pour m'obliger à prendre la bonne décision.

Foutue fauteuse de troubles.

Même quand elle n'est pas là, elle me torture. Depuis quand on me force à faire quelque chose ?

Je sors mon téléphone et compose le numéro de la sœur de Kane. Lors de notre rencontre, j'ai jugé bon de noter les coordonnées de tout le monde en cas de besoin. J'espère qu'elle va répondre et m'écouter. Sa disparition n'arrangerait rien à la mission, car si elle meurt, Kane perdra pied à tous les coups.

J'attends mais elle ne répond pas. C'est insupportable, les gens ne décrochent jamais quand on a vraiment besoin d'eux.

Je rappelle et elle répond après quelques sonneries.

– Allô ?

– Ne raccrochez surtout pas. Écoutez-moi attentivement. Des hommes sont en route pour venir chez vous.

– Des hommes ?

– Ne me coupez pas et laissez-moi parler. Des hommes de Shelby sont en route, avec des grenades incendiaires.

– Je…

– Vous devez rester sur place et être là pour ne pas éveiller les soupçons de Shelby. Ils doivent vous savoir à l'intérieur, j'insiste sur l'urgence de la situation.

– Mais je vais… mourir, bégaie-t-elle.
– Non, pas si vous m'écoutez.
– Mais vous êtes qui ?
– Un ami de votre frère. Est-ce que vous avez une baignoire ?
– Une bai…

Je peux comprendre qu'elle ait peur, mais si elle pouvait arrêter de m'interrompre, ça m'arrangerait. Ça ne sert à rien de paniquer quand une solution existe.

– Dites-moi juste « oui » ou « non ».
– Non.
– Le frigo est-il assez grand pour vous glisser à l'intérieur ?
– Oui, si j'enlève tout.
– Alors faites-le maintenant. Les grilles, la bouffe, tout.

Elle semble s'exécuter.

– Vous allez apercevoir des voitures arriver, montrez-vous une seconde à la fenêtre avant de vous y réfugier pour qu'ils vous voient. Ils vont balancer une ou plusieurs grenades, alors restez cachée dans le frigo même après les détonations.
– Compris, j'ai peur… murmure-t-elle, des sanglots dans la voix.
– Ça va aller, si vous faites ce que je dis, tout se passera bien, je vous le garantis. D'accord ?
– D'accord. Vous pouvez rester en ligne avec moi…

– Je ne…

– Je vous en prie. J'ai peur, insiste-t-elle, les trémolos dans la voix.

Je n'ai pas l'habitude de me laisser attendrir par des supplications larmoyantes, mais Hazel m'en voudrait si je laissais cette fille dans la détresse.

– D'accord, je grogne d'une voix bourrue.

Je n'ai jamais travaillé de cette manière auparavant, en restant toujours méticuleux, réfléchi, précis, mais en veillant à ne pas impliquer mes clients de la sorte dans ma mission. Je me demande ce que penserait Hank, mais je crois qu'il serait ravi de me voir les aider avant de raccrocher.

– Tout va bien se passer, je rajoute. Je sais que c'est effrayant, mais vous n'allez pas mourir.

***

Plusieurs jours sont passés depuis l'explosion du mobile home. Ma mission arrive à son paroxysme, j'ai toutes les infos dont j'ai besoin. Mon téléphone sonne et résonne dans le parking souterrain où je viens de garer ma moto. Pour préserver Hazel, j'ai loué un appartement en ville. De toute manière, être loin d'elle est une obligation. Je suis beaucoup plus concentré ainsi. Je décroche lorsque je vois apparaître le nom de l'homme que je surveille depuis quelques jours.

– C'est moi, Shelby, dit-il sèchement.

Il ne sait rien de ma rencontre avec son fils, ni de mon désir de raccrocher de cette vie. Alors s'il me contacte, c'est qu'il souhaite quelque chose.

– Qu'est-ce que tu veux ? je demande sur le même ton.

J'aimerais l'envoyer chier, mais je ne peux pas à cause de Hazel. Premièrement, parce que j'ai déjà envoyé son équipe de nettoyage dans son appartement donc il connaît son adresse. Deuxièmement, il l'a déjà vue avec moi. Refuser de l'écouter serait mettre Hazel en danger, comme un moyen de pression sur moi.

– Tu peux venir à la villa ? J'aimerais te parler d'un truc.

Je reste silencieux, réfléchissant à ses mots.

– Développe, je ne me déplace pas à la demande.

– J'ai un boulot pour toi, on en discutera à la villa.

– Non, si tu as un boulot pour moi, on se voit là où je le décide. Je t'envoie l'heure et les coordonnées par message.

Je raccroche et rentre chez moi. Je suis uniquement de passage ici, il n'y a aucune décoration et presque aucun mobilier. Je m'assieds sur le canapé en repensant aux mots de Shelby. Je crois savoir ce qu'il veut. Même si je connais déjà ma réponse, je lui envoie les informations pour un rendez-vous.

Finalement, je l'attends dans le bar où nous avions l'habitude d'aller, Hank et moi. Savoir que je ne le verrai plus jamais assis en face de moi, à me donner des conseils de sa voix bourrue, me fait toujours un truc au cœur. Ne pas avoir pu le sauver ni même songé qu'il puisse être en danger sera toujours mon plus gros regret. Je vivrai avec ce poids jusqu'à ma mort. Il n'existe qu'une personne capable de m'aider à le supporter, même si un homme comme moi ne la mérite pas…

J'ai abandonné Hazel il y a deux mois maintenant. Hier, je suis parti la voir à la maison du lac. Elle était sur la terrasse, Hector, mon chat, était couché sur ses genoux. Elle semblait à la fois heureuse et ravagée. Comme s'il lui manquait quelque chose. Au fond, j'espérais qu'il s'agissait de moi. Honnêtement, si j'y suis allé, c'était pour me convaincre que l'observer de loin sans être auprès d'elle me suffisait. Quel naïf j'étais. J'avais envie qu'elle lève ses yeux vairons vers moi, qu'elle sourie et s'énerve à propos de mon mauvais caractère. Je voulais la serrer contre moi. J'ai beau lutter, j'ai cette femme dans la peau et rien ne pourra changer ça. Peu importent mes efforts pour la tenir à distance, elle me hante à chaque seconde.

Concentre-toi !

Ce n'est pas le moment. Pas question de me laisser distraire. Pas question qu'elle occulte mes pensées alors que je dois bosser. Elle est loin, à l'abri du danger, il n'y a aucune raison pour que je pense à elle.

Shelby débarque avec dix minutes de retard. D'ordinaire, quand un client dépasse les cinq minutes, je déguerpis, mais pour cet enfoiré je fais l'effort. Il s'assied en face de moi.

– T'as une sale gueule, je commence pour donner le ton.

Son fils ne l'a pas raté. Il ne manquait vraiment rien pour le tuer.

– Je t'emmerde, grogne-t-il.

Il me regarde prudemment car je sais qu'il me craint. Comme avec tous mes clients, je lui demande d'éteindre son téléphone et de le poser sur la table.

– Je ne suis pas un de tes clients.

– C'est la procédure.

Il obtempère à contrecœur. Nous sommes seuls, dans le bar du moins, mais je sais qu'il a au minimum deux hommes qui attendent à l'extérieur. Un qui le conduit, l'autre qui veille sur lui.

– Qu'est-ce que tu me veux ?

– J'ai besoin de tes services pour trouver un mec.

– Je ne suis pas un pisteur.

Il hausse les épaules.

– Là, c'est complexe. C'est une vermine, une mauvaise graine qu'il faut exterminer.

– Mais encore ?

– Je veux que tu le trouves et que tu me le ramènes.

– On ne me paie pas pour ça, je lui fais remarquer. Ce n'est pas mon job.

– T'as vu ma gueule ? siffle-t-il. T'as vu dans quel état cette sombre merde m'a mis ? À ton avis, de quoi j'ai l'air devant mes clients ? Je veux le faire souffrir. Je te paierai grassement, tout ce que tu désires, tu l'auras.

CHAPITRE 38

KANE

Je commence lentement à devenir dingue.

L'attente, l'enfermement, être coincé dans cette maison me rend fou. Je tourne en rond, je rumine, en patientant comme un faible et un lâche. Je n'ai pas de nouvelles de Jun et commence à me demander si je ne vais pas tuer Joey seul, finalement. Je vois défiler chaque heure, chaque minute. Tout semble durer une éternité.

Face au miroir, je me demande depuis combien de temps je désire le voir mort.

Depuis toujours.

La porte de la salle de bains s'ouvre à la volée et je brandis un rasoir devant moi.

Je crois que je suis à cran.

– Tu comptes me tuer ou me raser les jambes ? plaisante Maxine.

Je repose l'objet, en secouant la tête.

– Je te laisse terminer, ajoute-t-elle avant de faire volte-face.

Mais je l'attire vers moi et referme la porte derrière elle.

– Tu n'arrives toujours pas à dormir ? s'inquiète-t-elle.

Je secoue la tête.

– Le sommeil me fuit.

– Pareil.

L'attente me fait trop réfléchir, je pense à des choses glauques. Enfin, encore plus que d'ordinaire. Du genre, à ce qui pourrait se passer si j'échoue. Si je ne fais pas le poids face à Shelby, pourrai-je au moins négocier le fait de laisser Bonnie en vie ? Quant à Maxine, cet enfoiré lubrique aura envie de la faire sienne à nouveau… Il est tellement taré qu'il en est capable. Et je ne…

– Kane ?

Elle me regarde étrangement et ça me perturbe. Elle me ressemble tellement que je sais qu'elle lit en moi. Je ne veux pas lui montrer une once de faiblesse, pas maintenant.

– Je vais prendre l'air, j'ai besoin d'être seul.

J'entends qu'elle m'appelle, mais je l'ignore. Je n'ai pas vraiment d'autre choix que de sortir dans le jardin. Il fait plus frais que dans la maison, ce qui est plutôt agréable. Les yeux rivés vers le ciel, je respire profondément, jusqu'à ce que je sente des bras s'enrouler autour de ma taille.

Maxine.

Sa présence me fait du bien autant qu'elle m'ébranle. Je suis son guerrier alors je n'ai pas le droit de flancher, pas devant elle. Je dois être son pilier, l'épaule sur laquelle elle peut s'appuyer. Ce n'est plus seulement pour Bonnie que j'ai peur, mais aussi pour Maxine. Et que je veuille ou non, c'est comme ça. Je ne peux rien y faire.

– Tu ne comprends pas ce que veut dire « être seul » ? je la taquine.

– Si c'est réellement ce que tu désires, je peux…

Ses bras me lâchent, mais je me tourne et la retiens à mon tour. Même pas fichu de lui résister. J'en viens à penser qu'elle était plus en sécurité lorsque je la détestais.

– Ça me rend dingue d'être enfermé ici, de me cacher.

– Je comprends.

– Non, tu…

Elle esquisse un sourire, ce qui me fait perdre le fil de mes pensées. En l'observant, je prends conscience à quel point elle est belle sous le clair de lune. Avec sa chemise de nuit blanche, ma princesse est presque irréelle. Elle est comme un rêve, une promesse, une vision de tout ce qui m'attend si j'arrive à mes fins.

– J'ai passé ma vie enfermée ici, même si ce n'est pas pareil, ce sentiment d'oppression est si étouffant.

– Je ne veux perdre personne, moi y compris. Je le refuse, Maxine.

– Je sais.

Elle n'ajoute rien, tout simplement parce qu'il n'y a rien à ajouter. Ni elle ni moi ne connaissons l'issue des événements qui se préparent. Le confinement dans cette maison me rend nerveux, méfiant, alors je veux profiter encore de chaque instant qui me reste. C'est pourquoi je l'entraîne dans une danse lente. Ses yeux étonnés et son sourire m'encouragent à poursuivre.

– Tu avais des insomnies avant ? demande Maxine.

– Oui, à la différence aujourd'hui que tu les rends plus douces, sans l'ombre d'un doute.

Sans me répondre, elle pose sa tête contre mon torse. Je profite de ce répit et me laisse enivrer par les sensations qu'elle fait naître en moi. Sous la voûte céleste, nous dansons un slow. Je me penche pour l'embrasser quand la pluie se met à tomber. Je devrais bouger, mais j'en suis incapable. Je suis bouche bée, le regard rivé sur ma princesse rousse qui fixe le ciel avec un grand sourire.

– Il n'a pas plu depuis des semaines, s'émerveille-t-elle.

Chaque seconde que nous restons sous les gouttes nous trempe un peu plus. Mais on s'en moque, au contraire.

– Je n'ai jamais dansé sous la pluie.

Sans attendre, je la fais tournoyer, provoquant un rire aux éclats alors qu'elle emporte au même moment une partie de moi. Cette vision d'elle, heureuse grâce à une chose aussi banale que la pluie, est probablement l'image la plus poétique que j'aie vue de ma vie.

– Je n'ai jamais été embrassée sous la pluie, poursuit-elle en me dévorant du regard.

Alors, j'obéis et l'embrasse. D'abord doucement, lentement puis plus langoureusement. Soudain, l'averse se transforme en déluge, mais nous continuons. C'est rafraîchissant, ça me rend vivant. Nous dansons encore, suivant le rythme de l'eau qui tombe.

– Tu as déjà eu un orgasme sous la pluie ? je demande, d'humeur serviable.

– Jamais.

Sans la quitter des yeux, je plonge ma main sous sa nuisette, écarte sa culotte et glisse mes doigts le long de son clitoris, puis de son sexe. Maxine se dandine, danse pour moi, cherche son plaisir et ravive le mien par la même occasion.

– Ça vient déjà, râle-t-elle contre ma bouche.

Rapidement, elle tremble et jouit pour mon plus grand bonheur. Je lui laisse quelques secondes de répit avant de l'entraîner sur la terrasse abritée. Quand je tourne la tête vers elle, je remarque combien sa nuisette lui colle à la peau, dévoilant ses seins, ses tétons dressés et son ventre.

Elle est sexy à en mourir.

– Merde, je gronde, déjà prêt à recommencer à lui faire du bien.

Elle suit mon regard, mais ne se dérobe pas en me voyant la reluquer. Non, Maxine esquisse un sourire. Elle paraît particulièrement fière de me voir troublé.

– Ça te plaît ?

– T'es magnifique, Princesse.

Elle avance vers moi.

Même trempée, elle me semble encore irréelle, comme si elle sortait d'un fichu rêve.

– Kane ?

Elle me dévisage, tel un prédateur sur le point de dévorer sa proie.

– Oui ?

– Tu veux que je garde ma nuisette pendant que je te suce ou tu préfères que je l'enlève ?

– Je crois que c'est la première fois que des mots me font bander aussi fort.

Elle continue de sourire, les yeux luisants de désir.

– Tu ne réponds pas à ma question.

– Garde-la, je confirme. Je te la retirerai quand je te baiserai.

Elle s'agenouille donc, prête à voler mon âme une fois de plus.

CHAPITRE 39

MAXINE

« Bonjour Cookie.
J'espère que tu vas bien ?
Je commence à m'inquiéter un peu. Tu ne viens plus au garage et ne donnes plus de nouvelles. »

« Je sais que ces derniers temps, tu n'allais pas bien. Je ne sais pas si ça a un rapport avec l'alcool, si c'est à cause d'un garçon ou si c'est autre chose, mais tu sais que tu peux me parler. De tout. Je comprendrai toujours. Même si tu préfères ne pas venir au garage pendant quelque temps, j'ai juste besoin d'être rassuré. »

« J'ai l'air d'un gros boomer comme le dirait Josie, mais je m'inquiète pour toi. J'espère que tu vas bien et si jamais tu as bu… Ce n'est pas une petite erreur qui définit qui tu es. »

Je fixe mon écran de téléphone, un peu perdue, un peu coupable. Il me manque, Cliff et Josie aussi, tout comme le garage. Je n'ai donné de nouvelles à personne par mesure de précaution. Néanmoins, ces derniers messages me serrent l'estomac. Il faut que j'aille le voir, au moins pour le rassurer. Comme je le connais, lui répondre ne suffira pas. Il serait prêt à appeler la police pour signaler ma disparition. Je ne peux pas le laisser s'inquiéter. Je pourrais peut-être sortir ce soir, le voir au garage, lui dire que je reviens bientôt…

– Tout va bien ? m'interpelle Bonnie.

Je lève la tête vers elle. Elle me fixe étrangement, comme Peter. Quand j'y pense, c'est parfois encore bizarre d'être avec eux dans cette maison alors que j'ai pris l'habitude de vivre seule depuis la mort de ma mère. Je n'aurais jamais imaginé ça, il y a quelques années. Pourtant, chaque jour qui passe ici, je ne cesse de penser à ma mère. Si seulement notre relation avait été différente…

– Oui, oui.

Je me rends compte que ma réponse est peu convaincante lorsque Peter éclate de rire. Je lui lance un regard en biais.

– Tu ne sais pas mentir, s'esclaffe-t-il.

Je lui réponds en lui tirant la langue. Kane est sorti dans le jardin pour prendre un appel. Au vu de son expression sérieuse, il s'agit probablement de Jun, le tueur à gages. Une part de moi aimerait savoir ce qu'ils se disent, mais une autre refuse de s'impliquer davantage dans l'assassinat de Shelby.

– Allez, sois honnête, insiste Bonnie. T'es seule contre nous, tu ne fais pas le poids.

– Faites gaffe, je ne suis pas une princesse sans défense.

Bonnie ricane alors que je rougis, à cause de ce surnom que me donne Kane. Je sais ce que je laisse paraître, mais peu de monde connaît la vérité derrière mes apparences impeccables. Peter et Bonnie ignorent que je me suis battue avec Kane il y a quelques semaines. Je suis loin d'être une petite chose fragile.

Mon amie semble s'impatienter. Dois-je leur parler des messages d'Eddie ainsi que de mon désir de le voir pour le rassurer ?

– Je peux vous laisser entre filles, si jamais c'est ma présence qui dérange.

Je secoue la tête pour le faire rester. Je crois qu'il faut que je leur dise… Ils se cachent de Shelby, car ils sont tous en danger. Si mes actes avaient des répercussions sur eux, je crois que je ne pourrais jamais me le pardonner.

– J'ai juste reçu plusieurs messages de l'homme que je considère comme mon père.

– Il y a un problème ? demande Bonnie, agitée.

– Il s'inquiète pour moi parce que je ne donne plus de nouvelles et ne vais plus au garage. J'ai peur qu'il…

Kane happe mon attention en rentrant dans la maison.

– Tu as peur de quoi ? reprend-il, les sourcils froncés.

– Je dois le voir pour le rassurer, je lâche en attendant leur réaction.

– C'est trop dangereux, s'oppose Peter. Et sans vouloir te vexer, entre tes robes de princesse et tes cheveux roux, tu ne passes pas inaperçue.

Je me redresse.

– Il faut pourtant que je le fasse. J'irai à moto.

– Peter a raison, c'est risqué, renchérit Bonnie.

– Tu te souviens de ce que t'a fait Joey ? assène Kane à son tour.

– J'y pense dès que je ferme les yeux, je rétorque sèchement. J'y pense dès que je vois une bouteille d'alcool… Je n'oublie pas ce qu'il m'a fait, ni de quoi il est capable, mais Eddie est important pour moi. De plus, il connaît cet endroit.

– Je pensais que personne ne connaissait cette maison.

Les mots de Kane sonnent comme un reproche alors je lui réponds par un regard noir.

– Non, je t'ai dit que Shelby n'avait jamais eu vent de cette maison car il n'est jamais venu ici. On se retrouvait toujours en ville pour aller chez lui. Dans le cas contraire, je suis persuadée qu'il nous serait déjà tombé dessus. Il aurait débarqué en pleine nuit pour nous buter, ou fait exploser la maison.

– Eddie, c'est qui ? ajoute Peter, un peu perdu.

– Le gérant du garage où je travaille. Il est comme un père pour moi. Mais lui est au courant de mon passé, donc de cette maison. Je ne veux pas qu'il débarque ici, je ne veux pas non plus le mettre en danger. Je n'ai pas le choix, je dois y aller.

Kane ne cesse de me fixer, le regard brûlant. Il réfléchit, il me sonde, car il sait que quoi qu'il dise, je vais le faire. Les prévenir était juste une manière de leur dire que je tiens à eux, pour éviter qu'ils s'inquiètent.

– D'accord, mais je viens avec toi, décide Kane.

Je le regarde, interdite.

Peter plisse les yeux et Bonnie semble perdue. Visiblement, personne ne s'attendait à ce qu'il abdique si facilement.

– Et si tu tombes sur Shelby ? objecte Peter.

– Ce sera l'occasion de lui faire la peau, répond-il laconiquement.

Je déglutis.

– T'es sérieux ? s'exclame son meilleur ami.

Tous les deux échangent un regard dur.

– Un jour ou l'autre, de toute manière, il périra de ma main, alors s'il est là, ce sera juste le destin.

Les mots de Kane provoquent un silence étrange. Il s'avance vers moi, m'embrasse sur le front et déclare :

– Ce soir, on y va.

CHAPITRE 40

KANE

Je ne suis pas du tout serein à l'idée de laisser Bonnie ici, mais elle est avec Peter. Il veillera sur elle. On n'en aura pas pour longtemps. Il est 22 heures passées quand on se gare devant le garage d'Eddie. Je regarde attentivement autour de moi. Personne ne semble nous avoir suivis. Maxine scrute la devanture avec un petit sourire, comme si le simple fait d'être ici la rendait heureuse. Je sais qu'elle aime cet endroit.

– Tu n'es pas obligé de me suivre, tu peux m'attendre ici. Je ne crains rien là-bas.

Je secoue la tête en l'observant. Elle porte une tenue entièrement noire, ce qui contraste radicalement avec ses vêtements habituels.

– Je viens, c'est non négociable.

– Je ne…

Elle se tait quand je l'attrape par le menton pour la forcer à me regarder. Je dépose un baiser sur son front.

– On reste ensemble, point final. N'oublie pas que Shelby veut ma mort et qu'il t'a déjà fait du mal. On est à découvert actuellement, ce qui dangereux alors on doit se dépêcher.

– D'accord.

On se précipite vers l'entrée.

J'esquisse un sourire au seul souvenir que j'ai ici : la première fois qu'on a couché ensemble. Un homme à la tignasse rousse, habillé d'un bleu de travail, s'avance vers nous pendant que *The Cure* chante dans un coin. Il serre Maxine dans ses bras.

– Bon sang, je me suis fait un sang d'encre !

Ils se séparent puis l'inconnu me scrute de haut en bas. Il me jauge lentement, et au vu de son expression, je devine qu'il aimerait me foutre son poing dans la gueule.

– Bonsoir, je m'appelle Kane, je dis en lui tendant une main.

Il hésite ou prend son temps avant de refermer ses doigts autour des miens.

– Eddie.

Il reporte ensuite son attention sur Maxine qu'il regarde avec bienveillance. Il est réellement heureux de la voir. Maxine n'a jamais connu son père, à cause de sa mère bien trop toxique. Elle a finalement trouvé en lui une figure paternelle, une tendresse qu'elle n'avait encore jamais connue.

– Maxine, tu peux me dire ce qu'il se passe ?

– Tout va bien, assure-t-elle.

– Pas à moi.

– Je ne peux pas te le dire, mais…

Il se tourne aussitôt vers moi pour m'attraper par le col. Je pourrais si facilement me dégager, le mettre à terre et le foutre K.-O., mais je ne fais rien.

– Eddie ! s'écrie Maxine.

– Toi, c'est à cause de toi, c'est ça ? Qu'est-ce qui se passe ?

– Je ne peux rien vous dire, pour votre propre sécurité, je réponds. C'est mieux ainsi. Vous vous inquiétiez pour elle, elle est là.

Il me secoue, tente de se montrer menaçant, mais j'ai connu tellement d'horreurs dans ma vie que je ne crains presque plus rien. Il veut juste me prévenir qu'il l'aime et qu'il ferait tout pour elle.

– Pourquoi, qu'est-ce que tu as fait ?

– Eddie !

La voix de Maxine semble le sortir de son état. Il la regarde au moment où une détonation nous interrompt. Eddie est en alerte tandis que je me précipite instinctivement devant Maxine pour la protéger. Face à nous ; trois hommes habillés en noir, dont un au sourire malsain.

– On ne voulait pas déranger une querelle familiale, mais vous ne faisiez pas attention à nous, explique Jam.

– Qu'est-ce que c'est que ce bordel ? Sortez de mon garage avant que je n'appelle les flics, beugle Eddie.

Jam tire encore, mais cette fois, la balle frôle Eddie. Maxine toujours dans mon dos, s'accroche désespérément à mon tee-shirt.

Putain, je dois rester calme.

– Jam, espèce d'ordure, t'es aussi résistant qu'un cafard.

– Et toi, t'en as plus pour longtemps.

Eddie attrape les outils à sa disposition sur la table de levage alors que les hommes se dispersent pour mieux nous encercler.

Bien sûr, je n'ai pas pris d'armes ! Pourquoi ai-je été aussi con ?

Shelby a sans doute fait surveiller l'endroit en espérant que Maxine y vienne… Je n'ose pas imaginer ce qu'ils lui auraient fait si je ne l'avais pas accompagnée. J'en viens à regretter que Joey ne soit pas là, on aurait pu régler ça dès ce soir. Cependant, il a dû donner des ordres à Jam, du genre me ramener vivant. Puisque je suis là, Maxine et Eddie sont des obstacles qu'il peut liquider sans problème. Je dois éviter ça à tout prix.

– Prends une arme, j'ordonne alors à Maxine. Défends-toi.

Elle obéit même si ses doigts tremblent.

Trois contre trois.

Je peux m'en sortir, je l'ai déjà fait dans les arènes, mais cette fois, je dois m'assurer de ma survie ainsi que de celle d'Eddie et Maxine. Je ne suis pas tout seul.

– Viens, ma jolie, on va s'amuser, s'esclaffe le deuxième homme.

Elle ne répond pas.

Je souris en le regardant. Tout ce que je vois à présent, c'est son visage couvert de sang et ses yeux écarquillés par la peur.

– Toi, la petite merde, tu pars avec nous, t'es convié à une fête en ton honneur, commente Jam en me visant avec son flingue.

J'essaie d'analyser et de réfléchir à un moyen pour nous débarrasser de ces trois types, *surtout Jam*. Il doit encore rager après notre rencontre de l'autre jour.

– Vous ne toucherez pas à un seul des cheveux de Maxine, prévient Eddie, déterminé.

J'apprécie son soutien et de pouvoir compter sur lui pour la protéger. Je sais désormais ce qu'il me reste à faire, soit ce que je fais de mieux dans la vie : déchaîner le chaos, libérer la bête.

– Kane…

La voix de Maxine me parvient de loin, l'adrénaline et la haine pulsent dans mes veines, elles battent en rythme contre mes tempes.

– Protégez-vous, je les informe en attrapant le marteau posé sur la table à côté de moi.

– Ne tirez pas sur lui, ordonne Jam. Il nous le faut vivant et en pleine forme, qu'il profite des réjouissances du boss, le plus longtemps possible. Les autres, on s'en fout.

Les poings serrés autour du manche, je m'élance en criant :

– Survivez ! Battez-vous !

Le premier homme de Shelby tire malgré les ordres de Jam. Je dois faire vite. Très vite. Je n'ai pas le temps de réfléchir, je dois laisser mon instinct animal me guider pour nous tirer d'affaire et les mettre en sécurité. Son visage transpire la peur. Même si la balle passe au-dessus de moi, je lui assène dans la foulée un violent coup de marteau. Il recule de plusieurs mètres en hurlant à la mort.

– Tu ne voulais pas jouer ? je raille, encore habité par la colère.

Son nez pisse le sang.

– Espèce de…

Il lâche son flingue et tente de me sauter à la gorge, mais je frappe à nouveau. Le choc résonne entre mes mains. Il s'écroule au sol, inconscient. Ce serait mentir de dire que je ne souris pas intérieurement de voir un des sbires de Shelby, le visage démoli.

Le cri de Maxine détourne mon attention. En une seconde, j'analyse la scène. Eddie est en train de se battre, tandis que ma rousse est retenue par Jam. Il la serre contre lui, son flingue posé contre sa tempe. La peur dans son regard contraste avec le sadisme dans celui de Jam.

– Lâche-la ! je hurle, les muscles tendus.

– J'ai envie de la garder pour moi, répond-il pour me provoquer.

Jam continue à parler, mais je n'entends plus ce qu'il dit, le sang et la rage battent dans mes oreilles. Les yeux rivés à ceux de Maxine, j'essaie de lui faire comprendre qu'elle doit me faire confiance, qu'il ne lui arrivera rien. Sinon, je ne me le pardonnerai jamais. Le cri aigu de l'homme se battant avec Eddie distrait Jam de sorte que son arme s'abaisse légèrement. Eddie le coince au sol avant de l'assommer de son poing, j'en profite pour faire comprendre à Maxine de se baisser. Je balance si fort mon marteau dans leur direction que Jam en lâche son arme pour l'éviter. Maxine parvient à s'échapper et se réfugier à l'écart. Je me jette sur lui, mais il m'esquive, faisant un pas en arrière.

– T'es vraiment un dégénéré, commente-t-il en soufflant.

– Autant que ton boss, je réponds. C'est son sang qui coule dans mes veines.

Jam sort un poing américain de sa poche et l'installe sur ses doigts. Je souris d'un air assoiffé, machiavélique. Comme si ça pouvait m'arrêter. D'un même élan, nous nous jetons l'un sur l'autre. Mes coups pleuvent, les siens aussi. J'en esquive quelques-uns, fais exprès d'en encaisser d'autres pour riposter à des endroits bien placés. Je ne lui laisse aucun répit, il n'est pour moi qu'un défouloir, qu'un entraînement en attendant le combat de ma vie. Je ne mourrai pas entre les mains de Jam. Ce dernier se prépare à frapper mais je le contre. Je le maintiens par une clé de bras, et d'un mouvement sec, lui démets l'épaule. Il hurle à en perdre la voix. Je n'ai pas de pitié pour lui, comme il n'en aurait aucune pour moi. Il tombe au sol, me laissant l'occasion d'exprimer mes sombres pulsions. Je frappe toujours et encore. Chaque coup lui fait regretter son comportement de ces dernières années. Il accuse ma rage, ma colère, comme si son corps ne réagissait plus.

– Kane ?

Je sors de ma transe destructrice. Maxine est penchée à côté de moi.

– Arrête, exige-t-elle.

Je crois qu'il est mort.

Elle m'aide à me redresser pendant qu'Eddie, essoufflé, me regarde comme si j'avais amené l'enfer dans son sanctuaire.

Il n'a pas tout à fait tort.

– Qu'est-ce qui s'est passé, putain ? C'est quoi…

– Je suis désolée, Eddie, marmonne Maxine. Tu te souviens quand je t'ai parlé de cet homme de mon passé ?

Il hoche vaguement la tête tandis que je m'éloigne pour vérifier si Jam respire encore. J'attrape son flingue, par précaution.

– C'est un homme dangereux, il nous veut du mal et…

– La police te protégera, il faut les…

J'éclate de rire en me redressant. Eddie me lance un regard noir. Cette fois, il me fait presque peur.

– La police ne nous protégera pas de *lui*, je rétorque. Désormais, vous êtes en danger, il faut vous cacher. Loin de ce garage et loin de chez vous.

– Mais…

– C'est pour votre sécurité, j'insiste d'une voix grave.

Maxine acquiesce en laissant échapper un sanglot. Sans un mot, il la prend dans ses bras et la console.

– C'est pour ça que je ne suis pas venue, je voulais éviter de t'impliquer.

– Combien de temps je vais devoir me cacher ? Qu'est-ce qu'on va faire des corps et toi, tu vas aller où ? panique-t-il, le regard perdu.

– Je vais appeler quelqu'un pour les corps et pour le reste je ne sais pas, quelques jours, pas plus. Maxine, on doit y aller.

– Non, elle reste avec moi, objecte Eddie.

Ce dernier lâche Maxine pour se planter devant moi.

– C'est toi qui as amené la merde dans sa vie alors que tout allait bien pour elle !

– Je n'ai jamais voulu ça, je me défends, l'adrénaline encore dans les veines.

– N'empêche que ma fille se terre dans la peur et que lorsqu'elle vient me voir, il y a des morts dans mon garage. Il est hors de question qu'elle te suive. Je ne sais pas qui tu es, ni ce que tu trafiques mais je refuse.

– Eddie…

Maxine semble perdue.

– Désolé l'ancêtre, mais elle part avec moi, c'est comme ça. Ne m'obligez pas à me répéter, je n'ai pas envie de vous frapper.

Maxine se tourne vers moi, les yeux écarquillés. Eddie me pousse mais je ne bouge pas.

– Tu me menaces chez moi, petit merdeux ? s'indigne-t-il.

– Ce que je peux vous promettre, c'est que je la protégerai au péril de ma vie. Si je la savais plus en sécurité avec vous, alors je vous la confierais sans hésiter. Je peux vous assurer que si j'avais eu le choix, jamais elle n'aurait emprunté ce chemin. Je vous laisserai me donner une raclée si j'échoue, mais elle reste avec moi.

Il me jauge en silence plusieurs minutes avant de se tourner vers Maxine.

– Je t'aime, dit-il simplement.

– Je t'aime aussi, répond-elle dans un sanglot.

Il la prend dans ses bras.

– Vous devez partir, j'insiste. Il ne faut pas rester là, faites-le pour elle car s'il vous arrivait quelque chose, elle ne s'en remettrait jamais.

Maxine s'avance vers moi pour glisser sa main dans la mienne.

– Je suis désolé, pour tout… j'ajoute avec sincérité.

Il m'attrape alors par l'épaule.

– Je te la confie, m'avertit-il, les yeux dans les yeux. Protège-la comme si c'était la chose la plus précieuse au monde.

– Promis.

Je sors en éclaireur ; il n'y a personne. Nous filons donc à toute vitesse dans la nuit pour nous mettre en sécurité.

CHAPITRE 41

JUN

Il est très tôt, le soleil se lève à peine. Kane et moi sommes sur le vieux terrain vague où j'ai emmené Hazel il y a quelques mois pour lui apprendre à tirer. Ici, on est tranquilles, le coin est souvent désert. Je me suis dit qu'une journée d'entraînement ne nous ferait pas de mal.

– Merci de t'être occupé des hommes de Shelby dans le garage, déclare Kane.

– Vous n'auriez jamais dû sortir. C'était stupide et complètement déraisonnable.

– Je sais, admet-il d'une voix grave.

Sa réponse me fait bêtement penser à la dernière chose déraisonnable que j'ai faite. Je crois que je ne les compte plus depuis ma rencontre avec Hazel…

– Il faut qu'on parle d'une chose, je reprends pour changer de sujet.

Je le sens suspicieux, sur ses gardes. Visiblement, ma phrase est comme un signe d'alerte pour lui.

– Shelby m'a proposé un contrat pour te liquider.

Il éclate de rire. Un rire jaune.

Il se reprend, le visage aussi impassible qu'à son habitude. À bien des égards, il me fait penser à moi.

– Et t'as décidé quoi ?

– Si j'avais accepté son offre, je ne discuterais pas avec toi actuellement.

Kane passe une main dans ses cheveux en soupirant.

– Tu étais introuvable et la défaite que tu lui as infligée le préoccupe vraiment.

– Il a peur ? demande-t-il, les yeux ronds.

– Il est instable, il n'a pas digéré ta trahison dans l'arène. Shelby aime le paraître et être le centre du monde. Dans tous les jeux qu'il organise, il est sur le devant de la scène même si, souvent, il n'est pas l'acteur principal. Il cherche à te tuer, à te faire souffrir pour reprendre le contrôle qu'il a perdu.

Il s'adosse à un vieil arbre.

– Est-ce que tu sais tirer ? je demande, curieux d'entendre.

– Non, en fait je n'ai jamais essayé.

J'aime qu'il soit honnête, sans détour. J'ai accepté de laisser une chance à Kane de m'accompagner. J'aimerais toujours qu'il change d'avis parce que je ne peux garantir sa survie. Shelby et ses hommes sont ma priorité, pas sa vie. Je me sens plus à l'aise seul, de manière générale. Même s'il a conscience qu'il risque d'y rester, il veut toujours en découdre. J'aime les gens qui savent ce qu'ils veulent et ceux qui restent fidèles à eux-mêmes. C'est pourquoi j'ai voulu le voir avant l'assassinat de Joey Shelby.

– Tu vas m'apprendre ?

– Je peux te montrer comment tenir une arme, retirer le cran de sécurité, enlever et remettre un chargeur, afin que tu saches t'en servir sur place.

Même si dans l'idéal, je préfère qu'il ne tue personne. Personne excepté sa cible. Je ne veux pas qu'il se transforme en tueur comme moi. C'est pour ça, en partie, que je n'ai jamais voulu que quelqu'un m'accompagne dans mon boulot.

– Je ne suis pas certain de vouloir porter ce genre de chose. Je ne veux pas tuer Shelby avec ça, de cette manière.

– Il faut toujours s'équiper. Dis-toi que tu vas là-bas pour tuer, pas pour t'amuser. Si tu es dans cet état d'esprit, tu peux arrêter tout de suite. Shelby, lui, veut ta peau et rien ni personne ne le détournera de ce désir. Il n'y a aucune honte à rester en retrait.

– Je le sais, ne me prends pas pour un abruti. J'ai toujours eu envie de cramer cette baraque et d'en finir avec lui !

Je lui lance un regard en coin.

– Il faut que tu intègres une chose essentielle. À partir du moment où tu t'engages dans cette voie, il n'y a pas de retour en arrière possible. Dès lors qu'on entre en mission, on s'infiltre, on ne peut pas arrêter le plan en cours de route. Il faut terminer le boulot sinon ta vie deviendra un enfer et la mienne aussi.

– Je comprends, confirme-t-il en hochant la tête.

– Comprends aussi que lorsqu'on sera sur place, je ne pourrai pas te protéger. Je ne peux rien te garantir.

– Je le sais aussi, grogne-t-il.

Il a vraiment les mêmes yeux que son père à la différence de l'étincelle de rage et de vie, le gosse, lui, se bat comme un démon pour survivre. Il veut *vraiment* vivre. Il a bien compris que c'était lui ou Shelby.

– Je ferai tout pour atteindre ton objectif : Joey. Néanmoins, il faudra que tu veilles à ta propre survie.

– Je m'en chargerai, je ne serai pas un boulet. Je sais comment me défendre. De plus, je veux la mort de Joey, les autres, je m'en fiche.

Je hoche la tête en restant silencieux. Dans un premier temps, je lui montre les vêtements que j'ai pris pour qu'il s'équipe.

– J'ignorais que je devais m'habiller comme toi.

– Ils sont idéals pour bouger, suffisamment sombres pour ne pas se faire repérer, tu peux aussi y dissimuler des armes. Le masque chirurgical, c'est mon truc pour cacher mon visage, mais à toi de voir. Par contre, les gants sont obligatoires à cause des traces d'ADN.

– Et si ça se passe mal ? J'irai voir la police ?

– Tout acte a des conséquences. Si on tue Shelby dans sa maison sans imprévus, alors il subira, comme ses hommes, le même sort que d'autres avant lui ; bouffé par ses cochons.

– Et s'il y a des imprévus ? demande-t-il.

– Il faudra aviser sur le moment.

Il hoche la tête, concentré.

– Il n'y a aucune raison que ça se passe mal. Il veut en découdre avec toi, il te croit seul et désespéré. Si tu débarques chez lui, il voudra t'affronter en pensant que tu viens en désespoir de cause. Ce qu'il ignore, c'est que je suis avec toi et s'il l'apprend, il va se chier dessus.

– À ce point ?

– Il connaît ma réputation, il sait que je suis un homme dangereux et comme il est intelligent, il me craint.

Kane soupire.

– Tu peux encore te retirer et me laisser gérer les choses, seul.

– Non, je veux l'affronter. C'est lui et moi. Moi et lui. Sa vie et la mienne. Je ne peux pas survivre s'il survit. Et il sait pertinemment que l'inverse vaut aussi.

– OK, je vais te montrer comment utiliser un flingue.

***

J'ai tout ce qu'il me faut pour faire un carnage dans la villa de Shelby. Ses hommes sont costauds, mais ce n'est que de la gonflette puisqu'ils passent leur temps à boire, manger et sauter des filles au bord de la piscine. Je n'ai rien à craindre d'eux et je ne m'inquiète pas pour Kane non plus. Il est entraîné depuis toujours à frapper, il se bat comme une bête, mais pas à l'arrache. Sur le ring, il réfléchit et est conscient de ses points forts. Le plus instable reste Shelby. La victoire de son fils le rend nerveux. Il veut en finir, mais il sait que Kane aussi. Notre atout, c'est l'effet de surprise… et moi.

En revanche, je crains que s'il me voit, il prenne peur. Il n'est pas stupide, il va vite comprendre que je viens pour lui et que tous les moyens seront bons pour que j'arrive à mes fins. L'idéal serait de le tuer dans la villa, car les cochons pourraient m'être utiles. Le karma dans toute sa splendeur…

J'attrape mon portable.

– C'est moi. Tu es toujours aussi déterminé à m'accompagner ?

– Oui. Toujours.

La conviction dans sa voix n'a pas faibli.

– C'est décidé : on tue Joey Shelby demain à l'aube.

CHAPITRE 42

MAXINE

Il est parti.

Sans un mot, sans un bruit.

Il est parti mener à bien cette soif de vengeance qui l'accompagne depuis des années.

Sa vie contre la mienne.

Ces cinq mots passent en boucle dans mon esprit et collent à mon cœur. J'ai peur. Terriblement peur, à vrai dire.

Tout le monde dort encore.

L'aube apparaît progressivement. Je ne sais pas combien de temps ça peut prendre. Quand suis-je censée m'inquiéter ? Dois-je appeler la police à un moment ? M'enfuir loin d'ici ?

Je voudrais être avec lui, juste pour qu'il ne soit pas seul. Il me manque, c'est presque douloureux.

Ne pas savoir est pesant, angoissant. Je me sens inutile, perdue, seule. J'aimerais qu'il passe la porte en me disant que tout est fini. Qu'il n'y a plus rien à craindre. Je voudrais qu'il arrive victorieux et apaisé.

– Tout va bien ? s'enquiert une voix masculine dans mon dos.

Je sursaute avant de faire face à Peter. Il vient de se réveiller, il semble crevé lui aussi. Personne ne dormira sur ses deux oreilles avant la fin de ce dernier acte entre Kane et son père.

– Il est parti… je murmure.

Kane ne lui a rien dit non plus. Je suppose qu'il ne voulait inquiéter personne. Peut-être qu'il pensait rentrer avant notre réveil. Peut-être que c'est mauvais signe et qu'il lui est arrivé quelque chose. J'ignore à quel moment nous devons réagir.

– Il n'est pas seul.

– Joey non plus.

– C'est vrai, mais il ne va pas se laisser tuer si facilement. Il est avec Jun, alors ça va aller, affirme Peter. C'est un vrai démon quand il se bat, d'autant plus lorsqu'il se bat avec un enjeu. Avant il y avait Bonnie, mais maintenant, il y a toi.

– Qu'est-ce qui va aller ? intervient Bonnie.

Elle nous rejoint dans la cuisine. Au moins, un de nous semble avoir bien dormi.

– Kane est parti cette nuit, pour tuer Shelby.

Sa bouche s'ouvre puis se ferme sans prononcer un mot. Elle s'assied sur l'une des chaises tandis que je m'affaire à préparer du café pour tout le monde.

– Ça va aller, répète-t-elle à son tour. Ça va forcément aller ! Le destin ne peut pas nous tourner indéfiniment le dos.

Tandis que Peter s'apprête à répondre, un bruit semblable à une détonation résonne dans la maison. La peur au ventre, je me dis que ça ne peut pas être Kane. Je réfléchis à toute vitesse ; les armes de défense que nous a données Jun sont dans le salon.

Deux hommes que je ne connais pas débarquent dans la cuisine, suivis de Joey Shelby, le visage marqué par les coups de Kane, mais aussi par la peur, la rage et le désespoir. Il ne m'a jamais semblé aussi dangereux qu'à cet instant. Dans son regard, une seule promesse : il emportera tout le monde dans la mort. Mais s'il est là, alors ça signifie…

– Kane ! hurle Bonnie. Ne me dis pas que…

Shelby lève son arme et tire.

KANE

Putain, putain,

putain, putain, putain, putain, putain, putain, putain, putain, putain, putain, putain, putain, putain, putain, putain…

MAXINE

Bonnie s'effondre au sol, du sang coulant de la blessure par balle. En pleine tête. Mon cœur s'emballe, je tente en vain de crier, mais je vomis à la place. Mes jambes ne me soutiennent plus. Je tombe à genoux, le regard rivé sur mon amie, les yeux vidés de toute vie.

C'est forcément un cauchemar !

On ne peut pas tuer les gens comme ça. Peut-être que si je me pince, je vais me réveiller. Bonnie ne peut pas mourir ! Un cri de rage me fait lever la tête. Peter se jette sur l'un des hommes en hurlant comme une bête. L'effet de surprise lui donne l'avantage et il arrive à l'assommer, mais Shelby tire de nouveau.

Comme Bonnie, il s'écroule. Je me retrouve seule face à Joey, attendant moi aussi qu'une balle m'achève. Quand on joue, il y a forcément un gagnant et un perdant, mais je refuse que ce soit lui.

Sauf que la délivrance ne vient pas. Aucune détonation ne me délivre de ce fou. Je préfère mourir plutôt que rester en vie avec lui. Alors, qu'est-ce qu'il attend, ce dégénéré ?

Joey s'agenouille à mes côtés, m'attrape le menton et me force à le regarder. Je lui crache au visage, mais il s'en amuse et s'essuie avant de lécher ses doigts. J'ai un nouveau haut-le-cœur.

– Je ne vais pas te tuer maintenant.

La sueur froide glisse le long de mon échine. Des frissons désagréables me parcourent la peau.

– On va jouer avant, Maxine. Comme à l'époque mais plus encore.

– Tue-moi, je l'implore presque.

– Non, je veux prendre mon temps.

Il m'attrape le cou, le serre et m'entraîne en se redressant. Sa poigne est puissante, j'ai l'impression qu'il pourrait me briser les cervicales sans effort.

– Qu'est-ce que tu vas faire ?

– Te fourrer par tous les trous, chuchote-t-il contre mon oreille. J'ai hâte de retrouver la sensation exquise de ton cul qui enserre ma bite. Mais avant, on va jouer à un jeu plus… percutant. Je suis curieux de voir combien de coups tu peux encaisser avant de t'évanouir. Crois-moi, on va s'amuser, Maxine.

Ses mots se gravent dans ma mémoire. Je veux mourir. Je préfère la mort à la souffrance, je préfère la mort plutôt qu'être son jouet. Il m'a tout pris. Bonnie, Kane, Peter, mon abstinence à l'alcool, tout.

Je suis seule avec lui et je ne sais pas quoi faire pour fuir.

– Attache-la, on l'embarque ! ordonne-t-il à l'autre homme que j'avais oublié.

– Non.

Je me débats dans un sursaut d'énergie, de courage, de vaillance. Je donne des coups de poing partout, des coups de pied, et tente désespérément d'atteindre la porte, mais des bras me retiennent lorsqu'une violente douleur me vrille le crâne.

Puis, tout devient noir.

CHAPITRE 43

KANE

Quelques minutes plus tôt

– Boss, on gère la situation…

On écoute attentivement la conversation des hommes de Shelby dans leur talkie-walkie grâce à celui qu'a volé Jun sur l'un des cadavres. Il est redoutable, méticuleux, j'en ai froid dans le dos. Je sais pourquoi je l'ai embauché, je sais pourquoi je suis là. Mais je sais également que je n'ai pas son sang-froid.

Ils communiquent pour le prévenir de notre avancée car ce minable se retranche dans son bureau, espérant que ses hommes le débarrassent de nous.

Jun est face à moi, son flingue pointé devant lui. Nous avons presque liquidé tout le monde, à l'exception de ses hommes les plus proches. Mon cœur bat la chamade. Je pensais être prêt, je pensais avoir les tripes, mais je me rends compte que ce n'est pas le cas. Je ne suis pas fait pour ça. Je ne suis pas comme mon enfoiré de père.

– On y est presque, chuchote Jun.

Son arme brandie devant lui, il penche la tête et pénètre à l'étage du bureau où se cache ma prochaine victime.

Grésillement de talkie-walkie.

– Boss, ils sont là…

Cette fois, ça y est. L'homme qui était devant la porte s'effondre. Il n'en reste qu'une à franchir et j'aurai ma liberté.

– On reste prudents, exige Jun.

J'entends juste derrière nous un autre bruit de talkie-walkie. C'est le signal, il est là. On entre, prêts à en finir, mais tout ce que je trouve, c'est un bureau vide. Je tourne sur moi-même, en hurlant de frustration.

Putain, on y était presque !

Les hommes de Shelby se sont joués de nous, nous faisant croire qu'il se cachait chez lui. On s'est fait avoir comme des bleus ! Mais cette ordure n'a jamais été ici. On a perdu du temps pour…

Putain, putain, putain, putain.

Et si…

Mes pensées s'interrompent car quelque chose m'intrigue. Sur le bureau ; un talkie-walkie et un petit mot.

« Pendant que tu perds ton temps ici, je m'amuserai, à la source de toutes tes peurs. Je vais te prendre jusqu'à la dernière goutte d'espoir. »

***

La porte est enfoncée. Mon cœur s'agite de manière incontrôlable dans ma poitrine. Quand j'entre dans la maison de Max, mes genoux tremblent. La dernière fois que j'ai ressenti ça, j'étais gosse et Shelby était déjà l'instigateur de ces peurs. Jun est devant, il avance prudemment, en brandissant son arme pour nous protéger. Il s'arrête aux abords de la cuisine et ses épaules s'affaissent légèrement, il ne bouge plus. Mais qu'est-ce qu'il fout ?

– Il se passe quoi ? je demande, essoufflé.

– Kane…

Mes yeux regardent le sol, taché d'un liquide luisant et visqueux.

Du sang.

Du sang.

Du sang.

Je comble l'écart entre Jun et moi, conscient que le danger n'est plus là mais qu'il a déjà fait des ravages. Jun se recule pour me laisser découvrir la cuisine devenue un champ de bataille. Le sang inonde le carrelage, s'incruste dans les jointures. Près de la porte gît le corps immobile de Peter. Plus loin, éparpillés au sol et baignant dans une mare rouge, des cheveux aussi noirs que les miens. Bien que mes tripes se tordent à l'idée de ce que je vais découvrir, je poursuis mon exploration. Finalement, j'aperçois le visage de la victime. Mes jambes me lâchent et je m'effondre à genoux devant le cadavre de ma petite sœur…

J'ai échoué.

Lamentablement, indubitablement.

J'avais deux choses à faire : tuer Joey et protéger les gens que j'aime. J'ai merdé sur toute la ligne. Il avait peut-être raison, je suis bien un déchet. Je rejoins Bonnie à quatre pattes, le cœur prêt à exploser, les yeux embués de larmes et le souffle coupé.

– Je suis désolé, lance Jun, d'une voix compatissante.

Je serre le corps sans vie de ma sœur en fermant les paupières, comme pour échapper à cette réalité. Je devais la protéger, c'était mon seul but. J'ai passé ma vie à essayer de la protéger de tous les dangers, de Joey, de la souffrance et j'ai échoué jusqu'au bout. Je l'ai fait vivre dans la misère en l'étouffant pour la laisser mourir… C'est peut-être moi le briseur d'âmes, au final. Est-ce qu'elle est devenue mon propre dommage collatéral ? Si je n'avais pas approché Joey, serait-elle encore en vie ? Elle n'aurait peut-être pas pu aller à l'université, mais elle serait toujours vivante, avec moi. Je cherche désespérément un pouls ou une étincelle de vie dans son regard, mais elle reste inerte, morte.

Bonnie est morte.

Je vrille.

Morte. Morte. Morte. Morte. Morte. Morte. Morte. Morte. Morte. Morte. Morte. Morte. Morte.

Morte. Morte...

Est-il possible d'atteindre un tel niveau de haine et de folie qu'on est presque anesthésié, qu'on ne ressent presque plus rien de physique ? J'ai atteint un seuil étrange qui me fait planer.

Il n'était pas chez lui.

Il s'est enfui comme un putain de lâche au lieu de m'affronter.

J'ignore comment il a su que Jun et moi allions venir, mais il le savait. Est-ce que sa rencontre avec Jun lui a mis la puce à l'oreille ? Y avait-il un autre individu qui nous aurait suivis lors de notre visite au garage ? Finalement, ses hommes se sont foutus de nous pour nous faire perdre un temps considérable et lui permettre de tout détruire, de tout gâcher.

Ma haine est si vivace, mon chagrin, si intense. Je veux le tuer, l'anéantir, le fracasser sur le sol, le rouer de coups. Comment tuer quelqu'un qui est responsable de tant de souffrance ? Comment tuer un père aussi ignoble ? Je veux voir la peur dans son regard, la sueur perler sur son front. Je veux qu'il supplie le monstre qu'il a lui-même créé de l'épargner, je veux entendre son dernier souffle de vie lui échapper.

– Ton ami n'est pas mort, il respire difficilement, mais il respire encore, déclare Jun, penché sur lui.

Je serre Bonnie contre moi, incapable de la lâcher, me sentant plus seul que jamais. Trois enfants innocents, et il n'en reste plus qu'un.

Le pire.

Je ne voulais pas être le survivant. La plaie de la mort de Dragan est encore ouverte que Bo…

– Kane ! Tu dois te ressaisir.

Plus de Peter, plus de Maxine, plus de Bonnie. Il ne me reste rien. À quoi bon vivre si plus personne n'est là ?

– Kane !

La voix de Jun me parvient difficilement. Soudain, je sens qu'il me relève, me force à lâcher Bonnie, mais je n'y arrive pas, mes bras restent solidement accrochés autour de ma petite sœur.

– Laisse-moi ! je hurle, les larmes dévalant mes joues.

Il s'agenouille à côté de moi, m'attrape par la nuque pour m'obliger à le regarder et pose son front contre le mien.

– Je sais ce que ça fait, affirme-t-il tristement.

– Non…

Il a un rictus.

– L'homme que je considérais comme mon père est mort il y a quelques mois, de la même manière. Alors, je te comprends. Je connais la douleur qui te frappe, elle est suffocante. À la fois fiévreuse et glaçante. Je sais que tu as l'impression que tu ne pourras jamais te remettre ni continuer de vivre, mais je t'assure que si.

– Non… j'objecte en secouant la tête.

– Je suis sincèrement désolé pour ta sœur, mais tu dois te concentrer sur ton ami qui vit toujours. Raccroche-toi à ce qu'il te reste plutôt qu'aux choses que tu ne peux pas changer.

Si seulement je pouvais remonter le temps et tuer Joey quand c'était encore possible. J'en ai eu maintes fois l'occasion, mais je ne l'ai jamais fait car j'avais peur et que j'ai été un lâche. J'ai mené ma propre sœur à la mort ainsi que mon meilleur ami.

– Il n'y a rien. Plus rien, je répète, perdu dans le chaos.

Bonnie est morte, tout le monde est mort. Sauf le véritable coupable. Parce que c'est comme ça que ça fonctionne. Les méchants ne sont jamais vraiment punis, ils arrivent toujours à leurs fins.

– Ton ami est en vie. Peter est toujours en vie !

Soudain, ses mots me frappent.

Qui ça ?

– Peter ?

– Il a besoin de soins, mais il respire encore.

Ça me soulage, mais… pas autant que je le voudrais. Je suis un ami effroyable, je devrais être heureux, mais la perte de Bonnie occulte tout, anesthésie mon cœur.

– Et Maxine est probablement en vie, ajoute-t-il pour me stimuler.

– Elle n'est pas là, je soupire.

– Justement, continue Jun. *Justement.* Elle n'est pas là, ce qui ne signifie qu'une chose. Elle est en vie sinon son cadavre serait ici.

– Qui ?

– Maxine, répond Jun.

Je n'arrive plus à penser correctement, comme si mon cerveau s'était déconnecté.

– Elle n'est pas là…

– Parce qu'elle est en vie quelque part avec lui, répète-t-il plus fort. Tu dois te ressaisir pour la sauver. On doit terminer le travail, parce que sinon, ça ne finira jamais.

Maxine…

Elle n'est pas là, parce qu'elle est en vie…

Cette possibilité tourne en boucle dans ma tête. J'ai toujours l'impression de partir en vrille, mais je vois le brouillard se dissiper pour retrouver le peu de raison qui me reste.

Max…

Il va la détruire, la souiller, lui faire du mal. Il va jouer avec elle dans le seul but de m'offrir l'enfer qu'il m'a promis. Je dois la sortir de là, ne serait-ce que pour l'arracher aux griffes de ce connard. Si je meurs, ce n'est pas grave, mais pas elle.

– Elle est en vie…

– Je pense. Il y a de fortes chances pour qu'il…

– Je sais, je le coupe. Tu as raison, je n'ai pas tout perdu, je dois sauver ce qui peut être sauvé.

Jun se redresse. Je dépose un baiser sur le front de Bonnie. Ça me déchire de l'abandonner ici, mais je ne peux rien faire de plus pour elle alors que Maxine a besoin de moi. Je peux au moins la sauver.

– Je suis désolé de ne pas avoir été là et d'avoir failli à te protéger alors que c'était mon souhait le plus cher. J'ai toujours été un frère lamentable, mais je vais te venger, je ferai tout pour tenir cette promesse.

Je ferme ses yeux et enroule mon sweat pour l'installer sous sa tête avant de me redresser. Jun est penché sur le corps de Peter.

– La balle n'est pas ressortie, il faut la retirer. J'ai besoin que tu chauffes la lame d'un couteau pour ne pas infecter sa blessure.

Je m'exécute et regarde Jun enlever la balle avec une expertise glaçante. Puis, il me demande de compresser la plaie.

– Je vais appeler les secours, afin qu'ils s'occupent de Peter. Ils trouveront aussi le corps de ta sœur.

Je hoche la tête.

– La police va forcément intervenir dans ce cas, précise-t-il en me jetant un coup d'œil.

– Je me fiche d'aller peut-être en prison tant que Joey crève.

– Avec un bon avocat, tu pourrais prôner la légitime défense. J'en connais un *très très* bon qui fera tout pour te sortir de la merde. Je te laisserai pas plonger. Shelby est une ordure, tu n'es malheureusement qu'un dommage collatéral.

Étrange qu'il dise ça, alors que je l'ai toujours pensé. J'apprécie son soutien, même si ma priorité est d'éliminer ce parasite définitivement.

– Maintenant, il faut réfléchir où il aurait pu conduire Maxine, ajoute Jun. Tu as une idée ?

Je ne sais pas. *Comment savoir ?*

Je ne suis pas Joey, je ne pense pas comme lui. Je ne connais même pas l'endroit où ils se sont rencontrés et ça m'étonnerait qu'il soit retourné chez lui. Où l'aurait-il emmenée ? Dans un lieu isolé, abandonné, où il serait libre de faire ses saloperies en attendant que j'arrive. Je dois forcément le connaître également. Jun l'a dit : Joey sait qu'on le traque et qu'il n'a aucune issue, parce qu'on ne s'arrêtera jamais. Il a conscience qu'il va mourir et compte faire le plus de mal possible avant que son heure ait sonné. Pourtant, ça ne m'aide pas. Plus je perds du temps et plus il en gagne.

– Le mot, lance Jun. Il disait quoi ?

« La source de toutes mes peurs. »

Mais qu'est-ce que ça signifie ? *C'est forcément le début.*

– Dans notre ancienne maison, je soupire.

– Tu es sûr de toi ?

J'acquiesce.

– Il veut terminer là où tout a commencé…

Dans cette maison qui me glace le sang et me rappelle mon enfance, le décès de Dragan. J'en suis maintenant persuadé. La douleur de la mort de Bonnie m'enveloppe comme un manteau sombre, elle me tord encore les entrailles, mais il va payer pour ça. Le chagrin est intrusif, suffocant, mais toutes ces émotions décuplées me maintiennent et me maintiendront en vie tant qu'il respirera encore.

– On y va, décide Jun. Les secours vont arriver et s'occuper d'eux.

Je ne peux pas échouer cette fois. Parce que Maxine a besoin de moi et parce que j'ai besoin d'elle. Je suis prêt à devenir le pire monstre que la Terre ait connu pour sauver son âme et sa vie. J'amènerais l'Enfer, juste pour elle.

Maxine.

Puis, alors que je suis Jun, la bête en moi surgit, plus folle et plus vengeresse que jamais. Elle qui m'accompagne depuis toujours devient plus forte. J'ai l'impression que Bonnie a rejoint Dragan pour se venger. J'ai l'impression qu'ils sont là, avec moi, dans mon cœur, dans mon âme et qu'ils guident mes pas vers mon destin. Je ne suis pas seul, ils viennent m'aider. M'aider à en finir et à la sauver. La bête me murmure le prénom de celle que j'aime. Indéfiniment, comme un tocsin…

Je n'ai plus que ça en tête.

Je suis prêt et me laisse guider.

CHAPITRE 44

MAXINE

Nous avons traversé une maison délabrée avant de nous arrêter au milieu du terrain vague derrière la baraque. Le sol est jonché de déchets, de papiers, de vieilles seringues, de bouts de verre. J'ignore où nous sommes, je ne connais pas cet endroit. J'ai l'impression d'être au milieu de nulle part, que personne ne pourra jamais me trouver ici. Je ne sais pas quand mon heure aura sonné, mais je l'attends telle une délivrance qui ne vient pas.

Je préfère mourir qu'être son jouet.

Quitte à me suicider en essayant de fuir.

À genoux au sol, les mains attachées dans le dos, je scrute l'endroit à la recherche d'une échappatoire. Shelby se penche vers moi, avec son air pervers et un sourire démoniaque malgré les blessures qu'il a encore au visage. Kane ne l'avait pas loupé… S'il l'avait tué à ce moment-là, rien de tout ça ne serait arrivé.

– Ne me regarde pas comme ça, Max, ça m'excite. Je te jure, cet effroi et cette colère dans tes yeux, c'est ce que je préfère.

Il bande dans l'horreur. Il se complaît dans la souffrance qu'il inflige à autrui. Il règne en maître dans l'art de tout détruire et il le sait. Il doit avoir mille et une idées pour s'occuper de moi.

– On va jouer, déclare-t-il d'un ton suave.

Des frissons balayent ma peau. Le froid et la peur se mêlent. Lorsqu'il s'approche davantage, je brandis rapidement ma main vers lui. Il se recule en hurlant et en m'insultant. En parcourant le terrain tout à l'heure, je me suis pris les pieds dans une racine, j'en ai profité pour ramasser et cacher un morceau de verre dans ma main. Je pensais réussir à le blesser davantage.

– Foutue salope, tu vas le regretter !

Il m'arrache mon arme de fortune des mains et me flanque un coup qui me fait tituber puis tomber au sol. Sans scrupule, il me donne plusieurs coups de pied dans les côtes. Je souffre, c'est douloureux.

Malheureusement, j'ai raté sa gorge, mais j'ai quand même réussi à entailler sa joue. J'espère que ça fait mal. S'il pense que je vais me laisser faire sans lui mettre des bâtons dans les roues, il se fourre le doigt dans l'œil. Je me battrai jusqu'à la fin. En m'attrapant par les cheveux, il me force à me relever. J'ai mal, mais j'essaie de ne pas le lui montrer. Je ne veux pas lui donner ce plaisir.

Il colle sa bouche contre mon oreille :

– On va s'amuser, Maxine.

– Va te faire foutre ! je crache.

Il rit, probablement excité par ma résistance.

– Moi, me faire foutre ? ricane-t-il. Voyons Max, tu sais que c'est toi, pas moi. En attendant, ton but sera de courir jusqu'au bout du terrain et d'éviter de te faire rattraper par mes hommes, sinon, ils s'occuperont de toi à coups de batte.

Il me force à tourner la tête vers ces derniers, déjà armés. La peur me paralyse. Je tente de conserver un peu de courage, de me nourrir de la haine qu'il m'inspire, de me rebeller, mais c'est dur. Parce que je suis terrifiée et que je revois le corps de Bonnie… Je sais que si Shelby est là, ça signifie que Kane a subi le même sort que sa sœur. Il est mort, lui aussi.

– Ça ne servira à rien de les supplier, ils ne te ménageront pas. Dès qu'ils t'auront rattrapée, ils ne s'arrêteront pas tant que je n'aurai pas décidé d'être clément. Qui sait, à ce moment-là, tu pourras peut-être tenter les supplications.

J'essaie de respirer, de refouler mes larmes. Je suis encore en pyjama avec mes pantoufles, comment puis-je semer ses hommes dans ces conditions ? Et puis… si j'y arrive, je gagne quoi ? La joie d'être violée sans m'être fait tabasser avant ? Jamais de la vie. Jamais je ne le laisserai faire sans me battre.

– Dans l'idéal, j'aimerais te briser un peu, histoire que tu ne puisses plus bouger quand je déciderai de te baiser.

– Même les os en miettes, je ne te laisserai pas faire.

– C'est ce qu'on va voir, Maxine, se pâme-t-il. Mais je t'en prie, je suis excité rien qu'à l'idée de te voir essayer avant de perdre tout espoir. Vous êtes prêts ?

– Prêts ! répondent les deux hommes en chœur.

– Vois ma clémence, ils partent de plus loin.

Je l'ignore.

– Vous allez vraiment faire ça ? je hurle après ses sbires. Ce mec n'est qu'une merde, une ordure, vous n'avez qu'à l'achever et vous pourrez enfin bosser ailleurs !

Il me tire les cheveux en arrière, les enroule dans son poing et rit comme un démon. Je ne désespère pas, je m'y refuse, parce que si je suis toujours vivante, contrairement aux autres, c'est que…

Un éclair de lucidité me frappe violemment. Pourquoi ne m'a-t-il pas encore tuée ? Pourquoi ne m'a-t-il pas tuée comme Bonnie et Peter ? Il n'y a aucune raison si ce n'est *qu'il* est toujours en vie. Kane n'est pas mort, il est forcément en vie !

Une boule d'espoir se crée dans ma poitrine. Il est vivant, j'en suis certaine. Alors, il ne reculera devant rien pour me retrouver, il me l'a promis.

– Tu n'auras aucun soutien ici. Personne ne t'aidera. T'as pas encore compris ; tu n'as aucun moyen de m'échapper. Maintenant, cours…

Il coupe mes liens et me pousse en avant, mais je reste interdite quelques secondes, figée par ma peur. Soudain, je les vois avancer, jouant avec leurs battes d'un air sadique. Mes jambes se mettent à bouger pour échapper à ces monstres.

Je cours.

Je cours.

Je cours.

À en perdre haleine, à m'en déchirer les poumons. Je fixe un point devant moi et n'en dévie pas. Bien que je me torde la cheville à cause des obstacles sur ma route, je continue pieds nus. Je n'ai pas le temps de m'arrêter.

Je cours.

Je cours.

Je cours.

J'essaie d'éviter les déchets qui jonchent le sol, d'oublier la douleur lorsque parfois je marche sur des bouts de verre, pourtant je poursuis mon sprint dans l'espoir qu'un miracle apparaisse pour me délivrer de cet enfer. Mais une douleur dans le dos me saisit et me fait basculer en avant.

Je tombe.

Je tombe.

Je tombe.

Je tente de rouler sur le côté, mais l'homme de Shelby me frappe au tibia, puis recommence. La douleur insoutenable me fait pousser un cri terrifiant. L'autre me donne un coup dans les côtes. On dirait qu'elles se brisent. Je tente de fuir en rampant, j'agrippe la terre avec mes mains pour avancer, mais Joey arrive et écrase mes doigts sous sa chaussure. J'entends mes os craquer. Il se penche, les bras croisés sur son torse, et m'observe avec un sourire aux lèvres.

– Dis-moi d'abréger tes souffrances. Dis-moi de leur demander d'arrêter.

Impossible de parler.

Je me contente de le fixer en oubliant le temps. Kane n'est peut-être pas vivant, sinon, il serait là… Y a-t-il une limite à la douleur ? Qu'existe-t-il au-delà de la souffrance ?

Je sens chaque coup, je sens mon corps se briser, rompre, craquer… Il est au bord de la rupture. J'ai mal à en crever, je voudrais seulement que ça cesse. Je ferme alors les yeux. Shelby semble dire quelque chose, mais je ne l'entends plus. Lorsque je tente de les ouvrir, je le vois penché sur moi.

– Je pensais que tu allais te battre jusqu'au bout, me nargue-t-il.

J'essaie.

J'essaie.

J'essaie.

Malgré mes tentatives pour bouger ou me débattre, mon corps est complément brisé. Chaque cellule de mon être souffre, chaque nerf est à vif, je ne suis qu'un amas de douleur. Je tente de le repousser, mais mes jambes restent immobiles, mes bras sont lourds. Je ne peux plus lutter. C'est trop dur. Il continue à parler en posant ses mains sur mon cou. Je ne sais pas s'il compte me violer ou m'étrangler, voire les deux… Garder les yeux ouverts est difficile, j'ai de plus en plus de mal. Shelby serre encore et encore. Je crois qu'il m'insulte, mais je ne comprends rien.

Je m'éloigne de cette réalité.

Loin de la douleur, loin de mon corps… Je pense à quelque chose d'agréable, qui m'apaise.

Kane, Kane…

CHAPITRE 45

KANE

Je n'avais pas revu cette maison depuis très longtemps. J'avais oublié qu'elle était si petite. Revenir ici fait remonter un tas de souvenirs, en particulier négatifs, sauf ceux avec Dragan et Bonnie, quand nous étions enfants. À l'époque, on réussissait à s'évader de notre vie de merde.

– Ce n'était pas vraiment un jardin, mais un terrain vague derrière la maison. C'est là-bas qu'il faisait ses combats, qu'il organisait ses arènes.

– Prends ce flingue.

Je l'attrape dans ma main, mais…

– Non, je refuse en secouant la tête.

– T'es sûr ?

– Absolument. Si je le tue, ça sera sans. Il ne mérite pas la délivrance et la rapidité d'une arme à feu. Tu peux y aller, tu n'es pas obligé de rester.

– J'irai au bout de ma mission : le voir mort. Je me charge des hommes qui l'accompagnent, dans ce cas, et je te laisse Shelby.

J'approuve et nous traversons la maison en ruine, certainement devenue un squat pour les drogués ou les sans-abri. Il suffit de voir les tags ainsi que les cartons, canettes de bière, seringues pour en avoir la confirmation. Quand je foule le terrain vague, je repense à mon petit frère. À la dernière fois que je l'ai vu. C'est curieux de revenir ici, peut-être que Joey l'a choisi volontairement, pensant que ça me ferait perdre mes moyens.

Aucune chance.

Jun désigne l'horizon. Ni Shelby ni ses hommes ne nous voient, bien trop concentrés sur un corps étendu au sol.

Maxine, accroche-toi !

Ne me laisse pas.

Ne me laisse pas.

Ne me laisse pas.

– Lâche-la ! je hurle en me précipitant vers eux. Recule ! Éloigne-toi d'elle !

Ils se redressent rapidement, mais le temps qu'ils balancent leur batte et sortent leur flingue, Jun a déjà tiré deux fois. Ils s'écroulent, sans vie. Je continue d'avancer vers Joey qui me fait face. Je découvre donc ce qu'il lui a infligé. Maxine est inconsciente, couverte de bleus et de sang. Mes paupières clignent nerveusement. Mes poings deviennent blancs, ma rage coule dans mes veines. Je baisse les yeux, les battes qui reposent aux côtés des deux costauds sont couvertes de sang par endroits. Celui de Maxine.

Son sang.

Son sang.

Son sang.

– T'as vu où je t'ai fait venir, fils. Là où tu as tué pour la première fois.

– J'ai vu, papa.

Joey en ramasse une et sourit comme un démon en la faisant tourner entre ses mains. Il hait quand je l'appelle ainsi et moi aussi... Malgré ses airs, il flippe, parce que j'ai l'habitude de contenir mes émotions, mais plus maintenant.

– Je peux t'assurer qu'elle a souffert.

Je suis obsédé, ravagé même par la couleur rouge sur le bois, qui n'aurait jamais dû couler.

Ça me fait mal.

Ça me rend fou.

Le tuer, *je veux le tuer.*

Il doit mourir, *il va mourir.*

Dragan et Bonnie sont avec moi, je sens leur présence, leur désir de vengeance. Ils sont accrochés à mes poings. À chaque fois que je frapperai, je ne serai pas seul. Ils seront toujours avec moi, dans mon cœur. J'aurais tellement voulu qu'il en soit autrement, qu'ils soient toujours en vie. Je me dois de sauver ce que j'ai encore et ce que je chéris.

– Tu as trouvé mon petit mot ? J'ai fini par découvrir où vous vous cachiez et ai laissé la maison sous surveillance sans attaquer, pour mieux vous prendre par surprise. Quand tu es parti à l'aube, prêt à me tuer, on m'a prévenu et j'ai débarqué dans votre petite planque.

– T'es qu'un lâche qui a préféré tuer sa fille, plutôt qu'affronter son fils !

– Tu parles de lâcheté alors que tu as fait appel à ce connard.

– Méfie-toi, Shelby.

La voix de Jun derrière moi ressemble à une menace.

– Tu préfères bosser pour une petite merde comme lui, alors que toi et moi, on se connaît depuis des années ? Ça ne vaut rien pour toi ?

Jun ricane.

Quel culot !

– Je t'offre absolument tout ce que tu veux si tu me rejoins.

– Non.

Joey fulmine avec un rictus sadique qui déforme son visage.

– Je crois que j'ai un peu abîmé ton jouet. Il semble tout cassé… Même pas sûr qu'elle soit encore en vie, cette garce n'a aucune résistance. Un coup de batte et elle hurlait déjà comme une hystérique.

Comme pour nous le prouver, il lui donne un coup de pied dans les côtes. Je hurle de rage, prêt à bondir sur lui. Jun tire juste devant les pieds de Joey qui le regarde avec une profonde haine.

– Ne touche plus à la fille, ordonne Jun. C'est un conseil que je te donne, car si tu le fais encore une fois, je vise les couilles.

Elle n'a même pas réagi, mais au vu de son état, je ne suis pas certain qu'elle soit en vie. Je n'arrive pas à percevoir si sa poitrine bouge et je ne peux m'en assurer pour l'instant.

– Tu vas mourir, Joey, je rugis.

– Tu vas te servir de ton toutou pour ça, ose-t-il en désignant Jun.

Celui-ci reste silencieux cette fois.

Je secoue la tête.

– Il ne te touchera pas, c'est moi qui vais te tuer. Personne ne me privera de ce privilège. Tu es à moi. C'est ta vie ou la mienne, tu le sais déjà.

Ma voix est tranchante, je ne la reconnais pas, tant elle est habitée par la colère et la tristesse.

– Je le sais, mais tu es trop sûr de toi.

Il a tué Bonnie et blessé grièvement Peter puis Maxine… En m'approchant, je défaille. J'ose à peine la regarder. Je crains de devenir fou et de ne plus m'arrêter si je pose les yeux sur elle. Pourtant, c'est plus fort que moi.

J'aperçois ses jambes, son buste, et puis son visage marqué par les coups. Ce sang qui ne devrait pas être là, tous ces bleus qui n'auraient jamais dû naître sur sa peau, toute cette douleur sur ses traits et cette terre sous ses ongles, comme si elle avait essayé de ramper… Ce dernier détail a raison de moi, la fureur anéantit tous mes efforts pour me retenir jusqu'à présent. Elle a tenté de fuir, de résister, mais ils l'ont quand même rouée de coups…

Rampé.

Rampé.

Rampé.

Tant pis si je me transforme en bête.

Tant mieux si je fais un carnage.

Je me jette sur lui, mais il parvient à me frapper avec la batte. Pourtant, je m'en fous, je peux encaisser du moment que j'arrive à l'atteindre. Je dois juste l'attraper et ensuite, il sera à ma merci. Je parviens à lui enfoncer mon poing dans la figure. Je sens ma force se heurter à la fragilité de son visage. Je vais le réduire en bouillie.

Il recule en balayant l'air avec son arme pour m'empêcher d'avancer, mais rien ne peut m'arrêter. Il ne fait que gagner du temps face à l'inévitable. Je vois rouge, une couleur qu'il a trop souvent répandue autour de moi.

Je suis ravagé, dévasté.

Ses coups sur mon corps ne suffiront jamais à égaler ce qu'il a meurtri en moi. Guidé par mes poings vengeurs et mon instinct sauvage, j'attrape la batte à pleines mains, là où gît le sang de Maxine… Joey tente de la récupérer, mais il ne fait pas le poids face à moi. Il n'a jamais réussi, si seulement je l'avais arrêté avant. Avant qu'il ne détruise tout. J'aurais pu sauver Bonnie. Bien que j'aie échoué pour elle, je dois y arriver pour Maxine. Dans le cas contraire, la délivrance de la mort serait trop douce pour moi.

– Lâche, grogne-t-il comme un chien.

Je tire dessus et il ploie sous la puissance de mes muscles. Sans arme, il recule et cherche une échappatoire.

– Tu vas le laisser me tuer ? demande-t-il à Jun.

Celui-ci ne répond pas, mais il continue à le viser avec son flingue. Il est calme, posé, réfléchi. Il est là en renfort. Il sait ce que c'est, il sait que j'en ai besoin.

Alors, je frappe Joey.

Le coup de batte est si puissant qu'elle vibre entre mes mains. À demi conscient, il s'écroule au sol, comme dans l'arène. Parfait, il est enfin à moi, à la merci de ma vengeance. Mais je ne m'agenouille pas tout de suite, je m'occupe d'abord de ses tibias et lui inflige les mêmes supplices qu'à Maxine.

Je frappe.

Je frappe.

Je frappe.

Sans m'arrêter, sans lui laisser le moindre répit. Il hurle lui aussi et ses cris d'agonie deviennent l'hymne de ma rage.

– Tuer une fois ne t'a pas suffi, tu veux recommencer ? Il faut croire que t'es bien mon fils, que t'y prends goût…

Il est essoufflé à cause de la souffrance, mais il parvient quand même à ouvrir sa grande gueule. Il a toujours eu ce don pour l'éloquence, et une certaine propension à terrasser ses ennemis en parlant. Mais pas aujourd'hui.

Dragan, pardon.

– Et ta sœur, tu l'as vue ? s'esclaffe-t-il. Même pas eu le temps de terminer sa phrase : une balle entre les deux yeux. Dis-moi que ça t'a fait mal.

Bonnie, pardon.

Je laisse libre cours à la folie et me sens habité d'une force nouvelle. Comme si mon frère et ma sœur guidaient mes poings, une main posée sur mes épaules pour m'inciter à en finir. Comme s'ils ne me laissaient pas seul dans cette dernière lutte.

Je cogne.

Je cogne.

Je cogne.

Le seul son que j'entends, c'est le bruit de mes poings qui frappent et de l'adrénaline qui résonne dans mes oreilles. Le sang gicle, couvre mes mains et mes habits. Il est défiguré, à tel point que je ne le reconnais même pas. Ça me fait un bien fou, un bien que j'ai attendu trop d'années et que j'assume complètement. Une sensation qui me libère. Enfin.

– Il est mort, m'avertit Jun. C'est fini, Kane.

– Mais, ce n'est pas suffisant… Il n'a pas résisté longtemps.

Je le frappe encore.

– Il t'a supplié.

– Non.

Et encore.

– Si, il a supplié plusieurs fois, mais tu n'as pas entendu. Regarde son visage. Crois-moi, il a souffert, tu étais juste aveuglé par ta colère. Ta priorité est à côté, ne l'oublie pas.

En voyant Maxine, je sursaute et abandonne Joey pour la rejoindre. Je rampe près d'elle pour prendre son pouls, il est très faible mais elle est encore en vie.

– Maxine ?

Elle ne répond pas.

Je m'apprête à lui caresser le visage, mais mes mains sont sales. J'embrasse son front, plusieurs fois, dans l'espoir de lui donner la force de s'accrocher.

– Maxine ? Princesse ? je l'appelle en vain.

Je la serre contre moi, dans mes bras. J'ai envie de l'aimer, j'ai envie qu'on me laisse une chance, même infime, de l'aimer. Dans notre chaos, je nous ferai une place pour nous aimer. Je suis prêt à tout pour qu'elle m'accepte à ses côtés.

– L'ambulance est en route, annonce Jun. J'ai prévenu les secours il y a un moment. Par contre, je ne peux pas rester.

Il me parle d'une solution et d'un avocat, mais je ne suis pas concentré. Je suis envahi par un flot d'émotions.

– Tu n'es pas assez amoché, conclut-il.

– Comment ça ?

Je lève les yeux vers lui.

– Si tu veux t'en sortir pour éviter la prison, il te faut soit un avocat talentueux, soit disparaître, et je doute que tu choisisses cette dernière option. Laisse-moi te tirer dessus, une balle dans la jambe et une dans le gras du ventre. Ça fera mal, mais ça ne sera pas mortel. Ça viendra confirmer ta défense et ton histoire. Avec Bonnie, Peter qui ira dans ton sens, Maxine et mon avocat, tu pourras t'en sortir. Je ne t'abandonne pas.

– C'est d'accord, j'abdique, épuisé.

Il tapote mon épaule, admiratif de mon courage. Je ne peux tout simplement pas partir d'ici et laisser Maxine. C'est au-dessus de mes forces. Je relâche Maxine et ferme les yeux. En l'espace d'une seconde, je reçois deux balles, comme convenu. La douleur est insoutenable, suffocante, Jun me retient avant que je ne m'effondre, et me dépose lentement à côté de Maxine.

– J'entends l'ambulance au loin, ça va aller, m'assure-t-il. Tu vas perdre un peu de sang, mais rien de grave. Est-ce que tu regrettes ?

– De l'avoir tué ? Non, jamais.

Il hoche la tête, me lance un dernier regard lourd de sens avant de s'évanouir dans la nature. Seul avec Maxine, au milieu de ce terrain vague sur lequel Dragan est mort, je suis enfin débarrassé de mon monstre. Je tends une main vers elle pour caresser sa chevelure rousse, que j'aime tant. À mon tour, je perçois la sirène de l'ambulance.

– Accroche-toi, Princesse. Accroche-toi de toutes tes forces, s'il te plaît. Reste en vie, résiste ! Reste avec moi, ne m'abandonne pas. Je ne veux pas vivre sans toi.

Je suis exténué. Ces derniers jours ont été plus qu'éprouvants, cauchemardesques.

– Tu te souviens quand tu m'as conseillé de me demander si la mort de Joey changerait ce que j'éprouvais pour toi ? Je connais la réponse depuis longtemps. Toi et moi, on est nés du chaos pour briller ensemble. Tu es mon âme sœur. Ton âme se reflète dans la mienne comme la mienne dans la tienne. On est deux dommages collatéraux, deux êtres brisés qui, réunis, forment un tout. Je suis tombé amoureux de toi parce que c'était une évidence, je conclus, la voix tremblante.

Elle reste silencieuse. Trop silencieuse.

L'ambulance se rapproche, ils vont pouvoir la guérir. Plus vite ce sera fait, plus vite on se retrouvera. Ma princesse déchue n'est pas vaincue et ne le sera jamais.

J'entends finalement des voix, des gens se penchent vers elle, puis sur moi. Ils semblent me poser des questions et me rassurer. J'ignore si j'hallucine, mais j'ai l'impression de percevoir un son à peine audible :

– Kane…

CHAPITRE 46

MAXINE

Je suis brisée.

Mon corps me fait mal. Il est lourd, douloureux, inconfortable. Comme s'il ne m'appartenait pas, comme si nous n'étions plus en phase, lui et moi.

Il fait noir, constamment noir.

J'essaie d'ouvrir les yeux, mais je n'y arrive pas. Pourtant, je tente de toutes mes forces. J'entends des bruits environnants, mais je n'ai pas le moindre contrôle. J'ai la sensation d'être entre la vie et la mort. J'ignore si je suis encore en alerte à cause de Shelby ou si on m'a sauvée puis transportée ailleurs. Je suis peut-être en train de me battre pour survivre.

Je flotte, j'erre comme un fantôme, coincée dans mon propre corps.

***

– Je veux être là ! s'écrie une voix.

Mon subconscient s'agite aussitôt, à moins que ce ne soit mon cœur.

– Monsieur Shelby, vous êtes blessé, il faut que vous retourniez vous reposer dans votre chambre.

– Je me repose mieux ici. Je ne veux pas m'éloigner d'elle. Et appelez-moi Kane, pas Shelby.

C'est *sa* voix, la sienne. Celle de Kane. Il est là, dans la même pièce que moi, en vie, alors que je suis physiquement incapable de le rejoindre. Je n'arrive pas à ouvrir les yeux !

– Elle lutte et se repose dans son sommeil, vous devriez en faire autant.

– Je ne partirai pas d'ici, insiste-t-il.

J'ai envie de lui crier que je suis là, que je suis en vie et que je l'entends, mais impossible. C'est au-dessus de mes forces. Pourtant, je veux le voir, lui dire combien je l'aime et le réconforter pour la mort de Bonnie et Peter. Il doit se sentir tellement seul.

J'ai l'impression qu'une porte claque et que sa voix résonne de nouveau :

– Maxine, c'est moi. Je ne sais pas si tu m'entends, si tu… Putain, mais qu'est-ce que je fais ?

Le silence retombe et je patiente les yeux clos.

– Tu me manques, admet Kane, d'une voix triste. Chaque jour qui passe sans toi est un véritable calvaire, Princesse. Délivre-moi, ne me laisse pas comme ça. J'ai besoin de toi. Tu es forte, je suis sûr que tu vas y arriver.

Je lutte aveuglément contre mon corps faible, mais rien ne se produit.

***

Les jours défilent, enfin je crois, tandis que la douleur varie. C'est parfois intense puis modéré.

Je perçois la présence de Kane près de moi. Il m'embrasse le front ou me serre la main. Il reste là, en attendant que je me réveille. Malgré les avertissements, il reste à mes côtés. La plupart du temps il est silencieux, ce qui ne l'empêche pas de me parler.

– Bonjour ! s'exclame un homme.

Eddie, mon père de substitution !

Je reconnais immédiatement sa voix.

– Je suis désolé de ne pas avoir appelé avant. J'étais un peu dans les vapes.

– Comment elle va ?

– Elle lutte.

– Cookie est forte, elle va bientôt se réveiller. Ton état n'est guère mieux, fait remarquer Eddie.

Je sens la main de mon mentor sur la mienne. Entendre sa voix me fait du bien.

– Qu'est-ce qui s'est passé ? J'aimerais enfin comprendre. Les hommes dans mon garage… et maintenant, je la retrouve à l'hôpital ?

– C'est une longue histoire et ce n'est que ma version des faits.

– J'aimerais l'entendre, j'en ai besoin. J'ai tout mon temps, rien ne presse.

***

Je crois que l'heure est arrivée. On dirait que mon esprit et mon corps se retrouvent enfin. Très lentement, j'ouvre les yeux. Je les plisse à cause de la lumière qui filtre par la fenêtre. Je suis éblouie. Dès lors que je m'habitue, la première chose que je vois, c'est Kane. Il est endormi sur le côté du lit, une main posée sur moi. Je remarque qu'elle est bandée et qu'il porte un jogging. Je comprends rapidement que je suis allongée et qu'une de mes jambes est suspendue et plâtrée. Comme ma main gauche, accompagnée d'une attelle.

J'ai mal, mais ça veut dire que je suis en vie. Ma jambe droite me fait terriblement souffrir. Sans le vouloir, je repense à la violence, au son de la batte sur ma jambe, à mes os qui se brisent… Mais c'est fini ! Si je suis ici, c'est que tout est terminé.

Doucement, je caresse les cheveux de Kane qui se réveille en sursaut, prêt à se battre.

– Maxine, souffle-t-il en croisant mon regard. Putain, enfin…

– Bonjour, je réponds d'une petite voix.

Il colle son front au mien. Le bonheur d'être éveillée et de le retrouver est indescriptible. Je me sens à ma place.

– Tu es en vie, je déclare, les yeux larmoyants. J'avais peur de le rêver quand je dormais. Je t'ai entendu…

– Je suis tout ce qu'il y a de plus vivant.

Je souris, peinant à trouver les mots justes.

– J'ai l'impression d'être droguée.

– Pas étonnant, tu dors depuis cinq jours et à chaque fois ils essaient de me déloger d'ici, sans succès.

– J'ai mal partout, j'avoue, dès que je bouge un peu, c'est horrible.

– Tu es couverte d'hématomes, tu as deux côtes cassées, le tibia droit fracturé à plusieurs endroits… Il est possible que tu ne puisses pas remarcher correctement un jour. Enfin, c'est ce que disent les médecins.

J'accuse le choc en silence.

– Ils m'ont frappée aux jambes, mais à un moment je me suis évanouie à cause de la douleur. Et je ne sais pas ce qu'ils ont pu me faire quand j'étais inconsciente.

– Maxine, je…

– J'ai cru mourir, je voulais mourir, je le coupe, la voix tremblante. C'était un cauchemar, mais tu m'as sauvée. Même si je garde des séquelles, je veux me concentrer sur le fait que je suis en vie, avec toi. C'est ce qui compte en tout cas, pour moi.

– Oui, tu es là, avec moi. J'ai tout fait pour arriver le plus vite possible. Je suis désolé qu'il ait eu le temps de te blesser. Ça n'aurait jamais dû arriver, mais sache que je t'ai vengée.

Il prend ma main dans la sienne, sans quitter mes yeux.

– Shelby est…

– Oui, répond-il. Il ne nous fera plus jamais souffrir. Plus personne ne nous fera de mal. On est libres.

On reste silencieux pendant quelques secondes, comme pour assimiler l'idée qu'on est définitivement à l'abri du danger. Un profond soulagement se répand dans mon corps. Mais les souvenirs des événements dans la maison me reviennent et je lâche un sanglot.

La détonation qui perce mes tympans.

Bonnie qui tombe, une balle dans la tête.

Pour finir, Peter…

– Kane, je suis désolée pour Bonnie, pour Peter, je n'ai rien pu faire, tout est allé trop vite… Je suis sincèrement désolée, je répète alors que la réalité me tord l'estomac.

– Peter est en vie, me confie-t-il en chassant mes larmes.

Mon cœur fait un bond, gonflé d'espoir.

– Vraiment ?

Il me caresse la joue tendrement.

– Oui. Il souffre, mais il est en vie. Il va s'en sortir, comme toi et moi. Jun a retiré la balle et a compressé la plaie, ça lui a sauvé la vie.

– Bonnie ?

Il secoue la tête en resserrant sa prise sur ma main.

– Kane…

Son expression dévastée a raison de moi, je pleure pour Bonnie, mon amie, et pour lui. Son honnêteté, sa sensibilité touchent la mienne. Il essuie mes larmes alors qu'il est lui-même ravagé. Comme je ne parviens pas à bouger, il se penche et m'embrasse le front. Sera-t-il capable d'avancer malgré la mort de sa sœur alors qu'il a tout fait pour la protéger ? Il doit être au fond du trou. Peu importe le temps qui passe, il n'oubliera jamais…

– J'aurais voulu me sacrifier à sa place, je déclare soudain.

– Non ! proteste-t-il. Non…

Il me regarde et je constate que dans ses yeux la soif de vengeance a disparu, elle a été assouvie. Dans ses iris verts, il y a désormais une forme d'apaisement et de tristesse mélangée.

– Comment tu te sens ? j'ose, inquiète pour lui.

– Anéanti, malheureux… Je ressens un vide béant, sans fin, dans la poitrine. La perte de Bonnie est insoutenable. Mon cœur tient encore uniquement car tu es là.

– Je suis tellement désolée, j'ai…

Il s'assied sur mon lit pour se coller à moi.

– Moi aussi.

Nous restons là, l'un contre l'autre, pendant de longues minutes, prenant conscience des sacrifices qui ont été faits pour être vivants aujourd'hui.

***

Ma guérison sera longue.

Les radios de ma jambe montrent que mes os sont en miettes. Shelby m'a brisée, littéralement. J'ai du mal à manger, à me sentir heureuse ou même soulagée que toute cette histoire soit derrière nous, parce que rien n'est vraiment derrière nous. Ni la mort de Bonnie, ni les souffrances que nous a infligées Shelby. Les traumas sont tenaces et ancrés dans nos esprits jusqu'à la fin de nos vies.

– Bonjour !

La voix grave de Kane rompt le silence lorsqu'il s'engouffre dans ma chambre.

– Bonjour.

Il s'avance jusqu'à moi et embrasse mon front. J'ai parfois la sensation qu'il me regarde comme s'il craignait que je m'évanouisse dans la nature et qu'il se retrouve seul.

– Il faut que je te parle, Maxine.

Il a l'air grave et résigné à la fois, c'est très troublant. Pour le coup, je ne sais pas trop à quoi m'attendre et ça me fait un peu mal au cœur.

– C'est-à-dire ?

Il s'assied à mes côtés tandis que je me redresse difficilement dans mon lit.

– J'aurais perdu ma raison de vivre si je ne t'avais pas sauvée de lui. Ce que j'ai ressenti en les voyant te faire du mal me hante toujours. C'était douloureusement indescriptible. S'il t'avait tuée, toi aussi, je crois sincèrement que je me serais foutu en l'air après lui avoir réglé son compte. Je n'aurais jamais eu le courage d'affronter la vie sans vous.

– Kane…

Il caresse mes cheveux, toutes ses attentions me font un bien fou. Kane m'embrasse délicatement et ça me fait encore plus de bien. C'est un véritable baume au cœur.

– Maxine, est-ce que tu me veux toujours ?

– Je t'aime, Kane. Tu es mon guerrier déchu. Je ne crois pas qu'on se soit rencontrés par hasard.

Comment pourrais-je vouloir être loin de lui alors que je ne me suis jamais sentie aussi vivante qu'à ses côtés ? Même à l'époque où je croyais vivre et m'amuser en buvant de l'alcool, ce n'était pas aussi fort que maintenant. Quoi qu'il se passe, on sera toujours liés, lui et moi. À tout jamais par nos traumatismes passés et nos traumatismes communs. On saura les surmonter ensemble !

Il a sauvé mon âme brisée.

– Je t'ai dit quelque chose quand on était tous les deux, sur le terrain vague, après la mort de Joey. Tu t'en souviens ?

– Non, je réponds, suspendue à ses lèvres.

– Je t'ai dit que je suis tombé amoureux de toi, au milieu du chaos, parce que c'était une évidence. Parce que tu es mon âme sœur. Je crois qu'on peut tomber amoureux une infinité de fois dans sa vie, mais qu'on n'a qu'une seule âme sœur. Une seule personne avec qui on se sent entier, une seule personne qui donne un sens à sa vie. Et ça a toujours été toi. Tu es mon autre moitié, sans laquelle je ne pourrai plus vivre. Je t'aime plus que tout.

Les yeux fermés, je laisse ses paroles s'imprégner en moi, le cœur gonflé d'amour et de reconnaissance.

– Tes mots ont toujours le don de me rendre fébrile, un peu folle aussi. Tu…

– C'est parce qu'on est faits l'un pour l'autre. Mon âme parle à la tienne.

– Tu es la première personne à m'avoir aimée telle que je suis. Tu as tout aimé de moi, sans concession. Je n'avais jamais vécu un tel vertige. J'ai connu l'ivresse de l'alcool, mais pas celle de me sentir vivante ni de l'amour. Même dans l'obscurité tu as rallumé mon étincelle, je t'aime tellement pour ça, Kane. Je t'aime, je t'aime, je t'aime…

Il m'embrasse le front pour sceller cette promesse que nous serons toujours là l'un pour l'autre. Puis nous restons silencieux, appréciant ce drôle de calme que nous ne connaissons pas vraiment…

CHAPITRE 47

KANE

Six mois plus tard

Assignation à résidence pour une durée de neuf mois, c'est ce dont j'ai écopé grâce à l'avocat de Jun. Ni Max ni moi ne voulions retourner dans la maison de son enfance, raison pour laquelle nous en avons loué une autre. De son côté, Max a fait des démarches pour vendre la sienne, après le procès. Aussi incroyable que ça puisse paraître, l'affaire a été réglée en quelques mois.

J'étais persuadé que je ferais de la prison. Le verdict m'a laissé sans voix, mais Me Lee s'est révélé absolument redoutable et déterminé. On a bossé des journées entières notre défense pour qu'elle soit en béton. J'ai même dû formuler des remords pour la mort de Joey, bien que je n'en aie jamais eu. C'était une stratégie pour éviter la prison ferme et ne pas laisser Max toute seule.

J'ai tout tenté et je ne le regrette pas, bien au contraire.

Souvent, je pense à Joey et aux mots de Jun, quand il m'a dit qu'il avait supplié pendant que je le frappais. Je n'ai rien entendu, je me suis tellement acharné que je n'en garde pas le moindre souvenir.

Je n'ai plus eu de nouvelles de Jun après la mort de Joey, il s'est envolé. Son avocat m'a contacté sans que j'intervienne… Il a même payé ses honoraires. J'aurais aimé le remercier de tout ce qu'il a fait pour nous, mais je crois qu'il n'a jamais recherché la gratitude. Je ne sais pas ce qui l'a poussé à m'aider à ce point, mais j'en suis reconnaissant. J'ai l'impression que je lui dois tout, à ce mec. Ma double liberté, la vie de Peter, celle de Maxine et même la mienne… Tous les héros ne portent pas de cape. Parfois, ils portent juste du noir et un masque chirurgical pour aider les opprimés, ceux victimes d'injustice, à obtenir ce qu'ils méritent.

Le jour du verdict du procès, je l'ai aperçu parmi le public venu assister à l'audience. On n'a pas pu se parler, mais le fait de le voir m'a prouvé qu'on se respectait. J'ignore si je le reverrai un jour, mais j'aimerais sincèrement que ce soit le cas. Je suis persuadé que dans une autre vie, nous aurions pu être amis, lui et moi.

Je redresse la tête, ayant mal au cou à force d'être penché sur mon livre. Depuis que je suis assigné à résidence et que je n'ai plus de travail, je réfléchis à ce que je voudrais faire de ma vie… Ce n'est pas évident, à vingt-cinq piges, de savoir ce qu'on aime. Puis, je me suis dit que, peut-être, j'aimerais travailler avec des enfants ayant des difficultés, comme j'ai pu en avoir. Je ne suis pas encore certain d'avoir la patience d'étudier, mais pour l'instant, je veux essayer.

Je délaisse les termes juridiques et autres définitions des structures socio-éducatives pour boire de l'eau avant de retrouver Maxine dans le garage. Elle a attaché ses cheveux roux en chignon et est vêtue d'une salopette pleine de cambouis. Elle écoute des chansons d'Eminem. J'adore admirer sa grâce et sa façon de réparer la moto. Je ne m'annonce pas, préférant la détailler discrètement.

Elle a mis un certain temps à guérir de ses blessures : plusieurs semaines pour que les contusions disparaissent et quelques mois pour panser ses côtes et son tibia. Pour l'instant, Maxine marche avec une canne. Elle n'a pas encore retrouvé l'usage total de sa jambe, mais elle s'en fiche, elle répète sans cesse qu'elle est en vie. Je sais qu'elle regrette de ne plus faire de moto, alors j'attends de pouvoir passer le permis pour l'emmener en balade, même si je sais qu'elle n'éprouvera jamais les mêmes sensations qu'en conduisant toute seule. Mais j'essaie.

– Tu sais que si je n'étais pas amoureuse tu passerais pour un pervers, déclare-t-elle pour me taquiner.

Je ricane et elle me regarde par-dessus son épaule.

– Tu viens prendre une leçon de mécanique ?

– Je venais plutôt te distraire, je réponds.

Je m'avance et la laisse me montrer ce qu'elle fait. Je m'y connais un peu, mais pas en matière de motos et cette *principessa*, comme je l'appelais avant pour la rendre furieuse, est captivante quand elle est passionnée. La vie est devenue plus douce même si je me sens toujours tiraillé par mes propres sentiments.

Je vis avec le vide qu'a laissé la disparition de Dragan et Bonnie. C'est mon fardeau pour ne pas avoir réussi à les protéger. Ils me manquent, mais je sais qu'un jour je les reverrai. C'est indéniable. Quand mon heure sera venue, je sais qu'on se retrouvera tous les trois. Et j'en aurai, des choses à leur dire, à leur raconter. En attendant, je profite de ma vie avec Maxine. Je la savoure, conscient de la chance que j'ai.

Certains jours, c'est dur d'admettre que je n'ai pas réussi à les sauver de Joey. Mais j'apprends, au fil du temps, à aller mieux, grâce à Maxine.

– À quoi tu penses ? demande-t-elle tendrement.

On se pose souvent cette question quand on voit que l'autre semble perdu dans ses souvenirs. Comme toujours, on est honnêtes l'un envers l'autre. Je crois que c'est l'un des éléments que je préfère dans notre histoire ; on n'a jamais prétendu être autre chose que ce qu'on était.

Je lui partage mes pensées parce que je sais qu'elle est la seule capable de me comprendre.

Honnêtement, je n'aurais jamais cru connaître le bonheur après cette tragédie. Je tiens grâce à cette femme incroyable, même si je l'ai détestée dès notre première rencontre.

– Elle me manque, à moi aussi, ajoute-t-elle.

– Je sais, mais je me dis qu'elle doit adorer veiller sur nous. Elle doit jubiler d'avoir su avant nous qu'on tomberait amoureux.

– C'est tout à fait son style.

Je m'approche de Maxine et l'embrasse sur le front, comme un rituel. Elle rougit et esquisse un petit sourire. C'est tout mon corps qui brûle d'amour quand je sais que c'est avec moi qu'elle est heureuse. Et je ne m'en lasserai jamais.

CHAPITRE 48

MAXINE

Encore six mois plus tard

S'il y a un endroit que j'aime par-dessus tout, c'est ce garage. Je ne crois pas me sentir aussi bien un jour ailleurs. J'y ai trouvé la paix après tout… Même quand la tempête Joey frappait, j'ai vécu un pur moment d'amour ici.

Mon havre de paix.

– Tu seras là avec Margaret ce soir ? je demande.

Eddie relève la tête de la moto qu'il répare et me sourit. J'ai pu la voir plusieurs fois depuis leur rencontre. Joey n'étant plus là, plus besoin de me cacher ni d'avoir peur des représailles. J'ai pu présenter Kane officiellement à Eddie, Cliff et Josie. Puis, j'ai fait la connaissance de la femme qui partage la vie d'Eddie. Elle est bienveillante, gentille, et ils semblent sincèrement amoureux tous les deux. Le voir aussi heureux n'a pas de prix pour moi. Maintenant, je l'imagine se marier et peut-être même avoir un enfant… Après tout, il n'est pas si vieux pour refaire sa vie.

– Évidemment. On apportera quelques trucs pour manger.

Ce soir, c'est un grand jour. On retire le bracelet électronique de Kane. Après plus de neuf mois d'assignation à résidence, il sera enfin libre. Plus de confinement, plus de périmètre limité, juste nous et le futur qui nous tend les bras. Il y aura Peter, quelques collègues de l'usine, ma bande du garage et Fiona. Pas grand monde, juste les personnes qui comptent.

– Alors, tu as réfléchi à sa proposition ? m'interroge Eddie, en se redressant.

– Oui, mais, je ne sais pas… Je ne veux pas te laisser.

Il essuie ses mains pleines de cambouis sur son bleu de travail et me tend la main. Je l'accepte, car je boite encore de la jambe droite. Joey n'y est pas allé de main morte.

Eddie me prend dans ses bras.

– Ne reste pas, murmure-t-il. Pas pour moi. C'est la pire des raisons.

Je réprime en sanglot.

– J'aime tellement cet endroit, je n'en trouverai jamais un autre où je puisse me sentir si paisible…

– Tout parent veut voir son enfant s'épanouir et vivre ses propres expériences, même si c'est difficile de le voir s'éloigner. Tu as vécu des choses horribles et tu veux partir avec l'homme que tu aimes, je ne peux que t'encourager.

Ses mots me vont droit au cœur.

– Pars sans te soucier des autres. Maxine, personne ne vivra ta vie à ta place, alors fonce.

Je reste silencieuse un instant avant de répondre :

– D'accord.

***

Depuis la cuisine, je vois Kane avec Peter. Ils sont en train de discuter dans le salon. Ce dernier s'est remis, il va mieux, j'en ai profité pour apprendre à le connaître. Il n'en a jamais voulu à Kane pour la balle qu'il s'est prise à cause de Joey. Quand il a sauté sur l'homme, il ne pensait pas survivre, son geste était instinctif. Je l'apprécie beaucoup, on s'entend vraiment bien.

Avec un peu de recul, je peux dire que j'aime ma famille de cœur. Elle est tellement belle, pleine d'individus différents, mais qui me rendent heureuse. Il ne manque que Bonnie dans cette pièce. Il ne se passe pas un jour sans que je pense à elle, mais je la vois en Kane. Pourtant, je crois qu'une part de moi regrettera toujours de ne pas avoir su la sauver.

– Pourquoi tu restes à l'écart des autres ? demande Margaret.

– L'alcool, je réponds honnêtement. Le grand bocal de punch est très tentant, je me suis juste éloignée pour souffler un peu.

Je n'ai pas bu une goutte d'alcool depuis l'épisode avec Shelby, mais parfois c'est difficile. J'ai des moments de trouble et de doute que je gère comme je peux. Mon jeton m'aide toujours autant, Kane aussi. On en parle souvent et comme il me l'a promis une fois, il est l'ancre qui m'empêche de couler.

– Je comprends. Tu veux que je te fasse un mocktail ? J'allais justement m'en préparer un.

– Avec plaisir.

Margaret se saisit de plusieurs bouteilles de jus de fruits et je la regarde faire. Elle est belle, mais mieux que tout, elle est adorable. Je suis contente pour Eddie.

– D'ailleurs, pourquoi tu bois un mocktail ? je demande, étonnée.

– Je ne peux pas boire d'alcool.

Elle me fait un clin d'œil et je comprends aussitôt. C'est pas vrai…

– Putain, c'est bien ce que je pense ?

– Oui, mais ne dis rien, il ne le sait pas encore.

Cette nouvelle me réjouit tant que c'est indescriptible. Je me sens vraiment heureuse. J'ai l'impression d'avoir vécu tellement de choses ces derniers mois… Et maintenant, cette annonce qui me remplit de bonheur.

– Je ne dirai rien. J'ai envie de te prendre dans mes bras, mais ça paraîtrait trop suspect. Il va être fou de joie !

– J'espère bien.

– De combien ?

– À peine deux mois.

– Alors, ça me laisse les sept prochains pour acheter des vêtements dans chaque État du pays qu'on visitera.

Elle sourit encore tout en mélangeant du sirop et plusieurs jus. Le sourire aux lèvres, nous rejoignons les autres au salon.

– Où tu te cachais ce soir, Princesse ?

Eddie et Margaret viennent de partir, il ne reste plus que Kane et moi dans notre nouvelle maison. J'ai revendu celle de ma mère. Aussi flippant que ce soit, un cinéaste amateur d'horreur nous l'a achetée à peine deux mois après sa mise en vente. Comme nous ne savions pas où nous installer, nous avons loué une jolie maison avec une piscine. Depuis, on profite simplement de la vie.

– Je me fais désirer en fuyant ce grand bol de punch dont les effluves sont alléchants.

Il fronce le nez avant de m'attirer dans ses bras.

– Désolé, tu aurais dû me le dire, on aurait pu…

– Tout va bien, je le coupe. Je dirais même que ça va mieux maintenant que tu es libre et tout à moi. Et toi, comment tu te sens ?

– Plus léger et un homme nouveau.

Il est enfin libéré de toute entrave. Il a payé sa dette à la société. Il peut désormais faire tout ce qui lui fait plaisir.

– Incroyable de se dire que ça fait déjà un an, soupire Kane.

Un an de nous, sans Shelby, un an de nous sans avoir peur de tout. Mais un an sans Bonnie… C'est vrai qu'il était confiné à domicile, que j'ai fait beaucoup de rééducation pour ma jambe, et qu'on a connu bien des hauts et des bas, mais je n'ai pas honte de dire que cette année passée avec lui a été l'une des plus belles de ma vie. Parce que je me suis sentie aimée, protégée, vivante.

– Je signe pour toutes celles qui suivent.

– T'as intérêt, ricane-t-il.

– C'est une menace ?

– Absolument.

Sans pression, sans besoin, on a pris soin l'un de l'autre, on a appris à mieux se connaître et à s'aimer plus fort encore. Après les semaines qu'on avait vécues, autant dire que la vie est devenue calme. Je ne m'imaginais pas avoir droit à un *happy end*, et pas aussi beau. Parce que même s'il y a eu beaucoup d'horreurs, je la trouve belle, notre histoire d'amour. Celle de deux héros imparfaits, loin d'être des saints… Deux héros qui n'étaient que des dommages collatéraux et qui sont devenus eux-mêmes ensemble.

– À quoi tu penses ? demande Kane, comme à notre habitude.

– À toi.

Son regard est taquin, doux. Il n'y a plus de démons, plus de tempête dans ses yeux, depuis longtemps. Je sais qu'il souffre encore d'avoir perdu Bonnie, tout comme je garde encore des séquelles, mais je crois qu'on s'aime assez pour affronter le futur et que plus rien ne nous fait vraiment peur. À part avoir des enfants. Je me sens tellement ravagée par la vie que je ne prévois pas d'en avoir avant un long moment, peut-être même jamais… Après ce qu'on a vécu, je ne suis pas tout à fait certaine d'être faite pour ça. Je sais que Kane ressent la même chose.

– Elles sont agréables, ces pensées ?

– Plus que ça.

Je l'embrasse sur la joue et j'entends son ricanement satisfait.

– Ta jambe, ça va ?

– Je commence à avoir un peu mal.

Sans un mot, il me soulève et je m'accroche à ses épaules. Sa promesse d'être mon ancre et de m'empêcher de couler, il l'a toujours tenue. Et encore aujourd'hui. Mais plus que ça, Kane est mon pilier. Quand je vois ses yeux verts remplis de tendresse et de vie, quand je vois ses cheveux noirs toujours en bataille et même ses sourires, qu'il ne réserve qu'à moi, je me dis que ça valait le coup. Bien sûr que j'aurais aimé que ma mère soit différente, n'être jamais tombée dans l'alcool, mais au fond, puisque c'est arrivé, je me dis que la lumière au bout de ce tunnel en valait la peine.

– Tu es le plus beau porteur de l'univers, tu sais ça ?

– Maintenant, oui.

Il m'embrasse avec fougue et je lui réponds avec ardeur. À cause de ma jambe, c'est douloureux lorsque je reste debout trop longtemps, quand je piétine… Franchement, c'est supportable comparé au début. Je sais que ça aurait pu être pire. Il me suffit de penser à Bonnie pour me dire que mon sort aurait pu être plus tragique.

– Je te dépose où ?

– Nulle part, je suis bien dans tes bras.

Il grogne. Un grognement sexy et peut-être un peu sexuel. Je l'embrasse encore.

– Alors, ce road trip ? souffle-t-il. Tu as réfléchi ?

– Oui.

Il y a quelques semaines, il m'a proposé de partir en voyage, sur les routes, rien que lui et moi. Sur le coup, je n'ai pas su quoi répondre. J'avais peur de quitter Eddie, de m'éloigner des réunions des AA… Mais Eddie a raison. Rester pour lui n'est pas la bonne décision. En revanche, vivre ma vie, si.

On a des projets ; Kane aimerait travailler avec des enfants qui, comme lui, ont connu des coups durs. De mon côté, je souhaite toujours devenir médecin légiste, mais on a besoin de temps. Du temps pour vivre, du temps pour respirer vraiment. Un voyage de liberté, loin de tout ce qu'on a vécu, de cette ville… Et si un jour on se sent de revenir, alors on le fera. Si un jour on se sent de s'installer dans la ville de notre enfance, on le fera, mais en attendant, on a soif de liberté et d'un nouveau chapitre de nos vies.

Pour mieux renaître.

Pour mieux revenir, *peut-être*.

– Je suis prête.

ÉPILOGUE

KANE

Trois ans plus tard

Le soleil se couche sur La Havane, mais il fait encore très chaud. Le bruit des vagues est apaisant. Je n'imaginais pas être ce genre de gars. Je n'avais jamais prêté attention à ce type de choses auparavant, mais maintenant que ma vie m'appartient et qu'il n'y a plus d'épée de Damoclès au-dessus de ma tête, je m'autorise à aimer la normalité. Je profite vraiment.

Mon regard est soudain happé par ma princesse. Elle sort de l'eau et se dirige vers moi. Elle aussi, elle vit. Sans un mot, elle s'assied et les gouttes qui ruissellent sur sa peau captent toute mon attention.

– Dire que c'est le dernier jour de vacances, se lamente Maxine.

D'ici une semaine, elle entamera sa dernière année de fac pour devenir interne en médecine légale. Elle y arrivera, je le sais. De mon côté, je fais des études, mais c'est difficile. Je ne suis jamais allé plus loin que le collège et je me laisse facilement distraire. Maxine me soutient dans ma volonté d'aider des gosses comme moi. À la fin de l'année, je pourrai travailler dans un centre de réinsertion pour mineurs. En parallèle, je gagne ma vie dans un club de boxe. Ce rythme de vie est plaisant, mais troublant. J'ai encore du mal à m'y faire.

Je veille à me maintenir en forme, bien que j'aie l'impression que parfois ma force n'est plus la même, comme si en mourant, Joey m'avait pris ça aussi… Maxine dit que maintenant que je n'ai plus besoin de mes poings pour survivre, j'ai relâché la pression. Elle a sans doute raison.

– Il faut fêter ça comme il se doit alors.

Je l'attire vers moi, elle éclate de rire et se laisse tomber dans mes bras. Ce rire aussi fait partie des choses dont je me nourris, dont je profite chaque jour. Entre Maxine et moi, l'étincelle est toujours présente. Même loin du chaos, ce qu'on ressent l'un pour l'autre reste fort. Son âme et la mienne seront à jamais liées.

– Je suis d'accord, accepte-t-elle en se penchant pour m'embrasser. Mais sur la plage, tu ne crois pas que ton tee-shirt est de trop ?

J'esquisse un sourire et le retire pour elle. Ma princesse m'offre alors un baiser étourdissant.

– Mieux ?

– Mmh, oui.

Elle est heureuse, je le vois à ses yeux qui brillent. Et c'est à travers eux que je sais que la vie sera belle.

« Elle était déchue, mais pas vaincue…
C’est ainsi qu’elle transforma un déchet
En guerrier au service de son âme brisée
Et qu’au milieu du chaos, l’amour naquit. »

CHAPITRE BONUS

JUN

(POV du dernier chapitre de Troublemaker)

Je me sens prêt.

J'ai pris le temps de peser le pour et le contre, et la réalité qui s'impose à moi est sans appel.

J'ai beau essayer de mettre de la distance entre nous, elle revient toujours au cœur de mes pensées. Cette fauteuse de troubles, cette petite femme aux cheveux blonds et aux yeux vairons… Elle est petite, frêle, elle ne ferait même pas peur à un chaton et pourtant, elle possède un pouvoir dont je ne comprends pas l'origine ni la force. Un pouvoir qui me rend faible.

C'est elle ma faiblesse.

Quel don possède-t-elle pour attiser ainsi ma curiosité, mon désir et faire battre mon cœur ? Avant elle, absolument rien ni personne n'avait d'intérêt pour moi, je me plaisais dans ma solitude, je bossais méthodiquement pour gagner du fric et en mettre de côté. Mes envies d'hier n'existent plus, elles ont été remplacées par d'autres.

Je déteste ce foutu pouvoir qu'elle a entre ses mains et je déteste le fait ne pas être capable de la repousser. Ou plutôt de ne pas en avoir envie. Parce qu'elle est là, la vérité, je n'en ai pas envie.

Il y a de l'orage cette nuit, à travers la fenêtre de ma chambre. Allongé dans mon lit, j'observe le ciel tumultueux et les éclairs qui le fendent. Je n'ai jamais aimé le contempler mais aujourd'hui, il m'hypnotise. Peut-être parce que je pense à Hazel, à la maison du lac, à ses yeux oniriques… Je me souviens que ce soir-là, elle m'a demandé si j'avais des ambitions et des rêves. Soudain, la réponse à cette question banale me frappe de plein fouet.

Mon rêve ?

Je n'en ai jamais eu, jusqu'à ce qu'elle débarque dans ma vie.

Mon rêve ?

Maintenant, je sais.

***

Quand j'arrive à la maison du lac, elle n'est pas là. Cet endroit me rappelle sans cesse notre proximité forcée, Hazel et moi, et puis Hank. Le connaissant, il serait sûrement heureux de savoir que j'ai raccroché pour elle, afin d'apprendre à vivre auprès d'elle. Je suis pourtant très rationnel, mais j'aime croire qu'il veille encore sur moi.

Je me penche par-dessus la balustrade de la terrasse pour admirer le lac paisible dans lequel les pins de la forêt se reflètent. C'est réellement un havre de paix, je comprends pourquoi Hank l'aimait tant. Je regrette qu'il ne soit pas là, en train de pêcher et de profiter de sa retraite. Un ronronnement de moteur brise le silence des lieux. Je reste immobile, persuadé que c'est elle qui vient de rentrer.

Je tourne lentement la tête quand un bruit sourd retentit derrière moi. Elle vient de lâcher son sac, ses bouteilles en verre se brisent, imbibant le papier kraft. Ses yeux qui s'arriment aux miens me promettent des représailles pour ma conduite égoïste, tout comme ils me confirment *qu'elle sait*.

Elle sait que je l'aime. Elle sait que je suis là pour elle. Si ce n'était pas le cas, je serais à mille lieues d'ici.

– Je t'ai fait la promesse de rester en vie, je lâche d'un air hautain, presque amusé.

Elle hoche la tête, l'air redoutable. J'ai l'impression que m'avoir côtoyé l'a un peu endurcie. En tout cas, cet air irrésistible m'avait manqué.

– Tu avais intérêt, sinon je t'aurais retrouvé, ressuscité et tué.

Je hausse les épaules, même si cette répartie me fait craquer. *Ma fauteuse de troubles… Je suis faible, je suis à toi.* Si j'avais cru un jour que je m'éprendrais d'une femme.

– J'ai pris mon temps, je devais terminer le travail.

– Je sais.

Je n'aurais jamais pu prendre ma retraite sans tuer Ludvik, j'en avais besoin. Je devais venger Hank, venger les gosses qui avaient souffert, venger Hazel des traumatismes qu'elle avait vécus. Il ne pouvait vivre car il nous aurait nui et je n'aurais jamais pu être avec elle, sans craindre pour sa vie.

– Tu l'as traqué pendant six mois ? demande-t-elle.

J'en ai fait, des choses, pendant ce temps. Des choses essentielles, des choses imprévues. J'aimerais être capable de lui mentir, lui dire que c'était nécessaire, mais je n'en vois pas l'intérêt. Je peux lui avouer toutes les fois, durant ces six mois, où j'ai essayé de me défaire des sentiments à son égard, tenté de les comprendre.

Je secoue la tête.

– Je l'ai tué une semaine après. Je lui ai fait regretter de t'avoir enlevée et de t'avoir fait du mal, et j'ai su me montrer créatif pour Hank également.

Elle grimace, ce qui me fait esquisser un petit sourire en coin. Je crois que j'aimerai toujours son honnêteté vis-à-vis de mes actes. Elle n'a jamais, à aucun moment, changé d'avis sur ce qu'elle pensait de mon métier et je crois que c'est en partie pour ça que je l'aime.

– J'avais d'autres choses à régler et à terminer avant de te rejoindre.

Je sais qu'elle veut savoir, mais je n'ai pas envie de parler maintenant de Shelby ni de son fils. Je pense que ce n'est pas important dans l'immédiat et que cette conversation peut attendre encore. Je lui raconterai, de toute façon, je ne me fais pas d'illusions : elle réussira à me tirer les vers du nez.

– Je ne voulais pas revenir, j'avoue en passant une main dans mes cheveux. Pourtant il était viscéral que je le fasse. Je t'ai dans la peau, dans la tête, dans les tripes. Je pourrais mettre toutes les distances du monde entre nous, mes pensées me ramèneront toujours auprès de moi. Je ne peux pas t'échapper. Je n'y arrive pas.

Hazel esquisse un sourire particulièrement redoutable. J'espère qu'elle comprend à quel point c'est dur pour moi de me confier, combien c'est étrange d'avouer des sentiments aussi forts. Mais elle me connaît et je pense qu'elle comprend.

– Et je ne veux pas. Tu es une redoutable fauteuse de troubles.

Elle semble épanouie.

Je me demande encore comment elle peut vouloir de moi. Comment peut-elle être si heureuse avec moi et aimer que je la touche, alors que mes mains n'ont fait que tuer toutes ces années ? Ça n'existe pas, les fins heureuses, pour les gens comme moi, alors pourquoi ai-je trouvé cette femme ?

Elle enjambe les sacs au sol et s'avance. Sans un mot, elle s'arrête à quelques centimètres de moi et caresse la cicatrice sur ma joue. Ne pouvant plus résister à l'attrait de sa proximité, je pose délicatement la main sur sa gorge. Dans ses yeux se reflète un désir palpable, auquel je ne saurais résister. Je n'ai pas oublié combien elle aime ça ni combien j'aime le faire. Après que je l'ai fuie, après que j'ai lutté ces dernières semaines, mon désir pour elle me semble sauvage et primitif. L'écho dans son regard me dit qu'elle me veut tout autant. Pourtant, je ne suis pas l'homme qu'il lui faut.

– Tu mérites autre chose que moi. Tu mérites un amour vertigineux, un homme moins égoïste et qui ne t'a pas fait souffrir comme je l'ai fait… Pourtant, je lui dévisserais la tête s'il existait, ce connard.

Je ne peux pas être plus sincère.

Et elle éclate de rire, de joie, d'amour.

– Mon vertige, ce sont tes grognements, tes silences, ton air suffisant, ton aura, toi…

Elle pose ses mains sur mon torse.

– Mon vertige, c'est de savoir que je te perturbe, c'est de te savoir ici. Si tu n'avais pas envie d'être là, tu serais loin de moi, je le sais et ça me suffit, Jun.

Je lui souris et glisse mon deuxième bras autour de sa taille pour l'attirer plus près de moi. Pas moyen qu'elle soit ailleurs que dans mes bras. J'ai quelques projets pour nous…

Au vu de l'étincelle qui scintille dans ses yeux, ça doit être la première fois. *Vraiment ?* En effet, je souris réellement pour la première fois. Aujourd'hui, je me sens juste heureux, comblé.

Je me penche vers elle pour l'embrasser, impatient de retrouver le goût de sa peau. Elle s'accroche à moi et ça m'excite un peu. Je grogne contre ses lèvres et l'embrasse plus fort, plus passionnément. Comme si je m'excusais pour tout, comme si je lui montrais un aperçu de l'avenir avec moi. Ce baiser, c'est tout l'amour que je lui porte. Elle est tout pour moi.

– Tu m'as demandé si j'avais un rêve, il y a quelques mois, je souffle contre sa bouche.

– Je m'en souviens.

Je pose mon front contre le sien.

– Mon rêve, c'est toi. Laisse-moi le vivre, Hazel.

REMERCIEMENTS

J'ai toujours trouvé fascinant qu'on puisse s'intéresser à mes histoires et les lire, alors que j'écris seule chez moi, avec, la plupart du temps, les cheveux gras… J'ai tendance à douter un chapitre sur deux de ce que j'écris. C'est quand même incroyable quand on y pense, au départ je suis seule puis ça se poursuit avec vous tous, une fois mes livres édités. J'ai beau avoir publié plusieurs histoires, la sensation est toujours aussi extraordinaire.

Soulbreaker n'aurait jamais vu le jour sans tout votre amour. Sans vos photos, vos stories, vos posts, vos vidéos, vos messages, sans votre soutien et votre engouement, *Troublemaker* n'aurait pas eu une si belle vie.

À Salomé qui, la première, a lancé la propagande à propos de *Troublemaker*, à Victoire pour tout ce que tu m'as apporté en lisant ce livre et à tous ces gros et plus petits comptes qui ont contribué de quelque manière que ce soit à la « hype » de *Troublemaker*, merci !

À celles qui me suivent dans toutes mes aventures livresques, qui écoutent mes vocaux interminables, qui réfléchissent avec moi, qui me donnent des idées, des conseils et qui m'apportent un soutien sans faille, merci. Merci pour absolument tout.

Tu dis souvent que *tu ne fais rien* mais moi je sais. Merci ma Jiminie, « *You are my soulmate* 🎶 ».

À la team Hugo pour cette *cover* qui reflète ce livre et votre confiance. À Julia, mon éditrice, pour avoir travaillé avec moi.

À Kloe, *aka* petite chouette, pour les illustrations, merci d'avoir donné vie à Kane et Maxine.